Kresley Cole • Poison Princess

[redacted]

Foto: © Deanna Meredith Studios

DIE AUTORIN

Kresley Cole lebt mit ihrem Mann in Florida. Mit ihrer paranormalen Serie *Immortals after Dark* eroberte sie die Bestsellerlisten und wurde mehrfach ausgezeichnet. *Poison Princess* ist der Auftakt ihrer ersten Jugendbuchserie.

Von Kresley Cole sind außerdem bei cbt erschienen:

Poison Princess (30898, Band 1)

Kresley Cole

Poison Princess

Der Herr der Ewigkeit

Aus dem Englischen
von Katja Hald

cbt

cbt Kinder- und Jugendbuchverlag
in der Verlagsgruppe Random House

Für meine geliebte Familie.
Ihr seid mein größtes Glück.

MIX
Papier aus verantwortungsvollen Quellen
FSC® C014496
FSC www.fsc.org

Verlagsgruppe Random House FSC® N001967
Das für dieses Buch verwendete
FSC®-zertifizierte Papier *Holmen Book Cream*
liefert Holmen Paper, Hallstavik, Schweden.

1. Auflage
Deutsche Erstausgabe März 2015

Die amerikanische Originalausgabe erschien 2013
unter dem Titel »Endless Knight.
The Arcana Chronicles« bei Simon & Schuster,
Children's Publishing Divisions, a trademark
of Simon & Schuster, Inc., New York.

Aus dem Englischen von Katja Hald
Lektorat: Christina Neiske
Umschlaggestaltung: Carolin Liepins,
unter Verwendung eines Bildes von Shutterstock
(© Vita Khorzhevska, afitz)
he · Herstellung: kw
Satz: KompetenzCenter, Mönchengladbach
Druck und Bindung: GGP Media GmbH, Pößneck
ISBN: 978-3-570-30899-8
Printed in Germany

www.cbt-buecher.de

Die Großen Arkana

In jedes düstere Zeitalter werden 22 Teenager mit übernatürlichen Kräften geboren, damit sie in einem Spiel um Leben und Tod gegeneinander kämpfen. Nur einer kann überleben. Die unheimlichen und symbolischen Karten der Großen Arkana des Tarotspiels erzählen ihre Geschichten.

Und sie werden wieder spielen … *jetzt*.

Das Schlachtfeld

Der Blitz, eine verheerende Sonneneruption, hat die gesamte Erdoberfläche zu Asche verbrannt und alle Gewässer verdunsten lassen. Die Pflanzenwelt und nahezu alle Tiere sind ausgerottet. Ein Großteil der Menschen, sehr viel mehr Frauen als Männer, kam ums Leben. Seit acht Monaten hat es nicht mehr geregnet.

Hindernisse

Milizen und Sklavenhändler haben sich verbündet und machen unerbittlich Jagd auf Frauen. Die Pest breitet sich aus. Die Zahl an Kannibalen wächst stetig. Nachts sind gefährliche Wiedergänger unterwegs, vom Blitz erschaffene Zombies, deren Biss ansteckend ist. Sie sind auf der Suche nach Flüssigkeit, vor allem Blut.

Feinde

Die anderen Arkana. In jedes dunkle Zeitalter werden zweiundzwanzig Teenager mit übernatürlichen Kräften geboren. Wir sind dazu bestimmt, in einem Spiel um Leben und Tod gegeneinander zu kämpfen. Unser Schicksal ist auf den Karten eines Tarot-Decks abgebildet. Ich bin die Herrscherin. In diesem Moment spielen wir wieder. Der Tod, amtierender Sieger der letzten Runde, wird niemals aufgeben, bevor nicht mein Blut sein Schwert benetzt.

Arsenal

Um ihn und die anderen zu besiegen, muss ich die Kräfte der Herrscherin einsetzen. Ich habe die Fähigkeit, extrem schnell zu heilen, und kontrolliere alles, was Wurzeln schlägt oder blüht. Ich kämpfe mit Dornentornados – und Gift. Ich bin die Prinzessin der Gifte …

1

Tag 246 n. d. Blitz
Requiem, Tennessee
Vorgebirge der Smoky Mountains

Das hier ist mein wahres Ich …

Jackson taumelte nach hinten und bekreuzigte sich. Genau wie ich es vorausgesagt hatte.

Mit nur einer Geste hatte er mir das Herz gebrochen.

– *Und doch könnte ich stolzer nicht sein, Herrscherin* –, flüsterte die verführerische Stimme des Todes in meinem Kopf.

Ich hörte ihn so deutlich, er musste ganz in der Nähe sein. Ich hatte nichts mehr zu verlieren, keinen Grund mehr, in Furcht vor ihm zu leben. *Gib gut acht, Sensenmann, ich bin auf der Jagd.*

Ein heiseres Kichern. – *Dein Tod wartet.* –

Ich begann zu lachen und konnte nicht aufhören.

Jackson wurde noch bleicher. Ich hoffte, er würde mich verlassen und die anderen drei mitnehmen. Fort von mir.

Andernfalls könnte die Herrscherin sie alle töten.

Etwas Nasses rann mir über die Wange. Eine Träne?

Regen.

Während Jackson und ich uns anblickten, fielen Tropfen zwischen uns hernieder.

Mein Lachen verstummte, als ich sah, wie er mein

Haarband umklammerte. Seine zerschundenen Knöchel traten weiß hervor, als versuche er, das nette Mädchen festzuhalten, für das er mich bisher gehalten hatte.

Es war verschwunden, hatte einer Herrscherin Platz gemacht, die kampfbereit in den Überresten des Alchemisten stand. Mein rotes Haar fiel mir über die Wangen, und ich spürte, wie sich mein Gesicht zu einer fremden, drohenden Grimasse verzog.

Eigentlich hätte Jack in diesem Moment auf mich schießen müssen, aber die tödliche Armbrust hing noch immer über seiner Schulter.

Gemeinsam mit dem unheilvollen Nieselregen hatte sich ein Nebel in der Geisterstadt ausgebreitet, der alles verschwimmen ließ. Aus den Augenwinkeln nahm ich dennoch Bewegungen wahr. Ich riss den Blick von Jackson los und sah mich nach dem Rest unserer bunt gemischten Truppe um. Die anderen drei waren Arkana, genau wie ich.

Selena, Matthew und Finn.

Ich konzentrierte mich auf Selena, die ihren Bogen von der Schulter genommen hatte und einen Pfeil aus dem Seitenköcher zog.

Überrascht zog ich die Augenbrauen nach oben. Die Schützin wollte wohl nicht mehr länger damit warten, uns alle zu töten.

Sie spannte den Pfeil in den Bogen, woraufhin sich der wirbelnde Dornentornado über meinem Kopf enger zusammenzog. Die kleine Efeuranke neben meinem Gesicht schlängelte sich in ihre Richtung, bereit zuzuschlagen wie eine Viper.

»So ist das also, Schützin?« Meine Stimme war rau von den vielen qualvollen Schreien. Ich klang wie ein Filmbösewicht. Und fühlte mich auch so. Ich spürte die *Hitze des Gefechts*, von der Matthew schon früher gesprochen hatte. »Bringen wir es hinter uns?« Mein Körper war dabei, sich zu regenerieren, und ich fühlte mich erschöpft. Obwohl die Säureampullen des Alchemisten einen Teil meiner Kleider und auch meiner Haut zerfressen hatten, war ich noch bereit zu kämpfen.

Aber wie lange noch?

»Hey, Ladys, was geht denn hier ab?«, fragte Finn in seinem südkalifornischen Surfer-Slang. »Selena, warum zum Teufel zielst du auf Evie?«

Matthew murmelte: »Der Mond geht auf. Der Mond geht unter.«

Selena ignorierte sie beide. »Ich will dir nichts tun, Evie«, sagte sie, den Pfeil immer noch auf mich gerichtet. Auf ihrer makellosen Haut lag der rötliche Schimmer eines herbstlichen Vollmonds. Ihre langen silberblonden Haare umrahmten ihr Gesicht wie Mondlicht. »Aber solange du das Grünzeug hier nicht zurückpfeifst, werde ich mich verteidigen.«

»Ich erinnere mich jetzt an unsere Bestimmung, Selena.« Wir mussten uns gegenseitig töten. »Nenn mir einen guten Grund, dich nicht gleich umzubringen.« Ich gab den riesigen Eichen, die ich zuvor zum Leben erweckt hatte, ein Zeichen. Der Boden hinter Selena bebte, als die Wurzeln in ihre Richtung krochen, bereit, sie unter die Erde zu ziehen.

Meine Soldaten warteten nur auf meinen Befehl. Eine qualvolle Art zu sterben.

»Du brauchst mich«, sagte sie. »Du und ich und noch ein paar andere Karten könnten ein Bündnis schließen und den Tod vernichten. Für einen von uns allein ist er zu mächtig. Also kämpfen wir gemeinsam, bis wir ihn getötet haben, dann werden die Karten neu gemischt.«

»Und wenn ich Nein sage?«

Sie spannte ihren Bogen.

Je aggressiver ich wurde, umso heller leuchteten die Hieroglyphen, die sich auf meiner Haut ausgebreitet hatten. »Los, schieß auf mich, Selena! Ich *will*, dass du es tust. Die Wunde wird sofort heilen, und dann mach ich dich fertig.« Ich nahm den Mund ganz schön voll, dafür, dass ich mit jeder Sekunde schwächer wurde – und meine Soldaten mit mir.

Selena warf einen Blick über ihre Schulter. »Für so was haben wir jetzt keine Zeit. Eine Horde Wiedergänger ist auf dem Weg hierher. Und es sind so viele wie noch nie.« Seit der Apokalypse hatten wir es jede Nacht mit diesen blutrünstigen Zombies zu tun. »J.D. und ich«, sie deutete mit dem Kinn auf Jackson, »haben nur noch wenige Pfeile übrig. Um hierher zu kommen, mussten wir der Miliz einen Jeep stehlen. Freiwillig haben sie den nicht rausgerückt.«

Irgendwo da draußen in der Nacht hörte ich das schaurige Heulen der Wiedergänger. Es hörte sich zwar an, als ob sie noch ein gutes Stück entfernt wären, aber es mussten sehr viele sein.

»Außerdem sind uns seit Tagen andere Karten auf den Fersen«, fuhr Selena fort. »Sie wissen inzwischen, dass du einen Arkana getötet hast. Der Tod des Alchemisten wird sie hierher locken. Schon bald.«

Jacks Blick wanderte zwischen mir und Selena hin und her. Noch vor fünfzehn Minuten hatte er uns für zwei ganz normale Mädchen gehalten – so normal man in diesen Zeiten nach dem Blitz eben sein konnte.

Und nun stritten wir plötzlich darüber, ob wir uns gegenseitig töten oder doch lieber eine Karte umbringen sollten, die sich *Der Tod* nennt. Außerdem hatte Jack die Überreste des Alchemisten gesehen und wusste daher, dass ich gerade einen anderen Teenager buchstäblich in Stücke gerissen hatte.

Selena lockerte die Sehne ihres Bogens. »Wir sollten für heute Nacht einen Nichtangriffspakt schließen und zusehen, dass wir so weit wie möglich von hier wegkommen.«

»Ein Nichtangriffspakt, super Idee!«, rief Finn. »Los, hauen wir ab und sprechen später über alles. Bitte, Evie, sag, dass du meinen Truck noch hast.«

»Ich hab ihn, aber kein Benzin mehr.«

»Mist. Wir auch nicht. Dann müssen wir wohl zu Fuß gehen.«

Jackson reagierte nicht. Er sah völlig durcheinander und erschöpft aus. Auf seinem markanten Gesicht zeigte sich der Schatten eines Barts, seine Augen waren blutunterlaufen.

Die Hitze des Gefechts ließ langsam nach. Ich musste nicht länger gegen den übermächtigen Drang ankämpfen, die anderen Arkana zu vernichten. Vielleicht war mein Verlangen zu töten ja nur deshalb so übermächtig gewesen, weil ich die Herrscherin in mir so lange verleugnet hatte.

Es wäre tatsächlich ziemlich dumm von Selena, mich zu erledigen, solange der Tod noch am Leben war. Konnten wir wirklich ein Bündnis schließen? Ich brauchte Zeit, um meine Möglichkeiten zu überdenken.

»Schließen wir einen Nichtangriffspakt«, stimmte ich zu. »Für diese Nacht.«

Sie nahm den Pfeil aus dem Bogen und ließ ihn mit einer eleganten Bewegung in den Köcher gleiten. Ich verdrehte die Augen. Immer musste sie eine Show abziehen.

Jetzt, wo die Gefahr vorüber war, zog auch ich meine Streitkräfte zurück. Meine Klauen wurden wieder zu normalen Fingernägeln und der Dornentornado fiel zurück auf die Straße. Wie ein Schwarm sterbender Bienen stürzten die Stacheln zu Boden. Eine goldene Hieroglyphe auf meinem linken Unterarm, die drei Dornen zeigte, wurde zunächst grün und verschwand dann ganz.

Ich gab der Efeuranke, die mein Gesicht umspielte, einen Abschiedskuss, und sie kroch zurück unter die Haut meines rechten Arms, als würde sie unter Wasser tauchen. Das Zeichen mit der sich windenden Ranke leuchtete noch einmal kurz auf und verschwand. Mein rotes, mit Blättern geschmücktes Haar färbte sich blond, und auch meine grünen Augen nahmen wieder ihr normales Blau an.

Jackson war auf der Hut und verfolgte jede meiner Bewegungen und Reaktionen, als beobachte er ein wildes Tier. Ich konnte es ihm nicht verübeln. Bei einem derartigen Anblick würde ich auch durchdrehen.

Schließlich hatte es mich selbst ja auch komplett aus der Bahn geworfen, als ich diese Verwandlung in Matthews Visionen zum ersten Mal gesehen hatte.

In dieser Nacht hatte Jackson erkennen müssen, dass die Welt nicht war, was sie zu sein schien. Und im Moment sah er aus, als wünsche er sich weit weg von hier.

Aber warum war er nicht abgehauen, wenn er Angst vor uns hatte – oder vor mir?

Bevor ich ihn danach fragen konnte, überkam mich ein Anfall von Schüttelfost. Mir wurde schwindelig. Die Regeneration raubte mir die letzten Kräfte. Es fielen nur wenige Regentropfen, aber die reichten aus, um mein Haar und die unbedeckten Stellen meiner Haut zu befeuchten. Ich humpelte los und suchte nach meiner Jacke. Ob mir noch Zeit blieb, das Leben aus den Eichen zu saugen und in mich aufzunehmen?

Sobald ich meine Klauen in ihre Rinde bohrte, konnte ich mich wie eine Spritze mit Energie vollsaugen. Aber dazu würde ich eine Weile brauchen. Es hatte Nachteile, Bäume als Waffen zu benutzen. Seit dem Blitz musste ich sie erst mit meinem eigenen Blut wiederbeleben. Außerdem konnte man solche Waffen nicht mit sich herumtragen.

Die anderen machten einen großen Bogen um die Lache, die einmal der Alchemist gewesen war, und folgten mir ins Haus. *Oder was davon noch übrig ist* … Die Szene bot einen surrealen Anblick. Obwohl das Haus in der Mitte gespalten war und Außenwände und Dach in sich zusammengebrochen waren, sahen Teile des Wohnzimmers noch völlig unberührt aus. Auf den Tischen lagen Spitzendeckchen, im Ofen brannte ein Feuer. Dem Haus war es ergangen wie mir: Noch am Morgen war alles in bester Ordnung gewesen, ein paar Stunden später war es bis auf die Grundmauern zerstört. *Aber ich bin zum Teil auch immer noch die alte. Hoffe ich.*

Jacksons Blick blieb an den tropfengroßen Brandlöchern auf dem Boden hängen. Dort hatte die Säure das gleiche Tupfenmuster hinterlassen wie auf meinem mit Blasen übersäten Bein. Wie Inseln zeichneten sich auf dem durchlöcherten Holz zwei perfekte Fußabdrücke ab.

Seine Augen wanderten vom Boden zu meiner heilenden Haut, und mir war klar, dass er zwei und zwei zusammengezählt hatte. Er wusste nun, was hier geschehen war. Dann hatte er sicher auch verstanden, warum ich den Alchemisten hatte umbringen müssen.

Auf einem Beistelltisch stand noch Arthurs nasser Kassettenrekorder, in dem die Kassette mit meiner Lebensgeschichte steckte. Ich hatte erst in dem Moment auf Stopp gedrückt, als er drohte, mir mit seinem Skalpell das Gesicht aufzuschlitzen …

Matthew, der so groß war, dass er auf mich herabschauen konnte, sah mich mit seinen großen braunen Augen vertrauensselig an. Er grinste. »Ich habe Evie vermisst. Die Herrscherin ist meine Freundin.«

Die unbändige Wut, die ich als Herrscherin verspürt hatte, war nahezu verschwunden. Hatte ich wirklich vorgehabt, den anderen etwas anzutun? Ich schämte mich für meine Gedanken.

Niemals könnte ich Matthew verletzen. Und damit konnte ich auch dieses Spiel nicht spielen.

Er legte den Kopf in den Nacken und hielt sein gerötetes Gesicht in den Nieselregen. Neun Monate hatte es nicht geregnet – allerdings hatte Matthew prophezeit, mit dem Regen würde alles Böse kommen.

Eine Gefahr nach der anderen.

»Wir müssen einen Unterschlupf suchen, Süßer. Am besten einen ohne Leichen, aber mit Dach.« Die Schmerzen in meinem Bein ließen mich aufstöhnen: »Hab ich noch Zeit, mir Energie aus den Eichen zu ziehen?«

Matthew wollte gerade antworten, da schrie Finn: »Nein! Wiedergänger!«

2

Wir rannten auf die Veranda. Die Schatten Dutzender Wiedergänger näherten sich dem Vorgarten. Ihre ledrige, vom Blitz verbrannte Haut sonderte einen übel riechenden Schleim ab.

»Wie sind die so schnell hierhergekommen?«, schrie Finn. »Es hörte sich doch an, als wären sie noch kilometerweit weg.«

»Wir haben uns durch den Nebel täuschen lassen.« *Der Nebel lügt, Evie.* Das hatte vor langer Zeit meine Großmutter zu mir gesagt.

Drei groß gewachsene Männer in Adidas-Trainingsanzügen führten den Tross an. Eine Zombie-Leichtathletik-Mannschaft? Direkt hinter ihnen torkelte eine knochige Frau in BH und Miederhose auf uns zu, einen einzelnen pinkfarbenen Lockenwickler in den fettigen Haaren. Es kamen noch mehr die Straße herauf geschlurft: ein Arzt in einem zerfledderten weißen Kittel, ein alter Mann im karierten Pyjama, ein Polizist, der einen Revolvergürtel um die magere Hüfte geschnallt hatte.

In ihren blassen, triefenden Augen war kein Anzeichen von Verstand zu erkennen. Seit der Blitz sie zu dem gemacht hatte, was sie waren, bestimmte allein der Durst ihr Handeln.

Selena rückte neben mich und spannte ihren Bogen. »Reicht ihnen der Regen denn nicht?«

Die Zombies kamen näher. »Sieht nicht so aus. Evie, greif mit deinen Bäumen an!« Prüfend schaute Selena mich an. »Verdammt! Deine Hieroglyphen sind schwächer geworden. Versuch's trotzdem.«

Die Hieroglyphen leuchteten nur noch schwach? Ich hatte gelernt, was das bedeutete – meine Kräftereserven waren erschöpft, meine Herrscherinnen-Tankanzeige war auf null. Dennoch winkte ich gebieterisch mit dem Arm, damit die zwei gigantischen Eichen ihre Äste durch den Garten bewegten. Sie protestierten stöhnend und reagierten nur ganz langsam – als hätten sie Muskelkater. »Na los, macht schon!«

Sie schafften es, eine Reihe Wiedergänger zu treffen, die wie Kegel durch die Luft wirbelten.

»Verdammte Scheiße!«, schrie Finn. »Ich wusste ja, dass du sie zum Tanzen bringen würdest, aber der Anblick ist einfach …«

»*Mère de Dieu*«, hörte ich Jackson krächzen. Mutter Gottes. Es war das Erste, was er von sich gab.

Bevor ich erneut zuschlagen konnte, strömten weitere Wiedergänger in den Garten. Noch nie hatte ich so viele auf einmal gesehen, nicht einmal bei Matthew zu Hause, als ich ihn befreit hatte.

Trotz meiner Bemühungen, die Bäume unter Kontrolle zu bekommen, waren sie genauso schwach und schwerfällig wie ich. Sie schwankten sachte hin und her, kein

Vergleich mit den wütenden Hydras, denen sie vorher geähnelt hatten.

Die Wiedergänger stürzten sich auf die Bäume wie Schakale, die über verletztes Wild herfallen, und kauten an ihren Gliedmaßen. Ich konnte jeden Biss spüren. Und schließlich ... versagten meine Soldaten komplett. Als sie schlaff zusammensackten, schwankte ich, und Matthew fing mich auf und stützte mich.

Selena fluchte. »Wie bescheuert, deine ganze Energie zu verschleudern, du Idiotin!«

Keuchend stieß ich hervor: »Und das sagt diejenige, die nur noch einen einzigen Pfeil im Köcher hat?«

»Ladys«, brüllte Finn, »Zeit zu RENNEN!«

Selena und er rannten an mir vorbei hinter das Haus. Jackson folgte ihnen, riss im Laufen seinen Bogen vom Rücken und schoss drei Pfeile ab. Das Leichtathletik-Trio fiel um, die Pfeile ragten aus ihren Schädeln, aber Jackson zögerte, seine letzte Munition zu verfeuern.

Als er zu mir kam, verlangsamte er kaum das Tempo. Nachdem wir so viel Zeit miteinander verbracht hatten, erwartete ich fast, dass er mich am Arm packen und brüllen würde: »Beweg deinen Arsch, *bébé*!« Er warf mir einen finsteren Blick zu und schien einen Sekundenbruchteil zu zögern, bevor er mir bedeutete, vor ihm herzulaufen.

Ich griff nach Matthews Hand und lief humpelnd hinter das Haus, so schnell ich konnte.

Finn rief über die Schulter: »Hier sind noch mehr!«

Selena hatte sich mit gespanntem Bogen auf der hinteren Veranda in Stellung gebracht, obwohl sie ihren letzten Pfeil sicher nie benutzen würde. Das wie Mondschein glänzende Haar fiel ihr über die Schultern. »Hast du sonst noch irgendwelche Tricks auf Lager, Evie?«

Gegen Zombies taugten meine anderen Kräfte nicht. Gift wirkt nur bei lebendigen Wesen, und ein Dornentornado würde ihnen zwar die Haut zerfetzen, sie aber nicht töten. Möglicherweise könnte er sie aufhalten, aber meine Dornenhieroglyphe war dunkel. Mit erhobener Hand versuchte ich, die Dornen zu aktivieren. Der Asphalt vibrierte, als erwache ein Bienenschwarm zum Leben … dann Stille.

»Meine Kräfte sind aufgebraucht«, erklärte ich Finn. »Beschwöre eine Illusion herauf. Lass es aussehen, als würden wir in die entgegengesetzte Richtung laufen.«

»Meine Kräfte sind auch fast am Ende! Ich hab zwei Tage lang unseren Jeep versteckt, einen fahrenden Jeep! Und nicht mal der Cajun-Fahrer hat's gecheckt. Aber ich versuch's trotzdem.«

Er flüsterte mysteriöse Worte in seiner Magier-Sprache und die Luft um ihn herum erwärmte sich.

Schon bald waren wir unsichtbar und unsere fünf Trugbilder rannten die vordere Verandatreppe hinunter und davon. Die Wiedergänger, die uns schon fast erreicht hatten, folgten ihnen. Vorerst.

Unseren Geruch konnte Finn leider nicht verbergen.

Jackson schaute den Trugbildern verblüfft hinterher.

»Da kommen noch mehr von diesen Widerlingen! Gleich haben sie das ganze Haus umstellt!«

Ich sah zur Kellertreppe.

Jackson bemerkte meinen Blick und rannte los, Selena hinterher. Auf ihr Winken hin folgte ich ihnen zusammen mit Matthew und Finn. Doch vor dem Labor sträubte sich auf einmal alles in mir. Finn griff an Matthew vorbei und gab mir einen Schubs. »Mach schon, Evie!«

Ich fuhr zu ihm herum. »Von dem letzten Jungen, der mich diese Treppe hinuntergestoßen hat, ist nur noch ein Schmutzfleck übrig.«

Mit großen Augen hob Finn die Hände. »Alles klar, Chica. Immer schön cool bleiben.« Er ließ eine neue Illusion entstehen, dieses Mal eine Laterne, die uns den Weg leuchtete.

»Mit ein bisschen Licht sieht doch alles gleich viel freundlicher aus.«

Jackson, der schon weiter unten auf der Treppe war, staunte nicht schlecht über diese Zauberei. Hatte er vorher nie etwas davon bemerkt? Wir waren uns einig, unsere Kräfte vor Nicht-Arkana geheim zu halten.

Geheim halten? Das war mir ja wohl besonders gut gelungen.

Jackson und Matthew mussten sich unter dem Türrahmen ducken. Sobald wir alle im Keller waren, schloss Jackson vorsichtig die Tür und schob einen Metalltisch davor.

Wir zogen uns tiefer ins Labor zurück, weg von der Tür, in Richtung der blutbespritzten Plastikplanen, die das Verlies abtrennten. Die anderen sahen sich zögernd um: Bunsenbrenner auf einem langen Stahltisch, Regale mit Glasgefäßen, in denen Körperteile schwammen. Der Boden war übersät mit Glasscherben und verschütteten Flüssigkeiten, alles Spuren meines Kampfes mit dem Alchemisten.

Schaudernd meinte Finn: »Das ist mit Abstand der gruseligste Ort, an dem ich je war. Als würde jeden Moment ein durchgeknallter Wissenschaftler auftauchen und uns auffordern, aus seinem Labor zu verschwinden.«

Das Schlimmste kommt noch.

Nun stieg uns auch der ranzige Geruch aus dem Verlies in die Nase. Finn hielt sich die Hand vor den Mund.

»Was zum Teufel ist das?«

»Eine Leiche«, antwortete ich tonlos. »Sie ... verwest.« Ich fing wieder an zu zittern.

Matthew legte mir den Arm um die Schulter und ich drückte mein Gesicht in sein feuchtes T-Shirt.

Wie von einem Magneten gezogen, schlüpften Jackson, Selena und Finn an den blutbespritzten Plastikplanen vorbei ins Verlies.

Matthew führte mich zu einer Wand und schob mit dem Schuh die Scherben zur Seite. Wir setzten uns auf den kalten Boden. »Du weißt, was dahinten ist, richtig?«, fragte ich ihn.

»Ein Hauklotz. Abflussrinnen. Knochensägen und Hackbeile. An der Wand hängen verrostete Fußfesseln.« Er zuckte mit den Achseln. »Ich sehe weit.« Er hatte mir schon Visionen aus der Vergangenheit, der Gegenwart und der Zukunft gezeigt – von Arkana und Nicht-Arkana.

Einmal hatte er aber auch zu mir gesagt, die Zukunft gleiche Wellen oder Wirbeln und sei nur schwer vorherzusagen. »Wusstest du, dass ich den Alchemisten töten würde?«, fragte ich ihn.

Matthew schüttelte den Kopf. Er wirkte nicht ganz so verwirrt wie sonst. »Ich sehe weit, aber nicht alles.« Er griff nach meiner rechten Hand und tippte auf das neue Mal. »Ich war mir sicher, dass du dieses Zeichen holst.«

Offenbar zeigten die Symbole in diesem kranken Spiel eine Art Punktestand an.

Ich meinte zu hören, wie im Verlies jemand tief Luft holte. Wie mochte dieser Ort auf die anderen wohl wirken? Würde ihnen klar werden, was ich durchgemacht hatte, wenn sie die angekettete Leiche sahen?

Wäre ich früher zu Arthur gekommen, hätte ich dieses Mädchen vielleicht retten können. Ich legte den Kopf in den Nacken und starrte an die niedrige Decke. Wie viele mochten in der Welt da draußen wohl noch in Ketten liegen und auf ihre Befreiung warten …?

3

Finn stolperte als Erster aus dem Verlies. Er hielt sich die Hand vor den Mund. »Mir kommt gleich alles hoch.« Er würgte, konnte sich aber gerade noch zurückhalten.

Selena kehrte mit ausdruckslosem Gesicht zurück. Schweigend setzte sie sich auf einen der Arbeitstische.

Dann tauchte Jackson wieder auf. Er schien seine Wut kaum zügeln zu können. Gewalt gegen Frauen verabscheute er, auch wenn er seine Fäuste sonst selbst ganz gerne gebrauchte.

Er ging zu dem Tisch, der die Tür verbarrikadierte, und glitt am Tischbein entlang zu Boden. Wollte er die Barrikade mit seinem Körper zusätzlich sichern? Oder hatte er sich einfach nur einen Platz im Raum gesucht, der möglichst weit von mir entfernt war?

In seinem Frust und Zorn erinnerte er an einen Tiger, der rastlos durch seinen Käfig streift – ein eingesperrtes Tier, ohne Möglichkeit zur Flucht.

Ich versuchte, mich in seine Haut zu versetzen. Was würde ich tun, wenn er mir plötzlich eine ganz andere, übernatürliche Seite offenbart hätte? Mir war klar, was für einen Anblick ich bot, wenn meine Kräfte im Kampf sichtbar wurden. Meine Albträume von früheren Herrscherinnen hatten immer das blanke Entsetzen in mir ausgelöst. Wie konnte es ihm da anders ergehen?

Wir hörten über uns ein Schlurfen, dann ein lautes Krachen, als ob die Möbel umgeworfen würden. »Sie sind wieder da«, flüsterte ich. Die Wiedergänger waren uns auf der Spur.

Wir starrten zur Decke. Jackson und Selena hoben ihre Waffen.

Wie viele waren es? Würde der verwesende Leichnam des Mädchens unseren Geruch überdecken?

Ein paar endlos erscheinende Herzschläge lang saßen wir völlig regungslos da, dann hörten wir, wie sie weiterzogen. Jackson und Selena ließen ihre Waffen wieder sinken.

Mit einem erleichterten Seufzer setzte sich Finn zu Selena. Er war ganz offensichtlich noch immer total in sie verknallt, aber sie warf ihm nur einen wütenden Blick zu.

»Ich gehe mal davon aus, dass wir noch eine Weile hierbleiben«, fing er an, »und ich hätte da noch ein paar Fragen. Zum Beispiel: Warum habt ihr beide euch benommen, als wolltet ihr euch gegenseitig umbringen? Dabei seid ihr doch die letzten beiden heißen Girls, die hier noch rumlaufen, wenn ich das mal so sagen darf.«

»Sag's ihnen, Selena«, presste ich hervor. Mein Körper war immer noch dabei zu heilen und schmerzte überall. »Sag ihnen, was du über das Spiel weißt. Alles, was du uns die ganze Zeit verschwiegen hast.«

»Das sagt die Richtige!« Selena umklammerte den Bogen in ihrem Schoß, als würde sie liebend gerne auf mich schießen.

»Was meinst du mit *Spiel?*«, fragte Finn. »Strip-Poker? Oder Wettsaufen? Das sind Spiele, die echt Spaß machen!«

Äußerst widerwillig fing Selena an zu sprechen: »Alle paar Jahrhunderte gibt es eine Schlacht, bei der zweiundzwanzig Teenager in einem Kampf um Leben und Tod gegeneinander antreten. Man nennt uns Arkana, und wir haben besondere Kräfte, die in jedem neuen Spiel dieselben sind.«

Finn hob die Hand. »Moment mal. Du hast doch gesagt, du wüsstest nicht, warum wir besondere Fähigkeiten haben.«

»Ich habe gelogen«, sagte sie ohne jede Verlegenheit. »Wer am Ende übrig bleibt, lebt als Unsterblicher weiter bis zum nächsten Wettstreit. Unsere Geschichten wurden aufgezeichnet – auf Tarotkarten.«

Ich schaute zu Jackson, um zu sehen, wie er diese Enthüllungen aufnahm. Seine Augen waren zusammengekniffen, und man konnte förmlich sehen, wie seine Gedanken wirbelten. *Ganz richtig, Cajun, wir alle hatten Geheimnisse vor dir, vor allem ich. Wir sind keine richtigen, nun ja, Menschen. Und,* oui, *du sitzt gerade mit diesen Freaks in einem Keller fest.*

Selena sprach weiter: »Manche Familien führen Buch über die Spieler und die Schlachten, detaillierte Chroniken. Meine Familie hat das getan und Evies auch. Ihre Großmutter ist eine Meisterin des Tarot, eine Tarasova. Evie behauptet allerdings, sie hätte alles vergessen, was sie über das Spiel wusste.«

»Ich habe es wirklich vergessen. Ich war noch viel zu klein!«, fauchte ich sie an, auch wenn das nicht die ganze Wahrheit war. Wieso sollte ich zugeben, dass man mich im CLC – dem *Children's Learning Center,* einer Irrenanstalt in Atlanta –, einer Gehirnwäsche unterzogen hatte? »Ich war acht, als ich meine Gran das letzte Mal gesehen habe.«

Selena zeigte auf meine Hand. »Evie ist schon mittendrin im Spiel. Sie hat einen von uns getötet.«

»Dann war der Typ draußen im Garten, der verrückte Wissenschaftler, ein Arkana? Wie hast du ihn gefunden?«, fragte Finn.

»Ich bin seinem Ruf gefolgt.«

An Jackson gewandt erklärte Selena: »Alle Arkana haben einen bestimmten, für sie typischen Ruf. Jeder von uns kann die Rufe der anderen hören. Sie sind wie eine Art Geheimsprache, mit der wir uns untereinander verständigen. Am Ruf können wir hören, wer sich uns nähert.«

Auf der Suche nach dem Alchemisten hatte ich gelernt, bestimmte Rufe auszublenden und andere anzupeilen, so wie man bei einem altmodischen Radio den Sender einstellt. Aber selbst wenn ich mein Arkana-Radio nicht eingeschaltet hatte, wurde für die anderen immer gesendet. »So ist es, Selena«, sagte ich. »Aber du hast behauptet, keine Stimmen zu hören. Und hast uns andere sogar als verrückt bezeichnet.«

Finn warf mir einen vorwurfsvollen Blick zu.

Selena ignorierte mich und erklärte weiter: »Wenn sie von sehr starken Gefühlen beherrscht werden, können wir sogar Gedanken hören.«

In diesem Moment schwirrten die Arkana-Stimmen durch den Raum. Bis auf Jackson konnten wir sie alle hören:

– *Die Herrscherin hat zum ersten Mal getötet.* –

– *Der Alchemist existiert nicht mehr.* –

– *Sie ist jetzt zwei Zeichen wert.* –

Dann sprach der Tod und sie verstummten. – *Das Blut der Herrscherin werde* ich *vergießen. Ihr spielt nach meinen Regeln.* –

Da er mir schon seit Monaten drohte, beunruhigten mich seine Worte nicht weiter. Der Tod wollte mich um die Ecke bringen? Was soll's.

Finn fragte: »Warum kann der Tod zu uns allen sprechen?«

Wie Matthew konnte auch der Tod mit jedem von uns über Gedanken kommunizieren. Einen ganz besonderen Draht schien er jedoch zu mir zu haben.

»Er hat die letzten drei Spiele gewonnen«, sagte Selena. »Und er ist mehr als zweitausend Jahre alt. Wahrscheinlich hat er sich in der Zeit ein paar Tricks aneignen können.«

Der Tod war also der letzte Sieger gewesen. Wahrscheinlich war das der Grund, weshalb er die Arkana-Radiowellen kontrollierte. Konnte er auch meine Gedanken lesen?

Falls Selena gehofft hatte, Jackson würde sich an unserem Gespräch beteiligen, wurde sie enttäuscht. Er gab keine Antworten und stellte keine Fragen. Aber warum? Er liebte es doch, Rätsel zu lösen. Und wenn das hier kein Rätsel war …

»Dann war der Typ, den du erledigt hast, der Alchemist?«, fragte mich Finn. »Nicht etwa die Karte des *Serienmörders*? Oder *Der geistesgestörte Killer*?«

Ich schüttelte den Kopf. »Die Karte ist auch bekannt als *Der Eremit*. Er bedient sich heilender Säfte und Tränke, die ihm seine übermenschliche Kraft verleihen. Über das Spiel wusste er nichts. Er gab vor, Geschichten über die Apokalypse zu archivieren, und versprach mir ein Essen, wenn ich ihm erlaubte, meine Geschichte aufzuzeichnen.« Ein Trick. »Ich bemerkte, wie er mir was ins Getränk schüttete, und tat so, als wäre ich benommen. Ich hatte im Keller was gehört.« Mein Blick wanderte zum Verlies. »Da drin waren vier Mädchen festgekettet, an denen er experimentierte. Eines von ihnen hat nicht überlebt. Die anderen habe ich befreit.« Ich drehte mich zu Matthew um. »Werden sie heute Nacht in Sicherheit sein?«

»Die Mädchen fliehen aus Requiem. Zwei werden leben. Das dritte könnte nirgendwo überleben.«

Mir wurde das Herz schwer.

Selena sagte: »Du hast den Alchemisten dafür bezahlen lassen.«

Meinte sie das im Ernst? »Aber ich wollte ihn doch gar nicht verletzen! Ich wollte niemanden umbringen! Ich habe mich sogar geweigert zu glauben, dass nur einer von uns lebend hier rauskommen würde. Zumindest so lange, bis er mir befahl, mir meine neue Halskette aus den Resten des Leichnams zu holen und sie mir um den Hals zu legen.«

»Heilige Scheiße«, murmelte Finn mitfühlend. »Sieht ganz so aus, als hätte sich der Alchemist die Falsche zum Spielen ausgesucht.«

Dagegen war nichts zu sagen, er hatte recht.

»Jetzt kapiere ich auch, warum Matthew immer davon redet, böse Karten zu töten«, sagte Finn. »Sind die alle so gemeingefährlich? Sind diese Freaks wegen der Unsterblichkeit hinter uns her? Aber hey, warum habt ihr beiden davon gesprochen, euch *gegenseitig* umzubringen?«

»Tötet die bösen Karten«, flüsterte Matthew hörbar.

Als er das vor ein paar Tagen zum ersten Mal sagte, hatte ich noch gedacht, es ginge um einen Kampf zwischen Gut und Böse. Wie naiv. Wir alle waren mehr oder weniger dazu bestimmt, Böses zu tun.

»Nur die *bösen* Karten, Matto.« Finn fuhr sich durch die sonnengebleichten Haare. »Wir sind nicht böse. Keiner murkst hier irgendwen ab. Wir sind Freunde. Richtig, Selena? Okay, Mann, ich hab in unserer kleinen Familie mit meiner schlecht getimten Illusion für ein paar miese Vibes gesorgt«, gab er in seinem Surfer-Slang zu. »Dafür entschuldige ich mich. Ich hab's vermasselt – alles meine Schuld. War echt nicht so gemeint, Leute.«

Schlecht getimte Illusion? Hatte er seine Kräfte benutzt, um wie Jackson auszusehen, und dann Selena geküsst? In mir regte sich ein Verdacht – oder eher eine Hoffnung. »Dann warst du das, den ich … mit ihr gesehen habe, Finn?«

Ein schuldbewusstes Nicken. Selena starrte ihn hasserfüllt an. Mir fiel wieder ein, wie Finn mich um einen Rat gebeten hatte, um sie rumzukriegen. Später hatte er dann gesagt, er habe sich »was ausgedacht«. Echt eine tolle Idee.

Aber wo war dann Jackson in diesem Moment gewesen? Unsere Blicke trafen sich. Er reckte das Kinn, als wolle er sagen: *Du hast mich völlig zu Unrecht verdächtigt.*

Nachdem klar war, dass er Selena nie geküsst hatte, wusste ich nicht mehr, was ich für ihn empfand. Wie betäubt versuchte ich, meine Gefühle zu ordnen. Aber eigentlich war es auch egal. Er hatte mir ja gezeigt, wie sehr er mich verabscheute.

Musstest du dich unbedingt bekreuzigen, Jackson? Hielt er mich für einen Dämon, den man bannen musste? Ich suchte nach meinem Haarband. Entweder hatte er es eingesteckt oder weggeworfen.

Selena sagte zu Finn: »Du hast echt Glück, dass du noch lebst. Siehst du, Evie? Ich habe mein Opfer für dieses Bündnis schon gebracht. Normalerweise hätte ich den Magier dafür bestraft, dass er seine Tricks an mir ausprobiert. Er hat mich …«

»Zum Narren gehalten«, beendete Matthew den Satz.

Selena sah ihn böse an, sagte dann aber: »Ich habe Zugeständnisse gemacht, damit wir stark bleiben.«

»Sind wir jetzt Verbündete?«, fragte ich. Vor ein paar Tagen wollte mich die Schützin noch töten. »Woher der Sinneswandel?«

Sie warf Matthew einen kurzen Blick zu. »Ja, wir sind jetzt Verbündete«, bestätigte sie mit fester Stimme. Bestimmt hatte er ihr etwas über die Zukunft verraten.

»Du wolltest mich bestrafen?«, schimpfte Finn. »Hör auf, dich wie eine Kriegsherrin aufzuführen, Selena. Ich wollte dich nicht zum Narren halten. Ich kann das nicht kontrollieren … Manchmal *muss* ich andere austricksen.«

Über uns war wieder das Schlurfen zu hören. Ein Wiedergänger stieß einen schrillen Schrei aus, und ich zuckte zusammen.

»Ich verstehe das nicht«, flüsterte Selena. »Der Regen müsste sie doch glücklich machen. Warum stehen sie nicht draußen und strecken den offenen Mund zum Himmel?«

»Zurück zum Thema.« Finns Blick war auf Selenas Bogen geheftet. »Erzähl mir nicht, du würdest in diesem Spiel nicht auch *uns* töten wollen.«

»Natürlich will sie das«, sagte ich leise. »Du hast sie doch gehört. Zuerst besiegen wir den Tod, dann werden die Karten neu gemischt.«

Finn blickte wild in die Runde, öffnete den Mund und schloss ihn wieder. Auf, zu. »Ihr wollt mich wohl verarschen, Leute, oder?«

Alle sahen ihn betreten an.

»Ihr wollt mich aufs Kreuz legen? Mich veräppeln?« Er wirkte verzweifelt. »Sag mir die Wahrheit, Selena!«

Sie gab keine Antwort, stierte einfach nur vor sich hin.

»Sagt mir die Wahrheit, oder ich schreie.«

Jackson sah Finn mit hochgezogenen Augenbrauen warnend an. Mit einer winzigen Bewegung richtete er die Armbrust auf den Magier, um ihn, falls nötig, zum Schweigen zu bringen. Der perfekte Überlebenskünstler, stets bereit zu tun, was getan werden musste.

Schließlich sagte Selena widerwillig: »Nur ein Spieler überlebt. Das ist die Regel. Ich wurde zwar dazu geboren, dieses Spiel zu spielen, aber das heißt noch lange nicht, dass es mir gefällt.«

Finn sah aus, als sei etwas in ihm zerbrochen. Die Situation war eindeutig, da half auch kein Schreien mehr.

Verwirrt ließ Jackson den Bogen sinken. Auch wenn er und Selena nie etwas miteinander gehabt hatten, hatte er sie sicher für eine Freundin gehalten. Und nicht für eine kaltblütige Killerin. Dieses Spiel machte uns alle zu Mördern.

Wenn wir es zuließen.

Jackson starrte auf meine nackten Beine, die ganz von selbst heilten. Dann zog er seinen Flachmann aus der Tasche und genehmigte sich einen ordentlichen Schluck. *Bist du jetzt schockiert, Cajun?* Aber einen Grund zum Trinken brauchte er ja eigentlich nie.

Finn sprang vom Arbeitstisch, um nicht mehr neben Selena zu sitzen. »Ich fass es nicht, dass ich dir Kost und Logis gegeben habe«, sagte er zu ihr. »Sogar mein letztes

Snickers habe ich dir geopfert! Vielleicht das letzte Snickers auf der ganzen Welt.«

Sie zeigte keine Regung.

»Warum hast du's nicht getan?«, fragte er. »Warum hast du uns nicht alle umgebracht?«

»Ich geb's ungern zu, aber ich brauche euch«, sagte Selena und schaute dabei mehr mich an als Finn.

»Weshalb sollte ich der Überbringerin des Zweifels glauben?«, schnaubte ich verächtlich. »Bestimmt schlitzt du mir bei der nächstbesten Gelegenheit die Kehle auf.« Sicher konnte ich mich nicht länger darauf verlassen, dass Jackson über meinen Schlaf wachen würde.

Finn drehte sich zu mir um. »Und du? Wirst *du* uns töten, jetzt wo du dich an die Spielregeln erinnerst?«

»Nein.«

Selena fuhr ruckartig herum. »Und wer lügt jetzt?«

»Ich spiele nur Spiele, deren Regeln ich selbst bestimme.« Ich klang richtig tough, wie eine dieser Superfrauen, von denen auch meine Mutter eine war. *Endlich*. Und ich glaubte sogar selbst, was ich da behauptete. »Ich besiege den Tod, dann höre ich auf.«

Ich würde die Hitze des Gefechts in den Griff bekommen. Mein letzter Versuch, meine Arkana-Kräfte zu unterdrücken, hatte mich in ziemliche Schwierigkeiten gebracht. Aber ich hatte noch ein Ass im Ärmel. »Meine Großmutter, die Tarasova, wird mir helfen. Ich muss nur nach North Carolina und sie finden.« Falls sie noch am

Leben war. Aber davon war ich überzeugt. Ich *fühlte*, dass sie noch lebte.

Selena schaute mich interessiert an. »Man kann nicht einfach aufhören.«

»Du wirst schon sehen.« Vielleicht musste ich meine Fähigkeiten ja gar nicht leugnen, vielleicht konnte ich sie einsetzen, um anderen zu helfen, wie diesen Mädchen im Verlies. Wenn ich dieses kranke Spiel spielen konnte, würde ich es sicher auch schaffen, meine Kräfte für andere Zwecke einzusetzen. Zum Beispiel um grausame Verbrechen zu bekämpfen. »Ich will nicht spielen. Lieber sterbe ich, als Matthew wehzutun.« Er tätschelte das Zeichen auf meiner Hand.

»Und was machst du mit den anderen Karten?«, fragte Selena. »Ein paar sind schon ganz nah. Der Tod des Alchemisten bringt sie alle auf unsere Spur. Morgen früh könnten sie schon vor der Kellertür stehen und uns einen Gutenmorgenkuss geben.«

»Dann werde ich sie davon überzeugen müssen, auch nicht mehr zu spielen.« Bildete ich mir das nur ein oder war meine Stimme schwächer geworden? »Ich rufe ein neues Bündnis ins Leben.«

»Wenn wir an die falschen Karten geraten, wirst du keine Gelegenheit haben, auch nur einen Ton zu sagen.«

Trotz der drohenden Gefahr durch andere Arkana überkam mich eine Welle der Müdigkeit. Ich lehnte mich gegen Matthew. »Ich werde meine Chance schon bekommen.« Mir fielen fast die Augen zu.

Finn war nachdenklich geworden. »Was ist an diesem Tod denn so Besonderes? Warum ist er der Einzige, gegen den du kämpfen willst?«

»Er ist ein Psychopath. Er wird nicht lockerlassen, bis ich tot bin.«

Matthews Magen knurrte. Der Arme. Trotz meiner Erschöpfung fragte ich: »Hat irgendjemand was Essbares für Matthew?«

Finn schaute zu Jackson. »Leider hat eine gewisse Person so sehr gedrängelt, zu deiner Rettung aufzubrechen, dass wir keinen Proviant dabeihaben.« An mich gewandt fügte er hinzu: »Wir mussten alle meine Vorräte zurücklassen. Aber ich bin trotzdem froh, dass wir rechtzeitig hier waren.«

Ich sah Jackson an.

Er zeigte mir eine leere Hand und seine Armbrust. »Ich habe auch nichts für deinen *coo-yôn*.« Das Cajun-Wort für *Idiot*. »Meine Tasche ist im Truck.«

Wie konnte er seinen Rucksack nur im Auto lassen? Für ihn war es doch immer eine Todsünde gewesen, sich von seiner Überlebensausrüstung zu trennen. Gleichbedeutend mit Selbstmord. Als wir noch zu zweit unterwegs waren, hatte er mich jedes Mal, wenn ich mich auch nur einen Meter von meinem Rucksack entfernte, ausgeschimpft wie einen Hund. »Wenn du deinen Rucksack nicht hast«, hatte er gesagt und ihn mir wieder in den Arm gedrückt, »bist du erledigt. Kapierst du das? ERLEDIGT.«

Und bis mich die Miliz erwischte, vor der mich Jackson dann heldenhaft gerettet hatte, war es mir tatsächlich auch gelungen, meinen Rucksack stets bei mir zu tragen.

War das wirklich erst drei Tage her?

Nun war Jackson wieder hier bei mir. Und seit ich wusste, dass er nie etwas mit Selena gehabt hatte, wünschte ich mir nichts sehnlicher, als in seinen starken Armen zu liegen. Ich wollte seine raue Stimme hören und wie er auf Cajun-Französisch Worte flüsterte, die nur ich verstand. Aber es fühlte sich an, als wäre er Tausende Kilometer entfernt von mir.

Dennoch musste ich ihn fragen: »Und du? Sagst du gar nichts dazu?«

Ein höhnisches Grinsen ließ seine weißen Zähne aufblitzten. »Das hier ist nicht meine Party, oder?« Wut funkelte in seinen grauen Augen.

»Nein. Da hast du recht.«

Alle schwiegen.

Trotz der Spannung, die in der Luft lag, wurden meine Lider immer schwerer. Bald würde mich der Schlaf überwältigen, aber ich hatte Angst vor Selena.

In meinem Kopf flüsterte Matthew. – *Sie wird dich mit ihrem Leben beschützen, bis der Tod besiegt ist.* Falls *er besiegt wird. Sie weiß, du bist seine einzige Schwäche.* –

Und ich? Werde ich die anderen verletzen? Indem ich aus Versehen giftige Sporen absondere oder so was?

– *Sie sind sicher. Du hast jetzt die Kontrolle über dich.* –

Ich schloss die Augen. Noch bevor ich Matthews Stimme wieder in meinen Gedanken hörte, spürte ich Jacksons Blick auf mir. – *Er starrt dich an.* Er starrt. *Er will wissen, was sich hinter deinem falschen Gesicht verbirgt. Die Neugier verbrennt ihn.* –

Ich stellte die Verbindung zu Matthew wieder her. Ich wollte mehr wissen. *Falsches Gesicht? Schaut er mich deshalb so hasserfüllt an?*

– Abscheu/Liebe. Schmerz/Hass. –

Das verstehe ich nicht.

Matthew gab keine Antwort mehr. Wahrscheinlich betrachtete er gerade wieder seine Hand. Das bedeutete, das Thema war beendet. Und mir fehlte auch die Kraft, ihn weiter auszuhorchen.

Finn räusperte sich. »Also, dieser Tod, der macht sich doch wahrscheinlich nicht den Stress, eine unbedeutende Figur wie mich zu jagen, oder?«

Ich hörte Matthew gerade noch traurig murmeln: »Der Tod wird uns alle holen …«, bevor der Schlaf mich ins Reich der Träume trug.

Ich verliere zu viel Blut. Es fließt aus einer Wunde an meiner Seite und tropft in den Wüstensand.

Meine Feinde haben mich umzingelt. Wie Blätter in einem Whirlpool hat es uns an diesem Platz zusammengetrieben. Ihre Rufe hallen immer lauter in meinem Kopf. Vier der Stärksten habe ich schon getötet, jetzt sind meine Kräfte erschöpft. Ich bin verletzt.

Keine Dornen, keine Efeuranken, keine Bäume. In dieser Öde wächst nichts, das mir helfen könnte. Kein Wasser weit und breit. Felswände zu allen Seiten.

Wie soll ich in diesem Gelände ohne ein Pferd vorankommen? Ich stolpere durch ein Labyrinth verzweigter Schluchten, meine Füße versinken im Sand. Gehe ich im Kreis?

Da, vor mir … Ich erkenne meine eigene Blutspur. Ich bin im Kreis gegangen! Ich lehne mich gegen einen Fels. Warum besitze ich nicht die übernatürlichen Sinneswahrnehmungen der Fauna, der Herrin über die Tiere?

Hufschläge donnern durch die Schlucht. Es klingt nach einem gewaltigen Ross. Der Tod? Hatte er mich gefunden? Mit Mühe gelingt es mir, schneller zu laufen. Ein schleppender Trab. Der Schweiß rinnt an mir hinab. Das Blut auch.

Schwankend bleibe ich stehen. Ich bin in eine Sackgasse geraten. Gefangen. Ich drehe mich um und sehe den Sensenmann kommen.

Er reitet allein, auf einem weißen Hengst mit roten Augen. Er trägt eine schwarze Rüstung, sein Gesicht ist von einem Helm bedeckt. An seinem Gürtel hängen zwei Schwerter. Aus einer Satteltasche ragt eine blank polierte Sense. Mit tragender Stimme spricht er zu mir: »Herrscherin.«

»Tod«, presse ich hervor und versuche zu verbergen, wie schwer meine Verletzungen sind.

»Ich habe dich in den letzten Tagen kämpfen sehen.« Seine Stimme ist rau und tief. »Deine Kräfte sind grausam, Geschöpf.«

»Und deine nicht?« Allein, indem er die Haut eines anderen berührt, tötet er. Die Arkana munkeln, dass er es liebt, mit seiner Berührung zu töten.

Aber ich will leben! Ich bin erst achtzehn Jahre alt, viel zu jung, um diese Welt schon wieder zu verlassen.

Der Tod neigt den Kopf. »Dein Fleisch heilt sich selbst. Wahrscheinlich können dich die anderen gar nicht töten.«

»Nein, das können sie nicht«, lüge ich. »Und du kannst es auch nicht. Also verschwinde.«

Er ignoriert mich und nimmt den Helm ab. Sein Gesicht zu sehen, ist ein Schock.

Er ist … schön.

Seine männlichen Gesichtszüge sind ebenmäßig und kühn, Stirn und Nase wirken stolz. Seine gebräunte Haut und die hellblonden Haare lassen die bernsteinfarbenen Augen leuchten. Ich schätze ihn nicht älter als siebzehn.

Mit einem eleganten Schwung steigt er vom Pferd und schreitet auf mich zu. Ich muss den Kopf weit in den Nacken legen, um seinem Blick standzuhalten. Er ist mindestens einen Meter achtzig groß. Sein Gebaren ist arrogant. Sicher ist er von Adel.

Sein Blick fällt auf meine blutige Hand, mit der ich meine Seite halte. »All diese Zeichen werden bald mir gehören.«

Bringt er mich um, werden die Male auf seiner Hand erscheinen. Meine Fähigkeiten gehen an ihn über. Es gewinnt die Arkana-Karte, die am längsten am Leben bleibt. Am Ende hat der Sieger alle Zeichen auf seiner Hand.

In der Ferne brüllen Löwen. Fauna mit ihren Bestien.

Wo sind meine Verbündeten? Narr, hast du mich hintergangen?

Der Tod zieht ein Schwert. Ich spucke ihm Blut ins Gesicht und laufe nach rechts, doch er schneidet mir mit übernatürlicher Geschwindigkeit den Weg ab. Ich renne nach links, dasselbe. Ich spreize die Finger und schlage nach seiner Rüstung. Mit meinen unzerstörbaren Dornenklauen will ich das Metall aufschlitzen.

Funken sprühen, aber meine Klauen werden stumpf und hinterlassen kaum einen Kratzer.

Ich ringe nach Luft, schüttele wild den Kopf. Mein rotes Haar fliegt in alle Richtungen, aber aus meinen Locken sprüht kein Gift. Ich hebe meine freie Hand und beschwöre eine Lotosblüte herauf. Nichts. Ich fahre mit der Zunge über meine zusammengepressten Lippen. Sie sind taub und rissig. Kein Gift für einen Todeskuss.

Es hat mich all meine Kräfte gekostet, mir die vier Zeichen auf meiner Hand zu verdienen. Hier in dieser verhassten Wüste verblassen meine Hieroglyphen.

»Bettele um dein Leben.«

Obwohl meinen Lungen die Luft fehlt, recke ich das Kinn. »Ich bin die große Herrscherin … die Königin der Blüten, Mörderin der ersten Ordnung … Ich bettele nicht, niemals.«

Ein widerstrebendes Nicken, als würde er mir für diese Antwort Respekt zollen. »Du hast einen ehrenvollen Tod verdient, Geschöpf.« Er schaut mich an und seine Augen beginnen zu leuchten. Zwei funkelnde Sterne. Ich kann nicht wegsehen. »Es wird nur ein kurzer Schmerz sein.«

Lautlos zieht er sein Schwert und durchbohrt mich. Ich schreie auf und umklammere die Klinge, die mich gegen den Fels drückt. Meine Schreie verstummen. Ich würge Blut.

Die funkelnden Augen des Todes lassen kein Mitgefühl erkennen. Mit einer behandschuhten Hand greift er entschlossen nach meinen beiden Handgelenken und hält sie fest. Seine andere Hand führt er zum Mund, um mit den Zähnen den Panzerhandschuh abzuziehen.

Er will mich berühren.

In diesem Moment weiß ich, dieser Junge wird das Spiel gewinnen …

4

TAG 247 N. D. BLITZ

– *Ich komme, dich zu holen, Herrscherin.* –

Ich schreckte aus dem Schlaf. Der Tod beherrschte meine Träume und meine Gedanken. Er war in meinem Kopf, ein schreckliches Gefühl.

Als wäre ich besessen.

Der Traum hatte sich so echt angefühlt, dass ich die Hände auf den Bauch presste, weil ich meinte, sein Schwert zu spüren.

Seine gut aussehenden Gesichtszüge hafteten in meiner Erinnerung. Im Traum hatte er jünger ausgesehen und auch seine schwarze Rüstung war eine andere gewesen. Altertümlicher. War der Traum eine Vision von einem anderen, früheren Spiel gewesen?

Die Präsenz des Todes wurde schwächer. Ich spürte einen Luftzug. Mit einem unbehaglichen Gefühl schaute ich mich um. War ich allein im Labor? Allein mit dem verwesenden Leichnam? War mein Albtraum für dieses unheilvolle Gefühl verantwortlich oder war es die Umgebung …?

Selena kam die Kellertreppe heruntergerannt. »Zieh dich an, Evie!« Sie warf mir eine wasserdichte Tasche zu. »Schnell!«

»Was ist los?« Ich zog einen blauen Parka, Jeans, dicke Socken, T-Shirts und Unterwäsche aus der Tasche. Sogar lederne Schnürstiefel waren dabei. Sie schienen ungefähr meine Größe zu haben.

Unter den Kleidern fand ich Notfallriegel, abgepackte Tagesrationen aus Militärbeständen und Energiegels – ein apokalyptisches Lunchpaket.

Während ich mein zerrissenes T-Shirt auszog, brachte mich Selena auf den neuesten Stand. »Die Widerlinge sind bei Tagesanbruch verschwunden, aber Matthew hat andere Arkana kommen sehen. Karten, die den Ort der letzten Schlacht aufsuchen, genau wie ich vorhergesagt habe«, fügte sie etwas überheblich hinzu.

»Der Turm, das Gericht und die Welt.«

Die ersten beiden kannte ich schon von Matthews Visionen. Selbst wenn ich Lust auf das Spiel gehabt hätte – mit diesen beiden wollte ich ungern aneinandergeraten, zumal ich vom Tag zuvor noch sehr geschwächt war. »Habt ihr ihre Rufe gehört?« Hatte ich die verschlafen?

»Noch nicht. Wahrscheinlich sind sie noch zu weit weg. Wir wollten gerade die Vorräte des Alchemisten plündern – dieser Bastard hatte wirklich alles –, als Matthew etwas von gestörten Frequenzen murmelte. Weißt du, was er damit meint?«

Ich schüttelte den Kopf.

»Er sagte, die Karten kämen sehr schnell näher und wir hätten keine Stunde mehr.«

»Schaffen wir es noch abzuhauen?« Ob mir wohl noch

Zeit bliebe, mich an den Eichen vollzusaugen? Oder würde ich sie als Abschiedsgeschenk an Requiem zurücklassen müssen?

Selena nickte, und ich fragte sie: »Warum willst du der Schlacht aus dem Weg gehen? So kenne ich dich gar nicht.«

Sie sah mich böse an. »Weil wir heute verlieren würden.«

Überzeugendes Argument.

Sie hielt eine laminierte, mit Brandlöchern übersäte Karte vom Südosten der USA in die Höhe. »Ich werde jetzt unsere Flucht aus diesem Tal planen.« Wie eine Gazelle sprang sie die Treppe wieder nach oben.

Ich zog meine zerfetzte Hose aus und stellte erleichtert fest, dass meine Haut verheilt war. Dann schlüpfte ich in die neue Jeans. Sie war an den Beinen zu lang und am Hintern zu eng. Mein ewiges Problem. Zum Schluss schnürte ich die Stiefel. Zumindest die passten.

Ich warf mir die Tasche über die Schulter, schaute mich ein letztes Mal um und lief nach oben. Obwohl wir gerade andere Sorgen hatten, fürchtete ich mich vor der Begegnung mit Jackson. Wie würde er sich heute verhalten? Ich wünschte, ich hätte nicht vom Tod, sondern von ihm geträumt.

Im dämmrigen Morgenlicht wirkte das Haus noch unheimlicher. Der Schleim der Wiedergänger war überall. Die Möbel lagen kreuz und quer herum. Durch das klaffende Loch im Dach nässte der Nieselregen mein Haar. Wolkenfetzen zogen vorüber und verschleierten die Sonne.

Nachdem wir monatelang nur blauen Himmel oder Sandstürme erlebt hatten, war dieser graue Dunst gespenstisch.

Und dazu dann noch Matthews Prophezeiung, dass wir im Regen schwächer und unsere Feinde stärker würden.

Selena beugte sich über die Karte, Finn half Matthew, Proviant in eine Tasche zu stopfen. Matthew trug einen neuen Mantel, und ich war erleichtert, dass er endlich etwas Warmes zum Anziehen hatte. Der Mantel war mit Einschusslöchern übersät, wie fast alle Kleider seit dem Blitz. Sein Vorbesitzer war vermutlich tot.

Aber wo war Jackson? Kurz stieg Panik in mir auf. War er abgehauen? Aber so ganz ohne ein Wort hätte er mich sicher nicht verlassen. Dazu hatten wir zu viel zusammen durchgemacht. *Du gehörst zu mir, peekôn.*

Ich wollte gerade nach ihm fragen, als Selena verkündete: »Wir befinden uns in einem Tal, das an drei Seiten von Bergen umgeben ist. Zwei der Bergzüge sind unpassierbar, zu hoch, und der Weg über den dritten führt direkt ins Gebiet der Kannibalen.«

Finn schluckte. Er war den Kannibalen bei einer früheren Überquerung des Gebirges bereits begegnet.

Matthew, der Finns Angst spürte, tätschelte ihm den Kopf. »Alles wird gut.«

Selena fuhr fort: »Der einzige Weg aus dem Tal führt durch einen Engpass. Sollten wir es vor der Ankunft der Arkana hinaus schaffen, schlage ich vor, wir gehen in Richtung Süden, zurück zu Finns Hütte. Wir locken den

Tod in unseren Fuchsbau und nutzen unseren Heimvorteil. Evies Kräfte sind am wirkungsvollsten, wenn sie sich verschanzen und vorbereiten kann.«

Finn wischte sich die Nebelfeuchte aus dem Gesicht. »Wie kommst du darauf, dass ich dich noch mal in meine Bude lasse, Selena? Mit dir geh ich nirgendwohin. Wir schaffen das auch allein.«

Sie stopfte die Karte in ihren Rucksack. »Hör mal zu, du mieser kleiner Mistkerl, Evie ist der Dreh- und Angelpunkt unserer ganzen Unternehmung. Wo sie hingeht, gehe ich auch hin …«

»Und euer Dreh- und Angelpunkt wird weiter nach seiner Großmutter suchen«, unterbrach ich sie. »Ihr wisst, dass ich auf dem Weg zu den Outer Banks in North Carolina bin.« Ich sah mich um. »Wo ist Jackson?«

Finn zog den Reißverschluss an Matthews Rucksack zu. »Ähm, Jack hat sich vom Acker gemacht, bevor wir aufgewacht sind«, antwortete er schuldbewusst. »Er ist weg, Evie.«

»Er ist sowieso keine Karte«, sagte Matthew. In Jacksons Gegenwart, einem Nicht-Arkana, war ihm nie richtig wohl gewesen.

»Richtig weg?« Einfach so, ohne einen Blick zurück? Nein, das konnte nicht sein. So würde er mich nie verlassen. *Und wie hast du ihn verlassen?*, flüsterte mein schlechtes Gewissen.

Selena verdrehte die Augen. »Was hast du denn erwartet? J.D. hat gesehen, wie du dich in die Herrscherin verwandelt hast. *Der kleine Horrorladen* live. Jetzt hat er's wohl kapiert: Wir sind keine Menschen. Mal ganz abgesehen davon, was er im Keller mitbekommen hat. Dass der Tod uns im Visier hat und dergleichen. An seiner Stelle wäre ich da auch abgehauen.«

Das war ... logisch. »Mich wundert, dass du ihm nicht hinterhergelaufen bist«, fauchte ich Selena an.

»Fast hätte ich ihn tatsächlich gefragt, ob er mit mir abhaut«, gab Selena zu, »aber er wollte ja nicht mit mir zusammen sein. Außerdem habe ich eingesehen, dass ein Bündnis mit dir wohl der einzige Weg ist, am Leben zu bleiben.«

»Er kommt nicht zurück, oder?«, fragte ich Matthew.

Der blickte hinauf zum wolkenverhangenen Himmel. »Er hätte sich verabschieden sollen.«

Im Garten entdeckte ich die toten Wiedergänger von letzter Nacht. Vor seinem Aufbruch hatte Jackson noch seine Pfeile aus den Leichen gezogen. *Ein praktisch veranlagter Typ, dieser Cajun.*

Meine Augen wurden feucht, aber ich zwang mich, meine Gefühle zu verbergen. »Wahrscheinlich ist es so am besten.« *Es ist schrecklich, dass er weg ist!* »Er gehörte nicht zu uns.« *Er gehört zu mir.*

Und wenn ich ihn nie wiedersah? Der Gedanke schmerzte mehr als ein Schwert im Bauch. »Werden ihm die anderen Karten etwas tun, falls er in ihre Nähe kommt?«, fragte ich Matthew.

Er schüttelte den Kopf. »Kein Arkana.«

Aber wir waren Arkana und in akuter Gefahr. Ich konnte mir nicht erlauben, in diesem Moment an Jack zu denken. Ich musste einen Weg finden, die nächste Stunde zu überleben.

»Also, was machen wir, Evie?« Finn warf einen Blick auf seine neue Uhr. »In weniger als fünfundvierzig Minuten sind wir nicht mehr allein.« Er schaute mich an, als wäre ich die Anführerin, als würde er alles tun, was ein Mädchen wie ich befahl.

Früher hatte mich nie jemand um meinen Rat gefragt. Und das war völlig in Ordnung gewesen.

»Wir fliehen durch das Nadelöhr aus dem Tal«, sagte ich. »Aber wenn ihr mitkommen wollt, schließen wir erst einen Pakt, dass wir uns gegenseitig nichts tun.«

Selena und Finn sahen sich finster an.

»Was sollen wir denn sonst machen?«, wollte ich wissen. »Nehmen wir mal an, wir gehen zurück zu Finn, der Tod kommt, und irgendwie schaffen wir es tatsächlich, ihn zu besiegen. Gönnen wir uns dann eine Auszeit und feiern unseren Teamsieg? Oder fangen wir sofort damit an, uns gegenseitig auszulöschen?«

Die anderen schienen noch nicht überzeugt.

»Matthew hat mir die Vision eines Dreierbündnisses gezeigt, das gegen den Tod kämpfte. Sie waren gut organisiert, gerissen und zu allem entschlossen. Die drei hätten sich gegenseitig nie etwas angetan, was nur bedeuten kann, dass sie ebenfalls aus dem Spiel aussteigen wollten.« Ich sah zu Matthew. »Stimmt's?«

Er widersprach nicht, sondern sagte nur: »Ordne das Spiel. Spiele mit der Ordnung. Es gibt eine Hitze des Gefechts.«

»Die gibt es«, sagte ich. »Vielleicht müssen wir kämpfen, aber wir müssen einander nicht töten. Wenn wir uns alle einig sind, werden wir nicht zu Mördern. Unsere Hände bleiben sauber.« *Von dem Zeichen auf meiner Hand mal abgesehen.*

Finn fragte Selena: »Denkst du, so ein Pakt wäre machbar?«

»Wenn wir einen Weg finden, aus diesem Spiel rauszukommen, werde ich keinem von euch was tun«, sagte sie. »Falls nicht, gilt wieder das alte Bündnis. Wir vernichten den Tod, dann sehen wir weiter.«

Ich wechselte einen Blick mit Finn. *Immerhin.*

Er tippte auf seine Uhr. »Die Zeit wird knapp.«

Ich würde meine Bäume wohl zurücklassen müssen. *Viel Spaß damit, Requiem!* »Okay. Erste Aufgabe unseres Bündnisses: abhauen.«

Sofort schnappten Finn und Selena sich ihre Rucksäcke.

Ich nahm Matthew an die Hand und lief mit ihm in den Garten. »Kannst du sehen, wie weit die anderen Karten noch entfernt sind?« Wir überquerten die vordere Veranda, auf der ich den Alchemisten erledigt hatte. Nicht die kleinste Spur von Blut. Die Widerlinge hatten die Bretter sauber geleckt.

»Du musst bleiben und kämpfen, Herrscherin.«

Allein bei dem Gedanken wurde mir mulmig. Meine Knie wurden weich. »Wir verschwinden, Schatz. Das ist sicherer.«

Seine großen braunen Augen schauten mich ernst an. »Ich hoffe, du bist traurig und wütend und hast Angst, solange es regnet.«

»Matthew! Warum sagst du so was?« Gekränkt drehte ich mich zu ihm um. »Egal, wir reden später drüber.«

»Der Tod sieht zu. Schlag zuerst zu, oder du wirst geschlagen.«

Das hatte er schon einmal gesagt. Trotzdem war ich mir nicht sicher, ob ich den Tod besiegen könnte, selbst mit meinem kompletten Arsenal. Meine Barrieren und Efeuranken würde er allesamt mit dem Schwert zerschlagen, und seine Rüstung würde ihn vor meinen Dornen und Klauen schützen. Wie in meinem Traum. Und nun, wo ich kaum noch Herrscherin-Säfte in mir hatte, sah ich wenig Chancen auf einen Sieg. »Wir nehmen uns eine Bedrohung nach der anderen vor, okay?«

Wir hatten den Garten noch nicht verlassen, da blieben alle wie angewurzelt stehen. Arkana-Rufe erklangen.

– Augen zum Himmel, liebe Leute, ich greife von oben an! –

– Ich beobachte dich wie ein Falke. –

Diese Rufe kannte ich. Ich hatte die dazugehörigen Arkana in einer von Matthews Visionen gesehen. Der erste Ruf gehörte Joules, dem Turm. Der zweite Gabriel, dem Gericht, einem Jungen, der fliegen konnte.

Verdammt, es ging los! »Matthew, du hast gesagt, wir hätten noch eine Stunde!«

»Weniger als eine Stunde. Weniger.«

»Sie sind schon im Tal«, schimpfte Selena. »Und wenn wir ihre Rufe hören, dann hören sie unsere auch. Wir kommen nicht mehr an ihnen vorbei. Der Fluchtweg ist zu schmal.«

»Vier gegen zwei, kein Problem für uns.« Kaum hatte Finn das gesagt, hörten wir einen dritten Ruf.

– *Gefangen in meiner Hand.* –

Diesen Arkana-Ruf kannte ich nicht. »Wer ist das?«

»Tess Quinn, die Weltkarte, eines der Elemente«, antwortete Matthew. »Die Quintessenz tanzt durch die Welt.«

Ein Königreich für einen Decoder! »Welche Kräfte besitzt Tess?«

»Sie ist schwer greifbar, kann schweben, die Zeit manipulieren, beherrscht die Teleportation und die Seelenreise …«

Er holte kurz Luft, um fortzufahren, aber ich unterbrach ihn: »Schon gut. Was machen wir?«

»Die drei sind hinter dir her. Joules will dich töten, um den Tod zu ärgern.«

In diesem Moment richtete der Tod das Wort an alle Arkana:

– *Das Leben der Herrscherin gehört mir. Widersetzt euch meinen Befehlen, und ich werde euch lange quälen, bevor ich euch töte.* –

Finn fragte: »Warum ist dieser Joules so scharf auf Evie? Und warum ist das dem Tod nicht piepegal?«

»Matthew hat mir in einer Vision gezeigt, wie der Tod Calanthe enthauptet hat, Joules' Freundin«, erklärte ich hastig. »Sie war die Karte der Mäßigkeit. Joules war am Boden zerstört. Der Turm, das Gericht und die Mäßigkeit waren die engen Verbündeten, von denen ich euch vorhin erzählt habe.«

Selena spannte ihren Bogen. »Wenn Joules Evie will, steht ihm ein Kampf bevor.«

Merkwürdig, dass Selena plötzlich so versessen darauf war, mich zu beschützen. Was hatte Matthew ihr wohl gesagt?

Finn fragte: »Wie sieht's bei euch mit Kraftstoff aus? Ich hab nicht mehr viel im Tank.«

»Ich hab nur noch einen Pfeil. Vielleicht können wir ihnen eine Falle stellen, sie in einen Hinterhalt locken«, meinte Selena.

»Haushalten und zusammenhalten«, flötete Matthew.

»Hallooo! Ihr solltet euch mal reden hören!« Ich presste die Fingerspitzen gegen meine Schläfen. »Wir kämpfen nicht! Wenn wir uns ihnen stellen müssen, versuchen wir, sie zu Verbündeten zu machen. Dann wären wir zu siebt. Keiner hat mehr Grund, den Tod zu hassen, als Joules. Das wäre ein Vorteil für uns.«

Selena sah mich an, als wäre ich verrückt. »Joules kann uns aber auch alle umbringen. Er holt sich unsere Zeichen und bekämpft mit den zusätzlichen Kräften den Tod alleine. Das würde eher zum Turm passen, er ist gnadenlos.«

»Ich geb's ungern zu«, sagte Finn, »aber Selena hat recht. Wenn wir sie als Verbündete gewinnen wollen, solange wir schwach sind, denken sie, wir betteln um unser Leben. Wir müssen zeigen, dass wir die Stärkeren sind, und ihnen dann anbieten, sich mit uns zusammenzutun.«

Sie hatten recht. So ein Bündnis funktionierte auch nicht anders als meine Cheerleader-Mannschaft. Solange nicht klar war, dass die coolen Mädels dabei waren, machte niemand mit.

»Matthew, wir brauchen deine Hilfe. Was sollen wir tun?«

»Schau mal, meine neuen Schuhe.« Er streckte mir einen Stiefel entgegen. »Finn sagt, ich lauf rum wie ein Zuhälter.« Er seufzte. »Ist das gut?«

»Ja, ja, aber …«

»Er hat sich um mich gekümmert, nachdem du weg warst.«

Gott, immer diese Schuldgefühle. Schnell sagte ich: »Ich dachte, in Finns Bude bist du sicherer als mit mir auf der Straße! Du weißt, wie gefährlich der Weg bis an die Küste ist.« Na ja, zumindest hatte ich das geglaubt, bevor mir klar wurde, zu was für einer tödlichen Gefahr ich selbst werden konnte.

»Gefährliche Herrscherin!«

»Ich konnte ja nicht wissen, dass Jackson euch alle hierherschleppt.« Er war wegen mir gekommen, wollte bei mir sein. Bis er gesehen hatte, wer ich wirklich war.

»Kannst du dich bitte konzentrieren, Süßer? Was sollen wir tun?«

»Kämpfen bis zum Tod.«

»Verdammt noch mal, Matthew!«

Selena packte mich am Oberarm. »Wenn du willst, dass ich bei diesem ›Frieden schaffen ohne Waffen‹-Quatsch mitmache, musst du mich schon überzeugen. Auch wenn du die anderen Arkana nicht besiegen kannst, solltest du zumindest den Eindruck erwecken, du könntest es …«

5

»Es klappt nicht!« Ich stand wieder auf Arthurs Veranda, hatte meinen Rucksack und meinen Parka heruntergerissen und versuchte, meine Klauen wachsen zu lassen. Sie hatten ein wenig gekribbelt, blieben aber verschwunden. »Ausgelaugt.« Meine Hieroglyphen blieben dunkel, die Tankanzeige stand auf leer.

»Die letzte Nacht hat mich mein gesamtes Arsenal gekostet …«

Urplötzlich klatschte Selenas Hand in mein Gesicht.

»Was soll das, verdammt!« Während ich mir noch die schmerzende Wange hielt, gab sie mir auf der anderen Seite eine noch härtere Ohrfeige.

Meine Hieroglyphen erwachten zum Leben.

»Wenn du nicht willst, dass wir sterben, dann tu was, Evie! Du musst aussehen wie die frühere Herrscherin, durchtrieben, Furcht einflößend und sexy, alles auf einmal.«

»Schlag mich noch ein Mal, und ich zeig dir, was durchtrieben und Furcht einflößend ist …«

Bevor ich reagieren konnte, stieß sie mich mit einer ihrer schnellen Bewegungen von sich. Ich stolperte über meinen Rucksack und landete auf dem Hintern. »Du Schlampe!« Mit entblößten Dornenkrallen schoss ich hoch.

»Siehst du? So muss das aussehen, Mädchen. Zeig's ihnen, oder wir sind tot!«

Ich sah an mir hinunter. Unter dem Stoff meiner Kleider leuchtete meine Haut. Starke Gefühle wie Zorn oder panische Angst konnten meine Kräfte wecken. Selena hatte mich in Rage gebracht und mir durch ihre Provokationen Starthilfe gegeben. Mit gerunzelter Stirn sah ich Matthew an. »Also deshalb wolltest du, dass ich Angst habe und traurig und wütend bin, solange es regnet.«

Ein breites Lächeln.

Welche meiner Fähigkeiten sollte ich wählen? Die Blumenhieroglyphe stand für meinen Lotos, die Stacheln für den Tornado. Die leuchtende Efeuranke, die sich um meinen Oberarm schlängelte, war bereit zuzuschlagen. Sie konnte meinen Körper verlassen, verstümmeln und töten. Die Punkte, die meinen Oberkörper sprenkelten, repräsentierten das Gift.

Auf meiner geöffneten Handfläche tauchten drei Dornen auf. Ich warf sie in die Luft und sah zu, wie sich die Stacheln am Himmel vermehrten und zu einem Wirbelsturm formierten.

»Krass!«, schrie Finn.

Das ist noch längst nicht alles, Kleiner. Ich zog meine Klauen über meine Unterarme. Blut quoll aus den Schnitten und rann zu meinen Fingerspitzen. Mit den Blutstropfen sprenkelte ich den Boden und ließ überall Efeuranken sprießen. Dann spannte ich meine Nackenmuskeln an und brachte meine beiden Eichen in Habachtstellung.

»Na also, Mädchen.« Selena spannte einen Pfeil ein und brachte ihren Bogen in Anschlag. »Mach dein Grünzeug bereit!«

Ich inspizierte mein Arsenal. Es war nicht ganz so Furcht einflößend wie letzte Nacht, aber … »Das muss genügen.«

Wir brachten uns auf der Veranda in Stellung. In der kurzen Ruhepause, die entstand, wanderten meine Gedanken zu Jackson. Meine Brust schmerzte. *Nicht an ihn denken, einfach nicht an ihn denken.* Sicher war es besser, dass er jetzt nicht bei uns war. Wir standen hier kurz vor einer Schlacht übernatürlicher Mächte.

Selena fragte mich: »Glaubst du wirklich, dass dir deine gute alte Gran helfen kann, aus dem Spiel auszusteigen?«

»Sie ist vielleicht die letzte lebende Chronistin.« Am Anfang hatte ich wegen meiner Albträume und Halluzinationen nach ihr gesucht und wegen den körperlichen Veränderungen, die ich an mir bemerkt hatte. Jetzt brauchte ich sie, um nicht zu einer eiskalten Killerin zu werden, die ihre eigenen Freunde tötet. »Sie wird Antworten haben.«

Gran hatte zwar mal zu mir gesagt: »Töte sie alle!«, aber da hatte sie nur die alten Regeln zitiert. Tatsache war, dass ihre Enkelin als Herrscherin nicht ganz der Norm entsprach.

Diese Herrscherin wollte mit dem Spiel nichts zu tun haben.

»Wie konnten die Karten uns hier so schnell finden?«, fragte Finn.

»Evie hat doch erst gestern einen von diesen Freaks pulverisiert.«

Selena suchte mit den Augen die Straße ab. »Wir ziehen uns gegenseitig an. Alle sind auf der Suche nach einer Schlacht. Womöglich waren sie schon ganz in der Nähe.«

»Anziehungskraft«, sagte Matthew.

Finn wischte sich die schweißnassen Hände an der Jeans ab. »Und wenn sich einer der Spieler vor dem Blitz in der Antarktis befand? Er kann ja nicht einfach mit dem Flieger oder einem Schiff hierherkommen.«

Das war richtig. Es gab keine Flugzeuge mehr. Es gab nicht einmal mehr Meere.

»Anziehungskraft«, wiederholte Matthew betont geduldig. »Wir werden gelenkt. Wir lenken. Wir sind Spielfiguren! Das Bündnis des Turms kommt in zwanzig … neunzehn … achtzehn …«

Matthew zählte seinen Countdown weiter, und Finn fragte: »Was hat dieser Turm denn drauf, dass ihn alle für einen so harten Hund halten?«

Ich murmelte: »Er kontrolliert sämtliche Elektrizität und wirft Blitze. Auf seiner Handfläche erscheinen silberne Speere. Er schleudert sie, und dort, wo sie treffen, schlägt der Blitz ein. Außerdem kann er seine Haut unter Strom setzen.«

»Vierzehn … dreizehn …«

Selena erklärte weiter: »Mir verbrennt ein direkter

Blitzschlag von ihm die Eingeweide, aber ich könnte überleben. Evie wäre kurz betäubt, möglicherweise lange genug, um sie zu enthaupten. Matt und du, ihr würdet sofort sterben.«

Finn rümpfte seine mit Sommersprossen übersäte Nase. »Das ist unfair! Warum sind ausgerechnet wir solche Krücken?«

»Matt kann einen Blitzschlag vorhersehen, und du könntest ihm mit deiner Magie ausweichen. Aber Matt ist verrückt, und du bist gerade geschwächt.«

»Acht … sieben …«

Das war also unser Team: ein geistig verwirrter Narr, eine Schützin mit nur einem Pfeil, ein Magier, dessen Magie am Ende war, und ich, ausgestattet mit fadenscheinigen Kräften, die nur im Zorn wirkten. Was sollte da noch schiefgehen?

Aber dieses Zusammentreffen könnte auch ein erster Schritt sein, diesen alten Kampf zu beenden. Ich stellte mir die Schlacht wie eine Maschine mit Zahnrädern vor, die sich alle paar Jahrhunderte ächzend in Bewegung setzte. Am liebsten würde ich eine Stange Dynamit zwischen die Zahnräder stecken und schallend lachen, wenn sie für immer explodierte.

»Pssst.« Matthew hielt sich einen Finger an den Mund. »Sie sind da.«

Die drei kamen um die Ecke, zwei zu Fuß, einer in der Luft. Mein Adrenalin stieg. Dann bemerkte ich, dass unsere Gegner nicht ganz so gefährlich waren wie befürchtet. Gabriel hatte offensichtlich Schmerzen beim Fliegen. Von einem seiner seidig schwarzen Flügel tropfte Blut auf den altmodischen grauen Anzug, den er trug. Sein Gesicht inmitten der flatternden Haare war bleich.

Als Arkana konnte ich sein Tableau sehen, das Bild einer Tarotkarte, die über ihm hing. Sie zeigte einen Erzengel mit Stab und Schwert, der über einer Menschenmenge schwebte.

»Er ist verletzt«, flüsterte Selena.

»Der Tod hat seinen Flügel mit dem Schwert getroffen«, antwortete ich. »Kurz bevor er die Karte der Mäßigkeit enthauptete.«

Und die Welt? Tess Quinn war eine pummelige Brünette mit unruhigen Augen. Sie trug einen schäbigen alten Stab und war gerade dabei, sich die Nägel bis auf die Haut abzukauen. Wohl kaum die geborene Killerin.

Vermutlich hatte sie genauso wenig Kontrolle über ihre Kräfte wie ich noch vor Kurzem. Ihr Tableau zeigte eine barbusige Jungfrau, die eine Stoffbahn um die Hüften geschlungen hatte. In den Ecken waren die Symbole der vier Elemente zu erkennen.

Joules dagegen sah bösartig aus. Seine dunklen Augen blitzten, seine Haut sprühte Funken. Sein Tableau war Furcht einflößend: Es zeigte einen vom Blitz getroffenen Turm, aus dem brennende Leichen fielen.

Die drei Arkana kamen vor dem Haus zum Stehen. Joules rief: »Schaut euch das ganze Efeu an! Die Herrscherin muss literweise Blut vergossen haben!« Sein irischer Akzent war nicht zu überhören. »Oh, und die großen Bäume. Ich wette, du bist ganz schön ausgepowert. Dieser Tornado sieht ja recht wild aus, aber Gabe kann problemlos um ihn herumfliegen.«

Er öffnete die rechte Hand und es erschien ein Speer.

Bei diesem aggressiven Auftritt begannen meine Klauen wieder zu kribbeln. *Komm, Turm, berühre mich …* Mein Ruf lag mir auf der Zunge, aber ich holte tief Luft und sagte stattdessen: »Hi, Joules, ich bin Evie.«

Der Turm war irritiert.

»Es tut mir leid, was mit Calanthe passiert ist. Sie war eine mutige Kämpferin. Das hatte sie nicht verdient.«

In meinem Kopf hörte ich den Tod verächtlich mit der Zunge schnalzen. – *Du kränkst mich, Geschöpf.* –

Ich ignorierte ihn. »Wir möchten mit dir ein Bündnis eingehen, um den Tod gemeinsam zu besiegen. Sieben von uns gegen ihn.«

Joules ließ seinen Speer locker durch die Luft wirbeln. Er war wunderschön, glänzend und mit alten Symbolen verziert. »Und wenn ich euch alle umbringe, mir eure Male schnappe und dann so viele Kräfte besitze, dass ich ihm alleine gegenübertreten kann?«

Aus dem Mundwinkel raunte Selena: »Hab ich's dir nicht gesagt?«

»Wir wollen keinen Ärger mit dir«, rief ich.

»Schade, denn genau das werdet ihr kriegen.«

»Der Feind meines Feindes ist mein Freund. Denk mal drüber nach!«

»Der Tod hat mir mein Mädchen gestohlen. Dafür stehle ich ihm, wonach er sich am meisten sehnt – deinen Tod.«

Ich gab mir wirklich alle Mühe, ihn zu überzeugen, aber es sah ganz so aus, als würde es zum Kampf kommen. »Das wird dir nicht gelingen, Joules. Unser Bündnis ist zu stark. Der Narr hat prophezeit, dass wir diese Schlacht gewinnen werden. Ihr werdet sterben, alle drei.« Ein Bluff. »Wir hätten uns hinter einer Illusion des Magiers verstecken und euch in einen Hinterhalt locken können. Aber wir spielen dieses Spiel nicht. Wir weigern uns, andere Karten zu töten, ausgenommen den Tod. Wir könnten mit euch einen Pakt schließen.«

Tess bekam große Augen. Sie war aufgeregt. Über uns schwebte Gabriel. Er hatte den Kopf auf die Seite gelegt und ließ keine Regung erkennen. Joules wurde noch wütender. »Die hinterlistige Herrscherin gibt Versprechen? Dummerweise hast du nie welche eingehalten. Jeder weiß, dass du bisher jeden Pakt gebrochen hast.«

Hatte ich das? Ich warf Selena einen fragenden Blick zu, aber sie konzentrierte sich voll und ganz auf Joules.

»Dieses Spiel ist neu. Wir weigern uns zu töten.«

»Ach ja?« Seine Feindseligkeit war deutlich spürbar, und aus irgendeinem Grund wurde sie immer größer.

»Es stimmt.« Meine Hoffnung auf neue Verbündete löste sich in Luft auf. Inzwischen wollte ich nur noch lebend rauskommen. Ich brachte meine Armee in Stellung. Mit meinen Ranken könnte ich die drei fesseln und uns so Zeit zur Flucht verschaffen.

»Lügnerin!«, brüllte Joules. »Glaubst du, ich habe deine Hand nicht gesehen, du Miststück? Du hast schon getötet!« Ohne Vorwarnung schleuderte er seinen Speer nach mir. Selena schoss blitzschnell ihren Pfeil ab. Sie traf den Speer und brachte ihn vom Kurs ab. Er landete im Nachbarhaus, das mit einem Blitzschlag explodierte. Schutt regnete auf uns herab.

Wie Axthiebe trafen die Trümmer eine der Eichen und spalteten ihren Stamm. Ein heftiger Schmerz durchzuckte mich. Ziegelstücke zerkratzten mein Gesicht. Ich blutete. Hatte er tatsächlich angegriffen? Obwohl ich einen Nichtangriffspakt vorgeschlagen hatte?

Er hatte *mich* angegriffen? Ich schrie auf vor Zorn. Meine roten Haare flogen mir ums Gesicht, meine Hände begannen Befehle zu erteilen. Um ihn und Tess herum brachen Wurzeln aus der Tiefe des Bodens hervor. Joules zielte mit einem weiteren Speer. Eine Efeuranke wand sich um seine Hüfte und Arme und riss ihn zu Boden.

Die Äste meiner verbliebenen Eiche legten sich um seinen Körper. Das Holz ächzte, während sie sich zusammenzogen. Er strampelte, versuchte sich zu befreien, aber er war gefesselt.

Gabriel stieß einen Kampfschrei aus und versuchte, im Sturzflug anzugreifen, aber mein Wirbelsturm drängte ihn ab.

Als die Ranken sich wie Schlangen auch um Tess wanden, kreischte sie panisch und schwang ihren Stab wie ein Lasso über dem Kopf. Joules und Gabriel schauten ihr mit angehaltenem Atem zu.

Nichts geschah. Und das sollte eine mächtige Arkana sein? Als die Welt mit ihrem kleinen Stab ein zweites Mal unkontrolliert herumfuchtelte, unterdrückte ich ein Gähnen. Gelangweilt schickte ich ihr meine Ranken.

Sie schlug mit dem Stock um sich, aber es kamen immer mehr. Wimmernd kauerte sie sich auf den Boden, Tränen strömten ihr über das Gesicht.

Joules wehrte sich verzweifelt gegen seine Fesseln. »Lass mich los, du Miststück!«

Der Tod lachte. – *Ich wusste, dass du die Rolle der friedliebenden Herrscherin nicht lange spielen würdest. Du bist viel zu stolz auf deine … Kunst.* –

Ohne zu wissen, was ich tat, rannte ich zu Joules. Die Zweige wichen zur Seite. Außer mir vor Wut stürzte ich mich auf ihn und setzte mich auf den Ast, der seine Brust umspannte. Dabei vermied ich es, seine unter Strom stehende Haut zu berühren. Ich spürte, wie er mit seinen Stromschlägen die Fesseln bombardierte.

»Holz«, sagte ich. »Ein schlechter Leiter.« Während er weiter versuchte, sich zu befreien, entblößte ich meine gifttropfenden Klauen. Ich würde ihm den Rest geben. »Du gehörst mir.«

Der Tod bedrängte mich. – *Tue es. Es ist ein herrliches Gefühl, die Klauen ins Fleisch deiner Feinde zu bohren. Erinnerst du dich?* –

Tess weinte: »Tu ihm nichts! B…bitte, nein!«

Gabriel schrie vor Wut und versuchte, an meinem Dornentornado vorbeizukommen. Er wollte seinem Freund zu Hilfe kommen, war aber zu schwer verletzt, zu langsam.

»*Póg mo thóin*«, krächzte Joules. »Leck mich am Arsch, Herrscherin.«

»Tja, Turm, du hättest mein Angebot annehmen sollen.« Meine Stimme klang tiefer als sonst, bösartiger. »Gift ist eine so grausame Art zu sterben.«

Der Tod flüsterte: – *Warum musst du sie immer quälen? Töte sie und gut.* –

Halt den Mund!

Obwohl Joules panisch wirkte, klang seine Stimme tapfer. »Tu es. Was ich wirklich will, ist ohnehin schon auf der anderen Seite.«

Ich beugte mich über ihn und genoss im Spiegel seiner weit aufgerissenen Augen den Anblick meiner leuchtenden Hieroglyphen. »Komm, berühre mich. Aber du wirst einen …« Die Worte blieben mir im Halse stecken, denn aus dem Augenwinkel sah ich … Jackson.

Er kam eine nahe gelegene Straße heruntergerannt, den Bogen im Anschlag, blieb aber wie angewurzelt stehen, als er mich erblickte.

Mein Herz machte einen Sprung. Er war nicht abgehauen?

Keine fünfzehn Meter von uns entfernt ging er hinter einem alten Schuppen in Deckung. Er trug einen Jagdmantel, ein Kapuzenshirt und Handschuhe mit abgeschnittenen Fingern. Die Riemen seines Rucksacks lagen wie gewohnt über den breiten Schultern. Seine Motorradstiefel hatte er durch Wanderstiefel ersetzt.

Er hatte sich eine neue Ausrüstung besorgt und war zu mir zurückgekommen. Ich hätte ihm mehr vertrauen müssen.

Bei meinem Anblick blieb Jackson der Mund offen stehen. Die Schlussszene in meinem Kampf mit dem Alchemisten hatte er ja schon miterleben dürfen, und nun hatte er einen Platz in der ersten Reihe bei einer Hinrichtung.

Hinrichtung?

Das war nicht ich. Ich war keine Henkerin. Und Jack war zwar nicht wirklich weggegangen, aber wenn ich den Turm umbrachte, würde ich ihn sicher für immer verlieren. Ich sah Joules an.

Er war nicht mehr die Furcht einflößende Turmkarte. Er war nur ein Teenager, mit Angstschweiß auf der Stirn. Ich schüttelte heftig den Kopf und zügelte meinen Zorn. Tief durchatmen. Ein Blick zu Jack. Schon besser.

Zu Joules sagte ich: »Wie gesagt, ich will dich nicht töten. Ich trage dieses Zeichen nur, weil ich mich verteidigen musste. Ich habe alles versucht, um den Alchemisten zu verschonen.«

»Bringen wir's verdammt noch mal hinter uns!«

Joules war voller Zorn, ganz offensichtlich wollte er sterben. Mir kamen Zweifel, ob er wirklich ein guter Verbündeter wäre. Aber auch wenn es mir nicht gelang, diesen unglückseligen Haufen für mein Bündnis zu rekrutieren, konnte ich sie nur unter einer Bedingung verschonen … »Wenn ich euch laufen lasse, schwört ihr dann, uns nicht mehr zu jagen?«

Tess weinte. »Schwör es, Joules!«

Und Gabriel rief: »Mach schon, Turm.«

Joules blinzelte. »Du willst uns verschonen?«

»Dieses Spiel ist neu. In diesem Spiel spielt die Herrscherin nicht mit. Ich werde euch laufen lassen.«

Selena, Matthew und Finn kamen näher und stellten sich neben mich. Eine geschlossene Front.

»Wir spielen alle nicht.« Ich schaute zu Selena. »Richtig?«

Sie seufzte. »So sieht's wohl aus. Wir werden einen Weg finden, den Tod zu erledigen, und dann beenden wir das Spiel.«

Joules reckte sein Kinn. »In diesem Fall schwöre ich, euch nicht zu jagen. Aber sobald ihr uns angreift, ist der Schwur hinfällig.«

Ich konnte es kaum erwarten, mit Jack zu reden. »Abgemacht!« Meine Dornen fielen auf die Straße. Meine Klauen zogen sich zurück. Die Hieroglyphen verblassten. Mit einem bloßen Gedanken befreite ich Tess und wickelte den Turm aus. Ich streckte ihm die Hand entgegen, um ihm aufzuhelfen.

Joules starrte sie an. »Verdammt«, murmelte er und griff danach.

Nachdem der Kampf nun abgewendet war, landete auch Gabriel auf dem Boden und verbeugte sich ehrfürchtig vor Selena. Hatte der Erzengel Gefallen an der Schützin gefunden?

»Musst du nicht dein Gefieder putzen gehen?«, fauchte sie.

Mitleidig sagte Matthew zu Tess: »Die Welt wurde nicht an einem Tag erschaffen.« Dann wandte er sich an Joules. So bestimmt hatte ich ihn noch nie gehört. »Du musst dieses Tal verlassen, Turm. Noch bevor die Sonne untergeht.«

Joules' Blick streifte jeden Einzelnen von uns. »Kein Problem.«

Sobald der Turm und seine Verbündeten aus unserem Blickfeld verschwunden waren, stürzten sich alle auf mich. Dabei wollte ich nur mit Jackson reden.

Selena klopfte mir auf den Rücken. »Wenn ich dich nicht hassen würde und ein netter Mensch wäre, würde ich jetzt sagen: Gut gemacht!«

Als hielte sie einen Arm zum Blutabnehmen hin, streckte mir die Eiche einen Ast für meine Dornenklauen entgegen. Energie zum Auftanken.

Selbst der Tod meldete sich: – *Ausgerechnet die Turmkarte hast du verschont? Hast du den Verstand verloren, Geschöpf?* –

Ich beachtete keinen von ihnen. Stattdessen rannte ich zu Jacksons Versteck hinter dem Schuppen. Er wollte sich gerade wieder davonmachen.

»Jack, warte!« Ich trabte hinter ihm her.

Er ging weiter in Richtung Berge, den Weg, der ins Gebiet der Kannibalen führte.

Selena schrie uns hinterher: »J.D.!« Doch er ignorierte auch sie.

Die anderen blieben verwirrt stehen, aber ich rannte ihm weiter nach. »Was hast du vor?«

»Ich sehe zu, dass ich meinen Arsch aus Requiem rausbekomme.« Er warf mir meinen alten, verloren geglaubten Überlebensrucksack vor die Füße.

Ich starrte auf den Rucksack. »Wo kommt der her?« Er musste ihn sich von der Miliz zurückgeholt haben. Ich warf einen Blick hinein. Der geerbte Schmuck, den ich zum Handeln mitgenommen hatte, war gestohlen, aber ein paar Vorräte waren noch da. Und auch mein USB-Stick mit den Familienfotos.

»Wann hast du den geholt?«

»Als du gedacht hast, ich würde mit Selena rumknutschen.«

Ich wurde rot. »Dafür hast du deinen Rucksack letzte Nacht vergessen.«

Er sah mich an. »Ein Fehler. Wird nicht wieder vorkommen.« Dann stapfte er weiter.

Ich versuchte, Schritt zu halten. »Wo willst du denn hin?« *So schnell? Nur weg von mir?*

»In die Berge.«

»Wo es vor Kannibalen nur so wimmelt?«, schrie Finn hinter uns. Er und die anderen hatten sich ihre Rucksäcke geschnappt und folgten uns. »Dort leben die nämlich – diese Gestalten, die rohes Menschenfleisch fressen. Ich hab sie gesehen, Mann. Hört mir hier eigentlich jemand zu?«

Ich hatte ihm zugehört. »Wir gehen in die andere Richtung«, erklärte ich Jack. »Durch den Engpass.«

»Dann werdet ihr sterben.«

»Und das wäre dir egal?«

Seine Schultern versteiften sich, aber er wurde nicht langsamer. »Dort hinten schleicht eine Horde Zombies rum. Es sind deutlich mehr als letzte Nacht. Sie haben sich in einem alten Warenlager verschanzt, ungefähr zehn Kilometer die Straße runter.« Er drehte sich zu den anderen um. Seine Augen waren hart. »So langsam, wie Evie vorankommt, lauft ihr ihnen bei Sonnenuntergang direkt in die Arme.«

Ich war tatsächlich langsam. Flickflacks waren im Moment einfach nicht drin.

»Die Berge oder Zombie-Futter«, sagte Jackson, »das müsst ihr mit eurem Gott ausmachen. Ich will erst mal die Gefahr, die am nächsten liegt, hinter mir lassen.«

Es gab noch mehr, worüber wir reden mussten, Fragen, die ich ihm stellen wollte …

»Viel Spaß, *Herrscherin*«, schnaubte er verächtlich.

»Warum bist du so wütend auf mich?« Ich wusste, dass er sich gern in Wut flüchtete, aber jetzt bebte er förmlich vor Zorn.

Ruckartig drehte er sich um und stapfte auf mich zu. »Ihr-seid-nicht-nor-mal. Keiner von euch!«

Mir blieb der Mund offen stehen. Das hatte gesessen. »I…ich kann doch nichts dafür, wie ich bin.«

»Nicht mein Problem. Du brauchst keinen Babysitter

mehr.« Er zog sich die Kapuze über den Kopf, drehte sich um und stiefelte weiter.

»Was macht dich eigentlich so wütend? Dass ich bin, wie ich bin? Oder dass ich dir nichts davon gesagt habe?«

»Beides! Vergiss es einfach.«

»Du … Du hast meiner Mutter versprochen, du würdest mich zu Gran bringen!«

Mit zusammengekniffenen Augen schaute er über die Schulter zu mir zurück. »Du willst weiter diesen Mist mit mir abziehen? Kein Problem. Lass dich nicht stören. Ich geh jedenfalls in diese Richtung. Er zeigte auf die Berge, als wollte er mich herausfordern, mit ihm zu gehen.

Als ob er *hoffte*, ich würde ihm nicht folgen.

Ich stand da wie gelähmt. Neben mir tauchte Matthew auf.

»Sollen wir mit Jack gehen?«, fragte ich ihn.

»Ich führe euch auf den rechten Weg. Zeige euch, wenn ihr ihn verlasst.« Er trottete an mir vorbei, dem Cajun hinterher.

War das der richtige Weg? Die anderen schauten mich wieder an, als wäre ich ihre Anführerin.

»Wir bleiben am Gebirgsrand«, versicherte ich Finn und Selena. »Wir gehen Richtung Süden bis ans Ende der Bergkette, und dann zurück in Richtung North Carolina. Wir werden nicht tief ins Gebirge hineingehen.«

»Und wenn wir uns verirren?«, fragte Finn. »Es gibt dort oben massenhaft Minen, jede bis zum Rand voll mit

Kannibalen, wie Ameisenhügel. Eigentlich wollte ich die Appalachen nie wieder überqueren.«

»Ich gehe mit Matthew.« Jackson hatte mit meinem Entschluss nichts zu tun. *Schwachsinn, Evie.*

Selena konnte kaum verbergen, wie erleichtert sie war, dass wir vorerst bei Jack blieben. Und Finn sah man an, dass er Angst hatte. Matthew torkelte schon vor uns her und versuchte, mit der Zunge Regentropfen aufzufangen.

»Gehen wir.«

Die nächste halbe Stunde marschierten wir durch die ausgebrannte Geisterstadt. Niemand begegnete uns, und das hatten wir auch nicht erwartet. Wir kamen an Bergen von Leichen vorbei: Blitzopfer, denen man die Kleider ausgezogen hatte. Sie lagen da wie gestapelte Schaufensterpuppen.

Ich schaute zu den Bergen hinauf. Früher waren die unteren Hänge mit Wäldern bedeckt gewesen, aber der Blitz hatte die Bäume in verkohlte Stümpfe verwandelt. Sie glichen den Pfosten einer Pipeline, nur die Rohre fehlten. Der Boden war mit Asche bedeckt.

Asche. Das war alles, was der Blitz von Bäumen, Tieren und Menschen übrig gelassen hatte. Mich fröstelte. Eine beklemmende Vorstellung. Seit der Apokalypse war die Asche mit den Wirbelstürmen über das Land gefegt worden und hatte überall an den Hängen Verwehungen gebildet.

Langsam schob sich eine Nebelbank von einem nahe gelegenen Berg ins Tal. Der Nebel breitete sich immer mehr um uns aus und mein ungutes Gefühl verstärkte sich. Ich spürte einen Kloß im Hals.

Gerade wollte ich den anderen mitteilen, dass sich unser Plan geändert hätte, da ertönte hinter uns das Heulen eines Wiedergängers. *Weiter, Evie.*

Was erwartete uns in diesen düsteren Bergen?

6

Wir wurden beobachtet.

Aber obwohl ich das Gefühl hatte, dass wir uns schon seit Stunden durch den Schlamm bergauf quälten, waren wir vom eigentlichen Gebirge noch weit entfernt. Kannibalen konnten es also nicht sein. Auch keine Arkana – keiner der Rufe klang nah genug. Und die Wiedergänger hörten wir im Tal unter uns heulen. Vor ihnen schützte uns die bleiche Sonne.

Noch.

Mit Voranschreiten des Nachmittags wurde mein Unbehagen immer größer. Keuchend und schnaufend schleppte ich mich vorwärts, der stechende Geruch von verkohltem Holz brannte mir in der Nase. Da hatte ich nun jahrelang als Cheerleader trainiert, aber im Vergleich zu Selena und den Jungs war meine Kondition lächerlich. Die Feuchtigkeit des anhaltenden Nieselregens verwandelte Asche und Erde in einen zähen, klebrigen Brei.

Ich war schon so oft hingefallen, dass das Zeug in Klumpen an meinen Händen und Haaren klebte. Leichenreste. In meinen Haaren.

Finn ging direkt vor mir, und Matthew wich nicht von meiner Seite, wie ein Pilotfisch. Selena und Jackson waren uns auf dem Weg ins nächste Tal Richtung Süden schon weit voraus, hielten aber einen gewissen Abstand zueinander ein. Selena hatte eine Stadt auf ihrer Karte entdeckt, und die war wohl unser Ziel. Jackson schien sich uns anzuschließen.

Ich war schwer damit beschäftigt, die Geschehnisse der letzten vierundzwanzig Stunden zu verdauen: den Kampf gegen Arthur, meine zurückgekehrten Erinnerungen, den Showdown mit Joules, den Traum vom Tod.

Und Jackson, der endlich zugegeben hatte, was er von mir dachte.

Selena hatte mit ihrer Behauptung, er finde mich abstoßend, den Nagel auf den Kopf getroffen. Wenn ich doch nur mit ihm reden könnte, ihm erklären, dass ich vielleicht nicht ganz normal war, aber dass ich das alles nicht getan hatte, um ihm wehzutun. Ich hatte einfach keine Wahl gehabt.

»Alles klar da hinten, Evie?« Finn drehte sich besorgt zu mir um. »Vielleicht sollten wir eine kurze Pause machen.«

»Mir geht's gut.« *Ich sterbe!* »Wir dürfen nicht anhalten.« Für eine Pause hätte ich meine rechte Hand samt Zeichen geopfert. Mit Schlamm hatten wir es bisher noch nicht zu tun gehabt, und ich hoffte, er würde auch die Zombies aufhalten, oder die anderen Arkana, die uns womöglich auf den Fersen waren.

»Okay. Cool.« Finn marschierte einfach weiter, als hätte ich die Wahrheit gesagt.

Ich war zwar völlig außer Atem und konnte kaum sprechen, aber all die Fragen in meinem Kopf ließen mir keine Ruhe. »Matthew«, fragte ich, »letzte Nacht habe ich im Traum gesehen, wie der Tod eine frühere Herrscherin mit dem Schwert tötet. Hast du mir diesen Traum geschickt?«

»Ja.«

»Und warum? Ich habe doch schon gelernt, wie ich meine Fähigkeiten nutze.« Die meisten von ihnen hatte ich eben erst eingesetzt.

»Du musst lernen, den Tod zu besiegen. Lernen, wie du deine Kräfte gegen ihn gebrauchen kannst.«

Die Herrscherin in meinem Traum war nicht in der Lage gewesen, sich irgendwie zu wehren. Da war nichts, das ich hätte lernen können. »Bisher waren meine Träume sich alle sehr ähnlich, aber in diesem konnte ich tatsächlich fühlen, wie das Schwert des Todes in meinen Körper drang.«

»Du hast es gefühlt.«

»Ja, hab ich doch gerade gesagt.«

Matthew nickte und trabte weiter leichtfüßig neben mir her. »Du hast es in einem früheren Leben gefühlt.«

Ich hielt inne. »In einem früheren Leben?«, presste ich mit zusammengebissenen Zähnen hervor. Er hatte nie erwähnt, dass es in diesen Albträumen tatsächlich um mich ging. »Warum hast du mir nie gesagt, dass wir wiedergeboren werden?«

Allerdings hatte er auch nie das Gegenteil behauptet. Eigentlich hätte ich es mir denken können. In den Visionen, die er mir geschickt hatte, war mir eine frühere

Herrscherin erschienen, die so furchterregend war, dass ich sie die rote Hexe getauft hatte. Ihre grausamen Taten hatten sich wie Erinnerungen angefühlt.

»Dieses Mal hat die Herrscherin Sinn für Humor.« Das hatte Matthew vor Wochen schon einmal gesagt.

Dieses Mal. Ich war also dieselbe Karte, nur in einer anderen Version. Vor Hunderten von Jahren war ich eine bösartige Mörderin gewesen.

Und diesmal war ich es auch. Man denke nur an Arthur.

Ich presste wieder die Hand auf meinen Bauch. Die tödliche Wunde wurde mir damals tatsächlich geschlagen. Drohte mir so etwas auch in diesem Leben? »Die Herrscherin im Traum letzte Nacht war eine andere als die in meinen Träumen vor dem Blitz.« Vor dem Blitz hatte sie mit Wasserpflanzen Galeonen zerstört und mit Sporen ganze Dörfer ausgerottet.

»Es reicht weiter zurück, viel weiter«, sagte Matthew. »Das war vor zwei Spielen. Du warst die Königin der Blüten. Die Rote Hexe war Phyta. Nun bist du die Prinzessin der Gifte. Du bist sie alle: Lady Lotos, die Dornenkönigin, Herrin der Dornen.«

Er hatte diese Namen schon erwähnt, aber ich hatte nicht gewusst, dass sie verschiedene Herrscherinnen bezeichneten. »Aber warum muss ich noch mehr frühere Spiele durchleben? Die Träume von der Roten Hexe, oder besser, die Erinnerungen an sie, reichen völlig.« Oder die an Phyta. Oder an wen sonst noch alles.

»*Dieser* Tod hat dich damals zum ersten Mal getroffen.«

»Du meinst den wiedergeborenen Tod.« Sein derzeitiges Leben hatte also schon vor Tausenden von Jahren seinen Anfang genommen und in dieser Zeit war ich womöglich als drei verschiedene Herrscherinnen wiedergeboren worden. Der Tod hatte einfach weitergelebt, Jahr für Jahr, Spiel für Spiel. »Okay, du willst, dass ich mich an diese Dinge erinnere. Aber warum gibst du mir die Informationen nur häppchenweise, Matthew? Warum nicht alle Erinnerungen auf einmal?«

»Ich habe dir alles gegeben. Erinnerungen an zwei Spiele. Dein Geist widersetzt sich. Die Träume verschwimmen. Sicherheitsventil.«

»Warte ...« Es fiel mir schwer, Schritt zu halten. Auch mit dem, was Matthew da erzählte. »Dann kann ich mich also an alles aus zwei Spielen erinnern? Ich muss es nur träumen? Warum kann ich nicht so wie du alles auf einmal sehen?«

Mitleidig schaute er mich an. »Dann wärst du so wie ich. Verrückt. Du bist die Schwäche des Todes.«

»Das sagst du immer wieder. Aber kennt der Tod auch *meine* Schwächen?«

»Besser als sein eigenes Spiegelbild. Achte auf deine Träume. Er hat mich in der Tasche, also habe ich ihn im Auge.«

Auch das hatte Matthew schon einmal gesagt. Damals hatte ich ihn nicht verstanden, aber nun war mir klar, was er damit meinte. Der Tod konnte mich durch Matthews Augen sehen, er wusste immer, was ich tat. Und er konnte sich jederzeit in meine Gedanken einschalten, auch wenn ich keine Ahnung hatte, wie er das machte. Das letzte Mal hatte er sich am Morgen vor unserem gehetzten Aufstieg gemeldet.

– Du hast jede Sekunde Elend und Angst verdient, Geschöpf. –

Und du kannst dir deine Sense sonst wohin stecken!

Wenn die anderen auf Sendung gingen oder ich meine stummen Gespräche mit Matthew führte, war das okay. Aber wenn der Tod in meinen Gedanken rumschnüffelte, ging mir das tierisch auf die Nerven. »Warum kann der Tod meine Gedanken hören?«

»Er sitzt in der Schaltzentrale.«

Ich erinnerte mich, wie Selena gesagt hatte, Matthew würde Frequenzen stören. »Sind unsere Rufe und Gedanken Frequenzen für dich?« Vielleicht sollte man sich das Ganze nicht als Arkana-Radio vorstellen, sondern als Arkana-Telefonnetz. Mit einem nervösen Lachen fragte ich Matthew: »Du bist nicht zufällig das Fräulein in der Telefonzentrale, oder?«

»Ich bin der Narr«, gab Matthew geduldig zurück, als würde er mit einem Kind sprechen.

»Aber wie sind wir dann alle miteinander verbunden?«

»Durch mich. Den Telefonisten. Der Narr ist der Spielmacher.«

»Aber du hast doch gerade gesagt …«. Ich verstummte. Im Grunde hatte er es ja nicht abgestritten. »Das ist also eine deiner Fähigkeiten?« Kein Wunder, dass er so oft verwirrt war.

»Ich kann Meldung machen.«

»Du musst diese Verbindung unterbrechen, Matthew!« Und ich hatte geglaubt, der Tod könne ganz einfach Gedanken lesen. Ich erinnerte mich, wie der Tod einmal gesagt hatte: »Matto weiß um seine Schuld. Er wird dich zu mir führen ...«

»Die inneren Stimmen sind wichtig«, beharrte Matthew.

»Warum lässt du ihn in meine Gedanken eindringen?« Ich verstand das nicht. »Schuldest du ihm etwas? Vor ein paar Wochen hat er so etwas behauptet.« Keine Antwort. »Lässt du ihn in die Köpfe von allen?«

»Der Tod will nur in deinen Kopf. Der Tod will das Leben. Er hat mich in der Tasche.«

»Also, nur dass das klar ist, du verbindest die Arkana-Rufe. Du ermöglichst dem Tod, mit uns allen zu kommunizieren. Du lässt ihn aber ausschließlich meine Gedanken lesen, weil du in seiner Schuld stehst?«

Matthew hielt mir einen verkohlten Pinienzapfen unter die Nase.

Nur nicht die Geduld verlieren. »Ist dir klar, dass der Tod so immer ganz genau weiß, was wir vorhaben?«

»Es ist ihm egal, was wir vorhaben. So wie es dir egal ist, was die Kannibalen in den Ameisenhügeln vorhaben. Er lacht über unsere Pläne.«

»Ich will nicht, dass ein Killer in meinem Kopf herumspukt!«

Matthew verlangsamte seinen Schritt und sah zu mir herab. Sein Gesicht spiegelte eine Lebenserfahrung, die seinem Alter nicht entsprach. »Was ich tue, hat seine Gründe.«

Wütend funkelte ich ihn an. »Ich muss es den anderen sagen. Das ist ein verheerender Schwachpunkt! Wie soll ich denn ein Bündnis gegen einen Feind anführen, der stets weiß, was wir als Nächstes tun werden?«

»Du spürst seine Anwesenheit. Lerne zu erkennen, wann er da ist. Der Tod hat meinen Blick erkannt. Erkenne du den seinen.«

»Du meinst, ich kann lernen zu fühlen, wann er herumschnüffelt?« Als Matthew mir in einer Vision den Kampf zwischen dem Tod und Joules' Bündnisgefährten gezeigt hatte, konnte der Sensenmann spüren, dass wir zusahen. Und hatte ich nicht jedes Mal, wenn er in der Nähe war, dieses Gefühl der Schwere?

»Und wenn der Tod verhindert, dass ich meine Gran finde, bevor ich es gelernt habe?« Insgeheim hoffte ich, Matthew würde mir irgendwie bestätigen, dass sie noch am Leben war.

»Den Tod interessiert deine Gran nicht. Er glaubt nicht an sie.«

»Sag mir doch bitte, ob es ihr gut geht?«

»Definiere gut.« Matthew schaute auf seine Hand. Thema erledigt.

Sie musste noch leben. Matthew würde mich nicht völlig umsonst weiter nach ihr suchen lassen.

»Aber warum ist der Tod ständig hinter mir her? Es gibt doch auch noch andere Karten, die er quälen kann.«

Ein Achselzucken.

»Du weißt es, sagst es mir aber nicht.«

Ein Grinsen. »Verrückt wie ein Fuchs!«

»Komm schon, Matthew …« Ein Stück rechts von mir knackte ein Zweig. Ruckartig drehte ich mich um, konnte aber nichts erkennen. Ich bekam eine Gänsehaut. »Werden wir beobachtet?«

Er zwinkerte mir zu. »Warum auch nicht?«

»Sind wir in Gefahr?«

Er kicherte und drohte mir scherzhaft mit dem Zeigefinger. »Sinn für Humor.«

Klar, wir waren ständig in Gefahr. Ich marschierte weiter. »Wird Jackson uns verlassen?« Ich bereute sofort, für diese Frage meinen kostbaren Atem verschwendet zu haben. Ich *kannte* die Antwort.

Jackson brachte seine Haltung deutlich zum Ausdruck. Die Kapuze tief ins Gesicht gezogen, stapfte er noch immer vor uns her. Den ganzen Tag über war er entweder wütend oder sehr wütend gewesen. Als würde man ihn alle paar Minuten aufs Neue reizen. Er sprach weder mit mir, noch mit Selena, und auch Finn ignorierte er. In Gedanken hatte er sich wohl schon verabschiedet. Sobald wir in der nächsten Stadt waren, würde er verschwinden.

»Er hätte gehen sollen. Arkana und Nicht-Arkana passen nicht zusammen«, seufzte Matthew. »Dee-voh starrt dich an, wenn du nicht hinsiehst. Ein Jäger auf der Pirsch. Du bist für ihn der unerreichbare Stern auf der Spitze des

Weihnachtsbaums. Ein Geschenk, das er nicht auspacken darf.«

Eigentlich sollte ich Matthews rätselhaftes Gefasel inzwischen gewohnt sein. War ich aber nicht.

»Sein ganzes Leben nur falsche Gesichter. Gezeugt von einem falschen Gesicht. Und du hast ihm deins gezeigt.«

Jackson trug noch immer die Narben seiner erbärmlichen Kindheit. Sein Vater hatte sich geweigert, Unterhalt für ihn zu zahlen oder seinen Not leidenden Sohn überhaupt nur anzuerkennen, und seine Mutter war eine Alkoholikerin, die sich mit Säufern vergnügte. Männern, die seine Mutter missbrauchten und Jackson verprügelten. Er hatte gelernt, niemandem zu vertrauen. Gelernt, skrupellos zu sein und seine Fäuste für sich sprechen zu lassen.

Bisher hatte es in seinem Leben nur Enttäuschung und Gewalt gegeben.

Kein Wunder, dass er glaubte, ich sei falsch und grausam. Vor seinen Augen hatte ich mich in ein giftiges, rankenbehangenes Monster verwandelt, das versessen darauf war, einem dürren irischen Jungen den Hals aufzuschlitzen.

»Denk weniger an Dee-voh, mehr an das Spiel«, unterbrach Matthew meine Gedanken.

Wir quälten uns einen steilen Hang hinauf, und ich überlegte, was ich über die anderen Karten wusste. Als ich letzte Nacht mein neues Zeichen angestarrt hatte, waren mir Erinnerungen an meine Großmutter durch den

Kopf geschossen. Sie waren noch immer bruchstückhaft, fügten sich aber mit jeder Stunde besser ineinander.

Gran hatte mir von Spielern erzählt, die Tiere beherrschten, so wie ich Pflanzen. Und von Karten, die die Elemente manipulieren konnten.

Ihre Stimme hallte in meinem Kopf.

»Die Details der Bilder sind wichtig. Man muss sie lesen wie eine Landkarte.«

»Studiere die Karten. Präge sie dir ein. Alle Symbole erfüllen einen Zweck, Evie. Sie geben dir Auskunft über die Spieler.«

Ich wünschte, ich hätte ein Tarot-Deck. Ich wusste, dass die Karten voll von Zeichen waren, die sie zueinander in Verbindung setzten. Auf manchen waren Tiere abgebildet, auf anderen Pflanzen. Wieder andere zeigten Wasser oder Feuer.

Ich erinnerte mich, wie Gran leise vor sich hin summend ihre Karten mischte, um mich abzufragen.

»Welche Karten sind die besten Verführer?«

»Der Hierophant und die Liebenden. Und ich!«, piepste ich.

»Die Karte mit der größten Kraft?«

»Der Teufel! Der Teufel ist sehr stark!«

Kein Wunder, dass das meine Mom erschreckte.

Oben am Hang wartete Finn auf uns. »Evie, ich wollte mich noch mal dafür entschuldigen, dass ich mich in Jack verwandelt habe. Es tut mir leid, dass ich dich damit hinters Licht geführt habe und dass du weggelaufen bist. Verzeihst du mir?«

War ich noch sauer? Ich versuchte, es positiv zu sehen. Okay, Jackson hatte ein für alle Mal mit mir Schluss gemacht, ich war zur Mörderin geworden und nun auf der Flucht vor einer Horde Zombies.

Andererseits konnte ich mich mittlerweile an vieles aus dem Spiel der Arkana erinnern. Ich hatte drei – na ja, zwei – Mädchen das Leben gerettet, und vielleicht wären ja noch andere in Arthurs Falle getappt. Außerdem hatte ich gelernt, meine Kräfte zu beherrschen.

Die Bilanz war also ausgeglichen. Dann fiel mir wieder ein, dass Finn sich die letzten beiden Tage um Matthew gekümmert hatte. »Ich nehme deine Entschuldigung an, Finn. Aber versprich mir, dass du so eine Nummer nie wieder abziehst.«

Etwas weiter vorn legte Jackson eine Verschnaufpause ein und nahm einen Schluck aus seiner Feldflasche. Er drehte sich um und schaute den Berg hinunter. Mein Gott, er war so groß und stolz. So stark. Seine markanten Züge waren zum Niederknien.

Er war so nah, und trotzdem fehlte er mir.

Finn bemerkte, wie ich ihn anstarrte. »Ich weiß, es ist momentan ein bisschen hart für ihn, aber er wird darüber hinwegkommen. Als du nicht da warst, ist er komplett durchgedreht.«

»Er dreht immer gleich durch.« Was bei den tragischen Verhältnissen, aus denen er stammte, kaum überraschte.

»Nein, Evie, er war verzweifelt … völlig außer sich. So wie Hulk, wenn er die ganze Bude zertrümmert. Als klar war, dass ihm nur ein Transportmittel fehlte, um dir zu folgen, stürmte er ins nächste Milizcamp, direkt in einen Kugelhagel. Der Typ hat sich nicht mal geduckt, ist keiner einzigen Kugel ausgewichen. Er rannte rein, legte einen nach dem anderen um und holte sich einen Jeep.«

Mit geöffnetem Mund starrte ich fassungslos zu Jackson hinauf.

»Er liebt dich.«

Als hätte Jack gespürt, dass wir über ihn redeten, warf er mir über die Schulter einen verächtlichen Blick zu und stapfte weiter.

»Ist nicht zu übersehen.«

»Nein, wirklich. Letzte Nacht hatte er seine Überlebensausrüstung deshalb nicht dabei, weil ihm sein Leben egal war – er wollte dich um jeden Preis retten.«

Ich schaute zu Matthew, der das alles mit einem kurzen Nicken bestätigte. *Es ist die Wahrheit.*

»Er braucht nur ein bisschen Zeit, um sich an deine übernatürlichen Kräfte zu gewöhnen.« Finn musterte mich mit schief gelegtem Kopf. Mein Gesicht war vor Anstrengung sicher knallrot und dreckverschmiert. »Seine Freundin hat sich von einem Zuckermäuschen in eine Schlange verwandelt. Von einem heißen Feger in ein wütendes Monstrum. Was erwartest du?«

Ich zog die Augenbrauen hoch. »Wütend? Ich war absolut gruselig.«

Finn half mir über einen Baumstamm. »Als du dich in

Evezilla verwandelt hast, hab ich einen Ständer gekriegt, so groß wie … na ja, wie ein Ständer eben.«

Ich wurde noch röter, trotzdem nahm ich Finn nicht alles ab, was er da erzählte. Gegenüber Mädchen war er nie besonders feinfühlig in seiner Wortwahl. »Jackson sieht das wohl ein bisschen anders. Bestimmt hat er mich längst abgeschrieben. Er ist super intelligent und liebt es, Rätsel zu lösen und Geheimnisse zu erforschen. Trotzdem hat er nicht eine Frage gestellt, die uns betrifft oder mich. Und zwar deshalb, weil er nichts mehr mit uns zu tun haben will.«

Ich blieb stehen, um wieder zu Atem zu kommen. Eine Sache musste ich noch wissen …

»Wie war es, als du Selena ausgetrickst hast? War der Kuss es wert?«

Finn fuhr sich mit den Fingern durchs Haar. »Scheiße, nein. Natürlich nicht. Ich bin echt zu weit gegangen.«

»Stimmt. So darf man ein Mädchen einfach nicht reinlegen.«

»Schon klar. Aber manchmal kann ich einfach nicht anders. Ich muss andere täuschen …«

»Es liegt ihm einfach im Blut«, mischte Matthew sich ein.

Finn nickte. »Je öfter ich eine Illusion heraufbeschwöre, umso weniger kann ich damit aufhören. Ich werde total zappelig, wenn ich nicht zaubere. Deshalb haben sie mich auch von Kalifornien nach South Carolina zu meiner hinterwäldlerischen Verwandtschaft verfrachtet. Wegen der Streiche, die ich meinen Eltern gespielt habe.«

»Zum Beispiel?«

»Meine Mom ist mal mit einem pinkfarbenen Fell aufgewacht, ausgerechnet an dem Tag, an dem sie zu einem wichtigen Essen eingeladen war. Sie ist total ausgerastet. Und mein Dad fand es merkwürdigerweise auch nicht witzig, als er in unserem Gartenhaus einen Clown mit blutiger Axt entdeckte. Meine Eltern konnten zwar nie mit Sicherheit sagen, dass ich das war, aber irgendwas stimmte nicht, so viel war klar, und sie wussten nicht, wie sie darauf reagieren sollten. Ich konnte einfach nicht damit aufhören. Es ist wie ein innerer Zwang.«

Erschrocken sah ich ihn an. »Bei mir ist es ähnlich. Je öfter ich meine Kräfte einsetze ...« Ich stockte.

»Umso mehr möchtest du uns töten«, beendete Finn meinen Satz.

Ich zuckte mit den Schultern, genau wie Matthew es immer tat. Das Gespräch hatte mich allerdings auf einen Gedanken gebracht: Wäre Matthew klarer im Kopf, wenn er sich seine Zukunftsvisionen abgewöhnen könnte? Sobald sich die Lage etwas beruhigt hätte, würde ich ihn bitten, es zu versuchen.

Sicher war es besser, mit unseren Kräften sparsam umzugehen. Wir konnten sie nicht beliebig oft und lange einsetzen. Sowohl ich als auch Finn waren ausgelaugt und mussten neue Energie tanken. Ich schaute nach vorn zu Selena, die mühelos über einen Felsspalt sprang. Was würde geschehen, wenn Selena ihre Kräfte überstrapazierte? Welche Schwächen hatte sie, außer dass ihr die Pfeile ausgehen konnten? Zu Finn sagte ich: »Schwierigkeiten mit den Eltern scheinen eine Spezialität der Arkana zu sein. Und damit meine ich nicht nur ein bisschen Zoff oder Hausarrest.«

Waren wir dazu verdammt, dass unsere Eltern uns nicht verstanden? Meine geliebte Mom – sie ruhe in Frieden – hatte mich in ein Irrenhaus gesteckt. Matthews Mutter hatte versucht, ihn zu ertränken. Und Arthur hatte seinen Vater in Säure aufgelöst.

Schon wieder hörte ich einen Zweig knacken, dieses Mal zu meiner Linken. Als ich den Kopf drehte, stolperte ich, konnte mich aber gerade noch fangen. Selena vor uns hielt inne und legte den Kopf schief. Hatte sie auch etwas gehört? Sie strich kurz über die Federn ihres letzten Pfeils, den sie sich in Requiem noch zurückgeholt hatte, ging dann aber weiter.

Ich sah, dass Finn Selena ebenfalls beobachtete. »Es tut mir leid, wie es mit Selena gelaufen ist«, sagte ich, »auch wenn's nicht hilft. Ich weiß, wie sehr du sie magst.«

»Vergangenheit. Sich in ein Mädchen zu verlieben, das auf einen anderen steht, geht ja noch. Aber ein Mädchen zu mögen, das vorhat, dich bei der nächstbesten Gelegenheit umzulegen?«

»Sie sagt, sie wurde dazu erzogen. Wahrscheinlich kann auch sie nicht anders.« Hatte ich da eben tatsächlich Selena in Schutz genommen? Ich fragte Matthew:

»Was hast du ihr erzählt, um sie auf meine Seite zu ziehen?«

»Die Zukunft. Wenn sie dich tötet, wird der Tod ihr den eigenen Pfeil durchs Auge jagen.«

»Ein sympathischer Zeitgenosse.«

In mein Gesicht platschte ein Regentropfen. Der Regen fiel nun dichter und es wurde deutlich kälter. Wir konnten unseren Atem sehen. »Matthew, du hast gesagt, wir würden schwächer, wenn der Regen einsetzt. ›Du hast Schrecken nie gekannt. Nie, wie du ihn kennenlernen wirst, wenn der Regen kommt.‹ Das waren deine Worte. Warum hast du das gesagt? Was meinst du damit?«

»Sonnig und grün? Du zerstörst. Jetzt?« Er schüttelte den Kopf. »Kräfte. Stopp. Start. Anfälle. Ohne Sonne ist eine Pflanze schwach. Du spürst es schon. Auch die Hindernisse werden schneller, stärker. Die Feinde lachen uns aus.«

Matthews Hinweise ließen sich in vier Kategorien unterteilen: Arsenal, Feinde, Schlachtfeld und Hindernisse. »Welche Hindernisse?« Keine Antwort. »Sag mir wenigstens, wie lange es regnen wird.«

»Bis der Schnee kommt.«

Na klasse. Dann wusste ich ja Bescheid. »Wann wird das sein?«

»Die Armee wälzt sich voran, eine Windmühle dreht sich. Der, der am meisten erfährt, gewinnt am wenigsten.«

Was auch immer das nun wieder heißen mochte. Es

war zwecklos, aus Matthew Informationen herauszuquetschen. Er ließ sich nicht zwingen, Dinge vorherzusehen.

Jackson und Selena waren auf einer Anhöhe ein Stück vor uns stehen geblieben. Ich seufzte erleichtert. Bald würde die Sonne untergehen, und vielleicht gab es in der Nähe ja einen Unterschlupf.

Ich versuchte zu verbergen, wie erschöpft ich war. Aber das schien mir nicht sehr gut zu gelingen, denn Jackson sah mich genervt an, als ich die beiden erreichte.

»Ich hab … kein Wort … gesagt«, japste ich. »Hab mich … nicht … beschwert.«

Nach kurzem Zögern murmelte Jackson: »Nein, das machst du nie.«

Es klang zumindest nicht böse.

Wir konnten bis hinunter nach Requiem sehen, die gesamte Straße bis zum Warenlager. Die Stadt quoll über vor Widerlingen, genau wie Jackson gesagt hatte. Sie hockten in sämtlichen Ausgängen und Winkeln. Ein paar wagten sich kurz ans Tageslicht und huschten dann zurück in den Unterschlupf. Als wollten sie das Sonnenlicht testen.

»Kommt es mir nur so vor, oder bewegen die sich tatsächlich schneller?«, fragte Selena.

Ich nickte. »Was treibt sie nach draußen? Warum sind sie so aufgeregt?«

»Blutrausch«, meinte Matthew.

Finn schüttelte den Kopf. »Ich dachte, sie trinken nur deshalb Blut, weil es kein Wasser gibt.«

»Regen bedeutet, sie sind stark genug, um nach Blut zu jagen. Die Batterien sind aufgeladen.«

»Das ist nicht dein Ernst, oder?« Ich runzelte die Stirn. »Sie trinken lieber Blut?« Also versorgte sie der Regen nur mit neuer Energie. Das hieß, die Hindernisse auf unserem Weg wurden schneller und stärker. Von nun an würden wir keine schrumpeligen Leichen mehr am Straßenrand finden. Das war mit dem Regen vorbei. »Werden sie uns verfolgen, wenn die Nacht anbricht?«

»Der Alchemist war ganz nach ihrem Geschmack«, antwortete Matthew. »Nun stehen wir auf ihrem Speiseplan. Im Umkreis von vielen Kilometern gibt es kein Blut. Die Jagd hat begonnen.«

Gegen so viele Wiedergänger waren wir trotz unserer Arkana-Kräfte im Nachteil. Selena hatte nur noch einen Pfeil. Finn konnte uns zwar unsichtbar machen, aber die Zombies folgten ohnehin unserem Geruch. Und Matthews Kräfte taugten nicht für einen Angriff.

Und ich? Auf der Flucht war ich eine schlechte Kämpferin. Meine Kräfte kamen und gingen wie epileptische Anfälle.

»Was ist los, Herrscherin?« Jacksons Blick streifte meine schlammige rechte Hand mit dem Mal. »Wovor hast du Angst? Du kannst sie doch alle fertigmachen.« Der fast freundliche Unterton von vorhin war wieder verschwunden.

Erschöpft rang ich nach Atem. »Nein. Kann ich nicht.«

»Ich dachte, du kannst nicht sterben.«

Matthew schüttelte den Kopf. »Sie kann sterben. Der Tod wird dafür sorgen.«

– *Oh ja, darauf kannst du wetten* –, flüsterte die Stimme des Todes, – *noch diese Woche wird mein Schwert dich durchbohren*. –

7

Tag 249 n. d. Blitz

»Sagt mal, bin ich eigentlich der Einzige hier, der meint, dass es jemand auf uns abgesehen hat?«, fragte Finn in die Runde, während er mit vollem Mund einen Energieriegel kaute. »Ich fühle mich irgendwie noch ein bisschen bedrohter als sonst, so als ob wir beobachtet werden.«

Meine Zähne klapperten. »Ja, wir werden definitiv beobachtet.« Ich hatte dieses Gefühl schon, seit wir Requiem vor zwei Tagen verlassen haben.

Die erste Nacht hatten wir zusammengekauert im Schutz eines Felsens verbracht, schlaflos und ängstlich. Diesen Abend hatte Jackson, nachdem wir eine Weile fast blind durch die Dunkelheit gestolpert waren, den Schießstand eines Jägers entdeckt. Im Grunde war es nur eine niedrige, an einer Seite offene Blechhütte, an der bereits die Tarnfarbe abblätterte.

Dennoch quetschten wir uns begeistert in diese grandiose Behausung. Jack sah derweil ungeduldig zum Himmel, sagte aber nichts.

Solange wir nicht versuchten, aufrecht zu stehen, hatte jeder von uns einigermaßen Platz, und wir konnten dem Nieselregen für eine Weile entfliehen. Bis wir im Morgengrauen weiterziehen konnten, waren wir wenigstens ein bisschen geschützt.

Es war riskant, hier Rast zu machen, aber wir gingen davon aus, dass uns die Widerlinge nicht einholten.

Ich wrang meine Haare aus und machte es mir gemütlich. »Ich h…habe ein s…seltsames Gefühl.«

Finn hatte uns wieder eine Laterne gezaubert. Ich hätte schwören können, die Nächte wurden länger, obwohl es auf den Sommer zuging. Und auch die Temperaturen fielen immer weiter ab.

Würde die Sonne eines Tages gar nicht mehr aufgehen?

Obwohl wir, bis auf Selena mit ihrer Outdoor-Ausrüstung, alle völlig durchnässt waren und froren, zündeten wir kein Feuer an. Zwar hatte sie auch trockene Späne in ihrem Rucksack, aber das nasse Feuerholz würde fürchterlich qualmen und die Widerlinge auf unsere Fährte bringen.

Den ganzen Tag hatten wir uns gefragt, ob die Zombies mit unserem hektischen Tempo wohl mithalten konnten. Soviel ich wusste, konnten ihre Verletzungen nicht heilen. Der Blitz, der sie erschaffen hatte, lag mittlerweile neun Monate zurück, da müssten sie doch eigentlich ein paar Abnutzungserscheinungen zeigen.

Es sei denn, sie waren nicht durch den Blitz zu Zombies geworden, sondern durch einen ansteckenden Biss.

Am Morgen vorher war Selena unseren Weg ganz früh noch einmal zurückgelaufen, um nach ihnen zu sehen.

»Es sind mehr geworden«, hatte sie bei ihrer Rückkehr berichtet.

»Wo verstecken sie sich tagsüber?«, wollte ich von ihr wissen. Es nieselte zwar, war aber dennoch taghell, und wir waren an keinem Haus vorbeigekommen. Kilometerweit nichts als verbrannte Wälder.

Zögernd hatte sie gesagt: »Sie graben sich ein. Im Schlamm. Das Gute daran ist, dass alle Arkana, die uns vielleicht folgen, eine nette kleine Überraschung erleben werden.«

Ein Minenfeld aus Wiedergängern. Die Vorstellung ließ mich frösteln. Den ganzen Tag über wurde ich das Gefühl nicht los, jeden Moment auf so eine *Widerlingmine* zu treten.

In unserer Schutzhütte sagte Selena nun: »Inzwischen glaube ich auch, dass wir verfolgt werden. Als würde sich ein Jäger an sein Wild anpirschen.« Sie zupfte an ihrer Bogensehne. »Ich bin es nicht gewohnt, gejagt zu werden.«

Ich schaute zu Jackson, der nicht bei uns im Kreis saß, sondern am Ausgang auf der Lauer lag. Er hatte mal behauptet, an ihm käme niemand vorbei, und bislang hatte er recht behalten.

Blieb er bei uns, weil wir in dieselbe Richtung gingen? Oder weil er meiner Mutter versprochen hatte, auf mich aufzupassen? Da er sich weigerte, mit mir zu reden, hatte ich keine Ahnung, wie er das alles verkraftete. »Er platzt vor Neugier«, hatte Matthew gesagt, und heute Nacht konnte ich diese Neugier fast körperlich spüren.

Jackson hatte bislang nicht eine Frage gestellt – vermutlich dachte er, die Sache ginge ihn nichts an –, aber er hörte aufmerksam zu. Tagsüber ertappte ich ihn immer wieder, wie er mich anstarrte. Sein Gesicht spiegelte dabei eine Mischung aus Wut und … Verwirrung.

»Matthew, spürst du was?«

Statt mir zu antworten, starrte Matthew auf seine Hand. Auch er schien über etwas nachzudenken. Ich wünschte, er würde mit mir reden, selbst wenn ich von dem, was er sagte, kaum etwas verstand.

Ich drückte ihm die Hälfte meines Energieriegels in die Hand und umschloss sie mit meinen behandschuhten Fingern, bis er den Riegel festhielt. Irgendwann schaute er überrascht auf seine Hand und biss zögerlich hinein.

»Wer könnte uns beobachten?«, fragte ich.

»Die Wiedergänger nicht«, sagte Selena. »Die würden angreifen. Kannibalen vielleicht?«

Finn schüttelte den Kopf. »Kannibalen jagen nur in der Nähe ihrer Minen.«

Wir befanden uns kurz vor einem der verkohlten Löcher auf Selenas Karte. Es kam mir vor, als könnten wir jeden Moment über einen Abgrund von der Erde stürzen, als müsste an dieser Stelle die Warnung *Vorsicht Drachen!* stehen.

Aber solange wir uns von den Minen und den Wiedergängern fernhielten, war ich bereit, weiterzugehen. »Die Rufe anderer Arkana würden wir hören, oder?«

Plötzlich drehte Finn sich um. Auch wir anderen erstarrten und schauten wie ein Rudel Erdmännchen alle in dieselbe Richtung.

Er murmelte: »Was immer da draußen ist, ich wünschte, es würde sich entweder zeigen oder verduften.«

»Das sehe ich genauso.« Um mich von meiner Angst abzulenken, fragte ich Selena: »Wenn du so scharf darauf bist, unsere Verbündete zu sein, warum erzählst du uns dann nicht einfach, was du weißt?«

Mit einem herablassenden Lächeln öffnete sie ihre Tasche und holte ein Deck Tarotkarten hervor.

»Du hattest die ganze Zeit ein Tarot-Deck dabei! In solchen Momenten kann ich den Reiz des Spiels sehr gut nachvollziehen.«

Sie zuckte mit den Achseln und breitete die Karten auf ihrer silbernen Wärmedecke aus.

»Warum hast du das geheim gehalten, wenn du meine Verbündete sein möchtest?«, bohrte ich weiter.

»Weil du andauernd behauptet hast, dich nicht an das Spiel zu erinnern. Ich dachte, du lügst.« Sie legte die Karten in Form eines Kreuzes aus, genau wie Gran es immer getan hatte. Sobald ich die Tarotbilder sah, erwachten meine Erinnerungen wie Mohnknospen, die durch eine Schneedecke brachen.

Ich wollte Matthew in unser Gespräch miteinbeziehen. »Seht mal, Matthews Karte.« Ich zeigte auf eine Karte, die einen selbstvergessenen jungen Mann abbildete. Mit einem Bündel über der Schulter lief er durch eine öde Landschaft. In der Hand hielt er eine einzelne weiße Rose, um seine Füße sprang ein kläffender Hund.

Matthew neigte den Kopf, als er das Bild sah. »An einem Ort, an dem nichts wächst, trage ich, als Erinnerung an dich, eine Blume bei mir.«

Ich lächelte. »Das hast du schön gesagt.«

»Das war tatsächlich so«, seufzte er.

»Oh.«

»Hey, dieses Bild habe ich gesehen, als wir uns das erste Mal trafen. Es schwebte über ihm«, rief Finn.

Ich nickte. »Jeder von uns hat ein solches Bild. Man nennt es Tableau.«

Finn hielt die Karte neben Matthews Gesicht, um Ähnlichkeiten festzustellen. »Du siehst echt total high aus, Matto.«

Matthew seufzte zufrieden. »Danke schön.«

Ich hielt Selenas Karte hoch. »Der Mond.« Auf dem Bild war eine leuchtende Jagdgöttin zu sehen.

Finn machte ein finsteres Gesicht. »Uninteressant. Nächste Karte.«

Selena warf ihm einen wütenden Blick zu.

Ich nahm eine andere Karte. Ein Turm, in den der Blitz einschlägt. »Den Turm kennt ihr ja. Mit diesem netten Iren hatten wir schon das Vergnügen. Und hier haben wir den Tod.« Ich zeigte auf eine weitere Karte. In einer schwarzen Rüstung ritt der Sensenmann auf einem weißen Pferd mit bösartigen roten Augen. Seine Sense steckte griffbereit in der Satteltasche. Die schwarze Flagge in seiner Hand zierte eine weiße Rose.

Finn murmelte: »Großer Gott, diesen Typ gibt es wirklich?« Er zerknüllte das Papier seines Energieriegels und pfefferte es hinaus in die Dunkelheit. »Und welche Fähigkeiten hat er?«

Alle sahen mich fragend an. Sogar Matthew, als wollte er mich testen.

»Er ist ein Ritter, der sich durch übernatürliche Kraft und Schnelligkeit auszeichnet. Mit seinen beiden Schwertern schlägt er blitzschnell zu. Seine Rüstung ist undurchdringbar. Selbst meine Klauen können ihm nichts anhaben. Und er ist absolut furchtlos. In einer von Matthews Visionen habe ich gesehen, wie er völlig unbeeindruckt in Joules' Blitzgewitter marschierte.« So wie Jackson in den Kugelhagel der Miliz marschiert sein musste. »Seine Berührung ist tödlich.« *Und er liest seit Wochen meine Gedanken.* Allerdings nicht unbemerkt, auch in diesem Moment konnte ich ihn spüren.

»Hat er Schwächen?«, wollte Finn wissen.

»Nur eine«, antwortete Selena. »Die Herrscherin.«

»Das wird zumindest behauptet«, sagte ich.

Finn stöhnte. »Wenn er so ein super Schwertkämpfer ist, warum hackt er dich und deine Bäume dann nicht einfach kurz und klein?«

War Jackson näher zu uns herangerückt? Näher zu mir?

Selena meinte: »Wahrscheinlich wegen ihres Gifts.«

»Aber wie soll ich nahe genug an ihn rankommen, um ihn zu vergiften, ohne dass er mich mit dem Schwert durchbohrt? Und wie soll ich die Rüstung durchdringen?«

Selena sah mich eindringlich an: »Wenn wir überleben wollen, müssen wir das herausfinden.«

Ich senkte den Blick. »Früher hat er mir immer leidgetan.«

– Ich will dein Mitgefühl nicht, Geschöpf! –

Das hast du auch längst nicht mehr!

– Ich will wieder mit dir zusammen sein. Will dich wieder berühren. –

Klar will er das, aber nur weil seine Berührung tödlich ist.

Du bist widerlich!

»Evie?« Finn schnippte mit den Fingern vor meiner Nase.

»Was? Was hast du gesagt?«

»Deine Karte.« Er hielt sie in die Höhe.

Die Herrscherin saß mit weit geöffneten Armen auf einem Thron. Im Hintergrund erhoben sich sanfte Hügel, grün und rot wie Pflanzen und Blut. In der Ferne war ein Wasserfall zu erkennen.

Finn meinte: »Du siehst Furcht einflößend aus. Und sexy.«

Das bin nicht ich. Der Satz lag mir auf der Zunge, aber ich war es tatsächlich. In einem früheren Leben.

Finn zeigte die Karte Jackson, dessen graue Augen zwischen mir und der Karte hin- und herwanderten.

»Okay, du hast also Gift in deinen Klauen«, sagte Finn. »Und diese Lotosblume taucht in deiner Hand auf und kann Leute erwürgen oder betäuben. Außerdem kommandierst du einen Dornentornado und kannst mit deinem Blut tote Pflanzen zum Leben erwecken. Ach ja, und die schnelle Wundheilung. Hab ich was vergessen?«

Die giftigen Sporen aus meinen Haaren. Damit konnte ich ganze Städte verwüsten. Als ich das alles aus dem Mund eines anderen hörte, fühlte ich mich noch mehr wie ein Ungeheuer. Ich schaute zu Jackson. Konnte er nicht verstehen, dass niemand freiwillig so ein furchterregendes Monster sein wollte? Verdammt, sogar eine Bestie wie der Tod nannte mich *Geschöpf*.

Das einzig Gute an der Verwandlung zur Herrscherin war, dass meine glühende Kampfeslust dann keinen Platz mehr für Zweifel ließ.

Aber Jacksons kritischer Blick ließ mich sofort wieder unsicher werden.

Selena fügte vergnügt hinzu: »Und sie kann Männer betören.« Das war zweifellos an Jacksons Adresse gerichtet.

Seine Augen verengten sich zu Schlitzen, als wollte er sagen: *Verdammtes Miststück! Das erklärt alles.*

Finn schien das zu gefallen. »Betören? Echt? Das passt zu ihrem unheimlichen Arkana-Ruf.« Finn verstellte seine Stimme und hauchte: »Komm, berühre mich, aber du wirst einen Preis dafür bezahlen.«

Jackson lachte bitter.

Obwohl die Arme der Herrscherin einladend geöffnet waren, wirkte ihr Blick bedrohlich – als würde sie genau in diesem Moment ihren Ruf in Gedanken aussenden. Er war ihr – *mein* – Modus Operandi: Locken, verführen und dann zuschlagen.

»Ich kann nur betören, wenn ich die Herrscherin bin«, erklärte ich schnell. »Und es funktioniert auch nicht immer und nicht sehr lange. Beim Alchemisten hab ich alles gegeben, und trotzdem wollte er mir die Zunge rausschneiden und sie in ein Einmachglas stecken!«

Selena nickte. »Erzählen kann man viel, Evie.«

Ich drehte mich zu ihr um. »Und was ist mit dir, *La Luna*? Du hast die Fähigkeit, Zweifel zu säen und Menschen mit deinem Mondlicht zu locken. *Hüte dich vor der Verlockung*. »In Georgia hast du mich in eine Falle gelockt. Nur weil Jack dabei war, hast du mich nicht angegriffen. Ich wette, das war nicht mal dein Haus. An den Wänden hing nicht ein einziges Foto von dir.«

»Beweise es«, antwortete Selena knapp.

Alle verstummten.

Schließlich fragte mich Finn: »Welche Schwächen hast du?«

Wieder antwortete Selena für mich: »Wenn sie keine Pflanzen hat, die sie mit Energie versorgen, ist sie sehr schnell erschöpft. Vor allem, wenn sie das Grünzeug mit ihrem Blut zuerst beleben oder wachsen lassen muss. Die Herrscherin braucht Sonne, das heißt, ihre Kräfte sind von einem Zusammenspiel mehrerer Faktoren abhängig. Manche Karten sind eben mehr auf die Umwelt angewiesen als andere.«

Um von mir abzulenken, fragte ich zurück: »Und was sind deine Schwächen?«

»Ist das nicht offensichtlich?« Selena zeigte auf ihren Seitenköcher, in dem sich ein echter und zwei provisorisch zusammengebastelte Pfeile befanden. Sie hatte versucht, ihren Vorrat wieder aufzufüllen, aber es gab nicht genügend grünes Holz, um neue Pfeile zu schnitzen.

Ich hätte ihr helfen können, mir eine Vene aufschneiden und einen Schössling sprießen lassen, aber ich vertraute ihr nicht. Ich wollte mich nicht selbst schwächen, damit sie stärker war. Außerdem hatte ich im Moment nicht wirklich Energie zu verschenken.

Wie Matthew vorausgesagt hatte, wurde ich im Regen immer schwächer.

»Irgendwann gehen mir die Pfeile aus. Dann bin ich auf meine außergewöhnliche Schnelligkeit, meine Ausdauer und meine Geschmeidigkeit angewiesen.«

Ich verdrehte die Augen und griff nach der Karte des Teufels. »Das ist Ogen, alias El Diabolo. Er ist ein Verbündeter des Todes. Er hat Hörner und Hufe wie ein Ziegenmann, aber sein Körper gleicht dem eines Ungeheuers. Und er ist übermenschlich stark. Sein Ruf lautet: *Ich werde mich an deinen Knochen laben.*«

»Ogen, der Oger?« Finn sah mich ungläubig an. »Das ist nicht dein Ernst.«

Ich zuckte mit den Achseln. »Ich hab mir das nicht ausgedacht. Ich sag euch nur, was ich weiß.« Als Nächstes war die Karte des Gerichts dran. »Gabriel habt ihr auch schon kennengelernt. Er greift aus der Luft an, wie eine Rakete.«

»Und er hat animalische Instinkte«, fügte Selena hinzu. »Deshalb ist es auch so gefährlich, dass er sich mit Joules zusammengetan hat. Gabriel kann uns wittern, auch wenn Finn uns mit seinen Illusionen versteckt. Joules muss uns dann nur noch auflauern und uns mit seinen Blitzen pulverisieren.«

Stärken und Schwächen. Ich musste Matthew fragen, was mir zum Verhängnis werden konnte, abgesehen von der Berührung des Todes.

Finn fauchte Selena an. »Dich soll ich mit meinen Illusionen verstecken?«

Ich seufzte. Ich hatte schon *Dschungelcamp*-Folgen gesehen, wo die Leute netter zueinander waren als hier in meinem Team.

Dann fragte mich Finn: »Was passiert, wenn einer von uns aus ganz natürlichen Gründen ins Gras beißt?«

Daran konnte ich mich nicht erinnern, also überließ ich die Antwort Selena.

»Dann bekommt die Arkana, die der sterbenden Karte am nächsten ist, ihr Zeichen.«

»Und was geschieht mit den Verlierern des Spiels?«

Wieder antwortete Selena: »Sie werden wiedergeboren, allerdings ohne Erinnerung an ihre vergangenen

Leben. Mit Ausnahme von Matthew. Der Narr sieht alles. Deshalb ist er auch verrückt.«

Matthew nickte fröhlich.

Ich warf ihr einen wütenden Blick zu und ging noch ein paar andere Karten durch. Plötzlich hielt Finn meine Hand fest. »Warte. Den Kerl da habe ich schon mal gesehen.« Er wurde bleich.

»Den Hierophanten?« Die Karte zeigte einen Mann in langer Robe, der seine vor ihm knienden Gefolgsleute segnete. Sie hatten alle milchig weiße Augen. Ich gab die Karte Finn.

Mit gedämpfter Stimme sagte Matthew: »Der Hierophant. Der Mann der dunklen Rituale.«

Gran hatte mich vor ihm gewarnt. *Er ist ein Verführer, Evie, ein Hypnotiseur. Sieh ihm niemals in die Augen. Du kannst ihm verfallen. Und nicht nur ihm.* »Meine Großmutter hat mir erzählt, dass er andere kontrollieren und sie zu grausamen Taten zwingen kann. Hat man einmal etwas für den Hierophanten getan, ist man ihm für immer verfallen – bis über seinen Tod hinaus. Man wird sein Leben lang immer nur das tun, was er von einem verlangt hat. Dabei sind seine Grausamkeiten in jedem Spiel andere.« Im Irrenhaus hatte man mich einer Gehirnwäsche unterzogen, daher machte mir Gedankenmanipulation besonders viel Angst.

Finn starrte auf die Karte. Seine Hand zitterte. »Ich habe ihn bei den Kannibalen gesehen. Völlig klar, zu welchen Grausamkeiten er die Leute in diesem Spiel zwingt. Er lässt sie Menschenfleisch fressen.«

»Wahrscheinlich muss er sie nicht mal dazu zwingen.« War das tatsächlich Jackson, der sich nun in unser Gespräch einmischte? »Vielleicht hast du's ja nicht bemerkt, aber es gibt in diesem Gebirge nichts zu essen. Rein gar nichts.«

Seit Monaten waren alle Lebensmittelläden geplündert. Es waren nur noch vereinzelte Tiere am Leben, die man hätte jagen können, und nirgendwo wuchs etwas Essbares.

Finn flüsterte: »Diese Kannibalen fressen Menschen … lebendig. Nicht nur roh, sondern *lebendig*. Ist euch das grausam genug?«

Nein. Das konnte nicht sein.

Aufgewühlt wandte Finn sich an Matthew. »Manche Arkana sind echt pervers. Und dann bekämpfen wir uns auch noch gegenseitig. Aus was für einem Grund existieren wir überhaupt?«

Matthew sah irritiert auf. »Aus welchem Grund? Prestige. Wir sind die Krieger der Götter!«

»Der Götter?«, krächzte ich und sah hinauf zu der niedrigen Decke. »Sind hier etwa auch noch irgendwelche Gottheiten unterwegs, die das Spiel kontrollieren?«

»Sie haben uns verlassen …«

Plötzlich holte Jackson die Armbrust vom Rücken und zielte nach draußen. »Wir sind nicht allein.«

Auch Selena war auf den Knien, den Bogen im Anschlag – für meinen Geschmack ein bisschen zu dicht neben meinem Kopf. »Es ist ein Wolf«, sagte sie. In diesem Moment entdeckte auch ich die leuchtend gelben Augen zwischen den verkohlten Bäumen.

Große gelbe Augen.

Während Jackson den Griff um seine Armbrust ein wenig lockerte, wurde Selenas Gesichtsausdruck noch verbissener. Bevor ich ein Wort sagen konnte, zischte ihr Pfeil an meinem Ohr vorbei in Richtung Wolf.

Selena fluchte, als das Tier durch den Schlamm davonrannte.

»Warum wolltest du ihn töten?«, fragte ich. »Vielleicht war er der Letzte seiner Art auf der Welt!«

Selbst Jackson, der ein leidenschaftlicher Jäger war, sah sie an, als wollte er sagen: *Absolut uncool*.

»Das war kein normaler Wolf.« Selena war sichtlich nervös. Dabei war sie das sonst eigentlich nie. »Die Karte der Kraft hat uns ausgespäht: Fauna, die Herrin der Tiere.«

Ich erinnerte mich an die Karte. Gran meinte damals: *»Fauna herrscht über die Tiere, Evie. Sie leiht sich ihre Sinneswahrnehmungen und macht sie zu ihren Schutzgeistern.«*

»Warum ist ihr Ruf nicht lauter geworden?«, fragte Finn.

Selena hatte schon einen ihrer provisorischen Pfeile eingespannt. »Weil sie noch nicht in unserer Nähe ist. Noch nicht. Nur ihre Schutzgeister.«

Ich krabbelte aus der Schusslinie. »Warum hat sie den Wolf nicht auf uns gehetzt?«

»Keine Ahnung. Fauna wollte wohl nur mal nachschauen. Ich glaube …«

»Was?«

»Ich glaube, wir sollten merken, dass sie uns beobachtet. Dieser Wolf schleicht uns schon seit Tagen hinterher, aber ich habe ihn nie gesehen. Und jetzt zeigt er sich plötzlich?«

Ich schluckte. »Was meinst du mit *uns beobachten?*«, fragte Finn. »Und was hat die Kraft mit Tieren zu tun?«

Dieselbe Frage hatte ich meiner Großmutter vor acht Jahren auch gestellt.

»Sie wird erst in jüngster Zeit die Karte der Kraft genannt. Früher sprach man von der Karte der Inneren Stärke, ein Name, der auf ihre Zielstrebigkeit hindeutet. Sie denkt wie ein Tier auf der Jagd und hat nur ein einziges, blutrünstiges Ziel.«

Ich nahm ihre Karte, die ein zierliches Mädchen in einem weißen Kleid zeigte. In ihrer Hand lag das Maul eines wilden Löwen. »Ihre Karte ist eine der aussagekräftigsten. Sie beherrscht Tiere, so wie ich Pflanzen. Und sie besitzt animalische Instinkte, so wie Gabriel.«

Selena ergänzte: »Nicht nur das. Sie kann sich in die Sinneswahrnehmungen anderer Lebewesen einschalten.«

Ich nickte. »Ja, ich erinnere mich. Wenn sie uns ausspionieren will, muss sie sich nur eine Krähe nehmen, dieser befehlen, zu uns zu fliegen, und kann uns dann durch die Augen des Vogels beobachten.« Selbst Jackson hörte jetzt aufmerksam zu. »Und wenn sie mit einem

Tier Blut tauscht, wird es für alle Zeiten zu ihrem Schutzgeist. Wie genau das geht, weiß ich allerdings nicht. Du, Selena?«

»Betriebsgeheimnis. Manchmal sind nicht alle Fähigkeiten einer Karte bekannt. Aber Matthew könnte es wissen.«

»Was in meinem Kopf ist, geht euch gar nichts an«, antwortete er stur.

»Matthew, bitte«, raunte ich ihm zu, »kannst du uns nicht irgendwas sagen?«

Er schaute auf seine Hand. Dieses Mal schien er dort tatsächlich etwas zu suchen.

Aber vielleicht wurde ich langsam auch paranoid. Ich fragte Selena: »Kann man mit Fauna ein Bündnis eingehen? Führt ihre Familie eine Chronik?«

»Besser nicht. Sie geht mit verschiedenen Karten Bündnisse ein, in jedem Spiel mit anderen.«

Finn starrte die Karte lange an. »Sie hat eine Unendlichkeitsschleife auf ihrem Tableau. Direkt über dem Kopf. Wie ich.«

Die gemeinsamen Symbole. Die Karte des Todes zeigte einen Wasserfall, genau wie meine, und auf seiner Flagge war eine weiße Rose abgebildet. Der Narr hatte ebenfalls eine einzelne weiße Rose bei sich. *»Man muss sie lesen wie eine Landkarte.«*

Finn gab sich einen Ruck. »Fassen wir also zusammen: Die Zombies sind hinter uns her, es ist nicht mehr weit bis zu den Minen der Kannibalen, und wir haben eine Arkana am Hals.«

»Immer optimistisch bleiben«, sagte ich. »Es können doch kaum Tiere überlebt haben. Als Fauna hast du in diesem Spiel also schlechte Karten.« Gerade hatte ich den Mund wieder zugemacht, als in der Ferne ein Wolf heulte.

Auf seine Klagelaute antworteten zwei weitere Wölfe.

8

Aus meiner Wunde und aus meinem Mund fließt Blut. Ich krümme mich unter dem Schwert des Todes.

Bitte. *Das Wort liegt mir auf der Zunge, aber ich bin zu stolz, es auszusprechen.*

Ich will leben, werde aber niemals um Gnade flehen!

Der Sensenmann zieht seinen gepanzerten Handschuh aus. Seine Hand ist mit Zeichen übersät. Er hat also schon neun von uns getötet.

Und bald wird er noch fünf weitere Male tragen.

Er streckt seine bloße Hand nach mir aus, eine tödliche Waffe. Ich zittere vor Angst und Schmerz. Je mehr ich zittere, umso tiefer dringt sein Schwert in meine Eingeweide. Tränen verschleiern meinen Blick. Sie rinnen über meine Wangen.

In der Ferne brüllt ein Löwe.

»Der Schmerz wird bald vorüber sein«, verspricht er und schaut mir dabei tief in die Augen.

Es gibt so vieles, das ich noch tun wollte. Aber meine Familie würde mein Wissen an zukünftige Herrscherinnen weitergeben. Dafür hatte ich gesorgt.

Jetzt ist er so nah, dass ich seinen Atem spüre, der die Tränen in meinem Gesicht kühlt. Ich sehe dem Tod entgegen. Seine Hand kommt langsam näher …

Ich schreckte aus dem Schlaf. Mit der Hand fuhr ich über meine Wangen, erstaunt, dass sie nicht mit Tränen benetzt waren und der Tod nicht direkt vor mir stand. Ich blinzelte unsicher, aber er war verschwunden.

In der Hütte war es dunkel, aber unter meinem hochgerutschten Hemd leuchtete eine Hieroglyphe. Sie war so hell, dass ich Matthews Umrisse erkennen konnte, der neben mir schlief. Auch Finn und Selena schliefen.

Jackson war wach. Er saß mir gegenüber und starrte auf meine Hieroglyphe. Sie spiegelte sich in seinen Augen.

Mit gesenkter Stimme fragte er: »Kannst du diese Zeichen fühlen?« Er klang nicht wütend.

»Sie vibrieren«, gab ich zu, »es ist irgendwie beruhigend.« Das kam wohl daher, dass sie mein Arsenal repräsentierten und mich vor dem Tod beschützen konnten.

Neugierig musterte Jackson mein Gesicht. Wie immer wollte er alles wissen.

»Wie fühlt es sich an, wenn du dich vollständig verwandelst?«

Unglaublich. Jede Unsicherheit ist verschwunden. Ein berauschendes Gefühl der Macht. »Auf jeden Fall anders als sonst.«

»Du hast ausgesehen wie eine … *divinité.*«

Ich setzte mich auf. Trotz allem, was geschehen war, erregten mich seine Worte noch immer. Ich war kurz davor, ihm zu gestehen, wie sehr ich ihn …

»Du bist kein Mensch, oder?«

Meine Erregung verebbte und ließ einen schalen Geschmack zurück. Auch wenn diese Frage berechtigt war, schmerzte sie mich. Was sollte ich darauf antworten?

»Meine Eltern waren Menschen. Du hast meine Mom ja gekannt.« Jackson hatte sie in der Nacht vor ihrem Tod kennengelernt. Diese kurze Zeit hatte genügt, um sie davon zu überzeugen, dass er mich beschützen konnte. »Ich wollte dich nicht täuschen, Jack. Ich muss mich gerade erst selbst an all das gewöhnen. Ich hab keine Ahnung, wie ich damit umgehen soll.«

Er fuhr sich mit der Hand über das müde Gesicht. »Warum hast du mir von dem ganzen Mist nichts gesagt?«

»Man hat mich davor gewarnt, mich anderen anzuvertrauen.« *Arkana bedeutet Geheimnis*, wie Matthew sagen würde.

»Das muss dir der *coo-yôn* eingebläut haben!«

Selena seufzte im Schlaf. Finn schmatzte leise und murmelte: »Wie lange muss ich dort bleiben, Mom?«

Ohne ein Wort schnappte Jackson seine Sachen und stürmte hinaus in den Nebel. Er setzte sich auf einen Felsblock ganz in der Nähe.

Obwohl er mich nicht dazu aufgefordert hatte, setzte ich mich zu ihm.

»Du machst alles, was der *coo-yôn* dir sagt. Vertraust du ihm mehr als mir?«

»Ja, Jackson. Ich würde ihm mein Leben anvertrauen. Er ist ein Hellseher und hat mir geraten, es niemandem zu sagen. Dieser Junge hat immerhin das Ende der Welt vorhergesagt und mich vor dem Blitz gerettet. Und außerdem hatten du und ich eine Abmachung: Ich würde dir meine Geheimnisse verraten, sobald du mich zu meiner Großmutter gebracht hast.«

»Du hättest es mir doch trotzdem nicht erzählt. Als wir bei Finn waren, bist du auch ohne ein Wort abgehauen und hast mir nur eine kurze Nachricht dagelassen. Weil du genau wusstest, wie ich reagieren würde.«

»Das ist nicht wahr. Nach unserem Streit wollte ich dir die Wahrheit sagen, Warnung hin oder her. Aber dann hab ich dich mit Selena gesehen und …«

»Das war nicht ich!«

»Nein, du warst es nicht«, flüsterte ich betreten.

Er schwieg. *Sprich mit mir,* hätte ich am liebsten geschrien. *Sag mir, was du denkst.*

»Du hast mal gesagt, ich brächte die Stimmen in deinem Kopf zum Schweigen.« Er meinte die Arkana-Rufe, von denen ich damals nicht wusste, was sie zu bedeuten hatten. »Sieht ganz so aus, als willst du sie inzwischen hören.«

»Ja, aus irgendeinem Grund bringst du das Stimmengewirr zum Verstummen. Aber wenn eine Stimme nah genug ist, höre ich sie trotzdem. So wie ich Selenas Ruf damals gehört habe.«

»Macht es dir Angst, dass dich diese Typen umbringen wollen?«

Ich nickte. »Dass der Tod sich für mich besonders interessiert, weiß ich schon seit Monaten. Habe aber keine Ahnung warum.« Ich musste an meinen Traum denken. Der perverse Wunsch, mich zu töten, schien ihn schon seit jeher zu beherrschen. »Matthew hat mir Visionen geschickt, die seine Fähigkeiten zeigen. Und wie gnadenlos er ist.« Außerdem hatte der Tod behauptet, ich würde diese Woche nicht überleben. »Aber ich versuche, nicht zu viel an ihn zu denken. Ich denke lieber an andere Dinge.«

»Zum Beispiel?«

Zum Beispiel stelle ich mir vor, dass ich wieder ganz normal wäre und wir wieder zusammen sein könnten. »Ich denke viel an dich.«

»Warum? Du brauchst keinen Beschützer mehr.«

Na ja, darüber ließ sich streiten. Und vielleicht mussten wir uns ja auch gegenseitig beschützen. Außerdem …

»Das war nicht der Grund, warum du mir gefallen hast.«

»Ach, hör doch auf.« Er klang abfällig.

»Dann vergiss es einfach. Es spielt auch keine Rolle mehr. Warum sollte ich dir irgendwas erklären? Sobald wir die nächste Stadt erreichen, haust du doch sowieso ab.«

»Ach ja?«

»Überhaupt wäre es das Beste, wenn wir uns trennen. Das ist viel sicherer für dich.« Uns trennen? Ein Leben ohne Jackson Deveaux. Allein der Gedanke daran brachte meine Gefühle in Aufruhr.

Meine Haut fing wieder an zu strahlen. Die Hieroglyphen, die sich meine Arme entlang und über meine Brust schlängelten, leuchteten durch mein T-Shirt hindurch. Und auch mein Gesicht strahlte.

Er starrte mich an.

»Du solltest dich sehen, Jack. Du findest das doch abstoßend!«

»So kenne ich dich gar nicht.« Er kniete sich vor mich, argwöhnisch wie ein Mungo, der um eine Schlange schleicht. »Darf ich?«

Er streckte die Hand nach mir aus und zog dabei den fingerlosen Handschuh aus, wie der Tod in meinem Traum. *Denk nicht daran.*

Jackson hob den Saum meines T-Shirts. Regentropfen und seine sehnsüchtigen Blicke trafen meinen entblößten Oberkörper. Zögernd berührte er mich. Seine Muskeln waren angespannt, als müsste er jeden Moment zurückspringen.

Bei seiner Berührung stockte mir der Atem.

Mutiger geworden, zeichnete er mit den Fingern eine Hieroglyphe nach, die auf meiner feuchten Haut schwebte. Unter gesenkten Lidern folgten seine Augen dem Pfad seiner Finger. »*Hypnotique.*« Seine kurzen Atemstöße hinterließen kleine Wolken in der kalten Nachtluft. Er war völlig fasziniert.

Unendlich langsam streichelte er meine Haut, bis es fast schmerzte und ich anfing zu keuchen. Ich biss mir auf die Unterlippe, um nicht laut zu stöhnen. Ich wollte, dass er mich küsste. Wollte, dass er mich in seine starken Arme nahm und an sich drückte.

»Deine Haut ist so weich. *Satinée*«, hauchte er. »Du wirst mich in den Wahnsinn treiben, bevor das alles hier vorbei ist.«

»Jack, bitte.«

»Bitte, was?« Er schaute zu mir auf.

Nimm mich so wie ich bin, küss mich. Ich befeuchtete meine Lippen.

Er bemerkte es. Seine Augenbrauen zogen sich schmerzvoll zusammen, aber den heiß ersehnten Kuss gab er mir nicht. Nur seine Finger fuhren weiter über meine Haut, immer höher und höher.

Als er das T-Shirt über meinen BH schob und mich mit den Fingerknöcheln streichelte, hielt ich es nicht mehr aus. Ich kniete mich vor ihn, packte seine breiten Schultern und küsste ihn.

Seine Muskeln versteiften sich unter meinen Händen. Ohne von seinen Lippen zu lassen, flüsterte ich: »Bitte, küss mich.«

Herzschläge verstrichen.

Dann stöhnte er auf und tat es. Die langsamen Liebkosungen seiner Lippen wurden immer hitziger, immer drängender. Er beugte mich nach hinten, legte seine raue Hand auf meine Wange und hielt mich fest für seinen Kuss.

Seiner Kehle entwich ein tiefes Stöhnen. Ich seufzte. Wie jedes Mal wurde das heiße Knistern zwischen uns zu einem leidenschaftlichen Inferno. Wie eine leicht entflammbare chemische Verbindung. Er küsste mich, als wollte er mir ein Zeichen einbrennen …

Jemand räusperte sich.

Jackson ließ mich los. Matthew stand verlegen am Eingang der Hütte.

Ich zog mein T-Shirt nach unten, und Jackson sagte heiser zu mir: »Du schmeckst wie meine Evie, fühlst dich an wie sie, aber du bist nicht Evie.« Er wischte sich mit dem Handrücken über die Lippen.

Da war er wieder, sein Zorn.

»Wir hocken hier draußen ohne jeden Schutz vor den Wiedergängern, ohne einen Wachposten, und trotzdem bin ich kurz davor, mit dir zu schlafen! Betörst du mich genauso wie deine Feinde? Bekomme ich dich deshalb nach all dem Mist, der passiert ist, immer noch nicht aus meinem Kopf? Mein Leben lang habe ich versucht, allem Ärger aus dem Weg zu gehen, meistens ohne Erfolg. Und jetzt gibst du mir den Rest.«

Mir traten Tränen in die Augen. »Ich will doch gar nicht so sein.«

»Dann lass mich gehen! Hör auf, mich an dich zu binden.«

»Ich hab dich nicht betört. Das würde ich nie tun.« Wirklich nicht?

»›Komm, berühre mich und bezahl dann den Preis dafür?‹ So läuft das doch bei dir, oder? Ich habe bezahlt. Und zahle noch immer.«

Er griff sich Armbrust und Rucksack und ging hinaus in die Nacht. Zitternd und verstört blieb ich zurück. Ich sah ihm noch eine ganze Weile nach. Irgendwann zog ich resigniert die Knie vor die Brust und Matthew kam rüber und setzte sich zu mir. »Kein Arkana.«

»Kannst du Jacksons Zukunft sehen?«

»Ich sehe weit.« Er seufzte. »Aber nicht für ihn. Unbekannte Variable. Aus dem Spiel streichen!«

»Wäre es sicherer für ihn, wenn er nicht bei uns wäre?«

Matthew sah mich mit hochgezogenen Augenbrauen an. Okay, dumme Frage. Dann legte er den Kopf schief. »Hast du wieder vom Tod geträumt?«

Ich zwang mich, nicht mehr in Jacksons Richtung zu starren und stattdessen Matthew zuzuhören. Der klang im Moment recht vernünftig. »Ja, dasselbe Zusammentreffen. Nachdem er mir das Schwert in den Leib gestoßen hat.« Wieder war mir aufgefallen, dass der Tod in meinem Traum jünger ausgesehen hatte. »Wenn der Tod unsterblich ist, warum altert er dann?«

»Nur für die Dauer des Spiels. Das Spiel beginnt. Er wird älter. Das Spiel endet. Er hört auf, zu altern.«

»So viel älter sieht er gar nicht aus. Wie lange dauert ein Spiel?«

Matthew seufzte. »Dieses Spiel wird eines der längsten werden.«

»Wenn ich immer wieder regeneriere, ist dann die Berührung des Todes die einzige Möglichkeit, mich zu töten?«

Oder vielleicht war ich ja wie die Wiedergänger und konnte von einem direkten Schuss in den Kopf erledigt werden.

Ein Achselzucken.

Themawechsel. »Ist jedes Mal er es, der mich tötet?«

»Nicht immer. Und ein Mal ist Lady Lotos nicht gestorben.«

Ich schluckte. »Heißt das, dass auch andere mich schon getötet haben? Und dass ich auch schon mal ein Spiel gewonnen habe?« Eigentlich wollte ich das gar nicht wissen. »Wie viele habe ich getötet?«

Matthew zögerte. »Mehr als jeder andere Arkana.«

Ich war die Rekordhalterin. Kein Wunder, dass Selena sich Sorgen machte, wenn wir anderen Arkana begegneten. Sie waren alle hinter mir her. »Wer hat mich sonst noch getötet?«

Matthew konzentrierte sich auf seine Hand. Thema beendet.

»Sag mir wenigstens, wie oft es der Tod war.«

»*Dieser* Tod? Zwei der letzten drei Male.« Matthews braune Augen wurden sehr ernst. »Übung macht den Meister.«

9

TAG 254 N. D. BLITZ
Irgendwo in den Appalachen

»Zu schön, um wahr zu sein …«, murmelte Jackson.

Wir waren auf einen verlassenen kleinen Hof gestoßen, ein malerisches Holzhäuschen hoch oben auf einer Bergkuppe, mit Schaukelstühlen auf der Veranda und einer Scheune daneben. Es sah aus, als wäre der frühere Besitzer jemand gewesen, der gerne Latzhosen trug und eine Maiskolbenpfeife rauchte.

Ich musste fast weinen, als ich diesen von Menschenhand erbauten Unterschlupf sah. Seit fünf Tagen hatten wir kein richtiges Dach mehr über dem Kopf gehabt, und wie immer waren wir alle, außer Selena natürlich, völlig durchnässt und froren. Mir klapperten wieder die Zähne und mein Magen knurrte. Aufgrund der höheren Lage war der kalte Nebel dichter geworden und es gab sogar Frost.

Trotzdem waren wir misstrauisch.

»Glaubt ihr, wir können hier bleiben, wenn die Hütte leer ist?«, fragte Finn, der sich auch nach einem warmen Plätzchen zu sehnen schien.

Die Zombies waren immer noch hinter uns her, und bis zur Abenddämmerung blieben nur noch wenige Stunden.

»Sicher ha…haben die Widerlinge Pro…Probleme mit dem letzten A…Anstieg.«

»So wie du, Evie«, sagte Selena mit einem Grinsen.

Blöde Kuh. Wir mussten eine glatte Felswand hoch, und das mit einem Seil! Ich war in meinem ganzen Leben noch nie geklettert und hatte am Seil gehangen wie eine zappelnde Forelle an der Angel. Auch um Matthew hatte ich mir Sorgen gemacht, aber im Vergleich zu mir war er ein begnadeter Bergsteiger.

Jackson sagte nichts und ging auf die Hütte zu. Als wir ihm folgen wollten, hielt er uns zurück: »Ich gehe allein.«

Vor ein paar Tagen noch wäre Selena ihm trotzdem hinterhergedackelt, aber nun blieb sie in meiner Nähe. Sie klebte regelrecht an mir, wie Kaugummi an der Schuhsohle.

»*Fais gaffe à toi*«, rief ich ihm hinterher. Pass auf dich auf. Jackson sah mich an, und für einen kurzen Moment flackerten sogar Gefühle in seinem Blick. Dann drehte er sich um.

Während er entschlossen in Richtung Hütte marschierte, die Armbrust im Anschlag, fragte ich mich, was wohl in ihm vorging. Seit dem Kuss hatte er nicht mehr mit mir geredet. Bereute er ihn?

Nach dieser Nacht hatte ich geglaubt, es sei endgültig vorbei. Trotzdem ertappte ich ihn immer wieder dabei, wie er mich anstarrte. Manchmal war seine Miene verbittert, als hätte ich ihn hintergangen. Aber er war nicht mehr so feindselig, eher besorgt. Als wäre er einem beunruhigenden Geheimnis auf der Spur.

Auf dem Weg zur Hütte warf Jackson auch einen Blick in die kleine Scheune. Offenbar war alles in Ordnung. Zumindest wurde niemand erschossen. Dann betrat er das Häuschen …

Bitte, mach, dass es leer ist.

Kurz darauf stieg Rauch aus dem Schornstein. Mir wurden die Knie weich, so erleichtert war ich – und so froh. Jackson war nichts passiert, und wir hatten ein richtiges Dach über dem Kopf und ein echtes Feuer.

Finn bot an: »Ich kann den Rauch unsichtbar machen.«

Selena schüttelte den Kopf. »Nicht nötig. Wir befinden uns in den Wolken, da kann man den Rauch nicht sehen. J.D. weiß das sicher, sonst hätte er kein Feuer gemacht.«

Jackson erschien vor der Hütte und gab uns ein Zeichen, reinzukommen.

Alle Selbstbeherrschung war dahin. Wir rannten zur Hütte, als wäre sie die Grenze zu einem friedlichen Land.

Das gemütliche kleine Holzhaus war zwar ziemlich staubig, aber es gab ein Bett, einen hölzernen Waschzuber und ein Feuer im Ofen. Draußen vor der Tür stand eine volle Regentonne und über dem Ofen hing ein verbeulter Topf. Entlang der Wände hatte der Besitzer, der wohl nie zurückkehren würde, Feuerholz gestapelt. Alles zusammengenommen bedeutete das …

Ein. Heißes. Bad! Ich hatte sogar ein Reiseshampoo und Duschgel dabei.

In unserer derzeitigen Situation war unsere Entdeckung ein solcher Glücksfall, dass ich Angst bekam, die Hütte könnte zerplatzen wie eine Seifenblase.

»Wir spielen Schere-Stein-Papier, wer als Erster in die Wanne darf«, schlug ich vor. Aber nur Selena, Finn und ich machten mit. Matthew, der in einem Schaukelstuhl auf der Veranda saß, war zu weggetreten, um zu spielen, und Jackson wollte nicht.

»Ich geh Fasane jagen«, verkündete er und verließ ohne ein weiteres Wort die Hütte. Sein Tonfall und seine Haltung ließen keinen Zweifel daran, dass er alleine gehen wollte.

Die Chancen, dort draußen Fasane zu finden, standen so schlecht, dass ich versucht war, ihm hinterherzuschreien, er solle bitte auch nach Yetis Ausschau halten, wenn er schon mal dabei war.

Aber Selenas besorgter Blick erinnerte mich daran, dass er vielleicht nicht mehr zurückkommen würde.

Seit Tagen schmachtete sie ihn an. Es war so offensichtlich. Anfangs hatte mich das geärgert. Aber würde ich mich anders verhalten? Sie hatte geglaubt, Jackson hätte sich für sie entschieden und ihr Traum sei in Erfüllung gegangen. Sie war überzeugt gewesen, in seinen Armen zu liegen. Und dann hatte sich herausgestellt, dass Finn sie ausgetrickst hatte.

Es musste ziemlich seltsam sein, mit Jackson unterwegs zu sein, den sie meinte, geküsst zu haben, und gleichzeitig auch mit Finn, der sie getäuscht hatte.

Nun, da sie es sich mit allen verscherzt hatte, tat sie mir langsam leid. Auch wenn sie sich mir gegenüber ziemlich mies benommen hatte. Keiner von uns wollte ein Monster sein – seit ein paar Tagen war ich mir da ganz sicher –, aber genau so behandelten wir sie.

Immer wieder hatte Selena versucht, Jackson in ein Gespräch zu verwickeln, aber er tat, als wäre sie Luft und als könnte er sie nicht mal hören. Die Kapuze tief ins Gesicht gezogen, stapfte er gedankenverloren vor sich hin. Mit keinem Wort hatte er erwähnt, was er nun vorhatte.

Mir war das inzwischen völlig egal. Wirklich!

Nicht an ihn denken. Ich nahm mir vor, dieses unverhoffte Glück zu genießen. Ich wollte die Zeit und das Wasser nutzen und mir die Asche abwaschen. Manchmal hatte ich das Gefühl, die Asche sei schon ein Teil von mir. So wie sie sich über Haven House, meine Heimat in Louisiana, gelegt hatte, hatte sie auch mich eingehüllt.

Ich hatte gewonnen und durfte als Erste ein Bad nehmen. Selena war genervt, setzte sich aber trotzdem nach draußen zu Matthew und schnitzte Pfeile. Finn schlenderte zum Schuppen, um nachzusehen, ob er etwas Brauchbares finden konnte.

Ich schloss die Tür und wendete mich meiner Aufgabe zu. Allzu schwer konnte es ja nicht sein, Badewasser heiß zu machen. Schließlich hatte ich schon mal *Unsere kleine Farm* geschaut. *Auf geht's, Süße!*

Eine Stunde und vier Brandwunden später ließ ich

mich bis zur Hüfte in den kleinen Zuber mit dampfendem Wasser sinken. Die Wasseroberfläche war mit Seifenschaum bedeckt, und hätten die Blasen an meinen Füßen nicht so gebrannt, hätte ich geschworen, das sei ein Traum.

Und wäre da nicht die Angst gewesen, Jackson könnte abgehauen sein.

Vor dem knisternden Feuer wusch ich mir die Haare und dachte über die letzte Woche nach.

Tagsüber versuchten wir verzweifelt, den Abstand zwischen uns und den Wiedergängern zu vergrößern, nachts versteckten wir uns. Die Widerlinge machten es genau umgekehrt: Nachts machten sie Strecke und bei Tagesanbruch vergruben sie sich im Boden. Die Vorstellung jagte mir noch immer einen Schauder über den Rücken.

Seit Tagen lieferten wir uns dieses Stop-and-Go-Rennen, und wir waren schon völlig fertig vom Schlafmangel.

Ich war permanent angespannt und fand nicht eine Sekunde Ruhe. Zumal ich zunehmend schwächer wurde. Die Blasen an meinen Füßen verheilten zwar, aber langsamer als sonst. Und ich bekam keine Hornhaut. Waren die Blasen verheilt, sah meine Haut wieder aus wie vorher. Das bedeutete, ich würde immer wieder neue bekommen. Super.

Aber ich war nicht die Einzige, die ständig auf der Hut war. Auch wenn Selena als Jägerin immer wachsam war, schien sie im Moment extrem nervös. Jeden Morgen rannte sie den Weg ein Stück zurück, um nach den Widerlingen zu sehen. Am Tag zuvor hatte sie uns berichtet:

»Es werden immer mehr. Anscheinend nehmen sie jeden Streuner mit, dem sie unterwegs begegnen.« Ein Schneeballeffekt. Je weiter sie vorankamen, umso mehr wurden es. Wenn uns diese Meute erwischte …

Auch Finn wurde immer ruheloser, wie ein Süchtiger, dem der Stoff ausging. Was würde geschehen, wenn er nicht bald eine Illusion heraufbeschwören konnte?

Als wir ihn kennengelernt hatten, war er ein gut gelaunter Spaßvogel gewesen. Nun war er extrem angespannt. Immer wieder schaute er auf die Karte, um sicherzugehen, dass wir den Minen nicht zu nahe kamen.

Die Sache mit Selena hatte er abgehakt. Er wechselte kaum ein Wort mit ihr und schien fest entschlossen, Jackson und mich wieder zusammenzubringen. Als wäre er der einzige Grund für den Streit zwischen mir und dem Cajun.

Na dann viel Glück. Da konnte wohl selbst Zauberei nicht mehr viel bewirken.

Matthew war zunehmend in sich gekehrt. Er bedachte Jackson oft mit kritischen Blicken, und es war schwierig, ihn zum Essen zu bewegen. Was er sagte, ergab keinen Sinn mehr.

Wenn ich ihn fragte, ob er Kopfscherzen habe, antwortete er: »Hüte dich vor der Berührung des Todes.« Einmal hatte er sich nachts die Haare gerauft und »Wasser! Wasser!« geschrien. Ich holte sofort meine Trinkflasche, damit er sich nicht verletzte, aber er hatte sie weggestoßen.

Ausgerechnet Jackson war es gelungen, Matthew zu beruhigen. Er hatte mit ihm gesprochen wie mit einem scheuenden Pferd: »Schschsch, mein Junge, ganz ruhig. *Calme-toi. Ne t'en fais pas.*« Beruhige dich. Nicht aufregen.

Sobald ich die Gelegenheit hatte, ein paar Stunden zu schlafen, träumte ich vom Tod, immer von demselben Zusammentreffen in der Wüste. Mit jedem Traum kam seine Hand näher, und ich konnte den heißen Sand und das schweißbedeckte Pferd riechen. In meinem letzten Traum hatte ich mit Tränen in den Augen zum Himmel gesehen und dort die Karte des Gerichts entdeckt, die ihre Kreise zog.

In meinem Kopf meldete sich der Tod seltener. Wahrscheinlich war er mit anderen Dingen beschäftigt. Meine Gedanken waren im Moment jedenfalls angenehm frei von ihm …

Die drei Wölfe der Fauna schlichen uns immer noch hinterher. Nachts konnte man ihre leuchtend gelben Augen sehen, wie die gezeichneten Raubtieraugen in einem Comic. Aber die Wölfe kamen uns nie so nah, dass wir sie richtig erkennen konnten.

Am Tag zuvor war Faunas Arkana-Ruf – *Rot von Zahn und Klaue!* – plötzlich lauter geworden. Sie war nun nah genug, um anzugreifen.

Wann würde sie zuschlagen? Warum griff sie uns nicht mit ihren Bestien an? Mir wurde immer unbehaglicher. Unsere Situation war so angespannt, dass es kaum auszuhalten war. Von Wölfen umzingelt, von Wiedergängern verfolgt, und nebenher mussten wir noch den Minen der Kannibalen ausweichen.

Der anhaltende Nieselregen machte alles noch viel schlimmer. Trotz Matthews Warnungen wünschte ich mir, es würde endlich in Strömen regnen. Wir waren extrem gereizt, als würden wir ununterbrochen von aggressiven Insekten belästigt.

Auch Jacksons Verhalten machte mich nervös. Auf einmal war er so zuvorkommend. Zum Beispiel, als er den Ofen angezündet hatte und dann einfach weggegangen war, ohne die Wärme zu genießen.

Vor zwei Nächten hatte er in unserer provisorischen Schutzhütte neben sich ein paar Zweige weggeräumt. Wollte er, dass ich mich neben ihn setzte? Oder sollte das nur den Windschutz verstärken?

Und er hatte mir geholfen, Matthew zu beruhigen. Nur damit die Wiedergänger nicht auf uns aufmerksam wurden? Als wir unterwegs waren, hatte er Matthew die Hälfte eines Energieriegels zugesteckt. Ich lächelte ihn dankbar an, aber er machte ein Gesicht, als hätte ich ihn bei einer Dummheit ertappt.

An diesem Morgen hatte er mit etwas Neuem angefangen. Mehrmals öffnete er den Mund, als wollte er etwas sagen, schloss ihn dann aber gleich wieder. So wie damals, als wir noch zur Schule gingen. Und den ganzen Tag war er in meiner Nähe geblieben.

War er wieder etwas milder gestimmt, weil ich mich seit Tagen nicht mehr in die Herrscherin verwandelt hatte?

Aber vielleicht suchte ich ja nur nach positiven Zeichen, die es gar nicht gab.

Ich vermisste ihn und mein Herz schmerzte, wenn ich an die Zeit zurückdachte, als wir noch zu zweit unterwegs waren. Wie wir uns nähergekommen waren, obwohl wir so verschieden waren.

Ich legte den Kopf in die Hände und hörte auf einmal, wie jemand die Stufen der Veranda hochstürmte.

Draußen rief Finn: »Hey, da drin ist Evie, Mann! Aua! Was zum Teufel soll das, Cajun?« Es klang, als würde er sich die Nase halten. Hatte Jackson ihn geschlagen?

»Wenn du dich noch einmal in mich verwandelst«, schnauzte Jackson ihn an, »gibt's das nächste Mal ein bisschen mehr auf die Fresse als nur eine Ohrfeige. *Compris?*«

Woher kam plötzlich diese Wut, so viele Tage später?

»Alles klar, Mann«, sagte Finn betreten. »Irgendwie hab ich mit so was gerechnet.«

»Und jetzt verzieht euch. Alle. Der Schuppen wartet.«

Kam Jackson etwa hier rein? Ich hatte keine Zeit mehr, mir meine Kleider zu schnappen. Mist! Ich ließ mich tiefer in den Zuber sinken und verschränkte die Arme vor der Brust, in der Hoffnung, alles, was es weiter unten zu sehen gab, würde der Seifenschaum bedecken …

10

Die Tür schlug auf, und da stand Jackson, triefnass vom Regen. Sein durchdringender Blick ließ mich ein paar Sekunden zögern, bis ich stotterte: »R…raus! Sofort!«

Als hätte er mich nicht gehört, schloss er die Tür hinter sich und pfefferte Armbrust und Rucksack auf den Tisch. Dann schüttelte er sich wie ein nasser Hund, dass seine schwarzen Locken um sein markantes Gesicht peitschten, und bespritze mich dabei mit Wasser.

»Was soll das, verdammt?«

Er zog die Jacke aus und hängte sie zum Trocknen über einen wackeligen Stuhl vors Feuer. »Wir müssen reden.« Er zog sich einen zweiten Stuhl heran und ließ seine groß gewachsene Gestalt darauf fallen. Langsam glitt sein Blick über meinen Körper.

»Mach, dass du rauskommst!«, schrie ich ihn an.

»Geh du doch raus, wenn du nicht mit mir im selben Raum sein willst.«

Ich warf einen hastigen Blick auf die sauberen Kleider, die ich mir zurechtgelegt hatte: Jeans, Pulli und Unterwäsche. Der BH war aus roter Seide, der Slip aus rosafarbener Spitze – passte sogar fast zusammen. Aber dummerweise war beides außer Reichweite.

Ich warf Jackson einen bösen Blick zu und verschränkte die Arme noch fester vor der Brust. »Was gibt es so

Dringendes? Seit Tagen hast du fast nicht mit mir geredet, und nun, bei meinem ersten warmen Bad seit Ewigkeiten, wirst du plötzlich gesprächig?«

»So kann ich sicher sein, dass du nicht abhaust. Wir beide haben jede Menge zu besprechen.« Gewohnt großspurig fügte er hinzu: »Du bist in mich verliebt.«

Cool bleiben, Evie, nicht aufregen. »Ah, verstehe, du hast Crack im Wald gefunden. Oder war's Ecstasy?«

Meine patzige Antwort ließ ihn kalt. Im Gegenteil, sie schien ihn noch anzuspornen. »Nö, nur ein bisschen davon.« Er zog ein Einmachglas mit einer klaren Flüssigkeit aus dem Rucksack.

Er hatte schwarzgebrannten Schnaps gefunden? »Wenn es um Alkohol geht, bist du ein Bluthund, oder?«

Er nahm einen Schluck und musterte mich mit einem anzüglichen betrunkenen Grinsen. »Oh ja, Evie.«

Ich versank noch tiefer im Zuber. Löste sich der Schaum langsam auf? »Warum gehst du nicht raus und genießt das Zeug anderswo?«

»Ich hab nachgedacht, und mir ist so einiges klar geworden. Aber da gibt's noch ein paar offene Fragen.«

Ich hatte mich schon gefragt, ob und wann das kommen würde. Aber musste es ausgerechnet dann sein, wenn ich in der Wanne saß? »Kann das nicht warten?«

»Keiner von uns geht hier raus, bevor diese Sache nicht geklärt ist.« Offenbar fest entschlossen, mit mir zu reden – und seinen Blick nicht auf verbotenes Terrain wandern zu lassen –, schüttelte er heftig den Kopf. »Wir hätten das schon bei Finn klären sollen, bevor du mit dem gestohlenen Truck abgehauen bist.«

»Du weißt, warum.«

»*Ouais*.« Ja. »Du dachtest, du hättest mich mit Selena rummachen sehen, und das war zu viel für dich.«

»Es war nicht meine Schuld. Ich hab nur geglaubt, was ich gesehen hab. Außerdem hast du mich angeschrien. ›Mit dir bin ich fertig!‹, hast du gesagt. Ich hab dich beim Wort genommen.«

»Ich war betrunken. Und sauer, weil du mir nicht gesagt hast, was mit dir los ist. Ich bin immer noch sauer.«

»Und immer noch betrunken.«

Er stritt es nicht ab.

»Jedenfalls, dass ich dich mit Selena gesehen habe …«

»Das war nicht ich!«

»… war nicht der einzige Grund, weshalb ich weg bin.«

»Ich kenne deine anderen Gründe. Der *coo-yôn* hat mir verraten, dass du Angst hast, mich zu vergiften oder dass mich der Tod kaltmacht oder so.« Er machte eine abfällige Handbewegung.

»Das hat Matthew dir gesagt?«

Jackson ignorierte meine Frage und sagte: »Du willst nicht, dass mir was passiert, weil's dich voll erwischt hat. Es ist, wie ich gesagt habe, *peekôn*, du bist in mich verliebt.«

Ich wurde rot. Jetzt war es raus.

»Dich hat's sogar noch schlimmer erwischt, als du in

der Nacht bei Finn zugegeben hast. Erinnerst du dich an unser Gespräch?«

»Natürlich erinnere ich mich. Im Gegensatz zu dir habe ich nicht wie ein gestrandeter Seemann Whisky in mich reingekippt.« Jackson hatte davon gesprochen, mit mir ein neues Leben anzufangen – unter einer Bedingung. »Du hast gesagt, ich müsste aufhören, nach meiner Großmutter zu suchen, und als ich sagte, das könnte ich nicht, hast du Schluss gemacht.«

»Nein, hab ich nicht. Ich hab nicht Schluss gemacht. Ich hab einfach nur meine Klappe gehalten, weil ich sauer war. Ich hab noch nie eine *fille* getroffen, die so anstrengend ist wie du.«

Es war ein merkwürdiges Gefühl, ein solches Gespräch zu führen, wenn man nur von dünnem, sich auflösendem Schaum bedeckt war.

»Ich bin die verschiedenen Möglichkeiten durchgegangen. Erste Möglichkeit«, er hielt einen Finger in die Luft, »ich ignoriere meinen Überlebensinstinkt und bleibe bei ein paar echt kranken Kids, die sich gegenseitig umbringen wollen.« Er streckte einen zweiten Finger in die Luft. »Zweite Möglichkeit: Ich hau ab und räche mich an der Armee im Südosten.« Jack war mit seiner Adoptivschwester Clotile an diese Armee geraten, und nur er war mit dem Leben davongekommen.

»Und wofür hast du dich entschieden?«

»Ich bin noch hier, oder?«

»Woher der Sinneswandel? Und warum ausgerechnet

jetzt? Seit du festgestellt hast, was für ein Freak ich bin, hat sich doch nichts geändert«, sagte ich giftig. Es sei denn, er hätte ... *Nein*. Allein die Vorstellung war zu peinlich.

»Wie gesagt, mir ist einiges klar geworden.«

»Hör mal, Jack, sagen wir, ich war in dich verliebt. Aber das war, bevor mir klar wurde, dass du mich nie so akzeptieren würdest, wie ich bin. Du bist total ausgerastet, als du mich als Herrscherin gesehen hast.«

Seine Augen verengten sich zu Schlitzen. »Ich bin nicht ausgerastet. Im Gegenteil, ich finde, ich hab das ganz gut weggesteckt. Hättest du mir den ganzen Mist vorher mal gezeigt und mich damit nicht überrumpelt ...«

»Dieser *Mist* hat mir das Leben gerettet.«

»Und dich in die Falle eines Psychopathen geführt, wenn ich mich recht erinnere. Dieser Alchemist, *non*?«

Touché. »Du hast mich wie eine Aussätzige behandelt, als du gesehen hast, wozu ich fähig bin.«

Er sprang auf, ging im Zimmer auf und ab und genehmigte sich noch einen Schluck. »Du kannst nicht erwarten, dass ich immer sofort alles richtig mache!«

»Was meinst du mit ›richtig machen‹, Jack?«

»Dass ich richtig reagiere, das Richtige sage, und so weiter. Das kann ich nicht. Ich hab so was noch nie gesehen, und dementsprechend hab ich reagiert.«

»Indem du dich bekreuzigst? Mal ehrlich, Jack.«

»Ich wurde eben katholisch erzogen. Ich lerne ein nettes Mädchen kennen, und das schlachtet dann einfach mal so einen Jungen ab. Und scheint darüber auch noch glücklich zu sein. Ich dachte, du bist von einem Dämon besessen oder so!« Er schüttelte den Kopf. »Und du erwartest, dass ich perfekt reagiere?«

»Es hat mir einfach wehgetan, Jackson. Okay?« Ich zog die Knie vor die Brust und Wasser schwappte über.

Als könnte er es nicht verhindern, ließ er den Blick nach unten gleiten, scheinbar fasziniert von meinen Bewegungen.

»Du hast mir damit das Herz gebrochen«, schrie ich, und sein Blick fuhr wieder nach oben. »Ich hatte gerade das Allerschrecklichste erlebt, was mir je passiert war. Ich habe dich gebraucht, und du fandest mich nur abstoßend.« Tränen traten mir in die Augen. »Ich hab dich wirklich gebraucht!«

Er fuhr sich mit zwei Fingern über den Nasenrücken. »Zählt es denn überhaupt nicht, dass ich … dass ich *versuche*, mit allem klarzukommen?«

»Vielleicht sollte es dir nicht ganz so schwerfallen. Du weißt selbst, dass es zwischen uns auch einige Probleme gibt, die mit dem Spiel gar nichts zu tun haben. Dauernd streiten wir uns. Wir sind nie derselben Meinung. Die wenigen friedlichen Gespräche, die wir geführt haben, kann ich an einer Hand abzählen. Und meistens hab ich keine Ahnung, was in deinem Kopf vorgeht.«

»Was willst du denn wissen?« Er ließ sich wieder auf den Stuhl fallen und stützte die Ellbogen auf die Knie.

»Du willst, dass ich über meine Gefühle spreche? Himmel, wo soll ich da anfangen?«

Überrascht sah ich ihn an. Was er da sagte, war nicht nur das übliche überhebliche Getue. Er wusste tatsächlich nicht, wie das ging. Und woher auch? Wer hätte ihm beibringen sollen, über seine Gedanken und Gefühle zu sprechen?

Seine Mutter sicher nicht. Die war nicht mal in der Lage gewesen, Jackson als Kind durchzufüttern, geschweige denn ihm beizubringen, über Dinge zu sprechen, die ihn beschäftigten. Und sein Vater? Der wollte nichts mit ihm zu tun haben.

Eigentlich war es erstaunlich, dass Jackson überhaupt so anständig geworden war. Mir fiel wieder ein, wie er einmal zugegeben hatte, nicht zu wissen, wie er sich in meiner Gegenwart benehmen sollte. *Du kannst mir beibringen, dich zu umwerben. Denn da kenne ich mich offenbar nicht aus.*

Er versuchte es wirklich. Und wie konnte ich ihm dabei helfen? Ihm Ratschläge geben? *Du musst es in deinen eigenen Worten sagen, Jack.*

»Du konfrontierst mich mit dem ganzen Mist und erwartest dann, dass ich innerhalb von ein paar Tagen damit klarkomme, dass meine Freundin kein richtiger Mensch ist!«

Ich wusste nicht, was mich mehr verwirrte, die *Freundin* oder das *kein richtiger Mensch*.

»Verdammt, Evie. Du warst bei mir zu Hause, du hast gesehen, wie ich gelebt habe. Ist es da so schwer zu verstehen, dass mich solche Überraschungen nicht gerade begeistern? Dass ich Geheimnisse an Menschen nicht mag?«

Vielleicht waren wir ja doch zu verschieden. »Es ist so viel passiert, und du warst richtig gemein zu mir die letzten Tage.«

»Ich war wütend, weil ich nichts kapiert hab. Ich kann's nicht leiden, wenn ich nicht verstehe, was vor sich geht. Und dann der Morgen in Requiem. Ich hatte gerade alles einigermaßen verdaut und komme zurück – und du bist kurz davor, dem Iren den Hals aufzuschlitzen.«

»Er hat uns angegriffen, obwohl ich versucht hatte, einen Nichtangriffspakt zu schließen.«

»Ich hab schon kapiert, dass wir da nicht alle heil rauskommen werden. Ich weiß verdammt genau, dass es in jedem Kampf Verletzte gibt. Das wusste ich auch schon vor dem Blitz. Aber als ich gesehen habe, wie sehr es dir gefiel …«

Ich vergrub das Gesicht in den Händen. »Ich will das alles nicht!«

»Das weiß ich jetzt. Es kommt einfach über dich. Das bist immer noch du, aber du hast da ein Problem. Schau mich an, *peekôn*.«

Ich blickte auf.

»Ich kann mit Problemen umgehen.«

Das überzeugte mich noch nicht. »Es tut weh, mit dir zusammen zu sein.«

»Manchmal ist es aber doch auch gut mit uns beiden.

Verdammt gut sogar. Du hast selbst gesagt, meine Küsse sind perfekt.« Er ließ den Blick von meinen Lippen über den Hals bis zu meinen Schultern gleiten …

»Das hab ich dir nie gesagt …« Langsam dämmerte mir etwas. »Oh, mein Gott.« Mir fehlten die Worte. Mein Verdacht hatte sich bestätigt. Wie demütigend. »Du hast den Kassettenrekorder des Alchemisten geklaut!« Inklusive der Kassette mit meiner kompletten Lebensgeschichte.

Ohne ein Zeichen der Reue grinste Jackson mich an. »*Ouais*. Ich hör mir das seit Tagen an. Deswegen habe ich in Requiem auch etwas länger gebraucht. Ich hab nach Kopfhörern gesucht, damit ich die Kassette unter der Kapuze hören konnte.«

»Das glaub ich einfach nicht!«

»Ich spiele ja eine ziemlich wichtige Rolle in deiner Geschichte. Da wollte ich sichergehen, dass du mich auch richtig verstanden hast.«

»Warst du deshalb so launisch?« Die wütenden Blicke, die sorgenvolle Miene. Das Grinsen?

»Ein paarmal war ich echt sauer.« Seine Miene verfinsterte sich. »Musste mir die Geschichten über deinen Freund anhören. Das konnte ich schon früher nicht ab.«

Brand war ein netter Kerl. Vielleicht ein bisschen unreif, aber er hatte ein gutes Herz. Er und Jackson waren wie Tag und Nacht. Sie hassten sich.

»Aber du hast auch nette Sachen gesagt. Du warst zum Beispiel freundlich zu Clotile. Hast ihr zugelächelt und sie gegrüßt, obwohl sonst niemand an der Schule nett zu ihr war.«

Nun wünschte ich, ich wäre noch netter zu ihr gewesen.

»Oder wie du unseren Kuss an Selenas Pool beschreibst.« Jack fuhr sich mit der Hand über das Gesicht. »Das Band ist an der Stelle bestimmt ziemlich abgenudelt, weil ich es mir so oft angehört habe.«

Seine Lider wurden schwer, und er erschauderte, als hätte er bei der Erinnerung daran einen *Ohrgasmus*. Mein Atem wurde flacher. Plötzlich wurde mir wieder bewusst, dass ich nackt war und das Badewasser kalt wurde. Seine Blicke brannten sich in meine feuchte Haut.

»Die Kassette war nicht für dich bestimmt!«

»Aber diesem Arthur, einem Fremden, hast du unsere Geschichte erzählt?«

»Damals war ich ziemlich sicher, dass er keine Gelegenheit mehr haben würde, sie weiterzuerzählen.« Bei der Erinnerung an Arthur fing meine Haut vor Zorn an zu glühen. Hieroglyphen schlängelten sich über meine Arme und meine Brust. Wurden auch meine Augen grün?

Jackson starrte mich an. »Zeigst du mir diese … diese *Hieroglyphen*, um mir Angst einzujagen?«

Wow. Er hatte sogar schon den Fachjargon drauf.

»Kannst du dir sparen. Die Kassette war für mich wie eine Einführung in die Welt der Arkana. Ich hab einiges dazugelernt. So wie du. Und ich hab gehört, wie du gesagt hast, ich wäre dein Anker.«

»Na und?«

»Du hast diesen Iren nicht getötet, weil du *mich* gesehen hast. Oder willst du das abstreiten?«

Langsam schüttelte ich den Kopf.

»Du brauchst mich. Das weiß ich jetzt«, sagte er. »Du hast mich gewarnt, dass es mit dir nicht immer einfach sein wird. Aber ich halte zu dir.«

»Aber warum? Das hier ist lebensgefährlich, total schräg und schrecklich.«

»So ist die Welt.« Er fuhr sich durch die Haare. »Da siehst du mal, was für ein Freak ich bin. Ich kann mit diesem Spiel besser umgehen als mit deinen Geheimnissen. Nun weiß ich wenigstens, woran ich bin.«

Ein Teil von mir war überglücklich, dass er mit mir zusammen sein wollte, ein anderer Teil fürchtete jedoch, dass eine Beziehung zwischen uns auf jeden Fall scheitern würde. »Lass uns realistisch bleiben …«

»Du willst, dass ich über meine Gefühle rede? Also gut, hör zu, *bébé*. Du tust immer, als hätten wir eine Wahl. Sehr amüsant! Dabei bist du doch genauso verrückt wie ich. Wir sind doch beide schon viel zu sehr ineinander verliebt.«

Ich wurde sauer. »Um mich zu mögen, muss man also verrückt sein, ja? Ich dachte, du als alter Frauenheld, mit all deinen *gaiennes*, wärst ein bisschen charmanter?«

Er zuckte mit den Achseln. »Letzte Nacht, als du mich geküsst hast, dachte ich: ›Nichts wie weg hier. Das ist zu viel für mich, der Mist geht mich nichts an.‹ Ich hab versucht, dich aus meinem Kopf zu verbannen.«

Ja, dasselbe hatte ich auch versucht, ebenso erfolglos.

»Verdammt, du hattest ohnehin damit gerechnet, dass ich dich verlassen würde. Aber dann hab ich mich mit jedem Schritt mieser gefühlt. Es war, als hätte man meinen Magen mit Stacheldraht umwickelt. Ich bin dir verfallen. Sinnlos, dagegen anzukämpfen. Und es ist mir scheißegal, wer oder was du bist.«

»Oh schweige still, mein Herz«, entgegnete ich scherzhaft, aber wie immer war meine Wut längst verflogen.

Dann fiel mir ein, was ich auf der Kassette noch alles gebeichtet hatte. Zum Beispiel, wie eifersüchtig und verletzt ich war, als ich glaubte, er hielte Selena in den Armen. Oder dass ich meinte, für immer den Verstand zu verlieren, als er mich küsste.

Hatte er deshalb so gegrinst? »Trotzdem, wie konntest du meine Privatsphäre derart verletzen?« Als Jackson sich in der Schule für mein Skizzenbuch interessierte, hatte er es einfach gestohlen. Und als er meine Nachrichten an Brand hören wollte, hatte er Brands Handy geklaut.

Jackson setzte sich immer wieder völlig rücksichtslos über mich hinweg und allmählich hatte ich die Nase voll davon. »Geh jetzt.« Meine Hieroglyphen leuchteten inzwischen heller als das Feuer. »Ich will mich anziehen.«

»Oh, lass dich nicht aufhalten. Ich werde hier nicht rausgehen, bevor du nicht zugibst, was du für mich empfindest.«

»Willst du mich erpressen?« Es ging ums Prinzip. Indem er sich die Kassette angehört hatte, war er zu weit gegangen. Und nun wollte er dafür auch noch belohnt werden?

»Komm raus. Keiner hält dich auf.« Er legte die Stiefel auf den Tisch, kippte nach hinten und balancierte auf zwei Stuhlbeinen. Mit einem anzüglichen Grinsen verschränkte er die Arme hinter dem Kopf.

Ich wollte – nein, *musste* – ihm sein großspuriges Grinsen aus dem Gesicht wischen. Genug war genug. Der morgige Tag konnte mein letzter sein, und ich weigerte mich, an meinem letzten Abend nach der Pfeife eines besoffenen Cajun zu tanzen.

Außerdem war ich nicht prüde. In der Schule hatte ich auch kein Problem damit gehabt, in meiner knappen Cheerleader-Uniform vor sabbernden Jungs zu tanzen, und meine beste Freundin Melissa hatte mir sogar manchmal noch den Rock hochgehoben. »Na gut.« Mit dem Rücken zu ihm stand ich auf, stieg aus der Wanne und ging zu meinen Kleidern.

Bumm! War er vom Stuhl gekippt?

Ich unterdrückte ein Grinsen, trocknete mich mit meinem alten T-Shirt notdürftig ab und zog den Slip an.

»E...Evie?« Seine Stimme klang gepresst.

Ich angelte mir meinen BH. Vielleicht konnte er dabei meinen Busen von der Seite sehen, aber das war mir egal. Als ich ihn geschlossen hatte, schaute ich über meine Schulter.

Jackson kniete mit offenem Mund neben dem umgekippten Stuhl und keuchte. Seine Wangen waren gerötet, seine Muskeln angespannt, als wollte er sich gleich auf mich stürzen. »Du … du bist aufgestanden?« Mit zittriger Hand fuhr er sich mehrmals über den Mund. Seine Augen glühten vor Lust. »Ich hätte nie gedacht, dass du aufstehen würdest, *ma bonne fille.*« Gutes Mädchen.

Mit einem Achselzucken griff ich nach meinen Jeans. »Falls es dir hier zu heiß ist, geh lieber raus.«

Er schluckte hörbar. »*Brûlant.*« Brandheiß. »Aber glaub mir, *ma chère*, mit *der* Hitze komme ich klar.« Er war aufgestanden und kam auf mich zu, seine schweren Stiefel polterten über die Holzdielen. Mit jedem Schritt wuchs meine Ungeduld. Er würde mich küssen, und allein die Vorstellung ließ mich zittern.

Nein, nein, nein! Das war falsch. Ich wollte nicht, dass er mich begehrte, weil er betrunken und geil war.

Noch bevor ich meine Kleider anziehen konnte, drehte er mich zu sich um und schlang einen Arm um meine Taille. »Du hast diesen hübschen Hintern in die falsche Richtung geschwungen, *bébé*. So nass und nackt hättest du zu mir kommen sollen.«

»Nimm bloß die Finger weg! Nachher beschuldigst du mich wieder, ich würde dich betören.«

»Mir ist klar geworden, dass ich dich schon begehrt habe, als du diese Fähigkeiten noch gar nicht hattest.«

»Wie kommst du darauf?«

»Wärst du damals schon so betörend gewesen, hätten die Highschool-Jungs alle dir hinterhergehechelt und nicht Clotile.«

»Hey, ganz so übel war ich auch nicht, Cajun.«

»Stimmt. Als ich dich damals ganz allein auf dem Schulhof in deinem Cheerleader-Minirock sah …« Mit glühenden Augen sah er mich an. »Ich hätte dich am liebsten gleich an Ort und Stelle auf einen Tisch gelegt, Evangeline.«

Meinen Namen in seinem Cajun-Akzent zu hören, machte mich ganz schwindelig. Er konnte unwiderstehlich sein. Und ich wusste es.

Er hatte recht. Ich war ihm verfallen. Sinnlos, dagegen anzukämpfen. Ich sah ihn an und flüsterte: »Bitte, tu mir nicht weh. Wenn ich dich küsse und dir danach doch zuwider bin …«

Er ließ ein tiefes Lachen hören und drängte seine Hüften gegen meine. »Fühlt sich das an, als wärst du mir zuwider?«

Ich schnappte nach Luft. »Jackson!«

»Du riechst nach Heckenkirsche. Magst du den guten alten Jack jetzt wieder?«

»Ich hab dich immer gemocht! Sogar als du versucht hast, mich mit der Macht des Katholizismus zu bannen.«

»So bin ich eben erzogen worden. Alles Übernatürliche ist entweder ein Wunder oder ein Werk des Teufels.«

Ich verdrehte die Augen. »Und du versuchst herauszufinden, wozu ich gehöre.«

»*Non*, ich versuche herauszufinden, ob ich wirklich katholisch bin.« Auf seinem Gesicht breitete sich wieder sein unwiderstehliches Grinsen aus.

Diese fantastischen Lippen. Ich wollte sie spüren.

Bevor er mich küsste, sagte er: »Du bist zwar nicht so, wie ich dachte, aber ich werde dich trotzdem beschützen. Ich werde versuchen, das alles hier zu akzeptieren. Aber du musst auch mich akzeptieren.«

»*Dich* akzeptieren? Wovon redest du?«

»Ich bin ein neunzehnjähriger Junge aus den Bayous. Ich habe eine Schwäche für Alkohol, und ich werde immer wieder Mist reden. Sei also nicht wegen jeder Kleinigkeit beleidigt.«

Ich legte meine Hand auf seine Wange. »Und dir wird womöglich noch viel Schlimmeres widerfahren als verletzte Gefühle, wenn du bei uns bleibst. Und das wird dann meine Schuld sein, weil ich mich nicht von dir trennen kann. Du wolltest doch, dass ich dich gehen lasse.«

»Das war, bevor mir etwas Entscheidendes klar geworden ist: Ich wäre sowieso nicht sehr alt geworden, auch ohne Apokalypse, ohne Widerlinge, Kannibalen und die Pest. Also werde ich in der Zeit, die mir noch bleibt, nur das tun, was ich wirklich will.«

»Und was willst du?«

Sein Grinsen wurde noch breiter. »Dich. Ich will dich haben.« Er beugte sich über mich und drückte mir einen Kuss auf die Lippen.

In diesem Moment begann es draußen zu schütten. Endlich. Der Regen prasselte aufs Dach. Dieses Geräusch hatte ich nicht mehr gehört, seit ich Jack in seinem Haus in den Bayous besucht hatte.

Er wich zurück. »Mein Gott, deine Lippen sind so süß. *Douces comme du miel.«* Süß wie Honig. Er riss sich das Hemd vom Leib und entblößte seinen feuchten Oberkörper und den Rosenkranz um seinen Hals. Wie hatte ich diesen Anblick vermisst.

Meine Finger strichen über die Narbe auf seinem Arm. Ich liebte diese Narbe. Hätte er die Wunde nicht versorgen lassen in der Nacht des Blitzes, wäre er wie all die anderen gestorben.

Seine Hände glitten hinab zu meinem Hintern und drückten besitzergreifend zu. »*Tu es à moi, Evie*. Du gehörst mir. Mit Haut und Haaren.« Wieder beugte er sich über mich und suchte meine Lippen. Zwischen seinen Küssen versicherte er mir: »Ich habe es dir schon mal gesagt und sage es dir noch einmal: Du und ich, wir werden mit allem fertig. Aber du musst mir die Chance geben, dir zu helfen. Versprich mir das.«

»Jack …«

»Versprich es. Versprich mir, dass du mich nicht noch einmal verlässt.«

»Versprochen.« Ich starrte auf seine Lippen und sagte: »Wirst du mich immer finden?«

Betrunken murmelte er: »Ich jag dir nach wie ein räudiger Hund.«

Ich musste lachen. Wie konnte ich in unserer Lage nur so glücklich sein? »Ich bin froh, dass ich nichts mehr vor dir verbergen muss. Dann haben wir ab jetzt keine Geheimnisse mehr voreinander – keiner von uns.« Moment.

Wieso wichen seine Augen mir aus? »Hast du mir noch was zu sagen?«

»*Non, rien.*« Nein, nichts.

»Bitte lüg nicht, Jack! Vertrauen ist in unserer Situation das Wichtigste. In Anbetracht des Spiels und der ganzen Gefahren, die uns in dieser Welt drohen, müssen wir uns aufeinander verlassen können.«

»Ich lüge nicht, Evie. Du kannst mir vertrauen«, sagte er mit fester Stimme. »Ich habe keine Geheimnisse, *peekôn*. Ich will nur dich.«

Ich war erleichtert. »Ich glaube dir.«

»Gut.« Er hob mich hoch, presste mich an sich und trug mich zum Bett. »In der Nacht am Pool hätte ich dich haben können, wenn ich es nicht so überstürzt hätte. Heute werde ich uns mehr Zeit geben. Alles schön langsam.«

»Wir können nicht miteinander schlafen. Wenn ich dich dabei mit meinen Kräften verletze?«

»Gibt es einen schöneren Tod, *ma belle*?«

»Ich meine das ernst.«

»Ich auch.« Er trug mich zum Bett und vertrieb mit kleinen wilden Küssen meine Bedenken. »Du liebst mich viel zu sehr, um mir wehzutun.«

Das konnte ich nicht abstreiten.

»Still jetzt. Wir verstehen uns am besten, wenn wir nicht reden.«

Er hatte recht. Ich legte den Kopf in den Nacken und suchte seine Lippen. Unsere Küsse wurden intensiver, unsere Zungen fanden sich. Ich schmeckte den Schnaps, den er getrunken hatte. »Trunken von seinen Lippen« – im wahrsten Sinne des Wortes. Wir versanken in einem Zungenkuss, der schnell zu einem Cajun-Kuss wurde. Noch härter, leidenschaftlicher, wilder.

So war es immer mit Jackson. Alles geriet außer Kontrolle. Eine zerstörerische Leidenschaft, ein flammendes Inferno, aber das scherte mich nicht.

Er löste sich von mir und warf mich aufs Bett ...

Unter mir gab die Bettdecke nach. Verzweifelt mit den Armen rudernd fiel ich in ein Loch und konnte mich gerade noch mit den Fingerspitzen am Rand festhalten.

Jack hechtete hinterher und bekam meine Handgelenke zu fassen, kurz bevor ich den Halt verlor.

»Großer Gott! Ich hab dich!«

Ich konnte ihn fast nicht verstehen. Auf dem Dach der Hütte ertönte das ohrenbetäubende Tuten eines Nebelhorns.

Ein Warnsignal. War das etwa eine Falle?

Nachdem Jack mich zurück ins Zimmer gezogen hatte, sah ich nach unten. In einer drei Meter tiefen Grube ragten rostige Eisenstäbe aus dem Boden. Jackson riss mich an sich und legte die Hand schützend auf meinen Hinterkopf.

Da war keine Matratze. Irgendjemand hatte eine dünne Schaumstoffmatte über den Bettrahmen gelegt und sie mit einer Decke und einem Kissen getarnt.

»Meine Güte«, murmelte ich, als das Nebelhorn endlich verstummte. Verwirrt und panisch wie ich war, meinte ich in der Ferne Wolfsgeheul zu hören.

Er drückte mich noch enger an sich, bis ich seinen zittrigen Atem spüren konnte. »Ich … ich hätte dich umbringen können.«

Nun ja, wahrscheinlich nicht. Aber wehgetan hätte es sicher. »W…wer tut so was?«, fragte ich, obwohl ich die Antwort schon kannte. Das laute Signal klang wie das Feierabendhupen einer Fabrik … oder einer Mine.

»Kannibalen.« Jack raffte meine Kleider zusammen und drückte sie mir in den Arm. »Wenn das eine ihrer Fallen war, kommen sie gleich angerannt. Wir müssen los, *bébé*. Schnell.«

11

TAG 257 N. D. BLITZ
Im Gebiet der Kannibalen, wie es scheint

»Das ist doch kein Regen«, murrte Finn laut vor sich hin, als wir uns im Stockfinstern einen Hang hinaufquälten. »Das ist eine Sintflut!«

Seit wir vor drei Tagen aus der Hütte geflohen waren, goss es in Strömen.

Ich stammte aus Louisiana und war mit heftigen Gewittern vertraut, aber so starker Dauerregen war mir fremd. Wie war ich nur auf die Idee gekommen, mir richtigen Regen zu wünschen?

Finn wischte sich mit einer schlammigen Hand übers Gesicht. »Blutrünstige Kannibalen plus wild gewordene Arkana ist gleich große Scheiße. Wenn ich das mal so sagen darf.« Mit einer dramatischen Geste reckte er die Faust gen Himmel: »Es reicht, ihr da oben!«

Auch Matthew meldete sich zu Wort: »Kannibalische Arkana!«

»Ja, Mann. Gut, dass du mich daran erinnerst, dass es auch beides in einer Person gibt.«

Obwohl es schon weit nach Mitternacht war, waren wir noch immer auf der Flucht. Wir kämpften uns die Hänge hoch, durch den Schlamm und durch die Asche, die ich so hasste. Immer wieder mussten wir durch knöcheltiefe Regenbäche waten, die uns bei jedem Schritt stolpern ließen. Rechts und links stürzten Baumstämme um, entwurzelt von den Wasserströmen.

Aber Jack war da und stand mir bei.

Die Angst vor den Kannibalen trieb uns durch die Nacht. Das hatte nicht einmal das Schreckgespenst der Wiedergänger vermocht. Die »wahren Schrecken« kamen mit dem Regen. Davor hatte Matthew mich ja gewarnt.

Wir wurden von Menschen gejagt, die uns fressen wollten. Schrecklicher konnte es nicht mehr werden.

Da nachts keine Sterne und tagsüber keine Sonne am Himmel zu erkennen waren, konnten wir auch unsere Position nicht bestimmen und gingen einfach immer weiter Richtung Süden. Zumindest hofften wir das.

Als vor drei Tagen das Nebelhorn der Kannibalenfalle getutet hatte, waren wir vor der Hütte zusammengelaufen. Trotz der allgemeinen Panik war es den anderen nicht entgangen, dass Jack meine Hand hielt. Mit stolzgeschwellter Brust hatte er verkündet: »Evie und ich sind jetzt zusammen.«

»Kein Arkana«, meinte Matthew missbilligend.

Finn hatte nur gegrinst, und Selena schien am Boden zerstört, sagte aber nichts. Bislang schien sie es mit Fassung zu tragen.

Als wir nun an einen reißenden Strom gelangten, zog Jack mich an sich. »Komm her, Liebes.« Er nahm mich auf den Arm, drückte mich an seine Brust und trug mich durchs Wasser.

Ich zitterte erbärmlich. Für ein bisschen Wärme und ein Dach über dem Kopf hätte ich alles gegeben.

»Wir schaffen das, Evie. Wenn wir in diesem Tempo weitergehen, sind wir bald bei deiner *grand-mère*.«

Seit wir ganz offiziell zusammen waren, hatte sich Jacks Verhalten verändert. Er war noch entschlossener, noch leidenschaftlicher, als ob es nun etwas gab, für das es sich zu kämpfen lohnte. Seit drei Tagen küssten wir uns immer wieder heimlich und redeten im Flüsterton miteinander.

Einmal hatte er mir mit ernster Miene mitgeteilt: »Wenn wir dieses Spiel hinter uns haben, werde ich Haven für dich wieder aufbauen, *ma belle*. Du wirst schon sehen.« Ein anderes Mal hatte er zugegeben: »Unser Kuss am Pool war nicht unser erster. Als ich dich damals nach dem Blitz bewusstlos in deinem Bett fand, konnte ich einfach nicht widerstehen. Du sahst so bezaubernd aus im Schlaf, ich musste dir einen *bec doux* stehlen.« Einen süßen Kuss. »Schon damals war ich dir verfallen.«

In der vergangenen Nacht hatten wir ein paar Stunden im Fahrerhaus eines alten Holzlasters Unterschlupf gefunden. Selena hatte Wache gehalten, und Jack hatte endlich etwas Schlaf gefunden, mit mir in seinen Armen. Beim Einschlafen hatte er die Lippen in mein Haar gedrückt und tief durchgeatmet. »Heckenkirsche«, hatte er auf Französisch gemurmelt. »Schon jetzt kann ich als glücklicher Mann sterben.«

Jedes Mal, wenn meine Angst mich zu überwältigen drohte, munterte er mich wieder auf. Einmal war er längere Zeit hinter mir gegangen und meinte dann plötzlich: »Es ist mein voller Ernst, Evie, du bist wirklich kein echter Mensch.«

Ich wollte gerade wütend werden, da hatte er hinzugefügt: »Dieser Hintern, Evie, einfach un-glaub-lich. *C'est surhumain.*« Der ist übermenschlich.

Auf der anderen Seite des Stroms angelangt, stellte Jack mich wieder auf die Beine. Er hielt die Arme um mich geschlungen und stützte sein Kinn auf meinen Kopf: »Wir suchen uns ein schönes Plätzchen, wo wir uns verstecken können, und dann machen wir weiter, wo wir aufgehört haben.« Seine raue Stimme ließ mich schaudern.

Trotz all der Mühsal und Angst ertappte ich mich immer wieder bei der Vorstellung, was passiert wäre, wenn in der Hütte keine Falle gewesen wäre.

Ich wäre garantiert keine Jungfrau mehr. »Ich w...weiß nicht, wie w...weit ich es noch schaffe, Jack.«

»Nur noch ein paar Steigungen, dann machen wir ein, zwei Stunden Pause.«

»Okay.« Wir gingen weiter.

Die Arkana-Rufe schwirrten ja immer durch meinen Kopf, aber zwei davon waren deutlich lauter geworden – obwohl Jack bei mir war.

– *Rot von Zahn und Klaue!* –

– *Verrichten wir unsere blutige Arbeit.* –

An Faunas Ruf hatten wir uns schon gewöhnt, aber den

zweiten Ruf kannten weder Selena noch ich. Alles, was wir wussten, war, dass er einem männlichen Arkana gehörte. Irgendwo in diesem unseligen Gebirge lauerte ein Junge, der uns womöglich nach dem Leben trachtete. War es der Hierophant?

Ich fragte Matthew. Seine Antwort war: »Das Wasser!«

Auch die Stimme des Todes hatte ich wieder gehört. Und ich konnte ihn spüren. Einmal hatte er über Jack gesagt: *– Der Sterbliche wird dich nie verstehen. Aber das mag auch daran liegen, dass du bald sterben wirst. –*

Halt die Klappe! Ich kann's nicht mehr hören!

Er hatte nur gelacht.

Falls Matthew mir diese Träume vom Tod schickte, damit ich mehr über ihn und das Spiel erfuhr, war es von großer Bedeutung für mich, sie bis ins Detail zu studieren. Bei diesem Kampf vor langer Zeit waren andere Spieler ganz in der Nähe der Schlucht gewesen. Fauna herrschte damals über Löwen. Aber war sie eine Verbündete oder eine Feindin gewesen? War es Gabriel, das Gericht, der wie ein Bussard über mir gekreist war? Und hatte er sich über meinen baldigen Tod gefreut? Oder hatte er sich bereit gemacht, den Sensenmann aus der Luft anzugreifen?

Ich bekam einen Hustenanfall. Mein Atem ging so heftig, dass ich Regen inhalierte.

Durch das Unwetter rief Jack den anderen zu: »Wir müssen eine Pause machen!«

Ich wollte nicht mehr weglaufen. Mittlerweile war ich so erschöpft, dass ich mich den Kannibalen lieber entgegenstellte. Bei diesem Wetter war es zwar unmöglich, giftige Sporen abzusondern, aber vielleicht konnte ja ein Dornentornado etwas ausrichten. Sofern ich überhaupt in der Lage war, einen heraufzubeschwören. »Wir können nicht länger fliehen.«

»Das sagst du doch nur, weil du so lahm bist«, giftete Selena mich an. Plötzlich blieben Finn, Selena, Matthew und ich wie angewurzelt stehen. In unseren Köpfen begann ein Arkana-Ruf zu dröhnen. Als würde es etwas nützen, hielt ich mir die Ohren zu. Dann ein Brüllen: – *ROT VON ZAHN UND KLAUE!* –

Jack hob die Armbrust und zerrte mich hinter seinen Rücken. »Was ist hier los?« Nervös sah er sich nach allen Seiten um. Ich zog Matthew zu mir.

»Fauna. Sie kommt.« Griff sie uns an? Aber sie schien allein zu sein, da würde sie wohl kaum ein Bündnis von vier Arkana attackieren.

Selena hatte sich gerade neben mich gestellt und ihren Bogen in Anschlag gebracht, da tauchte wie von Geisterhand aus dem Regen ein hübsches Mädchen auf.

Ihre rehbraunen Augen, die an den Winkeln leicht nach oben gezogen waren, verliehen ihr etwas Asiatisches. Auf dem schwarzen Haar saß eine Ballonmütze und sie trug eine Jacke mit Flecktarnmuster. Die blasse Haut war übersät mit Sommersprossen. Das Mädchen konnte nicht älter als vierzehn oder fünfzehn sein.

Offenbar hatte sie keine Waffen bei sich, aber auf ihrer Schulter saß ein riesiger Falke, und um ihre Beine scharten sich drei beeindruckende Wölfe, die drohend ihre Reißzähne bleckten.

Im Kino waren Wölfe immer majestätische Tiere, aber das hier waren die hässlichsten Exemplare, die ich je gesehen hatte. Ihr Fell zeigte überall kahle Stellen mit offenen Wunden und ihre Schnauzen waren mit Narben übersät. Einem Wolf fehlte ein Auge, ein anderer hinkte.

»Was willst du?«, fragte Jack mit erhobener Armbrust.

Über dem Mädchen erschien sein Tableau: eine junge Frau, die das weit aufgerissene Maul eines Löwen hielt. Dann war das Bild wieder verschwunden.

Finn starrte Fauna mit offenem Mund an. In der Luft über ihm flackerten alle seine Illusionen der letzten Zeit auf, als würde er unwillkürlich auf das Mädchen reagieren. Dann wurde er zwei Mal kurz unsichtbar und sagte schließlich stammelnd zu ihr: »Wir haben beide das Unendlichkeitssymbol auf der Karte.«

Sie sah ihn skeptisch an, dann sagte sie an uns alle gewandt: »Ich bin Lark. Und wir haben ein großes Problem.«

12

»Und was sollte mich davon abhalten, dich einfach zu töten?«, fragte Selena und richtete den Bogen auf sie. »Warum sollten wir dir vertrauen?«

»Weil ich als Verbündete zu euch komme«, antwortete Lark. »Und um das zu beweisen, werde ich euch das Leben retten.«

Selena lachte und spannte ihren Bogen noch mehr.

Finn und ich schauten die Bogenschützin fassungslos an. »Lass sie doch reden!«, rief er.

»Seit Tagen verfolgt sie uns schon, und jetzt will sie plötzlich helfen?«

Lark nickte. »Genau. Ich wollte nur sicher sein, dass ihr nicht so verrückt seid wie ein paar andere Arkana, denen ich begegnet bin. Außerdem hattet ihr meine Hilfe bislang auch gar nicht nötig.«

»Ach ja? Und jetzt schon?«, fragte Selena spöttisch.

»Von Norden kommt eine ganze Horde Widerlinge, die schnell aufholt.«

»Wissen wir.«

»Und wisst ihr auch, dass euch Späher der Kannibalen entdeckt und nach Verstärkung gefunkt haben? Aus östlicher Richtung werden bald mehrere Geländewagen voll mit Kannibalen kommen. So viele wie wir sind, werden die Zähne sicher eine ganze Armee schicken.«

»Die Zähne?«, fragte ich.

»Das kapierst du, wenn du sie siehst«, meinte Finn.

»Du kennst sie?« Lark klang überrascht.

Er nickte. »Ich habe das Gebirge schon einmal überquert. Unsichtbar. Und ich habe … alles gesehen.«

Selena lockerte die Spannung ihres Bogens ein wenig. »Widerlinge im Norden, Kannibalen im Osten? Was ist mit dem Süden und dem Westen?«

»Die eine Richtung führt wegen einer senkrechten Felswand in eine Sackgasse«, erklärte Lark. »Und in die andere Richtung läuft man in einen mit Fallen gespickten Engpass. Bärenfallen und Fallgruben.«

Mit Fallgruben hatte ich ja schon meine Erfahrung.

»Außerdem ist die Gegend sehr steinig«, sagte Lark zu mir. »Keine toten Bäume, die du wiederbeleben könntest, Herrscherin.«

Es war ein seltsames Gefühl, wenn eine Fremde mich so nannte.

Zu Selena sagte sie: »Und wir werden Mann gegen Mann kämpfen müssen. Keine Verstecke für einen Hinterhalt. Nicht gerade von Vorteil für eine Bogenschützin.«

Sie hatte unsere Tableaus erkannt und wusste unsere Namen. Sie kannte sich also mit dem Tarot-Deck und dem Spiel aus.

»Warum habt ihr gerade diesen Weg genommen?«, fragte Lark. Von ihrer Mütze rann das Wasser. »Hat euch der Narr hierher geführt? Das ist taktisch gesehen ziemlich unklug.«

»Wenn das so ist, warum bist du dann hier?«, fragte Selena zurück.

»Das hier ist meine Heimat. Ich kenne das Gebirge, ich kenne die Minen und ich kenne diese Unmenschen.« Sie hatte tatsächlich einen leichten Südstaatenakzent. »Außerdem sorgen die Zähne dafür, dass die schlimmsten Arkana wegbleiben. Aber inzwischen haben sie sich ziemlich weit ausgebreitet.«

»Warum? Wann?« Finns Stimme klang auf einmal eine Oktave höher. Was er hier gesehen hatte, musste sehr traumatisch gewesen sein.

»Erst vor Kurzem. Sie sind am Verhungern da unten in ihren Minen. Für frisches Fleisch und drei Zuchtweibchen würden sie uns bis ans Ende der Welt jagen.«

»Zuchtweibchen?«, fragte ich verständnislos.

»Auch Kannibalen brauchen Liebe«, meinte sie trocken.

Ich sah zu Finn. Er schien völlig fasziniert von Lark.

Selena starrte ihn wütend an. Gehörte sie zu den Mädchen, die es nicht ertrugen, wenn sich ehemalige Verehrer in jemand anderen verguckten?

»Das Gute daran ist, dass sie versuchen werden, uns lebend zu fangen«, sagte Lark. »Wahrscheinlich gibt es nur ein paar Fleischwunden und Schläge auf den Kopf.«

Finn murmelte: »Aber auch nur, weil sie keine Kühlschränke haben.« War er ein bisschen näher an Lark herangerückt?

»Dann nichts wie weg hier.« Selena ließ ihren Bogen

sinken. »Wir probieren's mit dem Engpass, auch wenn er, wie du sagst, voller Fallen sein sollte.«

Lark kraulte einen der Wölfe hinter dem Ohr. »Wenn ihr bei Nacht durch diese Schlucht geht, seid ihr tot.«

»Weshalb haust du nicht einfach ab?«, fragte Selena. »Du könntest längst weg sein.«

»Das hab ich euch doch schon gesagt. Ich will eure Verbündete sein.«

»Du scheinst dich mit dem Spiel gut auszukennen«, sagte ich, »aber unser Bündnis hat nicht vor, mitzuspielen. Wir wollen niemanden töten.« Ausgenommen den Tod.

Lark blieb der Mund offen stehen, als ob das zu schön wäre, um wahr zu sein. Die Fassade des toughen Mädchens bröckelte ein wenig, und ich meinte, Tränen in ihren braunen Augen zu sehen. »Niemanden töten?« Mein Gott, sie sah so jung aus. »Ich war ganz allein hier draußen, und als Gabriel und seine Leute immer näher kamen, wäre ich fast gestorben vor Angst. Ich dachte, jetzt bin ich erledigt.«

Selenas Haltung versteifte sich. »Sie waren hier?«

Verdammt. Und ich hatte gedacht, sie seien in die andere Richtung geflohen.

»So nah, dass Gabriel fast mit meinem Falken zusammengekracht wäre. Sie haben wieder kehrtgemacht, aber mir war klar, dass mir die Deckung durch die Kannibalen keinen ausreichenden Schutz mehr bot. Früher oder später werden Arkana kommen und sich den Hierophanten holen.«

»Dann war das sein Ruf, den wir gehört haben«, sagte ich. *Verrichten wir unsere blutige Arbeit.* »Er muss ganz in der Nähe sein.«

Lark nickte. »Stimmt. Schließlich ist er ja der Chef der Kannibalen. Er heißt Guthrie und verbreitet jede Menge Mist, abgedrehtes religiöses Zeug. Er hat die Kannibalen komplett unter seiner Kontrolle, wie der Anführer einer Menschen fressenden Bergarbeitersekte. Die feilen sich sogar die Zähne, um auszusehen wie er.«

Ich hätte nicht gedacht, dass mir die Kannibalen noch unheimlicher werden könnten. Weit gefehlt.

Selena blieb misstrauisch. »Warum hat der Hierophant dich nie verfolgt?«

»Ich bin mir ziemlich sicher, dass er nichts vom Spiel weiß. Wenn er meinen Ruf hört, denkt er wahrscheinlich, ein Engel plaudert mit ihm.«

»Wer wird zuerst hier sein?«, fragte Jack. »Wie viel Zeit haben wir noch?«

»Moment, ich lass mal nachsehen, wie viel Zeit uns noch bleibt.« Lark flüsterte dem Vogel auf ihrer Schulter etwas zu. Er breitete hinter ihrem Kopf seine Flügel aus und hüpfte auf seinen dicken Beinen. Er trug sogar eine kleine Lederhaube.

Ein Mädchen mit einem Raubvogel mit Lederhaube auf der Schulter fand ich irgendwie cool. Oh Mann, hoffentlich hatte sie nicht vor, uns alle umzubringen.

»Kannst du durch die Augen des Vogels sehen?«

»Er ist ein Gerfalke. Und ja, kann ich.« Wie ein gefiederter Blitz erhob sich der Falke von Larks schmaler Schulter und flog in den regenverhangenen Himmel. Die Größe des Vogels war beeindruckend. Seine Flügelspanne betrug mindestens einen Meter.

Lark starrte ins Leere. Ihre Augen funkelten rot wie die eines Tiers im Scheinwerferlicht. Dann neigte sie Kopf und Körper zur Seite, wie ein Kind, das Flugzeug spielt. Ihre Sinneswahrnehmung war eins mit der des Falken. Gerade änderten sie die Flugrichtung.

Wirklich sehr cool.

Dann blinzelte Lark, und ihr Blick wurde wieder klar. »Die Widerlinge werden gegen Mitternacht hier sein. Und die Zähne, schätze ich, auch.«

»Alle gleichzeitig?« In nur vier Stunden.

Finn näherte sich den Wölfen und ignorierte, dass sie ihn anknurrten.

»Nicht!«, schrie Lark. »Die bringen dich um. Das sind Kampfwölfe!«

Doch nach kurzem Zögern leckten sie Finns ausgestreckte Hand. Lark blieb der Mund offen stehen. Eins zu null für Finn.

»Diese Jungs haben schon einiges mitgemacht, oder?« Finn wandte sich an Lark: »Wir müssen also entscheiden, ob wir gegen eine Horde Zombies *und* eine Kannibalensekte kämpfen, oder im Stockdunkeln durch eine mit Fallen gespickte Schlucht fliehen, richtig?«

Lark hatte ihre Fassung wiedergefunden. Sie lächelte und zeigte ihre spitzen Eckzähne. »Bingo. Es sind mindestens sechzig Kannibalen und ungefähr doppelt so viele Widerlinge.«

»Dann gehen wir hier in Stellung.« Ich war auch schon zuvor bereit gewesen, zu kämpfen, aber nun hatten wir gar keine Wahl mehr.

»Ich muss mit dir reden«, flüsterte Jack und zog mich ein Stück zur Seite. »Und wenn wir beide abhauen und es mit der steilen Felswand versuchen?« Ich warf einen Blick auf Matthew. Jack fluchte. »Schon klar, nicht ohne den *coo-yôn*. Er hätte uns ruhig warnen oder aus dem Tal herausführen können!«

»Er wollte es mir sagen, wenn wir vom richtigen Weg abkommen.«

»Und? Ist das etwa der richtige Weg?«

»Ich hab ihm gesagt, er soll seine Fähigkeiten so wenig wie möglich nutzen. Ich dachte, dann wäre er ein bisschen klarer.«

Jack winkte Selena zu uns. Sie kam, schüttelte aber immer noch den Kopf. Matthew folgte ihr. Finn entschuldigte sich bei Lark und gesellte sich ebenfalls zu uns.

»Wie sieht's aus, Matthew?«, fragte ich. »Was weißt du von ihr?«

Er flüsterte: »Keller.«

Wie bitte? »Bedeutet das, sie wird uns schaden?«

»Gut. Böse. Gut. Böse. Gut. Gut. Böse. Böse. Gut. Böse. Gut ...«

»Schon verstanden«, unterbrach ich ihn und strich

ihm seufzend das nasse Haar aus der Stirn. »Danke, Süßer. Wir denken drüber nach.«

Jack fragte: »Glaubt ihr, diese *fille* sagt die Wahrheit?«

Finn drehte sich nach Lark um. »Absolut.«

»Sie ist eine kleine Lügnerin.« Selena hielt ihren Bogen zwar gesenkt, der Pfeil war aber noch im Anschlag. »Ich glaub ihr kein Wort.«

»Du traust doch ohnehin niemandem«, entgegnete ich.

»Ich vertraue dir«, konterte sie zu meiner Überraschung. »Ich glaube, du stehst zu deinem Wort und lügst mich nicht an.«

Ich runzelte die Stirn, aber irgendwie vertraute ich ihr auch.

Selena sah mich an. »Glaubst *du*, dass sie die Wahrheit sagt?«

Ich war mir nicht sicher. Aber wir mussten es mit ihr versuchen. Wir brauchten jeden, den wir kriegen konnten. Es bestand die Möglichkeit, dem Spiel eine neue Richtung zu geben, aber dazu brauchten wir mehr Arkana in unserem Bündnis. »Ich denke, wir sollten es wagen. Vertrauen wir ihr. Und sei es nur, weil es unser Bündnis stärkt.«

Selena verdrehte die Augen.

»Ich muss das große Ganze im Blick behalten«, erklärte ich. »Außerdem klingt das, was sie sagt, vernünftig. Wir wissen, dass die Wiedergänger immer näher kommen, und wir haben den Alarm der Kannibalen ausgelöst.« Wieder hörten mir alle gebannt zu, als ob ich ihre Anführerin wäre. Sei's drum, das hatte ich mir verdient. »Wenn wir ihr in diesen Punkten glauben, können wir auch davon ausgehen, dass es die Schlucht mit den Fallen tatsächlich gibt. Das heißt, wir müssen uns nur noch entscheiden, welche Alternative die bessere Überlebenschance bietet.«

Finn sagte: »Ich finde, wir sollten hier bleiben und unsere übernatürlichen Kräfte nutzen.« Er sah mich an und fügte so diplomatisch wie möglich hinzu: »Der Abstieg durch eine felsige Schlucht könnte dir etwas schwerfallen.«

Jack sah ihn böse an. »Kümmer du dich um deinen Kram. Ich trag ihren hübschen Hintern auch da runter, wenn es sein muss.«

Beschwichtigend legte ich ihm die Hand auf die Brust. »Er hat recht. Wir sollten unsere Kräfte nutzen.« Die Herrscherin in mir war kampfbereit.

Vielleicht wollte ich aber auch nur vermeiden, dass die Bärenfallen uns die Beine brachen.

»Dann brauchen wir auch Larks Wölfe«, sagte Finn. »Sollten wir sie nicht herholen?«

Wir sahen alle zu ihr rüber. Gerade landete der Falke wieder auf ihrer Schulter und schüttelte sein Gefieder. Sie rieb die Nase an seinem Schnabel.

»Das soll wohl ein Witz sein?« Selena war entsetzt. Sie traute Lark nicht über den Weg, so wie ich ihr anfangs nicht über den Weg getraut hatte.

Doch Finn winkte Lark schon zu uns rüber.

»Wie habt ihr euch entschieden?«, fragte sie mich.

»Wir werden kämpfen.«

Jack schnaubte, dass das Regenwasser spritzte. »Aber dann lasst uns das Ganze clever angehen. Wir haben zwei Feinde. Das Beste wäre, wir würden sie aufeinanderhetzen.« Ich zog ein skeptisches Gesicht. »Genau so haben wir es gemacht, als wir dich aus den Fängen der Miliz befreit haben: Wir haben ihnen die Widerlinge auf den Hals gehetzt. Wiedergänger lassen sich nicht so leicht plattmachen. Wenn also doppelt so viele Wiedergänger wie Kannibalen kommen, haben die Kannibalen keine Chance. Gib mir mal die Karte, Selena.«

Sie kramte sie aus ihrem Rucksack und gab sie ihm.

Jack warf sich die Armbrust über die Schulter. »Erinnert ihr euch an das Tal, durch das wir gekommen sind? Das mit der Ebene? Das ideale Schlachtfeld, ein taktischer Albtraum. Man kommt da kaum raus. Wenn die Kannibalen in Trucks anrücken, müssen sie da auf jeden Fall durch, wenn sie zu uns wollen. Dann müssen wir nur noch die Widerlinge zu ihnen locken. Selena und ich könnten sie auf uns aufmerksam machen und sie dazu bringen, uns zu verfolgen.«

Jack als Köder? Es musste eine bessere Lösung geben.

Selena sah sich die Karte genauer an. »Ja, das Tal ist perfekt. Aber so schaffen wir noch mehr Zombies.« Ein einziger Biss, und man wurde selbst ein Zombie. Vorausgesetzt natürlich, man überlebte den Angriff.

Jack zuckte mit den Schultern. »Das wäre das kleinere Übel. Widerlinge können wenigstens nicht denken.«

»Ich hab eine Idee«, mischte ich mich ein. »Ich könnte ein Dornengestrüpp wachsen lassen, das die Wiedergänger direkt ins Tal lotst. Eine Art Gasse.«

Finn tippte mit dem Finger auf die Karte. »Und ich kann es so aussehen lassen, als ob der Fuß des Berges schon hier liegt. Dadurch würde so was wie ein Trichter entstehen, der in Evies Dornengestrüpp führt.«

»Meine Wölfe könnten ihnen nachjagen und sie vorwärtstreiben.«

Jack sagte: »Und gleichzeitig könnten Selena und ich sie unter Beschuss nehmen.«

Eine Gasse aus Dornengestrüpp, beißende Wölfe, Zauberei und Pfeile. »Wenn das funktioniert, wären wir die Zähne los. Die Wiedergänger wären tagelang damit beschäftigt, Kannibalenblut zu schlürfen, und wir hätten jede Menge Zeit, zu fliehen.«

Jack nickte. »Wie lange brauchen wir, um uns vorzubereiten?«

Wie lange würde ein Aderlass für ein Pflanzengebilde dieser Größe dauern?

»Zwei Stunden?«

Auf Französisch sagte Jack zu mir: »Gut, dann bleibt uns genügend Zeit, um mit dem Mädchen zu reden und herauszufinden, ob das, was sie sagt, tatsächlich stimmt.«

13

Knirsch.

Jedes Mal, wenn Larks riesige Wölfe einen Knochen durchbissen, verzog ich das Gesicht.

Alles war vorbereitet. Wir hatten uns in einer kleinen Höhle versteckt, und nun blieb nichts weiter zu tun, als sich zurückzulehnen und abzuwarten, bis die Schlacht begann. Larks Falke würde uns informieren, falls sich jemand näherte. Sobald wir es uns gemütlich gemacht hatten, waren die Wölfe – Narbengesicht, Zyklop und Menschenfresser – für eine Weile verschwunden und dann mit ein paar alten Knochen zurückgekommen. Menschlichen Knochen.

»Wölfe müssen fressen«, erklärte uns Lark. »Leichenreste sind auch nichts anderes als Chappi.«

Um mich abzulenken, schaute ich raus und bewunderte mein Dornengestrüpp wie eine stolze Mutter.

Man soll sich ja nicht selbst loben, aber es war wirklich wunderschön. Ich hatte so viele Sprösslinge gepflanzt, dass eine dichte, dreieinhalb Meter hohe Hecke gewachsen war. Undurchdringbar. Ihr sattes Grün hob sich schimmernd vor der ascheschwarzen Erde ab und die mehrere Zentimeter langen Dornen ragten bedrohlich in die Luft.

Die Hecke sah so einladend aus, dass ich mich am

liebsten für immer zwischen ihren Zweigen niedergelassen hätte. Aber Jack wäre damit sicher nicht einverstanden.

Ich saß mit dem Rücken an seine Brust gelehnt. Aufgrund des Blutverlusts war ich völlig durchgefroren, aber sein Körper und das Feuer, das wir gemacht hatten, wärmten mich langsam wieder auf. Neben uns starrte Matthew abwesend in die Flammen, und Selena schnitzte sich noch ein paar provisorische Pfeile. Lark und Finn saßen Schulter an Schulter, hinter ihnen hatten es sich die Wölfe bequem gemacht. Diese Kampfwölfe waren intelligenter, wilder und offensichtlich auch gefräßiger als normale Wölfe.

Knirsch. Knirsch.

Jack kam mit all diesem Irrsinn scheinbar ganz gut klar. Als ich meine Ärmel hochgekrempelt hatte, um den ersten Schnitt zu machen, war ihm noch sichtlich unwohl gewesen.

»Bist du sicher, dass du das sehen willst?«, hatte ich ihn gefragt, während meine Klauen über meinem Handgelenk schwebten.

»*Ouais*«, hatte er mit dünnen Lippen hervorgepresst.

Aber als ich mir die Haut aufschlitzte, war er dann doch zusammengezuckt.

»Das verheilt wieder, Jack.«

»Tut aber trotzdem weh, oder?«

Ein Aderlass tat jedes Mal höllisch weh. Trotzdem hatte ich die Zähne zusammengebissen und den Schmerz ertragen, während ich mir mit den Klauen die Arme aufschnitt. Jack hatte fasziniert zugesehen, wie meine Haut danach sofort wieder heilte. Hinterher war mir schwindelig und ich war unterkühlt.

Jack hatte mir die Arme gerubbelt und festgestellt: »So hast du also das Gemüse für deine *mère* wachsen lassen.«

Während wir uns um die Hecke kümmerten, hatte Selena die Gegend nach eventuellen Durchlässen abgesucht, die man noch hätte schließen müssen. Matthew hatte sich hinter dem dichten Vorhang eines Wasserfalls ganz in der Nähe ausgeruht und Finn hatte unter Larks staunenden Blicken seine Zauberkünste praktiziert.

Eine Weile hatte ich ihr Gespräch belauscht und war froh, dass Finn wieder ganz der Alte war. »Ich bin leider nicht ganz perfekt, Lark«, hatte er ihr in gespielt ernstem Ton erklärt. »Ich hab da ein Problem mit meiner Selbstachtung. Schon beim ersten Date lass ich jede ran. Aber ich versuch mich zu bessern. Hilfst du mir?«

Sie hatte gelacht. Es war offensichtlich, dass sie ihn mochte. Vielleicht bedeutete das Unendlichkeitssymbol ja tatsächlich, dass die beiden etwas miteinander verband. Ich schöpfte wieder Hoffnung. Wenn sie sich ineinander verliebten, hätten wir ein Arkana-Paar, das sich niemals gegenseitig verletzen würde. Eine weitere Stange Dynamit zwischen den Zahnrädern des Spiels.

In einer Situation wie der unseren hätte ich mich normalerweise nicht für das Liebesleben anderer Leute interessiert, aber letztendlich konnte so ein Minibündnis entscheidend sein.

Nun, während wir warteten, fragte Selena Lark: »Was weißt du eigentlich über das Spiel?«

»Willst du in Gegenwart eines Muggels über Arkana-Geheimnisse sprechen?« Lark deutete mit dem Daumen auf Jack.

»Er weiß Bescheid«, versicherte ich ihr. »Also, was weißt du?«

»Meine Familie hat eine Chronik geführt«, sagte sie und putzte dabei ihre Krallen. Sie waren anders als meine Dornenklauen. Schmaler und gebogen, wie bei Tieren, und sie verschwanden nie vollständig.

Selena lachte. »Ach ja? Du sollst im letzten Spiel die Erste gewesen sein, die dran glauben musste. Numero uno. Wie solltest du da Zeit gefunden haben, eine jahrhundertealte Papierspur für deine Nachfahren zu hinterlassen?«

Finn sah sie böse an. »Jetzt bleib mal locker, Selena.«

»Schon okay«, beschwichtigte Lark. »Sie hat ja recht. Ich weiß mehr über das aktuelle Spiel als über das letzte. Ich weiß zum Beispiel, was die ganz großen Karten vorhaben.«

»Die großen Karten?«, fragte ich.

»Na eben die Spieler, die am meisten draufhaben. So wie du und Selena. Oder der Tod und Tess.«

»Tess haben wir schon getroffen. Was weißt du über sie?«

Matthew murmelte: »Böse Karten.«

»Sie ist die Karte der Welt«, sagte Lark, »das fünfte Element. Vor einer Woche war sie mit Joules und Gabriel zusammen. Wahrscheinlich haben sie sich mit ihr verbündet. Cleverer Schachzug von den beiden, immerhin hat die Welt Kontrolle über Raum und Zeit. Leider hat der Chronist ihrer Familie Mist gebaut. Deshalb kapiert sie nicht, warum sie jedes Mal, wenn sie niesen muss, vom Boden abhebt. Oder dass die Zeit plötzlich anfängt zu rasen, wenn sie heiß auf einen Typen wird und so.«

Finn hörte Lark gebannt zu. Das Kinn auf die Hand gestützt, ließ er sie nicht aus den Augen. »Wie funktioniert so was?«

»Da musst du jemand anderen fragen. Ich hab keinen Doktortitel und bin auch keine Quantenphysikerin.«

Er und Lark lachten, dann wurde sie wieder ernst. »Ich sollte mich nicht über sie lustig machen. Sie scheint ein nettes Mädchen zu sein. Hat aber viel geweint und sich die Nägel blutig gekaut. Es muss echt hart sein, wenn man seine eigenen Fähigkeiten nicht versteht.«

Oh ja, das war es. Ich konnte mich noch gut daran erinnern, wie sehr es mich verstört hatte, dass Pflanzen auf mich reagierten. Ich hatte Mitleid mit Tess und hätte ihr gern geholfen.

»Joules und Gabriel werden sie sicher über das Spiel aufklären, wenn sie es nicht längst getan haben.« Lark zeigte auf Matthew. »Der Narr ist ebenfalls eine beliebte

Zielscheibe. Er kennt die Schwächen und Fähigkeiten jedes einzelnen Spielers.«

»Die Arsenale«, korrigierte er sie.

»Und Evie?«, fragte Jack.

Lark sah mich an. »Diejenigen, die das Spiel kapiert haben, wollen, dass du am Leben bleibst, damit du den Tod ausschalten kannst. Es gibt aber auch ein paar Unbelehrbare. Und nun, wo du schon zwei Zeichen wert bist …« Sie verstummte und starrte auf meine Hand. »Die Versuchung ist groß.«

Zwei Zeichen: das des Alchemisten und mein eigenes.

Jack legte seine Hand auf meine. »Mag schon sein, dass die Versuchung groß ist, aber keiner wird ihr was tun. Verstanden?«

Sie sah ihn an, als wäre er nicht ganz bei Trost. »Hallo? Wir sind jetzt Verbündete.« Aus ihrer Jackentasche zog sie ein zusammengerolltes, laminiertes Stück Papier und reichte es mir. Ich rollte es auseinander. Auf dem gelblich verschlissenen Pergament war in einer altertümlichen Schrift etwas mit Fettstift geschrieben.

»Das ist eine Liste der Spieler mit ihren offiziellen Bezeichnungen«, sagte sie. »Die aktuellen Namen habe ich dazugeschrieben und die bisherigen Verlierer sind durchgestrichen.«

– Die Spieler –

Der Narr, Hüter des Spiels (*Matthew*)

Der Magier, Meister der Illusion (*Finn*)

Die Hohepriesterin, Herrscherin über die Tiefe

Die Herrscherin, Unsere Dornenkönigin (*Evie*)

Der Herrscher, Oberster Herr der Steine

Der Hierophant, Herr der dunklen Rituale (*Guthrie*)

Die Liebenden, Herzog & Herzogin der Perversion

Der Wagen, Meister der Boshaftigkeit

Kraft, Herrin der Tiere (*LARK!*)

~~Der Eremit, Meister der Alchemie~~

Rad des Schicksals, Schicksalsbotin

~~Gerechtigkeit, Herrin der Qual (*Spite*)~~

Der Gehängte, Beherrscher des Unheimlichen

Tod, Herr der Ewigkeit

~~Mäßigkeit, Trägerin der Last der Sünde (*Calanthe*)~~

Der Teufel, Garstiger Schänder (*Ogen*)

Der Turm, Herr der Blitze (*Joules*)

Der Stern, Obskure Lenkerin

Der Mond, Überbringerin des Zweifels (*Selena*)

Die Sonne, Heil der glorreichen Erleuchterin

Gericht, Der Erzengel (*Gabriel*)

Die Welt, Die Übernatürliche

»Wo hast du das her?«, fragte ich.

»Hing bei uns am Kühlschrank. Nein, war nur Spaß. Wie gesagt, meine Familie hat eine Chronik geführt. Wahrscheinlich sind noch mehr Spieler tot, aber ich streiche nur die aus, von denen ich es anhand der Rufe sicher weiß. Als Spite getötet wurde, habe ich die anderen Arkana jubeln hören. Das war gleich zu Beginn. Ich kann aber nicht sagen, wer es war.«

Ich räusperte mich. »Der Name des Alchemisten war Arthur.«

Sie sah mich erstaunt an. »Okay. Dann trag ich das mal nach.« Ihre Augen leuchteten rot auf. »Moment. Kurze Unterbrechung für eine wichtige Durchsage ... Noch zwei Stunden, dann ist Showtime!«

Showtime. Langsam wurde mir bewusst, dass wir in dieser Nacht alle sterben könnten. Verdammt, der Tod hatte mir eine Woche gegeben, und die war fast um. Wenn ich doch nur ein paar Stunden mehr Zeit hätte, um mit Jack allein zu sein. Das wünschte ich mir so sehr, dass ich dafür sogar unser gemütliches Feuer verlassen hätte und hinaus in den Sturm gezogen wäre.

Auf telepathischem Weg fragte ich Matthew: *Ist es okay, wenn du für eine Weile bei Finn bleibst?*

– Die Herrscherin ist meine Freundin. Finn ist mein Freund. –

Das stimmt. Ich bin bald zurück. Ich muss mit Jackson reden.

– Das wird ihm nicht gefallen. –

Da war ich anderer Ansicht. Ich stand auf und streckte Jack die Hand hin. »Wir beide sollten noch mal die Hecken checken. Nur um sicherzugehen, dass wir keine ungebetenen Gäste haben.«

Er sprang auf die Füße und schnappte sich meine Hand. Während er sich seine Ausrüstung über die Schulter warf, verkündete er: »Die Hecken sind echt wichtig.«

Ich tat, als würde ich Selenas gequälten Blick nicht bemerken.

»Bleibst du bei Matthew, Finn?«

»Matto und ich sind unzertrennlich. Noch nicht gemerkt?«

»Verwandte Seelen«, sagte Matthew.

Schnell zog Jack mich nach draußen, als ob er Angst hätte, ich könnte meine Meinung ändern.

Ich hörte Finn kichern. »Die Hecken checken? Sagen so die Kids in Louisiana dazu? Hey. Lark, kann ich deine Hecke auch mal checken?«

Jack zog mich hinaus in die Nacht. Gerade eben war mir noch kalt gewesen und ich hatte mich schwach und benommen gefühlt. Doch nun versetzte mich Jacks Anblick in große Erregung. Ich fühlte mich so lebendig …

14

Er führte mich an einer der Heckenmauern vorbei zu dem Felsüberhang, unter dem Matthew vor einer Weile noch gesessen hatte. Wir sprangen durch den Wasserfall und waren dahinter von der Außenwelt abgeschnitten.

Er schüttelte sein Haar auf diese spezielle Weise, die ich so liebte.

»Und, bist du froh, dass du bei uns geblieben bist?«, fragte ich ihn mit einem ironischen Unterton.

»Immerhin wird es nie langweilig.« Er zog mich an sich und rieb sanft seine Nase an meinem Ohr. »Den ganzen Tag war ich bei dir, und trotzdem fehlst du mir, *peekôn*. Wie kann das sein?«

Großer Gott, dabei hatte er mir noch viel mehr gefehlt!

»Aber ich weiß nicht, was ich von dem neuen Mädchen halten soll. Alle sagen, Ziel des Spiels sei es, sich gegenseitig umzubringen. Aber du glaubst immer noch an neue Freunde und Verbündete, *non*?«

»Ich? Nein, sie ist keine Freundin.« Na gut, irgendwie hoffte ich vielleicht schon, sie könnte eine Freundin werden. Sie war witzig. Ihre Art gefiel mir.

»Verdammt, Selena hätte dich, ohne mit der Wimper zu zucken, umgelegt. Du selbst hast immer wieder gesagt, dass du ihr nicht traust. Inzwischen weiß ich, warum.«

Ich seufzte. »Sie hat sich geändert. Sie will, dass ich am Leben bleibe.«

»Trotzdem, wir wissen nichts über Lark. Nur dass die Monsterwölfe nach ihrer Pfeife tanzen. Ich trau ihr nicht. Halte dich einfach etwas bedeckt, Evie. Sie muss nicht alles über uns wissen. Du bist doch sonst so gut darin, Geheimnisse für dich zu behalten.«

»Okay. Ich werde versuchen, mehr aus ihr herauszubekommen und weniger zu verraten.«

Er nickte. »Wenn diese Sache heute Nacht schiefgeht, will ich, dass du abhaust.«

Ich strich mit meinen Fingern an seinem Kinn entlang. »Ich werde niemals weglaufen, wenn du in Gefahr bist.«

»Ist das dein Ernst?«

»Ja, aber falls mir irgendetwas passieren sollte, möchte ich, dass du dich um Matthew kümmerst.«

»Sag nicht so was, *bébé.*« Er legte seine Hand um meinen Nacken, eine Geste, die beschützend und besitzergreifend zugleich war. »Ich werde nicht zulassen, dass dir etwas passiert. Niemals.«

»Stürz dich einfach nicht in irgendwelche Kugeln oder so. Denk dran: Ich regeneriere.«

»Und wenn man dir in den Kopf schießt? Stirbst du dann, so wie die Wiedergänger?«

»Das hab ich mich auch schon gefragt. Aber ich glaube, am meisten muss ich mich vor der Berührung des Todes fürchten.«

»Der wird dir nichts tun. Nicht, solange noch ein Fünkchen Leben in mir ist.«

Ich zitterte vor Kälte. Sofort sagte Jack: »Ich mach uns ein Feuer.« Er sammelte ein paar trockene Zweige und Späne und schichtete sie neben einer kleinen Erhebung im hinteren Teil des Überhangs auf. Mit geschickten Bewegungen schlug er sein Jagdmesser gegen einen Feuerstein und setzte so das Holz in Brand. Als die Flammen aufloderten, holte er seinen Schlafsack aus dem Rucksack und legte ihn auf die Erhebung.

An den Wänden tanzten die Schatten und die Luft wurde schnell wärmer. Wir saßen nebeneinander und wärmten uns die Hände.

Die Umgebung, das Feuer, das plätschernde Wasser, die lauernde Gefahr … das alles war unglaublich intensiv und unverfälscht. In diesem Moment kam es mir vor, als wäre es meine Bestimmung, an diesem Ort mit diesem Jungen zusammen zu sein.

Als wäre es unser Schicksal.

Er sah mich an. »Weißt du, was wir früher über Mädchen wie dich immer gesagt haben?«

Ich schüttelte den Kopf.

»Der erste Junge, mit dem sie schlafen, ist ihre große Liebe.«

»Ach ja?« Ich boxte ihn gegen die Schulter. »Dann weiß ich ja, warum du es damals am Pool so eilig hattest. Kein Wunder.«

Sein Gesicht blieb ernst. »Ich wollte dich. Und wie ich

dich wollte. Aber nicht nur für eine Nacht. Ich dachte, wenn wir miteinander schlafen, bleiben wir zusammen. Das habe ich mir gewünscht. Und ich wünsche es mir immer noch.«

Manchmal war es allzu offensichtlich, dass er aus einem völlig anderen Milieu kam. Er lebte in einer Welt, in der Jungs noch Marken setzten. Wenn sie die Sachen eines Mädchens für sie trugen, machten sie damit ihren Nebenbuhlern klar, dass es zu ihnen gehörte. »Und wie kommst du drauf, dass das auch auf mich zutrifft?«

»Wieso, willst du das abstreiten?«

Es hatte bei mir noch kein erstes Mal gegeben und daher auch niemanden, mit dem ich danach hätte zusammenbleiben können. Aber falls Jack der Erste sein würde, mit dem ich schlief, könnte seine Theorie durchaus zutreffen.

Er fuhr sich mit den Fingern durchs Haar. »Ich bin fast durchgedreht, als ich deine Nachricht an Brandon gehört habe, wo du gesagt hast, du würdest mit ihm schlafen wollen.«

Ich hatte damals keine Ahnung gehabt, dass Jackson Brandons Handy geklaut und sich alle meine Nachrichten angehört hatte.

»Deshalb war ich auch so sauer, als du an dem Abend zu mir gekommen bist«, erklärte Jack. »Ich dachte, ich hätte dich für immer verloren. Und nachdem du dann auch noch mein Zuhause gesehen hattest, habe ich absolut keine Chance mehr gesehen. Ich hab mich total beschissen benommen.«

»Das ist vorbei. Jetzt bin ich hier bei dir.« Ich legte ihm die Hand aufs Knie. »Wie du gesagt hast: Wir können da weitermachen, wo wir aufgehört haben.«

Sein ganzer Körper spannte sich an.

Ich biss mir auf die Lippe. »Ähm, hast du vielleicht was zur Verhütung dabei? Nur falls wir die Nacht überleben sollten …«

»*Ouais*. Sogar noch aus diesem Jahrhundert«, scherzte er in Erinnerung an unser erstes fehlgeschlagenes Rendezvous. »Und du bist dir sicher? Letztes Mal …«

Ich nahm sein Gesicht in meine Hände. »Wir könnten bald sterben.«

Jack grinste mich an. »Jetzt mach aber mal 'nen Punkt, Evie. Und die Das-könnte-unsere-letzte-Nacht-auf-dieser-Erde-sein-Nummer kannst du dir sparen. Mich hast du längst klargemacht.«

Ich grinste zurück. »Du mich auch.«

Ich genoss seinen ungläubigen Blick und wie er verlegen schluckte, als ihm klar wurde, dass es nun wirklich passieren sollte.

All die Gründe, die ich früher gegen Sex angeführt hatte, waren längst hinfällig geworden. Jack und ich hatten eine feste Beziehung und ich vertraute ihm. Er würde mich also nicht vögeln und dann gleich wieder fallen lassen. Vor Jack hatte mich Sex nie besonders interessiert. Aber nun konnte ich es kaum erwarten, den letzten Schritt zu tun. Dazu kam: Ich liebte ihn. Und er wusste das.

Ich fuhr mir mit der Zunge über die Lippen. Jack begriff sofort. Schnell wurde aus der sanften Berührung unserer Lippen ein leidenschaftlicher Kuss. Ohne uns voneinander zu lösen, zerrten wir uns die Jacken vom Leib, zogen unsere Stiefel aus und wanden uns aus den nassen Jeans. Jack gab meinen Mund nur kurz frei, um mir mein T-Shirt über den Kopf zu ziehen.

Nachdem auch er sein Hemd ausgezogen hatte, fiel mein Blick auf den Rosenkranz, den er um den Hals trug. Er war wie ein Emblem, Jacks ganz persönliches Wahrzeichen. Ich versuchte, die winzigen Details um das Kreuz herum zu erkennen, und entdeckte eine eingravierte Rose in der Mitte.

Ein Rosen-Kranz. Auch Jack trug eine Rose bei sich. Wieder wurde ich von dem Gefühl überwältigt, dass wir füreinander bestimmt waren.

Er legte mich auf den Rücken, und meine Hände strichen über seine Brust. Fasziniert erforschte ich seine feuchte Haut und seine kräftigen Muskeln, die unter meiner Berührung bebten.

Während meine Hände ihn ergründeten, betrachtete er mich hingerissen. Ich war nackt bis auf die Unterwäsche. Überall auf meiner Haut schimmerten Hieroglyphen. »Hab Erbarmen, Evie.« Er beugte sich über mich und küsste die eine, die sich über meine Brust schlängelte, und spürte ihr mit den Lippen nach. »Sie haben mir früher immer Angst gemacht«, keuchte er, »aber jetzt finde ich sie sexy. Alles an dir ist sexy.« Er leckte so sanft darüber, dass sich alles in mir zusammenzog.

»Und? Wirfst du mir nachher wieder vor, ich hätte dich betört?« Ich wollte unbedingt auch den Rest meiner Kleider loswerden. Der nasse Stoff schnürte mich ein.

»Und wenn schon. Es gefällt mir.« Er schälte sich aus seinen Boxershorts.

Ein schneller Blick genügte, und mir stockte der Atem.

Er lächelte und fing wieder an mich zu küssen. Ich war wie von Sinnen und spürte kaum, wie er mir den BH abstreifte, bis sich seine warme, starke Brust gegen meine nackten Brüste presste. Die Berührung ließ ihn schaudern, und er stöhnte, während wir uns weiter küssten. Das Gewicht seines Körpers auf meinem war angenehm, einfach himmlisch. Unsere Hüften begannen sich zu wiegen, aneinanderzuschmiegen, suchten sich.

Dann hakten sich seine Zeigefinger in meinen Slip. »Hoch mit dir, *bébé.*« Ich hob mein Becken und er zog die letzte Barriere zwischen uns weg. Oder fast die letzte. Aus seiner Jeans angelte er eine Packung Kondome und riss sie mit den Zähnen auf. Als er sich den Gummi überstreifte, war ich wie gelähmt vor Lust. Völlig unbeeindruckt davon, wie ich ihn anstarrte, schob er sich zwischen meine Beine. Seine Oberschenkel rieben sich an meinen, dann spürte ich seine Härte. Hitze schoss mir in den Kopf und mein Körper kam ihm weich entgegen.

Aber in dem Moment, als er sich auf mich legte, wurde der Druck in meinem Kopf unerträglich.

– Der Sterbliche ist nicht für dich bestimmt! –

Ich zuckte zusammen.

»Was ist? Bin ich zu schnell?« Er richtete sich auf. »Du kannst es mir sagen, wenn ich aufhören soll, Evie. Jederzeit.«

– Es ist dir nicht erlaubt, bei ihm zu liegen. –

»Nein, ich will nicht aufhören. Es ist nur die Stimme des Todes. Sie ist in meinem Kopf!«

– Er ist nicht für dich bestimmt, Geschöpf! –, sagte der Tod noch einmal.

Warum tust du mir das an? Was bist du für ein Mistkerl, dass du mir nicht einmal ein bisschen Vergnügen gönnen kannst, bevor du mich tötest?

– Dir gebührt nichts als Elend! –

Jack ballte die Fäuste, dass die Adern über seinen Armmuskeln hervortraten. »Dafür bringe ich diesen Scheißkerl um!«

Das werde ich schon selbst erledigen. *Was zum Teufel geht dich das überhaupt an?*

– Dein Tod gehört mir, also gehört mir auch dein Leben. –

Du bist doch krank! So hatte ich den Tod noch nie reden hören. Zuvor hatte er immer nur über mich gespottet und mir mit meinem baldigen Ende gedroht.

Nun schäumte er vor Wut. *– Du schuldest mir etwas, Herrscherin! Wenn du das hier tust, wirst du dafür bezahlen! –*

»Evie?«

»Ich will dich, Jack. Küss mich.«

Er tat es. Der Sensenmann verstummte und meine Erregung kam zurück.

Doch wieder brüllte der Tod: *– NIEMALS, GESCHÖPF! –*

Ort und Zeitpunkt waren perfekt; dieser Augenblick hätte nur mir und Jack gehören sollen. Und nun verdarb der Tod mir alles. »Es hat keinen Zweck. Er will nicht, dass wir es tun. Keine Ahnung, warum.«

»Sieh mich an, Evie. Bleib bei mir.« Ich sah Jack tief in die Augen. Sie waren von einem gewittrigen Grau, voller Sehnsucht, Leidenschaft und Verletzlichkeit. »Er darf nicht über uns bestimmen, oder?«

Solange Jack mir in die Augen sah, war der Tod still, und ich war von der Last seiner Gegenwart befreit.

– Tu das nicht, Sievā … –

Sie… was? Dann war er endgültig verschwunden.

»Er schweigt. Es funktioniert!«

»Dann werde ich dir in die Augen sehen, wenn wir es tun. Okay?«

Ich nickte. Nie hätte ich erwartet, dass ich ihn so sehr begehrte.

Er ließ seine Hand zwischen unseren Körpern nach unten gleiten, immer tiefer, bis seine Finger in mich eintauchten. »Du bist so heiß, so perfekt«, stöhnte er. »Du willst es auch.« Das war keine Frage.

Er berührte mich so, wie ich es mir ersehnte, und liebkoste mich. Jede seiner Berührungen steigerte mein Verlangen. Mein Becken drängte gegen seine sanften Finger. Meine Lider wurden schwer, aber ich hörte nicht auf, ihm in die Augen zu sehen.

Er bewegte ebenfalls die Hüften, und ich konnte spüren, wie hart er war. Meine Augen weiteten sich, als er langsam in mich eindrang. Schneller, immer schneller flackerten die Hieroglyphen über meinen Körper.

»Keine Angst, *bébé*«, raunte er und gab mir einen flüchtigen Kuss. »Ich pass auf dich auf.« Er sah mir in die Augen und drang immer tiefer in mich ein. »Ich will dich schon so lange.« Noch tiefer. »Oh mein Gott, Evie!« Dann war er ganz in mir und ein tiefes Stöhnen entrang sich seiner Brust.

Schmerz. Ich versuchte, nicht zusammenzuzucken. Aber nun war es kein Vergnügen mehr.

»Jetzt gehörst du mir, Evangeline« flüsterte er mit rauer Stimme. »Und sonst keinem.«

Er hatte offenbar recht. Der Tod war endlich verschwunden.

Jack hielt ganz still. »Gleich tut's nicht mehr weh«, raunte er.

»Es wird schon besser.«

»Willst du mehr?«

Ich nickte und bereute es sofort. *Schmerz.*

Durch zusammengebissene Zähne sagte er: »Ich muss dich berühren, Evie, dich küssen. Sonst gefällt es dir nicht.« Ein Schweißtropfen fiel von seiner Stirn auf meinen Hals und rann kitzelnd bis hinunter zu meinem Schlüsselbein.

»O…okay.«

Ohne sich aus mir zurückzuziehen, richtete er sich auf die Knie auf und beugte sich mit schweißnasser Brust über mich. Seine Hände wanderten über meinen Körper, sie waren überall, streichelten, massierten, rieben mich. Gierig nach mehr bog ich mich ihm entgegen, und er begann, sich zu bewegen. Es war …

Wahnsinn!

»Ja, Jack!«

»Großer Gott«, presste er hervor, »das ist es, Evangeline. Hier gehöre ich hin.«

Ein weiterer Stoß brachte mich zum Fliegen. »Ja, genau so … Das ist es.«

Er beugte sich über mich und versengte mir Hals und Brüste mit seinen heißen Küssen. Er brachte mich dem Himmel immer näher.

Bei jedem Stoß spürte ich seine kaum gezügelte Wildheit. Atemlos keuchte ich: »Halt dich nicht zurück! Das musst du nicht.« Dabei fuhr ich ihm sanft mit den Nägeln über den Rücken und spornte ihn an, bis er mich mit all seiner Leidenschaft nahm. Er knurrte vor Begierde, während ich laut stöhnte.

Die Lust wurde größer und größer … überwältigte uns … dann war da nur noch eine lodernde Glückseligkeit.

Mir entfuhr ein Schrei.

»*À moi, Evangeline!*«, keuchte er. Du gehörst mir.

»Ja, Jack, *ja* …«

Ein Schaudern zog durch unsere Körper. Ein letztes Stöhnen. Ein letzter Seufzer.

Er ließ sich schwer auf mich sinken. Zärtlich streichelte ich ihm den Rücken, um ihm zu zeigen, wie sehr ich das genossen hatte.

Wie sehr ich ihn liebte.

Mit geröteten Wangen stützte er sich auf die Unterarme, in seinen halb geschlossenen Augen spiegelte sich die Befriedigung. »Ich wusste, dass es so sein würde.« Seine Stimme klang noch rauer als sonst. »Ich wusste es schon in dem Moment, als ich dich zum ersten Mal gesehen habe.« Er streichelte mein Haar und küsste mein Gesicht, streifte mit seinen Lippen meine Wangen, Stirn und Nasenspitze. »Wir gehören zusammen, Evie Green«, flüsterte er.

Ich wollte, dass er nie aufhörte. Der Sex mit ihm war schon großartig, aber dieses Nachspiel … Er war so zärtlich.

»Den ersten Pfarrer, den wir treffen, werde ich bitten, uns zu verheiraten, *peekôn*.« Seine Küsse wurden wieder leidenschaftlicher. »Wie kommt es nur«, hauchte er an meinen Lippen, »dass ich nicht genug von dir bekomme?«

Gerade, als die Lust zurückkehrte und wir ein zweites Mal übereinander herfallen wollten, hörte ich ein Hecheln. Weil es ganz sicher nicht von mir kam, löste ich mich aus seiner Umarmung. »Jack?«

Wir drehten uns um und sahen, wie ein Wolf seine Schnauze durch den Wasserfall steckte. Er blinzelte uns an und heulte.

Gleich darauf hörten wir Lark: »Hey, Leute. Seid ihr da drin? Ich hab den anderen versprochen, ich würde euch holen. Wir müssen gehen. Es wird bald losgehen.«

Zärtlich legte Jack seine Stirn auf meine und flüsterte: »Wir machen später weiter.«

»Ein guter Ansporn, diese Nacht zu überleben.« Ich rief Lark zu: »Wir kommen gleich.«

Er gab mir einen letzten zärtlichen Kuss und half mir auf die Beine. Dann sammelte er unsere Klammotten ein. Während wir uns anzogen, grinste er mich an, ich lächelte etwas belämmert zurück. Meine Jungfräulichkeit war dahin, und ich bereute es nicht im Geringsten.

Hand in Hand gingen wir zu unserem vereinbarten Beobachtungspunkt. Wir hatten den Tod endgültig zum Schweigen gebracht. *Adieu – für immer …*

Jack drückte meine Hand und sah mich an. »*À moi*, Evangeline.«

»Für immer«, versprach ich ihm.

15

»Kommen drei Wiedergänger und ein Sklavenhändler in eine Bar ...«, plapperte Finn fröhlich drauflos, obwohl das Geheul der Zombies schon bedrohlich nahe klang.

Von unten unsichtbar lagen wir auf einem Felsvorsprung oberhalb der Heckengasse auf der Lauer.

Selena fuhr zu ihm herum und zischte: »Spinnst du, Magier? Sie sind fast da.«

Wie ein riesiges heulendes Ungeheuer kam die Meute den Berg heraufgekrochen. In der Dunkelheit konnten wir ihre wässrig trüben Augen leuchten sehen.

Selena und Jack hoben ihre Waffen. Ich lag zwischen Matthew und Jack, Finn war neben Lark, die völlig weggetreten war, weil sie durch ihren Falken die Ankunft der Kannibalen beobachtete.

Hinter Finns Berg-Illusion kauerten die Wölfe, bereit, die Meute von hinten anzugreifen.

»Was ist?«, flüsterte Finn. »Man wird ja wohl noch einen Witz reißen dürfen, auch wenn wir gleich von blutrünstigen Zombies überrannt werden.«

Matthew hielt den Zeigefinger in die Luft, als wäre ihm soeben eine Erkenntnis gekommen. »Zomedy!«

»Verdammt richtig, Matto.« Finn schien manchmal selbst ein bisschen überrascht, wie gut sich die beiden verstanden.

Eigentlich hatte ich Matthew noch nach meiner letzten Begegnung mit dem Tod fragen wollen, aber er war zu sehr in Gedanken versunken gewesen. Und nun war es zu spät.

Während sich die Meute wie eine Sturzwelle in die Gasse ergoss, kamen mir Zweifel, ob mein Plan wirklich so gut war. Und wenn es nicht funktionierte? Unser einziger Fluchtweg war die Schlucht, und falls die Kannibalen die Widerlinge schneller besiegten als gedacht, wären wir gezwungen, mitten in der Nacht und bei strömendem Regen durch die Fallen zu rennen …

Wenn man Ideen hatte, die anderen gefielen, wurde man leider trotzdem dafür verantwortlich gemacht, wenn etwas schiefging.

Die Widerlinge schoben sich auf dem Weg, den wir für sie vorgesehen hatten, immer näher. Als sie den Felsvorsprung erreichten, hielt ich den Atem an. *Immer weitergehen, die Herrschaften. Hier gibt es nichts zu sehen.*

Direkt unter uns hielten sie inne und schnüffelten.

Sie hatten uns gewittert! So weit oben und trotz ihrem eigenen Gestank?

Ihr Geheul wurde lauter. Mit Händen und Füßen kämpften sie gegen das Dornengestrüpp, um an uns heranzukommen. Manche versuchten sogar, sich durchzubeißen. Dass ihnen die Stacheln dabei die schleimige Haut zerfetzten, war ihnen egal. Ich konnte jeden Schlag, jeden Biss gegen meine Pflanzen spüren.

Jack rief: »Schieß, Selena!«

Gemeinsam feuerten sie auf die Wiedergänger und brachten auch einige zu Fall, aber es kamen immer mehr.

Ich begann zu schwitzen und ertrug mit zusammengebissenen Zähnen die Schläge auf meine Pflanzenschar. Mein Haar färbte sich rot und meine Hieroglyphen leuchteten auf.

Jack lud seine Armbrust nach. »Halt durch, Evie.«

»Ich tue mein Bestes!« Aber dieser verdammte Regen raubte mir die letzten Kräfte. In meinem Körper hallten die Schmerzen nach wie Glockenschläge. Wir *mussten* sie in die Flucht treiben. Ich sah Lark an. »Schnell. Die Wölfe.«

»Noch nicht!« Ihre roten Augen waren zusammengekniffen, ihre Krallen gruben sich in den Fels und ihre Fangzähne wurden länger. »Die Kannibalen haben gerade erst das Tal erreicht. Verschaff uns noch fünf Minuten.«

»Beweg den Berg!«, krächzte ich Finn an.

»Ich versuch's!«

Bisher hatte ich immer nur gegen einen Gegner gekämpft. Nun wimmelte es nur so von Feinden.

Selena und Jack hatten gerade ihre letzten Pfeile verschossen, da hörten wir das ersehnte Heulen der Wölfe.

Getrieben von den beißenden Bestien strömte die Wiedergängerflut vorwärts. Schmerzensschreie ertönten. Taumelnd versuchten einige der Zombies, denen schon Hände und Füße fehlten, in die entgegengesetzte Richtung zu fliehen.

Larks Wölfe bissen ihnen reihenweise die Kehlen durch. Rot von Zahn und Klaue. Als die Wiedergänger es bis zum Abstieg ins Tal geschafft hatten, tropfte von den Fangzähnen der Wölfe das Blut und ihre schwarzen Pelze waren verklebt von widerlichem Schleim. Allmählich wusch der Regen die Schicht von ihnen ab, wie dicke Farbe.

Ein nie dagewesener Schwindel überkam mich. Ich rang nach Atem.

»Evie!« Jack stürzte auf mich zu und nahm mich in die Arme.

Finn ließ sich auf den Rücken fallen. »Kaum zu glauben, dass ich mal dachte, zaubern wäre besser als Sex«, murmelte er.

Nun erreichten auch die Kannibalen das Tal, wo bereits die Hölle auf sie wartete.

Jack half mir auf die Füße. Von dem Felsvorsprung aus konnten wir beobachten, wie die Wiedergänger die Zähne angriffen. Befehle wurden gebrüllt, Schüsse fielen. Chaos. Mündungsfeuer blitzte durch die Nacht. Aber die Widerlinge waren in der Überzahl.

Es war nur eine Frage der Zeit.

Selena rief: »Heilige Scheiße! Habt ihr gesehen, wie sie auf die Kannibalen losgegangen sind?«

Trotz meiner Erschöpfung musste ich grinsen. »Es hat geklappt!« Ich fiel Matthew um den Hals. »Wir haben's geschafft!«

Er blinzelte. »Echt?«

Mit strahlendem Gesicht redete Finn auf Lark ein: »Das war megastark!«

Erstaunt lächelte sie ihn an, aber als Finn auf einmal große Augen bekam, schloss sie irritiert den Mund. Sie schämte sich für ihre spitzen Eckzähne.

Finn reagierte auf Larks kläglichen Blick mit einem breiten Grinsen. »Nur keine Hemmungen, Baby. Soll doch jeder sehen, dass du was Besonderes bist.«

Da konnte sie sich nicht länger zurückhalten und grinste mit entblößten Fangzähnen zurück.

Ich warf einen Blick in die Runde und war stolz auf unser Bündnis. Wir hatten unsere Kräfte vereint und unsere Feinde förmlich plattgemacht. Nun war ich mir sicher, dass wir auch den Tod besiegen konnten.

Nichts konnte uns aufhalten. Erstaunt dachte ich: *Wir können alles schaffen!*

Alle drehten sich zu mir um, und ich merkte, dass ich die Worte laut ausgesprochen hatte.

Jack, meine große Liebe, zog mich an sich und legte sein Kinn auf meinen Kopf. Lark grinste und hielt den Daumen in die Höhe. Finn legte ihr den Arm um die Schulter. Und selbst Selena wirkte weniger verbissen als sonst.

Da hörten wir das Krachen der ersten Geschütze.

16

»Was ist das, verdammt?«, schrie Selena, als immer mehr Explosionen die Nacht erschütterten.

Dann das ohrenbetäubende Rattern von Maschinengewehren.

»Das Geräusch kenne ich«, sagte Jack bitter. »Artilleriegeschütze.« Keiner der Männer schrie mehr – vielmehr brüllten sie vor Vergnügen, während sie die Zombies niedermähten.

Es waren neue Trucks angekommen, von deren Ladeflächen sie ihre riesigen Geschütze abfeuerten. Die Zombies wurden von Kugeln regelrecht durchsiebt.

Selena sah Lark misstrauisch an: »Und du willst diese Waffen nicht gesehen haben?« Sie hängte sich den Bogen quer über die Schulter, bereit zu fliehen.

»Ich hatte euch gesagt, dass sie in Trucks kommen. Woher sollte ich wissen, was da drin war?«

»›Das hier ist meine Heimat‹«, äffte Selena sie nach. »›Die Zähne kenne ich in- und auswendig.‹ Und da ist dir nicht aufgefallen, dass sie besser bewaffnet sind als die Nationalgarde?«

»Sie werden gleich hier sein«, schrie Jack. Er packte mich am Arm und wir liefen den Abhang hinunter.

Meine Knie fühlten sich an wie Gummi. Ich griff nach Matthews Hand. Die anderen folgten.

»Sie müssen vorige Woche ein Waffenlager oder so entdeckt haben«, meinte Lark, als wir den Berg hinunter rannten. Unten angelangt stießen auch die Wölfe wieder zu uns und trabten neben ihr her, während wir im Slalom durch die verkohlten Baumstämme liefen.

Selena blaffte: »Vielleicht ist es dir aber auch gar nicht entgangen? Vielleicht machst du ja gemeinsame Sache mit dem Hierophanten?«

»Falls du's noch nicht bemerkt hast, Schützin, ich werde das zweifelhafte Vergnügen haben, direkt neben dir durch die Schlucht da vorne zu rennen. Und ich muss da drin auf zwölf Pfoten aufpassen!«

Die Baumstämme wurden weniger, der Boden war nun steinig. In der Ferne waren nur noch vereinzelt Gewehrschüsse zu hören, dann die aufheulenden Motoren der Trucks. Die Zähne verließen das Tal.

Finn drehte den Kopf. »Sie kommen!« Noch nie hatte ich ihn so panisch gesehen.

»Hier lang«, rief Lark und deutete auf den Eingang der Schlucht.

Die steilen Felswände waren so hoch wie ein vierstöckiges Haus, der Durchgang nicht breiter als eine Straße.

Vor dem Eingang blieb Jack stehen und nahm mein Gesicht in beide Hände. »Du folgst mir wie ein Schatten, Evie, verstanden?« Wie oft hatte er das schon zu mir gesagt?

»Aber ich regeneriere. Ich geh voraus!«

»Du bleibst direkt hinter mir. Schritt für Schritt. Das gilt auch für dich, *coo-yôn*. Keine Diskussion!«

»Die Wölfe können vorausgehen«, sagte Lark. Ihre Augen verrieten die Sorge um ihre Tiere. »Sie können uns führen.«

Jack zog die Augenbrauen nach oben. »*Mais yeah!*« Na klar. »Schick sie rein!«

Schnüffelnd trabten die drei los. In der Dunkelheit waren ihre Umrisse nur schwer zu erkennen. Jack zog mich hinter sich her und beeilte sich, mit den Wölfen Schritt zu halten, während ich Matthew im Schlepptau hatte.

Zwischen den hohen Felswänden war es noch dunkler und die Geräusche verstärkten sich. Der Regen war so ohrenbetäubend, dass ich die anderen hinter uns kaum hören konnte.

Zehn Minuten vergingen, zwanzig. Wie weit war es noch? *Terror in the rain, Matto?* Wo blieb das Ende der Schlucht?

»Durchhalten, *bébé*. Gleich haben wir's geschafft …«

Ein Schrei drang durch den dröhnenden Regen zu uns. »Ahhh, mein Bein!«

Hinter uns sahen wir Finn mit einer Bärenfalle am Fußgelenk umfallen. Aus der Wunde schoss das Blut.

»Finn!«

Er schrie. Überall um uns waberten seine Illusionen durch die Luft. Der Berg, den er gezaubert hatte, zuckte wie im Licht eines Stroboskops.

Jack rannte zurück und ließ sich neben ihm auf die

Knie fallen. Verzweifelt versuchte er, die Eisenkrallen aufzustemmen. Seine Nackenmuskeln traten hervor, und unter größter Anstrengung schaffte er es, die Falle ein paar Zentimeter auseinanderzubiegen, aber sie schnappte sofort wieder zu.

Finn schrie noch einmal auf, dann verdrehte er die Augen und wurde ohnmächtig.

»Ich kann sie durchschneiden«, rief ich.

»Du und der *coo-yôn*, ihr kommt nicht einen Millimeter näher. Siehst du den Felsen, Evie?« Er deutete mit dem Kinn auf einen großen Steinbrocken neben ihm.

Die Falle war mit einer Kette an einem im Fels verankerten Bolzen befestigt. Und da waren noch mehr Bolzen und versteckte Ketten, die zu weiteren Fallen führten. Sie waren überall. Selena, Lark und Matthew blieben wie angewurzelt stehen. Trotz des Regens begann ich zu schwitzen.

Jack gelang es schließlich, mithilfe seiner Armbrust die Krallen auseinanderzubiegen und Finn zu befreien. Er holte die Kette ein und warf sie wie ein Lasso zwischen uns auf den Boden. Schnappend sprang eine Falle hoch. Dann noch eine. Er drehte sich um und warf die Kette in Richtung Lark und Selena. »Da könnten noch mehr sein«, rief er und hievte sich Finn über die Schulter. »Nehmt euch in Acht vor den Zähnen!«

Wir wollten gerade weiter, da regnete es schon Kugeln auf uns herab.

»Sie sind über uns!« schrie Lark. »In den Felswänden!«

»Beweg deinen Hintern, Evie!« Finn im festen Griff über der Schulter kam Jack wieder zu mir gerannt. Die Wölfe hatten gewartet, bis wir uns wieder in Bewegung setzten.

Um uns her prasselten die Kugeln auf den Boden, doch die Männer achteten darauf, uns nicht zu treffen …

Einer der Wölfe strauchelte. Gleich darauf hörte ich ein dumpfes Zischen, ein Baumstamm raste durch die Luft, ein Rammbock, der von rechts oben in Richtung Wolf schwang. Blitzschnell warf Jack Finn auf mich, und Matthew und ich fielen um wie Dominosteine – genau in dem Moment, als der Stamm gegen den Wolf prallte.

Treffer. Das Tier wurde durch die Luft geschleudert und sein riesiger Körper prallte genau auf Jack. Gemeinsam segelten sie durch die Luft, direkt über uns hinweg. Als sie aufschlugen, entfuhr mir ein Schrei. Sofort drehte ich mich auf den Bauch, um nach Jack zu sehen.

Scheinbar unverletzt rappelte sich der Wolf wieder auf und gab dabei Jacks bewusstlosen Körper frei. Er war mit dem Kopf gegen den Fels geknallt und blutete.

Trotz des Kugelhagels kämpfte ich mich unter Finn und Matthew hervor und krabbelte zu Jack. »Wach auf, Jack! Bitte, komm zu dir!«

Hinter mir saß Matthew sich wiegend am Boden und murmelte unverständliches Zeug: »Die drei, die drei …«

Selena kam zu uns gesprintet, hinter ihr Lark. »Dort drüben klettern die Zähne in die Schlucht herunter!«

Larks Wölfe rannten mit gebleckten Reißzähnen zurück, um sie anzugreifen. Maschinengewehre ratterten. Ein Heulen. Winseln. Dann waren die Wölfe still.

Eines der Tiere kam zu seiner Herrin zurückgehumpelt und brach tot zu ihren Füßen zusammen. Völlig geschockt starrte Lark auf den Wolf.

Selena griff nach meinem Arm. »Wir müssen weg, Evie!«

Weg? Jack und Finn waren bewusstlos. »Nein! Ich lass sie auf keinen Fall hier.«

»Aber dann bringen die Zähne sie um! Wenn wir weglaufen, ziehen wir die Schüsse auf *uns*.« Die Mistkerle zielten zwar immer noch daneben, aber über unseren Köpfen schlugen unablässig die Kugeln ein. »Wir holen die Jungs später raus. So wie J.D. und ich im Milizcamp.«

Was sie sagte, war vernünftig. Aber ich konnte Jack hier unmöglich zurücklassen.

»Wach auf, Jack! Wach doch auf!«

Blendendes Scheinwerferlicht richtete sich auf uns. Nachdem sich meine Augen daran gewöhnt hatten, sah ich, dass wir von bewaffneten Kannibalen umzingelt wurden, die ganz in der Nähe aus einer Falltür im Boden krabbelten.

Wie Ameisen.

17

Der Eingang zur Kannibalenmine sah aus, wie man sich das Tor zur Hölle vorstellt: ein düsteres, nur von Fackeln erhelltes Loch, der Boden übersät mit Knochen.

Wir waren von zehn Wachen mit spitzen Zähnen und kränklicher Haut eingekesselt, die uns ungeduldig vorwärtsschoben. Ihre Körper waren vom Hunger ausgemergelt.

Der trübe Blick ihrer milchig weißen Augen zeugte davon, dass sie im Bann des Hierophanten standen.

Obwohl man uns Waffen und Ausrüstung abgenommen hatte und wir gefesselt waren, richteten sieben der Männer ihre Gewehre auf Selena, Lark, Matthew und mich.

Jack und Finn waren noch nicht wieder zu sich gekommen, was mir fast noch mehr Angst einjagte. Eine der Wachen zog Finn am Fuß hinter sich her, zwei andere hielten Jack unter den Armen gepackt und schleiften ihn mit. Matthew schien nichts von alledem wahrzunehmen. Immer wieder murmelte er vor sich hin: »Die drei. Wasser. Die drei.«

Voll Grauen hörte ich, wie der Ruf des Hierophanten immer lauter wurde. »Er ist dort unten«, flüsterte ich Selena zu.

Sie nickte, die Augen weit aufgerissen. »Bleib einfach

ruhig. Deine Hieroglyphen sind dunkel. Jede Sekunde, die wir am Leben bleiben, kannst du dich vom Angriff der Widerlinge erholen und neue Energie tanken.«

»Neue Energie tanken? In einer Mine?« Mein Magen krampfte sich zusammen. Ich hielt kurz inne und warf einen Blick zurück. Lark standen Tränen in den Augen. Sie war zu jung für so etwas. Wir waren *alle* zu jung. Lark hatte ihre geliebten Wölfe geopfert und man hatte uns dennoch gefangen.

Der Anführer der Wachen nahm sich an der Schwelle zur Mine eine Fackel. Seine spitz gefeilten Zähne waren geschwärzt, sein Blick trüb, wie bei den anderen. Um seine Lippen schwärten entzündete Blasen, deren Eiter im Fackelschein glänzte. Sein Mund erinnerte an das Fahndungsfoto eines Crystal-Meth-Abhängigen. Meth-Maul.

Auf der langen, holprigen Fahrt hierher hatte er sich beklagt, dass er und seine Männer nicht gleich einen unserer »Jungs« als kleine Wegzehrung verspeisen konnten. Immerhin waren kurz vorm Verhungern. Aber den Befehlen ihres Anführers gehorchten sie bedingungslos.

Als wir ihre unterirdische Behausung betraten, ergriff mich Panik. Allein die Angst um die anderen hielt mich davon ab, mich zu widersetzen. Meine Klauen lechzten danach, sich in Fleisch zu graben.

Die Kidnapper zwangen uns, noch tiefer in die Mine hinabzusteigen. Überall verstreut lagen menschliche Knochen und Schädel. Von den Felswänden tropfte das Regenwasser, sammelte sich in kleinen Bächen seitlich des Schachts, strömte schäumend über die Knochen und spülte sie immer tiefer in die Mine.

Großer Gott, es stank erbärmlich – Schimmel, Fäulnis, Verwesung. Meine Lungen schnürten sich zusammen, ich bekam kaum Luft.

»Ganz ruhig, Süße«, sagte Selena. »Wir kommen da wieder raus.« Aber auch sie schien mit jedem Schritt, den wir tiefer in die Mine hineingingen, immer panischer zu werden.

Tiefer im Inneren gruben Männer Dränagen, um das Wasser umzuleiten. Aber was sollte geschützt werden? Meth-Maul lieferte uns die Erklärung. »Ihr seid genau zum richtigen Zeitpunkt hier aufgetaucht. Unsere Vorräte sind ziemlich geschrumpft.« *Fleischvorräte.* »Wir haben nur noch ein paar Reste zum Knabbern.«

Zum Knabbern? Mir schauderte.

»Wir haben ganz schön gehungert. Mussten sparen. Aber das ist jetzt vorbei! Heute Abend werden wir unseren Beutezug mit einem Festmahl aus der Vorratskammer feiern.«

Vorratskammer?

»Warum esst ihr nicht eure eigenen Toten?«, fragte Selena mit einem kaum merklichen Zittern in der Stimme.

»Die eigenen Leute essen wir nie«, meinte er und fügte kläglich hinzu: »Kannibalenfleisch ist furchtbar zäh.«

Alle lachten, als ob es sich um eine dieser bedauerlichen Tatsachen handelte, mit denen man tagtäglich konfrontiert wurde. Er hätte auch sagen können: »Ein Butterbrot landet immer mit der Butterseite nach unten.«

Als er bemerkte, wie ich seine gefeilten Zähne anstarrte, schnappte er spielerisch nach mir. »Damit ich dich besser fressen kann, meine Hübsche.«

Das Gelächter der Kannibalen hallte von den Wänden wider.

Am blutigen Geschmack in meinem Mund merkte ich, dass ich auf der Innenseite meiner Backe kaute. Mittlerweile war ich fast froh, dass Jack bewusstlos war und das alles nicht mitbekam.

Wir erreichten eine Art zentralen Versammlungsplatz: ein riesiges Gewölbe, von dem, wie Radspeichen, mehrere Schächte ausgingen. An den Wänden kämpften ein paar wenige Fackeln gegen die Finsternis, und aus den dunklen Ecken glotzten uns dreckige Gesichter entgegen. Einige grinsten aufgeregt und bleckten dabei ihre grausigen Zähne.

Das Gewölbe hatte die Form eines Amphitheaters, dessen oberste Ebene eine Art Podium war mit einem thronähnlichen Stuhl und einer blutverschmierten Tafel. Auf der mit Knochen übersäten Stufe darunter standen Tische und Bänke, und in der Mitte des Gewölbes befand sich eine Vertiefung, die mit Öl gefüllt schien. Dann sah ich die Fleischerhaken, die von der Decke baumelten. Das war kein Öl, das war … Blut.

Ich sah mich um und betrachtete die Leute, die ungeduldig darauf warteten, dass dort der nächste Körper aufgehängt wurde. *Sie braten das Fleisch nicht einmal.* Meine Haut kribbelte und die Nackenhärchen stellten sich mir auf.

Wir passierten einen in den Fels gegrabenen Raum, in dem sich Kleider und Taschen stapelten. Es waren ganze Berge. Die Zähne mussten schon so viele Menschen gefangen haben, dass ihre Opfer eine ganze Stadt füllen könnten. Die Wachen warfen unser Zeug, Überlebensausrüstung, Waffen, Jacken, achtlos dazu.

Sehnsüchtig sah Selena ihrem geliebten Bogen hinterher. »Nimm dich vor dem Hierophanten in Acht«, flüsterte ich ihr zu. »Sieh ihm auf keinen Fall in die Augen, sonst ergeht es dir wie diesen Kannibalen.«

Sie nickte.

Die Wachen führten uns in einen der abzweigenden Schächte, einen finstereren, niedrigen Gang, in dem die Luft noch kälter war und es kaum Licht gab.

Das Ende des Gangs hatte man mittels Eisenstangen in ein abgetrenntes Verlies verwandelt, mit zahlreichen Fußfesseln an den Wänden. Es sah aus wie in Arthurs Kerker. Daneben brannte eine einzelne Fackel und warf flackernde Schatten auf die Gesichter der Gefangenen.

»Herzlich willkommen in der Vorratskammer«, sagte Meth-Maul, während uns seine Männer hineindrängten.

Sechs Gefangene waren hier angekettet, alle unterschiedlich stark abgemagert – und verstümmelt. Diese Menschen waren die »Vorräte«, die sich die Zähne aufgespart hatten, und an denen ab und zu ein bisschen geknabbert wurde.

Wo immer sie eine freie Fußfessel fanden, ketteten die Wachen uns im ganzen Verlies verstreut an. Ich wollte mich wehren. Ich musste. *Es gibt eine Hitze des Gefechts.* Die Herrscherin legt man nicht in Ketten!

Aber als ob sie meine Gedanken lesen könnte, flüsterte Selena mir zu: »Das ist nicht der richtige Zeitpunkt, Evie.«

Sie hatte recht. Es waren zu viele Menschen auf zu engem Raum. Selbst wenn ich Sporen freisetzen konnte, riskierte ich, alle zu töten. Und ebenso unvernünftig war es, eine Wache mit meinen Klauen zu attackieren. Die anderen würden Alarm schlagen, noch bevor ich sie daran hindern konnte. Jack und Finn waren bewusstlos. Und Finn hätte, selbst wenn er wach gewesen wäre, nicht weglaufen können.

Ausreichend Gründe abzuwarten. Und auch mein Gesamtplan hatte sich geändert. Ich wollte in diesem Spiel den Tod *und* den Hierophanten töten. Allein der Gedanke daran ließ meine Klauen kribbeln und meinen Körper neues Gift produzieren. Ich musste ihn nur noch ausfindig machen.

Sicher tauchte er bald auf, um seine Beute zu begutachten. Aber erst wenn wir sicher verwahrt waren.

Selena wurde von Meth-Maul persönlich gefesselt. »Ein hübscheres Zuchtweibchen ist mir noch nie untergekommen.« Von seinen mit Blasen übersäten Lippen rann der Speichel. »Keine Angst, dich werden wir noch sehr, sehr lange nicht an den Haken hängen.«

Als sie Matthew anketteten, starrte er nur ins Leere. Er hatte sich komplett ausgeklinkt. Was angesichts unserer Situation auch verständlich war.

Jack kam genau in dem Moment wieder zu sich, als seine Handschellen zusammenklickten. Mit blutüberströmtem Gesicht ging er auf die Wache los, die nur höhnisch lachte.

Wir sahen uns an, und ich versuchte, mir nicht anmerken zu lassen, wie nervös ich war.

Lark und ich waren die Einzigen, die nur eine Fußfessel trugen. Wahrscheinlich dachten die Männer, wir wären keine ernsthafte Bedrohung.

Sie halten uns für hilflose Mädchen. Es war zum Lachen. *Ein verheerender Fehler*.

Die Wachen gingen raus und Meth-Maul zeigte auf den Gefangenen neben mir. »Du bist der Nächste am Haken. Wir müssen nur noch die Meute zusammentrommeln.«

Der Gefangene wimmerte. Er trug Lumpen und seine Gliedmaßen fehlten. Anstelle von Armen und Beinen hatte er nur noch ausgebrannte eitrige Stümpfe.

»Bis in zehn Minuten dann.« Das Gelächter der Wachen hallte auf ihrem Weg zurück ins Gewölbe durch die ganze Mine.

Mir war speiübel, aber ich konnte mich gerade noch zurückhalten.

Der ausgewählte Mann stand unter Schock. Er fieberte, seine Augen waren glasig. »Dann also noch zehn

Minuten«, presste er zwischen seinen rissigen Lippen hervor.

Die anderen Gefangenen bekundeten murmelnd ihr Mitleid, in zehn Minuten würden die Zähne ihn verspeisen. Er wurde Tad genannt.

Jack krächzte: »Haben sie dir was getan, Evie?«

Ich schüttelte den Kopf. »Finn hat es am schlimmsten erwischt.«

Durch die großen, blutigen Löcher in seinem Hosenbein waren Hautfetzen zu sehen, aber der Knochen schien nicht gebrochen. Sicher würde er bald zu sich kommen.

»Wir kommen hier raus«, sagte Jack. »Mach dir keine Sorgen.«

Tads verzweifelter Blick blieb ausgerechnet an mir hängen. »Bitte, h…hilf mir. Kommst du an mich ran? Die werden bestimmt keine Kugel für mich verschwenden.«

Finn hatte schon erwähnt, dass die Kannibalen ihre Opfer bei lebendigem Leib fraßen. Bislang hatte ich das nie so recht geglaubt, aber nun schon. Ich hatte mal gesehen, wie ein Reh ausgeweidet wurde, wie man ihm die Innereien herausschnitt. Tad stand das Gleiche nun bei vollem Bewusstsein bevor …

Aber wie sollte ich ihm helfen? »Wir verschwinden hier. Halt noch ein bisschen durch.« *Verschwinden?* Ich biss mir auf die Lippen. *Wie blöd bin ich eigentlich? Er hat doch keine Beine!*

Selena bedachte mich mit einem vorwurfsvollen Blick. Eigentlich hätte ich Schlimmeres verdient.

»Finn, wach auf!« Mithilfe seiner Zauberei könnte uns die Flucht gelingen. Er könnte uns unsichtbar machen. Die Wachen würden das Verlies öffnen, denken, dass keiner mehr da wäre, und dann losrennen, um uns wieder einzufangen. In der Zwischenzeit könnte ich mit meinen Klauen unsere Fesseln durchschneiden und wir würden fröhlich hier rausspazieren.

Doch Finn machte keinen Muckser.

»Es ist unmöglich, zu fliehen«, sagte unsere einzige weibliche Mitgefangene. Die Frau mittleren Alters trug ein zerrissenes Sackkleid, ihre Augen waren tief in die Höhlen gesunkenen und auf jedem ihrer Oberschenkel fehlte ein viereckiges Stück Haut.

Tad flehte mich an: »Töte mich. Du musst mich nur ersticken.«

»Bleib, wo du bist, Evie«, befahl Jack. »Du kannst ihm nicht helfen.«

Sollte ich mich einfach zurücklehnen und zulassen, dass sie den Mann bei lebendigem Leib schlachteten? In Arthurs Keller war mir bewusst geworden, dass ich die Kraft hatte, Böses zu bekämpfen. Dass ich anderen helfen konnte. Ich musste nur meine Bestimmung ändern. Wie viele lagen in der Welt da draußen wohl noch in Ketten?

Angespornt von diesen Gedanken streckte ich die Hand nach meiner Fußfessel aus und brach sie mit einer Klaue auf, was mir sofort ein strenges »Verdammt noch mal, *fille*« von Jack einbrachte.

Zum Entsetzen der anderen Gefangenen sprang das Schloss mit einem leisen Klicken auf.

»Stoppt das Mädchen!«

»Sonst sind sie gleich wieder da. Wir haben keine Chance gegen die.«

»Tad ist ohnehin nicht mehr zu helfen.«

»Dafür werden sie uns auspeitschen!«

Selena fauchte: »Die werden jeden Einzelnen von uns töten oder noch Schlimmeres mit uns anstellen. Und ihr habt Angst vor ein paar Peitschenhieben? Ihr habt euch in euer Schicksal hier unten vielleicht schon gefügt – ich nicht!« Zu mir sagte sie: »Mach verdammt noch mal weiter, Evie. Deine Hieroglyphen fangen an zu leuchten. Befrei uns, und dann kämpfen wir!«

Jack schüttelte vehement den Kopf. »Hör nicht auf sie. Setz dich sofort wieder auf deinen Hintern und tu so, als ob du noch angekettet wärst. Ohne Finn machen wir gar nichts. Er wird bald zu sich kommen. Wenn die Wachen zurückkommen und sehen, dass du frei bist, nehmen sie womöglich dich an Tads Stelle!«

Ich zögerte.

»Wir können niemandem helfen, *bébé*. Sei doch vernünftig.« Auf Französisch fügte er hinzu: »Der Mann wird auf keinen Fall überleben, selbst wenn wir ihn befreien können.«

»Die anderen haben r…recht«, räumte Tad niedergeschlagen ein. »Gegen die Zähne haben wir keine Chance. Ich wäre ohnehin keine gr…roße Hilfe. Jedes Mal, wenn sie einen von uns holen, kommen besonders viele Wachen. Mehr als ein Dutzend.«

Großer Gott, der Drang zu kämpfen war fast übermächtig.

Tad weinte. »Aber könntest du nicht ... würdest du mir die Hand ... auf Nase und Mund legen? Bitte. Ich kann dir nichts tun, mich nicht wehren. Es wäre eine große Gnade.«

Ich sah Jack an. Er schüttelte entschieden den Kopf. »Es muss aussehen, als ob du noch angekettet wärst.« Ein Blick in mein Gesicht ließ ihn laut fluchen, dann murmelte er: »Beeil dich.«

»Ich sag euch Bescheid, wenn sie kommen«, bot Lark an.

»Wie das?«

Ihre Augen funkelten rot. »Hier unten haben ein paar Ratten überlebt, die ich in den zentralen Versammlungsraum geschickt habe.«

Ich ging rüber zu Tad und bettete seinen Kopf in meinen Schoß. Er war schockierend leicht. »Alles wird gut.« Obwohl ich innerlich zitterte und keine Ahnung hatte, wie ich das hier anstellen sollte, klang meine Stimme überraschend fest.

Tränen traten mir in die Augen und meine starken Emotionen belebten mein Arsenal. Die Hieroglyphen begannen zu leuchten und wirbelten über meine Haut. Erschrocken starrten mich die anderen Gefangenen an. Aber Tad sah mit verklärtem Blick zu mir auf, wie zu einer Erlöserin.

Bevor ich mich über ihn beugte, fragte ich flüsternd: »Ein Abschiedskuss?«

»Gott segne dich, mein Engel«, murmelte er und schloss die Augen.

Tränen fielen auf sein Gesicht, als meine Lippen die seinen berührten und mein Gift ihn durchströmte.

Ohne das leiseste Zucken hörte er auf zu atmen. Voll Trauer richtete ich mich auf, eine vage Idee im Kopf.

Jack machte ein finsteres Gesicht. »Geh wieder an deinen Platz! Schnell!«

Ich nickte, aber die Idee ließ mich nicht los. *Was für ein bösartiger Plan*, dachte ich und schämte mich fast dafür.

Aber wie sonst sollte man sich gegen böse Menschen wehren?

»Ich hab eine Idee.« Meine Haare wechselten die Farbe, meine Klauen wurden spitzer. Die anderen Gefangenen starrten mich fassungslos an und verstummten.

Endlich meldete sich Matthew wieder zu Wort. »Arsenal.« Er wollte, dass ich es benutzte.

Jack schien besorgt. »Worüber denkst du nach? Sprich mit mir!«

Ich hob meine tropfenden Klauen.

Larks Gesichtszüge hellten sich auf. Sie hatte verstanden. »Gift.«

Selena nickte bewundernd. »Ja, verdammt! Mach's!«

»Beeil dich!«, rief Jack noch einmal.

»Tut mir leid«, sagte ich an Tad gerichtet und senkte meine Klauen in seinen Körper. Wie eine Schlange spritzte ich mein Gift in Brust, Nacken und die verstümmelten Schultern. Um meine Spuren zu tarnen, verband ich die Löcher zu richtigen Schnitten.

In der Zelle herrschte eine angespannte Stille. Keiner wagte zu sprechen. Den Gefangenen graute vor mir, aber das kannte ich ja schon.

Lark fragte: »Und nun?«

Ich hatte ihm so viel Gift injiziert, dass ich völlig erschöpft war.

Meine Finger hingen taub und schlaff an meinen Händen, vor meinen Augen verschwamm alles. »Nun warten wir ab«, flüsterte ich. Gerade hatte ich einen Toten entweiht und wusste nicht, ob ich mich schämte oder stolz darauf war.

Ich war zu schwach, um aufzustehen, und kroch auf allen vieren zurück zu meiner Kette.

»Sie kommen, Evie!«, zischte Lark. »Und *er* ist dabei ...«

18

– *VERRICHTEN WIR UNSERE BLUTIGE ARBEIT.* –

Kaum hatte ich meine Fußfessel wieder angelegt, da öffnete sich auch schon ächzend das Tor.

Sie waren mit zwölf weiteren Wachen und dem Hierophanten zurückgekehrt.

Seine Gestalt hob sich gegen das Licht der Fackeln ab. An beiden Händen trug er fette Goldringe, aber keine Male. Die Kapuze seines schwarzen, an eine Robe erinnernden Regenponchos war zurückgeschlagen. Er schien nicht älter als achtzehn oder neunzehn, hatte schwarze Haare und ein aufgedunsenes Gesicht mit geröteten Wangen. Seine Augen glichen Perlen.

Über ihm leuchtete sein Tableau: das Bild eines Mannes in Robe, der die rechte Hand hob und mit zwei gestreckten Fingern seine Anhänger segnete.

Der Hierophant bedachte die alten Gefangenen mit einem großväterlichen Lächeln und zeigte dabei seine grässlich geschliffenen Zähne. Dann nahm er mich genauer in Augenschein.

Oder, besser gesagt, mein Tableau. Unsere Blicke trafen sich. »Was für eine Schönheit.« Seine Stimme hatte einen angenehmen Klang. Im Gegensatz zu seinen Männern sprach er ohne Akzent. »Ich sehe, auch du bist von Geistern umgeben.«

Nicht hinsehen. Nicht in die Augen sehen. »Du bist krank. Das alles hier ist krank.«

»Oh nein, mir geht es sehr gut, danke.« Er interpretierte mich absichtlich falsch.

Nicht hinsehen. Obwohl ich nach Kräften versuchte, mich ihm zu widersetzen, zog er mit jedem Wort, das er an mich richtete, meinen Blick auf sich. Flüchtig sah ich zu ihm auf und bemerkte, wie er schwitzte. Er versuchte, mich zu hypnotisieren, und wie alle Arkana kostete es auch ihn große Anstrengung, seine Kräfte zu aktivieren.

»Ich heiße Guthrie, und das hier sind meine Leute. Es muss Vorsehung sein, dass wir uns begegnen. Ich habe deine Stimme in meinen Visionen gehört.«

Mein Arkana-Ruf.

»Möchtest du das Brot mit uns brechen, mein Kind? Mitglied unserer Gemeinschaft werden?«

Ich musste kurz nachdenken. »N…niemals!«, stieß ich hervor.

Ich selbst betörte meine Gegner nur für einen kurzen Moment, um eine Waffe aus meinem Arsenal auszuwählen. Der hypnotische Blick dieses Mannes war jedoch wie eine chronische Krankheit. Menschen, die er einmal infiziert hatte, beherrschte er bis zu seinem Tod.

Es sei denn, er brachte sie dazu, zu essen.

Wer »das Brot mit ihm brach«, diesen barbarischen Akt vollzog und mit ihm Menschenfleisch aß, war verdammt bis in alle Ewigkeit und wurde vom Hierophanten sogar noch bis über dessen Tod hinaus kontrolliert …

»Wie heißt du?«

Nichts sagen! »Evie«, antwortete ich und ärgerte mich sofort über mich selbst. Er war so viel stärker als ich! Obwohl ich mich zwang, nicht hinzusehen – und obwohl Selena und Jack mich anflehten, es nicht zu tun – sah ich wieder zu ihm hoch.

Seine Perlenaugen hatten ein trübes Weiß angenommen. Lag das daran, dass er seine Kräfte nutzte?

Seine Augen waren faszinierend. Ich konnte mich seinem Blick nicht entziehen.

»Ich spüre Kraft in dir«, sagte er, »und Einzigartigkeit. Aber hier unten ist dein Eigenwille unnötig. In unserer Gemeinschaft sind alle gleich.«

»Individualität ist doch nichts Schlechtes«, entgegnete ich, aber es klang mehr wie eine Frage.

Er lächelte. »Sie ist unnötig. Aber wir werden uns schon um dich kümmern, Kleine. Wenn du Hunger hast, ruf einfach die Wachen.« Vielleicht sollte ich das ja tatsächlich tun, wenn ich hungrig war. »Sie werden dich an meine Tafel führen, wo du zu meiner Rechten sitzt.« Zu Guthries Rechten. »Wir haben Wachteln, Schweinefleisch, Rindfleisch – du siehst aus, als hättest du seit Tagen nichts Vernünftiges mehr gegessen. Es wird sein wie bei den alten Rittern, ein fröhliches Mahl. Du musst dich nur dazu entschließen, zu mir zu kommen und zu essen.«

»Mich entschließen, zu essen«, wiederholte ich.

»Evangeline!«, krächzte Jack. »Lass dich nicht drauf ein!«

»Einlassen auf was?« Ich sollte doch einfach nur die Wachen rufen, wenn ich Hunger hatte. Im Moment hatte ich allerdings keinen Hunger. Mein Magen fühlte sich an wie ein Stein.

»Warum werden ihre Augen trüb?«, fragte Jack entsetzt.

Der Hierophant lächelte mich an. »Es wird dir hier gefallen, Evie.« Ja, da war ich mir sicher. »Und deinen Freunden auch. Sobald ich zu Abend gegessen und mich etwas ausgeruht habe, komme ich zurück und bekehre auch sie. Wir sind alle von Geistern umgeben.«

Er war sich so sicher, es musste wahr sein.

»Sei ganz ruhig und entspanne dich. Das Gute wird zu dir kommen.« Er zwinkerte mir zu und ging.

Verwirrt ließ ich mich gegen die Wand sinken. Weshalb war ich so versessen darauf gewesen, zu fliehen?

Meth-Maul warf einen finsteren Blick auf Tad. »Ist er tot? Verdammter Mist! Ich wusste, dass er es nicht mehr lange machen würde.« Er schnippte mit den Fingern, und eine der Wachen klemmte sich Tad unter den Arm wie einen Koffer. »Schnell, bevor das Fleisch kalt wird. Beeil dich.«

Auf dem Weg nach draußen schlug der letzte Wachmann Jack den Gewehrkolben ins Gesicht. »Es ist unhöflich, den Boss zu unterbrechen.«

Jack fiel nach hinten. Sein Kopf wackelte, als würde sich alles um ihn herum drehen. Aber es war ja auch wirklich sehr unhöflich von ihm gewesen, den Hierophanten zu unterbrechen.

Matthew krümmte sich zusammen und versuchte, sich mit den Fäusten gegen den Kopf zu schlagen.

Ich drehte mich zu ihm um. »Entspann dich, Süßer. Das Gute wird zu uns kommen.«

»Wasser!«, schrie er. »Wasser. Wasser. WASSER!«

»Schon gut, Süßer. Sobald ich hier rauskomme, besorg ich dir welches. Ich muss nur noch Hunger bekommen.«

Mit viel Mühe streckte Jack sein Bein und trat nach Matthew. »Beruhig dich, *coo-yôn*«, sagte er schwach. »Wir brauchen dich bei Verstand.«

Zu meiner großen Überraschung beruhigte sich Matthew tatsächlich.

Sein Anfall hatte Finn geweckt, der langsam die Augen öffnete und sich aufsetzte. Der Schmerz im Bein ließ ihn zusammenzucken. »Ich nehme mal an, sie haben uns geschnappt?«

»Wird aber auch Zeit, dass du wieder zu dir kommst.« Lark war die Erleichterung ins Gesicht geschrieben.

Finn sah sich in der Zelle um. »Herrje! Wie lang war ich denn weggetreten?« Er klang wie ein Zum-Tode-Verurteilter.

Ich konnte gar nicht verstehen, was ihn so aufregte. Es würde uns allen hier bestimmt sehr gefallen.

»Ein paar Stunden«, sagte Lark. »Wir arbeiten gerade an einem Fluchtplan. Es gibt da nur ein kleines Problem. Die Einzige, die uns von unseren Fesseln befreien könnte, sitzt da drüben wie ein verstrahltes Blumenkind und ist völlig zufrieden mit ihrem Schicksal. Du weißt, was ich meine?«

Ich winkte ihnen zu. Wann kam denn endlich der Hunger?

»Sind ihre Augen trüb?«, fragte Finn.

Selena nickte. »Wenn der Hierophant sie dazu bringt, zu essen, bleibt sie für immer so. Sie ist dann nicht mehr zu retten, selbst wenn wir ihn umlegen.«

War das denn schlimm?

Finn sagte: »Ich bin Flucht-Experte. Muss nur noch diese Schmerzen in den Griff kriegen, damit ich mich konzentrieren kann. Oh Mann, ist das mein Kopf oder dreht sich die Zelle?«

»Geht nicht nur dir so«, murmelte Jack.

Die Zeit verging. Keiner sagte was. Sie hatten offenbar viel zu viel Angst, um sich zu entspannen – dabei hätte es ihnen wirklich gutgetan. Endlich verspürte ich ein kleines bisschen Hunger. »Wache!«, rief ich aufgeregt. »Ich habe Hunger.« Ich flocht mein feuchtes Haar zu einem Zopf. Schließlich wollte ich bei Tisch einigermaßen präsentabel aussehen. »Wache!«

Jack fluchte. Auf Französisch sagte er mir, ich solle die Klappe halten.

Ich zog einen Schmollmund. »Du solltest dich ein wenig entspannen, Jack.«

Meth-Maul kam in die Vorratskammer zurückgeschlurft. Seltsamerweise war sein Kinn blutverschmiert und er pulte mit einem Fingernagel zwischen den spitzen Zähnen.

Jack stemmte sich so heftig gegen seine Fesseln, dass sich unter seinem Hemd die Muskeln abzeichneten.

»Wenn du ihr auch nur ein Haar krümmst, bring ich dich um!« Seine Handgelenke bluteten. »Ich schwöre vor Gott, ich werde dich fertigmachen!«

Meth-Maul ignorierte ihn und beugte sich zu mir runter, um meine Fußfessel zu öffnen.

»Ich habe sie mit meinen Klauen geöffnet«, gab ich zu. »Sorry.«

Aber er verdrehte nur die Augen. Dann packte er mich grob am Arm und schob mich nach draußen. Hinter uns brüllte Jack und schlug auf seine Ketten ein.

Als wir das Gewölbe betraten, staunte ich, wie verändert nun alles aussah. Es war, wie Guthrie es beschrieben hatte: ein Gelage wie zu Zeiten der alten Ritter. Ausgelassene Männer und Frauen tranken aus Krügen und ließen sich Wachteln, Schweine- und Rinderbraten schmecken. Über ihnen thronte Guthrie allein an einer großen Tafel, und ich sollte ihm an seinem Ehrenplatz Gesellschaft leisten.

Meth-Maul geleitete mich die Stufen nach oben, unter meinen Füßen knirschten Knochen. Wahrscheinlich waren das Reste, die man den Hunden hinwarf – wie bei den Rittern eben.

Guthrie begrüßte mich und bot mir den Platz neben sich an. Ich setzte mich. »Du riechst nach Blumen«, sagte er und schloss dabei kurz die Augen.

»Ja, das passiert mir öfter. Es liegt daran, dass ich die Herrscherin bin.«

Er schien entzückt. »Oh, tatsächlich? Was für eine Herrscherin?«

»Die Herrscherin des Tarot.«

Sein liebenswürdiger Gesichtsausdruck verschwand. »Du klingst etwas übermüdet. Du solltest essen. Was möchtest du zuerst?«

»Wachtel.« War das Blut da auf dem Tisch? Ach was, in Rittersälen waren die Tische nicht blutverschmiert. Während ich darauf wartete, dass man mir das Essen brachte, küsste Guthrie sanft meine Hand. In der Ferne schrie Jack: »Verdammt noch mal, Evie, NICHTS essen!« Wahrscheinlich war er neidisch, weil ich gleich eine üppige Mahlzeit bekam.

Meth-Maul erschien mit einem Blechteller voll geronnenem Blut. Ich seufzte. Er grinste mich an, seine wunden Lippen platzten auf und Eiter tropfte über sein blutiges Kinn auf meinen Teller.

Nun hatte ich keinen Hunger mehr.

»Ist das Wachtelbein nicht nach deinem Geschmack?« Guthrie sah mir tief in die Augen. »Du bist doch so hungrig.«

Natürlich, ich war ja am Verhungern! Da konnte ich ein kostenloses Essen auf keinen Fall ausschlagen.

Da ich kein Besteck fand, nahm ich das Wachtelbein mit den Fingern. Es war kalt und fühlte sich ziemlich zäh an. Aber ich beugte mich trotzdem über den Teller, um hineinzubeißen ...

Plötzlich ertönte die verführerische Stimme des Todes: – *Frag sie nach dem Spiel, Guthrie.* –

Guthrie merkte, wie ich erstarrte, und fragte: »Hast du

das auch gehört? Seine Stimme ist oft in meinem Kopf – seit Monaten! Ist er der Teufel?«

Ich schnaubte ärgerlich und pfefferte das Wachtelbein zurück auf den Teller, dass es schepperte. »Nein, der Teufel ist eine ganz andere Karte. Du hörst den Tod. Jedes Mal, wenn ich etwas genieße, mischt er sich ein. Heute Morgen war ich mit Jack in einer Höhle und …«

»Wer ist der Tod?«, unterbrach mich Guthrie. »Weshalb höre ich seine Stimme? Von was für einem Spiel spricht er? Antworte!«

Mit einem sehnsüchtigen Blick auf meine Wachtel gab ich Guthrie Auskunft. »Der Tod ist ein Arkana. Einer von zweiundzwanzig Teenagern, die dazu auserwählt sind, ein Spiel auf Leben und Tod zu spielen. Wir alle haben übernatürliche Fähigkeiten und sind auf Tarotkarten verewigt, und so weiter, und so weiter. Du gehörst auch dazu – der Hierophant. Du kannst Menschen hypnotisieren und ihnen deinen Willen aufzwingen.« Vertraulich senkte ich die Stimme. »Ich weiß, du glaubst, du siehst Geister, aber das sind unsere Tarotkarten. Sie erscheinen über unseren Köpfen. Und wenn sich einer von uns nähert, hörst du seinen Ruf.«

»Warum sollte ich dir glauben?«

»Du hast einen Jungen gehört, der *Verrückt wie ein Fuchs* gemurmelt hat, stimmt's? Und ein Mädchen rief: *Siehe die Überbringerin des Zweifels*.«

Ihm blieb der Mund offen stehen. Seine Lippen waren

fast so rissig wie die von Meth-Maul. »Woher weißt du das alles?«

»Vielleicht willst du die Ziele unserer kleinen Gemeinschaft ja ein bisschen abändern?«, schlug ich mit einem schiefen Lächeln vor. »Oh, hoffentlich bin ich nicht zu weit gegangen.« *Na toll, Evie, nun hast du auch noch deinen Anführer beleidigt.*

»Ich weiß nicht, was du meinst.« In Guthries melodischer Stimme klang zum ersten Mal Unsicherheit. »Wer hat dieses Spiel angefangen? Und warum wurde ich ausgewählt?«

Gerne bereit, ihn aufzuklären, legte ich den Ellbogen auf den klebrigen Tisch. Hatte hier irgendjemand Ketchup verkleckert? »Ich weiß nicht, wo ich anfangen soll, Guthrie.«

»Am Anfang. Aber iss erst mal einen Happen.« Er entblößte seine spitzen Zähne zu einem Lächeln.

In unseren Köpfen flüsterte der Tod: – *Willst du nicht wissen, wen sie letzte Woche abgeschlachtet hat? Dieses Geschöpf hat einen Mann in Stücke gerissen.* –

Guthrie machte ein finsteres Gesicht, fragte aber dennoch: »Wovon redet er? Jemand wie du würde niemals einem anderen so etwas antun.«

Ich legte mein Abendessen wieder auf den Teller und schrie den Tod im Geiste an: *Lass uns verdammt noch mal in Ruhe!* Um Fassung ringend sagte ich: »Das ist eine schreckliche Geschichte, aber wenn du sie wirklich hören willst …« Ich erzählte Guthrie alles über Arthur. Während ich sprach, wurde er immer bleicher, und der Schweiß perlte ihm von der Stirn.

Ich wusste gar nicht, dass ich eine so begnadete Geschichtenerzählerin war!

In mir keimte eine vage Erinnerung auf. Hatte ich irgendetwas getan, das Guthrie schaden konnte? Ich war zu sehr darauf konzentriert, seine Fragen zu beantworten, um weiter darüber nachzudenken.

Plötzlich schlug er die Hände auf den Tisch, grub seine Nägel ins Holz und stöhnte laut auf vor Schmerz. Auch an den Tischen wurde erst Stöhnen laut, dann herzzerreißende Schreie. Überall im Gewölbe krümmten sich die Menschen auf dem Boden und umklammerten ihre Kehlen, als bekämen sie nicht genügend Luft.

Guthrie erhob sich schwankend und starrte mich an: »Was hast du … getan?«

Meine Augen weiteten sich. »Oh nein, das Gift! Aber da kannte ich dich noch nicht! Wusste nicht, wie viel du mir bedeutest!«

Würgend schnappte er nach Luft und fiel auf den Rücken, als hätte man ihm die Beine weggezogen. Von Schuldgefühlen geplagt kniete ich mich neben ihn. Unter uns schlugen Stühle auf den Boden, Tische fielen um. Erwachsene Männer schrien wie kleine Kinder.

Durch den ganzen Tumult konnte ich hören, wie Fußfesseln gegeneinander klirrten und Jack meinen Namen brüllte.

»Wir … sind nicht allein«, krächzte Guthrie. »Es gibt

ganze Klans. Anführer, Gefolgsleute … überall hier im Gebirge. Sie werden meinen Tod fühlen … meinem letzten Befehl Folge leisten.«

»Du darfst nicht sterben!«

Allmählich legte sich das Chaos. Zwischen den Tischen verstummten nach und nach die Schreie der Todeskämpfe.

Guthrie, dessen Augen mittlerweile so trüb waren wie die seiner Gefolgsleute, brüllte: »Übt Rache für mich! Tötet dieses Mädchen! Sie ist Abschaum, Dreck!« Seine Worte dröhnten durch das Gewölbe.

Ich war Abschaum? Wenn Guthrie das sagte, musste es wahr sein. Hatte ich nicht längst gewusst, dass ich ein Ungeheuer war? Jack hatte mich auch nicht akzeptieren können. Erst nachdem ich ihm von meiner Angst und meinen vergeblichen Versuchen, mich zu ändern, erzählt hatte. Er dachte, er könnte mir helfen.

Der letzte Lebenshauch entwich aus Guthries Körper, das Echo verhallte. Seine letzten Worte waren an mich gerichtet: »Dafür … wirst du … in der Hölle … schmoren.«

»Warte, ich bin …« Ich fiel auf den Hintern, und meine Angst um ihn war auf einen Schlag verschwunden.

Warum entschuldigte ich mich bei einem grausamen Kannibalen? Langsam raffte ich mich auf und starrte auf meinen Teller mit der »Wachtel«. Man hatte mir ein Stück Menschenfleisch vorgesetzt. Es sah aus wie Lasagne, nur dass die Schichten aus Haut, Fett und Muskeln bestanden.

Um ein Haar hätte ich mir das in den Mund geschoben! Weil ich ... unter Hypnose stand? Schon wieder hatte ein anderer meine Gedanken kontrolliert! Fast hätte ich Tad gegessen und wäre zur Sklavin des Hierophanten geworden. Wut brandete in mir auf.

»Du willst wissen, was ich getan habe, Guthrie?« Ich ließ meinen Blick durch das mit Leichen übersäte Amphitheater schweifen. »Ich bin dir zum Verhängnis geworden.«

Mein Handrücken kribbelte und ein neues Mal erschien. Neben dem Zeichen des Alchemisten war nun ein zweites aufgetaucht, das zwei in die Luft gestreckte Finger zeigte. Das Symbol des Hierophanten.

Ich hatte ihn erledigt und war froh darüber. *Töte sie alle. Die Hitze des Gefechts.* Lächelnd bewunderte ich mein Zeichenpaar. Ich wollte mehr davon. Hier in der Mine befanden sich vier weitere Arkana, gefesselt und hilflos.

Nein! *Reiß dich zusammen, Evie!* So sollte diese Nacht nicht enden. Zuerst musste ich alle befreien. Noch wackelig auf den Beinen sprang ich die Stufen hinab und rannte zwischen den zusammengekrümmten Leichen hindurch in Richtung Vorratskammer ...

Eine Hand schoss hervor und umklammerte mein Fußgelenk. Meth-Maul. In der anderen Hand hielt er noch immer einen Brocken Fleisch. »Du bist Abschaum. Du musst sterben!«, presste er hervor. Dann wurde sein Körper schlaff und seine Blase entleerte sich.

Ich löste seine Finger von meinem Bein und rannte in die Zelle. Am Tor empfing mich Jack, der noch immer an seinen Fesseln zerrte. Als er mich sah, keuchte er: »Du bist zurück … Evangeline?«

»Ich bin zurück.« Mit meinen Klauen brach ich das Torschloss auf und befreite als Ersten Jack. Er drückte mich so fest an sich, dass es wehtat.

»Du hast den Hierophanten erlegt!« Selena war begeistert. »Du hast ihn besiegt, Herrscherin.« Es war das erste Mal, dass sie mich so nannte. »Dann nichts wie raus hier.«

»Alles in Ordnung, Jack?« Vorsichtig berührte ich seinen Kopf. »Du hast da eine ordentliche Beule. Aber das soll ja ein gutes Zeichen sein.«

»Du machst dir Sorgen um meinen Kopf? Ich hatte keine Ahnung, was die da draußen mit dir anstellen!« Jack war nun wieder voll da. »Befrei die anderen, *fille*. Die Wachen können jeden Moment zurückkommen. Dass Guthrie tot ist, bedeutet nicht, dass die Augen der anderen wieder klar werden. Sie stehen auch nach seinem Tod noch in seinem Bann, richtig?«

»Ja.« Auch Meth-Mauls Augen waren noch trüb gewesen, und bis zu seinem Tod hatte er nur Guthries letzten Befehl im Kopf gehabt …

Nachdem ich alle Hand- und Fußschellen geöffnet hatte, half ich den Gefangenen auf die Beine. Selena und Lark nahmen Finn zwischen sich. Matthew kam mit weit aufgerissenen Augen auf mich zugeschlurft, alles in allem hielt er sich aber ganz gut.

Die komplette Truppe verließ den Kerker, allen voran Jack. »Wir brauchen unsere Sachen, unsere Waffen. Weißt du, wo sie sie hingebracht haben?«

Ich nickte. »Ein Stück weiter vorn kommt ein Raum, in dem bergeweise Zeug liegt.«

Als wir das zentrale Gewölbe betraten, blieben alle stehen. Der Anblick des Massakers, das ich mit meinem Gift und Tads Überresten angerichtet hatte, ließ sie erstarren. Überall Tote mit schmerzverzerrten Gesichtern und leeren Augen. Meth-Maul, der einen blutigen Brocken Fleisch umklammert hielt.

Jack wich zurück und zog mich an seine Brust. »Nicht hinsehen, *bébé*. Ich hol unsere Sachen. Deine warme Jacke. Alles wird wieder gut. Dreh dich einfach nicht um.« Er packte mich an den Schultern und drehte mich wie ein kleines Mädchen mit dem Rücken zu der grässlichen Szene.

Ich konnte seine Sorge verstehen. Nun, wo meine Kampfeslust versiegt war, ertrug ich diesen Anblick auch nicht mehr. Dennoch war mir klar, dass ich Dutzende von Leuten umgebracht hatte. Ich sagte mir, dass es Mörder waren, die nie wieder normal geworden wären.

Das half ein bisschen.

»Hilfst du mir, Selena?« fragte Jack und spurtete los, um unsere Sachen zu suchen. Selena und Lark lehnten Finn gegen eine Wand, und sie rannte Jack hinterher.

»Die kleinste Flecktarnjacke ist meine!«, schrie Lark.

Die anderen Gefangenen flüsterten miteinander. Ganz

offensichtlich war ihnen bei der Vorstellung, dass wir sie nicht weiter beschützen würden, nicht wohl – alle standen dicht neben mir.

Kurz darauf waren Jack und Selena schon wieder zurück und verteilten die Ausrüstung. Sie hatten auch noch zwei Taschenlampen aufgetrieben, Pfeile, eine Fackel und ein sauberes Stück Stoff für einen Verband.

Während Lark Finns Bein bandagierte, half Jack mir in die Jacke, setzte mir den Rucksack auf und rubbelte meine Arme warm. Dabei war er sehr darauf bedacht, dass ich nicht ins Gewölbe sah. »Also, in welche Richtung müssen wir? Ich hab keine Ahnung, wo wir hier sind.«

Lark machte Finns Verband fest. Jedes Mal, wenn er zuckte, fuhr sie selbst zusammen. »Wir müssen durch den Berg.« Sie schlüpfte in ihre Jacke und prüfte, ob noch alles in den Taschen war.

»Nein, das ist der falsche Weg.« Die weibliche Gefangene humpelte ein paar Schritte auf uns zu. »Wir kennen die Minen. Wir haben unser ganzes Leben in dieser Gegend verbracht.«

»Wenn ihr vorne rausgeht, ist das Risiko, den Zähnen in die Arme zu laufen, viel größer«, gab Lark zurück. An uns gewandt erklärte sie: »Auf meinem Weg gelangen wir in wenigen Stunden auf die andere Seite des Gebirges. Ihr wollt doch nach Süden. Und so bleibt uns tagelanges Klettern erspart.«

Klettern?

»Finn würde das in seinem Zustand nie schaffen«, fügte sie hinzu und besiegelte damit meine Entscheidung. Unter den überraschten Blicken der Gefangenen krabbelten die beiden Ratten auf ihren Schoß.

Selbst ich war irritiert, als die Nager auf ihrem Oberkörper herumkletterten, als wäre er ein Abenteuerspielplatz. Mit ihren kleinen Pfoten krallten sie sich an ihrem Rücken fest wie Opossumbabys. Finn lächelte sie verzückt an.

Die anderen Gefangenen machten sich auf den Weg. Die Frau blieb noch einen Moment zurück und sagte: »Wir werden uns neu ausrüsten und die Mine durch den Eingang verlassen. Der Weg, der tiefer in die Mine hineinführt, ist falsch.« Dann lief sie den anderen hinterher.

Ich drehte mich zu Matthew um und wischte ihm eine Haarsträhne aus dem Gesicht. »Was denkst du, Süßer?«

Seine Augenbrauen zogen sich zusammen, die Augen, deren Pupillen geweitet waren wie unter Schock, funkelten. »Es gibt einen, es gibt zwei, es gibt drei.«

»Das versteh ich nicht. Meinst du damit, dass es drei Wege gibt?«, fragte ich, aber er blinzelte mich nur an.

Finn, der von Selena gestützt wurde, meinte: »Warum folgen wir nicht Lark? Sie kann uns den Weg zeigen.«

Selena zog ein finsteres Gesicht: »Warum gehen wir nicht mit den Leuten von hier?«

»Ich kenne mich aus«, wiederholte Lark. »Mein Weg erspart uns mehrere Tage Fußmarsch.«

Ich sah Jack an. Wenn wir ihr vertrauten und sie uns nicht hereinlegte, stärkte das unser Bündnis. Und ohne ein starkes Bündnis waren wir ohnehin tot.

Auf Französisch brummte er: »Wahrscheinlich ist es besser, wir gehen ohne diese Leute weiter.«

Also folgten wir Lark – auf Gedeih und Verderb.

19

Am Eingang zu einem Seitenschacht wollte Jack Lark seine Fackel geben. »Nachtsicht, mein Lieber«, lehnte sie gelassen ab und marschierte mit ihren zwei Ratten auf dem Rücken tiefer in den Berg hinein.

Ihrem perfekten Pokergesicht war nicht anzusehen, ob der Tod ihrer Wölfe oder das Fehlen ihres Falken sie in irgendeiner Weise bekümmerten. Demonstrierte sie uns so die *erbarmungslose Zielstrebigkeit* der Karte der Kraft?

Jack, Matthew und ich gingen direkt hinter ihr, das Schlusslicht bildete Selena mit Finn.

Lark, die in rascher Folge immer wieder in neue Gänge einbog, schien sich tatsächlich auszukennen. Ich war völlig orientierungslos, aber sie war sich ihrer Sache offenbar sicher.

Jacks Fackel gab zischende Laute von sich. Selbst in dieser Tiefe tropfte das Wasser von der Decke, und wie gewohnt waren wir durchnässt und froren. Durch das viele Gift, das ich produziert hatte, war ich noch immer erschöpft und stützte mich auf Jack.

Jacks Kopf, Finns Bein und Matthews abwesender Blick bereiteten mir Sorgen. Der Arme drückte meine Hand so fest, dass ich Angst hatte, meine Finger könnten brechen. Aber ich beschwerte mich nicht.

Sollte er ruhig zudrücken, wenn ihm das half, diese Nacht zu überstehen.

»Hol deine Taschenlampe raus«, raunte Jack Selena zu. Seine Fackel flackerte, und es würde nicht mehr lange dauern, bis sie ganz erloschen war. Finn war zu schwach, um uns eine Laterne zu zaubern.

Lark konnte zwar im Dunkeln sehen, wir anderen aber nicht, und hier unten würde es dann stockfinster sein.

»Alles okay, Finn?«, rief ich über die Schulter.

»Mein Bein tut höllisch weh, aber ich werd's überleben. Dieser Guthrie ist echt das Allerletzte. Das war vielleicht ein grausames Monster, was?«

»Zum Glück ist er tot«, sagte Selena.

»Aber echt. In seiner Vorratskammer aufzuwachen war, als ob einem jemand ein Glas kalte Pisse ins Gesicht schüttet. Herzlichen Dank, dass du ihn kaltgemacht hast, Evie.«

»Oh, keine Ursache.«

Wir waren gerade erneut abgebogen, als ich plötzlich das Gefühl hatte, der Boden unter meinen Füßen hätte sich bewegt. »Hast du das auch gespürt?«

Jack schüttelte den Kopf, fragte aber Lark: »Wie weit ist es noch?« Ich wusste, ihm war hier unten genauso unwohl wie mir. Wir waren beide in Louisiana aufgewachsen und im Zuckerrohrland gab es nicht so wahnsinnig viele Minen. Genauso gut hätten wir in den Alpen sein können. Oder auf dem Mond.

»Nicht mehr weit«, antwortete Lark. Eine der Ratten auf ihrer Schulter schien mich zu beobachten. Wie unheimlich. »Gleich haben wir die tiefste Stelle erreicht, dann geht es wieder nach oben. Wir werden bald wieder Licht sehen.«

»Jack …«, flüsterte ich, als der Boden erneut bebte.

Er schnaufte schwer. »Jetzt hab ich's auch gespürt«, gab er zu.

Dann wackelte auf einmal der ganze Schacht und wir taumelten. Steine, Sand und Wasser prasselten auf uns nieder.

Mit einem Zischen erlosch Jacks Fackel, und er und Selena beeilten sich, die Taschenlampen anzuknipsen. Das Licht ihrer Lampen spiegelte sich in einer Wasserfläche vor uns.

Wir hatten die tiefste Stelle erreicht. Das Problem war nur, sie stand unter Wasser.

Der Wasserpegel stieg sehr schnell an und es bildeten sich Stromschnellen.

»Das ist neu«, meinte Lark gelassen. »Aber da müssen wir wohl durch. Wie tief, glaubt ihr, ist es?«

Jack gab mir seine Taschenlampe, drückte meine Schulter und watete ohne langes Zögern ins Wasser. Zuerst bis zu den Knien, dann bis zur Hüfte, dann war er plötzlich unter der Oberfläche verschwunden. Gerade wollte ich los, ihn retten, da tauchte er wieder auf und schwamm zu uns zurück.

Im schwachen Licht der Taschenlampen wirkte sein gebräuntes Gesicht bleich. Mit steifen Gliedern kam er aus dem Wasser. Es musste sehr kalt sein.

»Der Grund fällt steil ab. Und es ist tief. Wir müssen schwimmen.«

Matthew zerquetschte mir fast die Hand, als er das hörte. Mit weit aufgerissenen Augen schrie er: »WASSER!«

Natürlich ergriff ihn die Panik, nachdem er zu Hause in seinem Keller fast ertrunken war. Sicher war das auch der Grund für seinen abwesenden Blick gewesen – er wusste, was auf uns zukam.

Aber warum hatte er uns nicht gewarnt?

»Schwimmen? Und was ist mit Matthew und Finn? Wäre es nicht besser, wieder zurückzugehen?«

»Dafür reicht das Licht nicht«, sagte Jack. Die Taschenlampen flackerten bereits. »Außerdem haben wir es fast geschafft. Könnt ihr den Luftzug spüren?« Er zeigte in Richtung der Finsternis vor uns. »Der Ausgang muss ganz nah sein.«

»An mir soll's nicht scheitern«, meinte Finn. »Ein Stückchen schwimmen ist mir lieber als klettern.«

Der Schacht bebte erneut. In der Ferne hörte man große Felsbrocken zu Boden krachen.

»Ich kann Finn helfen und dann noch einmal zurückkommen und Matthew holen«, bot Selena an. »Aber wir müssen uns beeilen. Noch ein paar dieser Erschütterungen und wir sind hier unten gefangen. Seht euch mal die Stützbalken an.« Sie leuchtete nach oben.

Die massiven Balken bogen sich unter dem Gewicht des Gesteins wie Schiffsrippen. Das Geräusch von splitterndem Holz hallte unheilvoll durch den Schacht.

Das Wasser stieg immer schneller. Wie sollten wir da im Dunkeln durchkommen?

»WASSER. WASSER!«, schrie Matthew hysterisch. Ich war selbst kurz davor, in Panik zu geraten.

Jack strich mir mit den Fingerknöcheln über die Wange. Seine Hände waren erschreckend kalt. »Hör zu, *bébé*, das hier ist auch nichts anderes als ein Pool. Du bist doch ein Schwimm-Ass, *non*? Sobald du auf der anderen Seite bist, wird den *coo-yôn* keiner mehr halten können. Er wird dir hinterherschwimmen.«

Matthews traumatisches Erlebnis war erst ein paar Wochen her, und nun erwarteten wir allen Ernstes von ihm, in einer dunklen Mine durch immer höher steigendes Wasser zu schwimmen?

»Okay«, sagte Lark. »Ich geh zuerst.« Wie ein Delfin sprang sie im hohen Bogen ins Wasser und tauchte ein Stück weiter vorn wieder auf. Die Ratten waren von ihrem Rücken gesprungen und paddelten hinterher. Ich sah zu, wie sie durchs Wasser pflügte – bis die Dunkelheit sie verschluckte.

Kurz darauf hörten wir sie schreien: »Ich bin da. Auf der anderen Seite. Kommt ihr? Mir ist langweilig.« Die Ungeduld in ihrer hallenden Stimme war nicht zu überhören. Es klang, als ob es ganz einfach wäre.

Behutsam entzog ich Matthew meine Hand. »Ich schwimme Lark hinterher. Du und Jack, ihr folgt mir.«

»NEIIIIIN!« heulte er so laut, dass es mir in den Ohren schmerzte.

»Hör zu, *coo-yôn*. Es ist nicht weit. Wie wär's, wenn ich mit Evie schwimme und dann zurückkomme und dich hole? Ich werd die ganze Strecke nicht von deiner Seite weichen.«

Matthew packte mich an der Schulter: »Sterben! Sterben! Tod!«

»Das können wir vergessen«, brummte Selena. Sie setzte Finn auf den Boden und sprintete zurück, um nachzusehen, ob der Rückweg frei war.

Jack versuchte, Matthew von mir wegzuziehen. »Uns rennt die Zeit davon, Junge!«

»Neiiiin, Herrscherin!« Matthew wehrte sich heftig und schlug mir dabei versehentlich ins Gesicht.

Der Schmerz im Unterkiefer ließ mich taumeln und ein weiteres Beben holte mich um ein Haar von den Füßen. »Schon gut, Süßer, beruhig dich doch.«

Selena kam zurück. »Wir sind abgeschnitten. Die Stützbalken sind zusammengebrochen wie Zahnstocher. Es gibt nur noch diesen Weg.«

»Beruhig dich, *coo-yôn*!«

Mit seinen langen Armen schlug Matthew wie ein Ertrinkender um sich und traf dabei Jack.

»Tut mir leid, Junge.« Jack holte aus, seine Faust traf Matthew mitten ins Gesicht.

Mit einem Ausdruck der Entrüstung taumelte Matthew zurück und sackte dann zusammen.

»Jack!«

Er fing Matthew auf und legte ihn auf den Boden. »Wir haben keine Zeit! Zuerst schwimm ich mit dir.«

»Nein, du musst bei Matthew bleiben! Sorg dafür, dass er sicher auf die andere Seite kommt. Ich komm schon klar. Du hast es ja selbst gesagt: Ich bin ein Schwimm-Ass.«

»Auf keinen Fall, Evie.« Er legte mir die Finger unters Kinn und hob mein Gesicht.

»Bleib bei ihm, Jack. Bitte!«

»Wir schwimmen zusammen und ziehen Matthew hinter uns her.« Er drückte mir einen schnellen Kuss auf den Mund und griff nach meinem Rucksack.

Ich drehte mich weg. »Das geht schon. Du hast genug Gepäck.«

Nach kurzem Zögern nickte er. »Dann ab ins Wasser mit dir, *bébé*. Du schaffst das.« Er drehte sich zu Selena um: »Nimmst du Finn?«

Sie half ihm bereits hoch. »Wir sind direkt hinter dir, J.D.«

Schnell stieg ich ins Wasser. Die Kälte war ein Schock. Ich verlor den Boden unter den Füßen, und erschrocken darüber, wie sehr mich Kleider und Gepäck nach unten zogen, begann ich, wie wild zu paddeln.

Ich richtete den Strahl meiner Taschenlampe aufs Ufer und sah, wie Jack Matthews schlaffen Körper ins Wasser zerrte. Er drehte Matthew auf den Rücken, legte ihm einen Arm über die Brust und schwamm mir hinterher. »Schau nicht zurück und warte nicht auf mich! Schwimm einfach auf die andere Seite.«

Mit klappernden Zähnen, in einer Hand die Taschenlampe, schwamm ich los. Weiter draußen war die Oberfläche rauer und Wellen schlugen mir ins Gesicht. Meine Arme und Beine waren taub von dem eiskalten Wasser, aber ich kam voran.

Jack folgte mir beharrlich.

Immer wieder zitterte die Erde, und Steine fielen herab. Ein Brocken von der Größe eines Tennisballs traf mich am Kopf und ich wurde fast ohnmächtig vor Schmerz. *Das heilt, schwimm weiter!* Ich bekam Wasser in die Lungen. Hustete.

Die Mine bebte immer stärker. Große Felsbrocken fielen von der Decke, Stützbalken stürzten ins Wasser. »Jack!«, kreischte ich.

»Schwimm weiter, Evie …«

Hinter mir landete ein ganzer Felsblock mit solcher Wucht im Wasser, dass der Aufprall mich wie einen Schlag in den Magen traf. Eine Welle bäumte sich auf und trug mich ans gegenüberliegende Ufer. Einen kurzen Moment fühlte ich mich fast schwerelos …

»Ahhhh!« Die Welle schleuderte mich ins seichte Wasser und spülte mich weit in den Schacht hinein. Der mit Geröll und Kieseln übersäte Boden war wie ein Waschbrett und schürfte mir das Gesicht auf.

Schwer atmend und hustend hörte ich in der Ferne Jack nach mir rufen. Die Welle musste ihn und Matthew in die entgegengesetzte Richtung gespült haben. Noch immer rumpelte es. Mir war schwindelig. Aber, Moment mal, wo war Lark?

– ICH WERDE MICH AN DEINEN KNOCHEN LABEN! –

Ogens Ruf. Ganz nah. Panisch rappelte ich mich auf. Mein Arm war seltsam verdreht. War er gebrochen? Ich brach zusammen und fiel auf mein zerschrammtes Gesicht.

Selena schrie: »Evie, sie sind da! Pass auf, hinter dir!« Dann fauchte sie Finn an: »Mach Licht, Magier, sofort, oder sie ist erledigt!«

Mit einem Schrei warf Finn einen Lichtstrahl übers Wasser und erhellte den Schacht vor mir …

Der Tod.

Da stand er, in voller schwarzer Rüstung. Ich wusste, dass nun mein Ende gekommen war, und wich entsetzt zurück. Sein Tableau – der berittene Sensenmann – war weit weniger furchterregend als er selbst.

Selena schoss eine ganze Salve von Pfeilen auf ihn ab, einen nach dem anderen, aber er wehrte sie ab wie Fliegen. »Komm mit mir, Herrscherin, wenn du willst, dass sie leben.« Hinter dem Visier leuchteten seine Augen wie Sterne. »Es ist Ogen, der den Berg beben lässt.« Der Teufel war verantwortlich für die Erschütterungen? »Gebiete ich ihm nicht Einhalt, wird die Mine in sich zusammenstürzen.«

Ich warf einen Blick zurück. Jack hatte den Tod durch das herabstürzende Gestein und die Wasserfontänen nun ebenfalls entdeckt.

»Neiiin!« Er versuchte verzweifelt, sich zu mir durchzukämpfen und gleichzeitig Matthews Kopf über Wasser zu halten.

»Früher oder später wird der Sterbliche den Narr ertrinken lassen«, sagte der Tod gelangweilt. »Er wird alles tun, um dich zu retten.«

»W…was willst du von mir?«, fragte ich ihn mit erstickter Stimme. Hinter dem Tod fiel ein dämmriger Lichtstrahl in den Schacht. Wir waren der Rettung so nahe gewesen. Hatte er Lark schon getötet?

»Komm mit mir.« Er streckte mir seine behandschuhte Hand entgegen. »Dann werden meine Verbündeten und ich deine … Freunde ihrem Schicksal überlassen. Nimm meine Hand, und ich schwöre, ich werde sie nicht töten.«

Jack kam näher. »Verdammt, Evie, tu das nicht!«

Ich sah Jack tief in die gequälten Augen. Um ihn her schlugen Felsbrocken ins Wasser wie Raketen. Er schwamm noch immer, obwohl er wusste, dass er nicht rechtzeitig bei mir sein würde. Als ein Fels ihn und Matthew um ein Haar in die Tiefe riss, wusste ich, was ich zu tun hatte.

Selbst wenn es meinen Tod bedeutete.

»Entscheide dich«, sagte der Tod. »Beuge dich meinem Willen. Würdest du nicht alles geben, um ihre Leben zu retten?«

Mein rechter Arm war gebrochen. Ich hatte kein Gift mehr, kein Arsenal. Meine Lage war aussichtslos. Mein gesunder Arm streckte sich dem Tod entgegen.

Trotz der heftigen Beben glaubte ich, Jack zu hören. »*Bébé?*« Dann etwas lauter. »Tu das nicht!«

Röchelnd stieß ich hervor: »Pass auf ihn auf, Jack …« Dann zog mich der Tod zu sich und hob mich hoch. Hyperventilierend und mit letzter Kraft versuchte ich, mich zu wehren. Ich schlug ihm die Klauen in die Rüstung, aber sie hinterließen nicht mal einen Kratzer.

Der Tod lachte nur. Er drehte sich um und schritt mit mir hinaus ins Licht, worauf ein gequälter Schrei von Jack laut wurde. Selenas letzter Pfeil traf seinen Rücken und zersplitterte an der Rüstung.

»Evie! EVIE!« Je heller es wurde, umso schwächer wurden Jacks verzweifelte Rufe. »Ich werde dich finden! Du weißt, dass ich dich finden werde!«

Wir traten aus dem Berg in den strömenden Regen. Dennoch blendete mich das Licht.

Der Tod trug mich zu seinem weißen, rotäugigen Ross. Mir wurde übel. Noch bevor ich die furchterregende Sense in der Satteltasche sah, begann ich, unkontrolliert zu zittern. Er hielt mich fest in seinen Armen und bestieg sein Pferd. Warum tötete er mich nicht?

»W…was hast du mit Lark …?« Fassungslos hielt ich mitten im Satz inne. Lark, dieses Miststück, saß auf einem zweiten Pferd neben uns und grinste über das ganze Gesicht.

»Wie konntest du nur?«, schrie ich.

»Du bist so wahnsinnig gutgläubig, Evie.« Sie rückte ihre Ballonmütze zurecht. »Und tu doch nicht so, als ob ich hier die Böse wäre, nur weil ich deine Schwäche ausgenutzt habe.« Ihr Falke war zu ihr zurückgekehrt. Er hockte auf ihrer Schulter und verspeiste eine Ratte.

Auch ihre Wölfe scharten sich wieder um sie. Auferstanden von den Toten? *Schutzgeister*.

Etwas abseits stand der monströse Ogen. Er war riesig, fast vier Meter groß. Sein schmutziger Oberkörper war nackt, seine zerlumpte Hose hatte er mit einem Strick um die Taille gebunden.

Auch sein Tableau – ein Ungeheuer mit Hufen und Ziegenbart, das zwei angekettete Sklaven bei sich hatte – war bei Weitem nicht so Furcht einflößend wie das Original.

Den unförmigen Kopf zierten zwei gedrehte Hörner, seine schwarzen Pupillen waren schmale Schlitze und der Augapfel war nicht weiß, wie bei Menschen, sondern rot und von dicken gelbgrünen Adern durchzogen. Mit einem irren Lächeln im Gesicht schlug er mit seinen fleischigen Fäusten immer härter gegen den Berg und ließ ihn erzittern.

»Nein!«, schrie ich und hämmerte gegen die Rüstung des Todes. So würde Ogen die Mine dem Erdboden gleichmachen! »Du hast geschworen, du lässt sie in Ruhe! Du hast es *geschworen*.«

Der Tod zügelte sein Ross. »Ich werde meine Schwüre halten, so wie du die deinen gehalten hast.«

»W...was soll das heißen?« Meine Stimme klang wie aus weiter Ferne. Die Erschöpfung drohte mich zu überwältigen, aber ich zwang mich, wach zu bleiben.

»Kommt dir das nicht bekannt vor, Geschöpf? Du liegst verletzt in meinen Armen, während ich reite. Unsere Geschichte wiederholt sich.« Er zog seinen Stachelhandschuh aus. Tränen traten in meine Augen und strömten über mein Gesicht.

Ich versuchte mich zu befreien, aber die Anstrengung ließ mich fast ohnmächtig werden. »Fass mich nicht an!«

Seine Finger strichen über meine Wange, brannten mir auf der Haut. Die leichte Berührung ließ ihn erzittern. Ich war bereit für den Schmerz. Das war also mein Ende. Mir wurde schwarz vor Augen.

Die Hand des Todes nähert sich meinem Gesicht. Kommt immer näher …

Sie berührt mich. Das ist mein Ende. Seine Haut ist überraschend heiß. Mir fallen die Lider zu. Kaum bei Bewusstsein warte ich auf den quälenden Schmerz.

Mein Herz schlägt. Und schlägt. Und schlägt.

Ich reiße die Augen auf.

Ich fühle nichts als den Schmerz durch sein Schwert. Mit finsterem Gesicht streift er den zweiten Handschuh ab und legt mir beide Hände auf die Wangen. Dann lässt er die Handflächen über meine Arme gleiten.

Seine sternenklaren Augen leuchten noch heller. Als würden sie auf ihn reagieren, beginnen meine Hieroglyphen zu zittern und erwachen zum Leben.

»Keiner der anderen hat meine Berührung überlebt«, sagt er mit rauer Stimme. »Keiner.« Er streichelt meine Wangen, meinen Hals, meine Lippen.

Wann hat er zum letzten Mal so lange einen lebenden Menschen im Arm gehalten?

Ich spüre ein animalisches Gefühl in ihm aufkeimen. Mit lüsternem Blick beugt er sich über mich und drückt seinen Mund auf meine blutigen Lippen. Ich bin zu überwältigt, um mich zu wehren. Sein Kuss ist leidenschaftlich, aber unsicher, als hätte er noch nie geküsst.

Er zieht sich zurück und leckt sich mit einem Stöhnen das Blut von den Lippen. »So süß.«

»I…ich verstehe das nicht.« Bin ich immun gegen ihn?

»Ich bin der Tod – und du das Leben. Du bist nur für mich gemacht.« Er packt den Griff seines Schwerts und zieht es aus meinem Körper. Ich schreie vor Schmerz. Mit seinem freien Arm fängt er mich auf. »Du wirst heilen«, flüstert er. »Du musst.«

Er drückt mich an seine Brust und steigt auf sein Ross. »Ich werde dich beschützen, und du wirst mir vergeben. Ich werde für dich sorgen.«

»Lass mich gehen.«

»Niemals, Geschöpf.« Er sieht auf mich herab. Der schönste Mann, den ich je gesehen habe. »Ich werde dich niemals gehen lassen.«

»Wohin bringst du mich?«

Er seufzt, als wäre die Antwort offensichtlich. »In mein Bett, Herrscherin …«

20

Tag 258 n. d. Blitz
Irgendwo im Südosten

Ich schlug die Augen auf und saß noch immer auf einem Pferd in den Armen des Todes. Genau wie in meiner geträumten Erinnerung.

Nur dass ich dieses Mal mit gespreizten Beinen im Sattel saß, den Rücken an seine Brust und die Wange an seine Rüstung gelehnt. Und wir ritten nicht durch glühend heißen Wüstensand, sondern durch strömenden Regen.

Wie lange war ich weg gewesen? War mein gebrochener Arm schon geheilt?

Der Traum vom Tod vermischte sich mit der Realität. Er konnte meine Haut berühren! Ich war der einzige Mensch, den er berühren konnte, ohne ihn zu töten.

Und er hatte sich zu mir hingezogen gefühlt. Damals.

Das war in diesem Spiel anders. Meine Handgelenke waren so fest aneinander gefesselt, dass ich mich selbst mit meinen Klauen nicht befreien konnte. Er musste mir irgendwann Rucksack und Parka abgenommen haben, denn ich trug nur noch Jeans und ein T-Shirt. Wollte er, dass ich fror und nicht wieder zu Kräften kam?

»Sie erwacht«, hörte ich den Tod hinter mir sagen.

Ich erstarrte. Dann setzte ich mich im Sattel auf. Seine

Stimme hatte noch andere Erinnerungen in mir geweckt. *Oh Gott.* Nachdem wir die Mine verlassen hatten, hatte Ogen mit umso größerer Wucht auf den Berg eingehämmert. Wir wären da unten auch so schon fast gestorben – wie sollten Jack und Matthew da eine weitere Welle von Erschütterungen überlebt haben? Falls die Mine in sich zusammengestürzt war …

Matthew, bitte, antworte mir!

Nichts. Vielleicht waren sie ja in der Mine eingeschlossen. Oder sie schliefen einfach nur.

Ich muss wissen, ob es euch gut geht, Süßer! BITTE, SPRICH MIT MIR!

Keine Antwort. Nichts als Leere – als wäre mir Matthews beruhigende Gegenwart, die ich auch schon vor dem Blitz gespürt hatte, aus dem Kopf gerissen worden. Selbst der Tod war nun endgültig verschwunden.

Gab es die Telefonzentrale nicht mehr? Wenn Matthew tot war, dann war Jack auch nicht mehr am Leben. Und Finn und Selena? »D… du hast sie getötet.«

»Wie in jedem Spiel«, sagte der Tod amüsiert. »Ogen hat den Berg plattgemacht wie eine Sandburg.«

Eine tiefe Trauer überkam mich. Die Augen auf seinen Stachelhandschuh gerichtet, fragte ich ihn mit brüchiger Stimme: »Trägst du ihre Zeichen?«

»Ich war ihnen wohl am nächsten. Male auf eine solche Weise zu erringen, ist natürlich lange nicht so befriedigend wie eigenhändig zu töten. Aber man nimmt, was man bekommt.«

Meine Trauer machte einer Wut Platz, die mit jedem seiner höhnischen Worte mächtiger wurde, als puste er in die Glut. Meine Klauen wurden scharf. Ich würde dem Tod die Male von den Händen kratzen – oder ihn töten und sie mir auf diesem Weg holen.

»Wage es nicht, deine Kräfte zu nutzen«, raunte der Tod mir zu, und ich spürte kaltes Metall im Nacken, »oder ich stoße dir meine Klinge in die Schläfe. Dann bist du hirntot. Kannst dich weder bewegen, noch sterben.«

»Stoß zu!«, zischte Ogen von links. Auch wenn er inzwischen wieder eine etwas menschlichere Form angenommen hatte, blieb er trotzdem ein Ungeheuer. Auf gespaltenen Hufen trabte er neben uns her durch den Matsch, eines der schwarzen Hörner länger als das andere. Mit missmutiger Miene stapfte er um ein Regenrückhaltebecken herum und wirkte dabei sehr jung, wie fünfzehn vielleicht.

Auf der anderen Seite trieb Lark ihr Pferd an, um mit uns Schritt zu halten. »Du solltest es ausnutzen, Boss«, riet sie dem Tod. »Quäl sie noch ein bisschen. Es wird ein paar Jahrhunderte dauern, bis du wieder die Chance hast, sie kaltzumachen.« Trotz des miesen Wetters schien sie es in ihrer Flecktarnjacke warm und gemütlich zu haben. »Glaub mir, es wird dir bestimmt Spaß machen, sie noch eine Weile leiden zu lassen.«

Ich warf dem kleinen Miststück einen bösen Blick zu und schwor Rache. Sie trug ebenso viel Schuld an allem, was passiert war, wie die beiden anderen. Wenn nicht noch mehr.

Mit belegter Stimme fragte ich den Tod: »Warum bringst du mich nicht gleich um?«

»Weil ein Teil von dir möchte, dass ich es tue«, flüsterte er in mein Ohr. Ein Schaudern jagte über meine nasse Haut. Ich wollte ihm widersprechen, konnte es aber nicht. In den letzten neun Monaten hatte ich jeden verloren, der mir etwas bedeutete. Meinen Freund aus der Highschool, meine beste Freundin Mel. Meine Mutter. Und nun waren für kurze Zeit vier neue Menschen in mein Leben getreten und ebenfalls viel zu früh gestorben. Und auch der Junge, den ich liebte … war nicht mehr da.

»Töte sie JETZT!« Von Ogens Reißzähnen tropfte der Sabber, seine geäderten Augen waren weit aufgerissen. »Wir laben uns an ihren Knochen! Jetzt! Jetzt gleich!«

Der Tod wies Ogen in einer fremden Sprache zurecht und der Teufel verstummte wie ein gehorsamer Hund.

Ein rauer Wind peitschte uns ins Gesicht. Der Regen fiel fast waagerecht, aber ich war zu schwach, um es richtig wahrzunehmen. War ich unterkühlt? Mein Verstand fühlte sich genauso taub an wie mein Körper. *Meine Freunde sind tot. Jack ist tot.* Wozu sollte ich noch leben?

Rache.

Wir kamen an einen Hang, der mit rutschigem Schlamm bedeckt war. Der Tod steckte sein Schwert in die Scheide, schlang einen Arm um mich und gab seinem Pferd die

Sporen. Der Hengst schien auf der Stelle zu galoppieren, bis er endlich Halt fand und nach oben auf eine geteerte Straße sprang. Ogen und Lark folgten uns.

Wieder auf ebenem Boden forderte ich den Tod auf: »Lass mich vom Pferd runter.« Meine Zähne klapperten.

»Sei still.«

»Lass mich absteigen! Ich will runter!« Ich schlug mit den Fäusten nach ihm und machte das Pferd scheu.

»LASS MICH RUNTER!«, kreischte ich.

»Ich kann durchaus entgegenkommend sein.« Er hob mich hoch und warf mich neben dem Pferd zu Boden. Meine Beine schienen im Sattel eingeschlafen zu sein und trugen mich nicht. Ich taumelte ein paar Schritte und fiel in den Rinnstein. Mit den gefesselten Händen konnte ich mich nicht schnell genug abfangen und schlug mit dem Kopf auf die Bordsteinkante.

Die Platzwunde brannte höllisch. Blut rann über mein Gesicht und tropfte von Kinn und Kiefer, wie damals, als ich in unserer Scheune herausfand, wie ich mit meinem Blut Pflanzen zum Leben erwecken konnte.

Ogen lachte mich aus, und Lark murmelte: »Tollpatsch!«

Tropf, tropf, tropf.

Ich war zu schwach, um aufzustehen, und blieb einfach liegen – im Rinnstein kniend, den Kopf auf den Straßenrand gebettet wie auf ein Kissen. Ich hatte den dreien den Rücken zugewandt und beobachtete, wie das Wasser an mir vorbeiströmte und in einem Gully verschwand.

»Steh auf«, sagte Lark. »Mach nicht so ein Theater.«

Waren wir nicht gerade an einem Rückhaltebecken vorbeigekommen? Umgeben von verkohlten Bäumen und totem Schilf? Wahrscheinlich floss mein Blut nun genau in dieses Becken.

»Es kommen noch mehr Kannibalen, Evie«, schnauzte Lark mich ungeduldig an. »Sie sind hinter uns her, weil du angeblich ›Abschaum‹ bist. Gegen die sind wir drei Engel.«

Nein. Nein, das seid ihr nicht. Die Kannibalen waren zumindest loyal untereinander. Lark war eine hinterhältige Verräterin. Sie war schuld, dass Jack und Matthew einen grausamen Tod sterben mussten.

Mein schwelender Zorn verwandelte sich in eine Feuersbrunst, die so heiß war, dass ich beinahe das verräterische Kribbeln nicht bemerkte, das sich auf meiner Haut bemerkbar machte. Ganz in der Nähe erwachte Leben, spross etwas für mich. Die Pflanzen erhoben sich von den Toten. Nur Sekunden später erspähte ich aus den Augenwinkeln Bäume, die immer dicker wurden und ihre neuen Äste ausbreiteten.

Blutend im Dreck, wie ein hilfloses Opfer, huschte mir ein Lächeln über das Gesicht. Ich würde sie töten. Alle drei. Meine Soldaten reckten sich still gen Himmel, krochen den schlammigen Hang herauf und schlichen sich von hinten an die Arkana heran. Ich würde ihnen zeigen, wer hier *Abschaum* war.

Es gab keinen Grund mehr, die Hitze des Gefechts zu unterdrücken. Ich konnte mich ihr ganz hingeben.

Aber um zu kämpfen, musste ich meine Fesseln loswerden. Die Handschellen waren so eng zusammengeschweißt, dass ich mit meinen Klauen nicht an das Metall kam, um es aufzuschlitzen. Wenn ich doch nur mit einer Hand durch den engen Ring schlüpfen könnte …

Ich versuchte, meine kleinere linke Hand herauszuwinden, aber der Daumen war im Weg. Meine Kampfeslust wurde immer größer. Ich wusste, was die rote Hexe an meiner Stelle getan hätte. Voller Hass starrte ich auf meinen Daumen.

Ich kannte kein Erbarmen.

An das Metall kam ich nicht heran, aber an mein eigenes Fleisch. Keine Ahnung, wie lange ich brauchen würde, um von so etwas zu regenerieren, aber es war mir auch egal.

Leicht beunruhigt befahl mir der Tod: »Erhebe dich, Herrscherin.«

Oh ja, ich bin gerade dabei. Die Herrscherin ließ sich nicht einsperren, fesseln oder gefangen nehmen. Ich biss mir auf die Innenseite meiner Backe und trennte mit der Klaue meines rechten Zeigefingers den linken Daumen zur Hälfte ab. Ein Nerv zuckte, der Schmerz machte mich schwindelig. Doch der Schock darüber, was ich da tat, wurde übertüncht von meinem Zorn. Mein Blut floss mit dem Wasser davon. Benzin für meine heranwachsende Feuersbrunst.

Der Hengst des Todes spürte die wachsende Bedrohung und stampfte mit seinen geschliffenen Hufen. Die

Wölfe heulten und reckten ihre Schnauzen in die Luft. Aber sie witterten nichts Ungewöhnliches.

»Erhebe dich, Herrscherin«, befahl der Tod noch einmal. »Sonst schickt Fauna ihre Schutzgeister auf einen Happen vorbei.« Ich hörte, wie er mit klirrenden Sporen abstieg.

Mit einem unterdrückten Schrei trennte ich den Daumen vollständig ab. Aus den Augenwinkeln sah ich, wie das Wasser ihn fortspülte. Meine verstümmelte linke Hand ließ sich nun mit Leichtigkeit durch den Ring ziehen. Die rechte Handschelle war nur noch ein Kinderspiel für meine Klauen.

Ich war frei.

Endlich war ich bereit, mich zu erheben – eine Marionette, deren Fäden vom Hass gezogen wurden.

21

Das Gesicht eine blutige Maske drehte ich mich zu ihnen um, meine roten Haare flatterten im Wind.

Für einen kurzen Moment sah ich die Augen des Todes hinter dem Gitter seines Helms aufleuchten, dann zog er mit einer blitzartigen Drehung seine Schwerter.

Hinter ihm erhob sich wie eine Flutwelle eine tödliche grüne Wand. Er reckte den Hals, um zu ihr hinaufzuspähen.

Ich befahl der Pflanzenflut, über die Böschung hereinzubrechen und sie alle zu überfluten. Mit einem Schrei hob der Tod seine blitzenden Schwerter, aber er war im Moment nicht mein Ziel. Mit ihm hatte ich andere Pläne. Ich versuchte, die Schmerzen zu ignorieren, die seine Hiebe gegen mein Bataillon mir verursachten.

Lark hetzte nun ihre Wölfe auf mich. Sollten sie mich erwischen, würden sie mich in Stücke reißen, wie die Wiedergänger, und meine Beine zwischen ihren Fangzähnen zermalmen. Doch bevor sie sich auf mich stürzen konnten, schlangen sich Efeuranken um die Pfoten der Bestien und fesselten sie rücklings an den Boden. Sie winselten und jaulten, aber solange Lark noch am Leben war, konnte ich sie nicht töten.

Alles zu seiner Zeit.

Ogen kam brüllend auf mich zugerannt. Krachend

stürzte eine Zypresse auf ihn nieder und drückte ihn zu Boden. Mit Fäusten wie Ambosse schlug er auf den Stamm ein. Schmerz fuhr durch meinen Körper, und zur Strafe ließ ich einen noch größeren Baum auf ihn herabfallen. Sein Gebrüll verstummte. Dann noch einen Baum. Und noch einen. Ich musste seiner unglaublichen Kraft Herr werden und schickte zusätzlich giftige Dornenranken aus, die ihn fesseln und töten sollten. Um ganz sicherzugehen, befahl ich den Wurzeln, ihn mit einem Ruck unter die Erde zu ziehen.

Währenddessen bereiteten sich andere Pflanzen auf einen noch heimtückischeren Angriff vor …

Lark stand das blanke Entsetzen im Gesicht. Sie ließ ihre Wölfe im Stich und versuchte zu fliehen. Doch meine Ranken packten sie und ließen sie gefesselt und lauthals kreischend kopfüber in der Luft baumeln. Der Anblick erinnerte mich an die Karte des Gehängten. Auf ein Zeichen hin brachten die Ranken sie zu mir, bis unsere Gesichter nur noch wenige Zentimeter voneinander entfernt waren. Ich neigte den Kopf zu ihr. »Du bist bösartiger als die beiden anderen zusammen«, flüsterte ich. »Wir haben dir vertraut.«

»Warte, Evie! Bitte!« In ihren Augen stand Panik, wie damals bei Joules.

Und wie damals genoss ich es. »Du wirst einen besonders schlimmen Tod sterben.« Ich konnte spüren, dass von dem Wasser im Rückhaltebecken nicht mehr viel übrig war. Seine Oberfläche bestand nur noch aus einem

Gewirr aus Ranken, Schlingpflanzen und schleimigem Wasser. Ein Wink mit der Hand, und Lark wurde in die Luft geschleudert. Schreiend landete sie mitten in diesem wogenden grünen Morast.

Gefangen in einem Schlangennest. Was für ein Albtraum.

Eine Ranke richtete sich über ihr auf wie eine Kobra und schlug dann von oben zu. Sie drehte sich schnell weg, aber die Ranke kannte kein Erbarmen. Lark gelang es ein zweites Mal, auszuweichen, diesmal aber war sie schon merklich langsamer.

»Sich zu ergeben, ist keine Schande«, sagte ich. Genau dasselbe hatte eine frühere Herrscherin ihren Opfern auch zugerufen.

Der Tod hatte sich inzwischen durch mein Bataillon gekämpft und stürmte nun auf mich zu. Alles lief nach Plan.

Ich sah, wie er näher kam und das Schwert hob, um mich zu enthaupten. Hass kochte in mir.

Obwohl ich voll in Rage war, schossen mir plötzlich die Worte meiner Großmutter durch den Kopf: *Du bist wie Demeter, eine Göttin, die man besser nicht erzürnt. Der Diebstahl ihrer Tochter machte Demeter so wütend, dass sie sich weigerte, die Pflanzen wachsen zu lassen. Die ganze Welt hungerte. Auch du hast etwas Böses in dir, Evie, das ich fördern muss …*

Umgeben von schützenden Dornen schrie ich wie eine zornige Göttin und die ganze Welt erbebte.

Ich schrie für Jack und Matthew. Für Finn und sogar für

Selena. Ich schrie für meine Familie und meine Freunde. Für alle, die ich verloren hatte. Den ganzen zerstörten Planeten.

Ich schrie, weil ich mich wieder in die rote Hexe verwandelte.

Ich bin die rote Hexe! Würde eine zukünftige Herrscherin einst eine Vision dieser entsetzlichen Szene sehen und davor zurückschrecken? *Nein. Denn ich werde dieses Spiel gewinnen!*

Ob ich sie alle umbringe? Aber mit Vergnügen.

Nachdem mein Schrei verhallt war, winkte ich den Tod mit meinen neun Fingern zu mir. Er wusste nicht, dass meine Soldaten den Hügel und den Boden unter dem Stück Asphalt zwischen uns ausgehöhlt hatten. Nur noch ein paar Schritte, und er würde in ein Loch stürzen und durch einen Graben in dieselbe Falle rutschen wie Lark.

»Hast du Angst, zuzuschlagen? Komm zu mir, Tod. Berühre mich noch einmal.«

Wie in Trance kam er näher. »Zähme deinen Zorn, und ich werde dich heute noch einmal verschonen.«

Ich lachte heiser.

Dann trat er in meine Falle. Die Straße bröckelte, und bevor er fliehen konnte, fiel er in einen Abgrund. In letzter Sekunde bohrte er eines seiner Schwerter in den Asphalt und klammerte sich daran wie an einen Anker. Die Schlingpflanzen krochen über seinen Körper, schlangen sich um Schulter und Nacken und versuchten, ihn nach unten zu ziehen. Eine der Pflanzen schlug das Visier seines Helms auf und entblößte sein perfektes Gesicht. Seine Züge zeigten grimmige Entschlossenheit. Kein Anzeichen von Panik, nicht einmal, als die Ranken sich um seinen Kopf und über seinen Mund legten.

Ich sah ihm tief in die glühenden Augen. Mir schwindelte, und da war diese flüchtige Erinnerung, wie diese Augen auf mich herabsahen, zwei leuchtende Sterne in der Nacht, kurz bevor seine Lippen die meinen berührten …

Wumm! Ogen rannte mich mit der Wucht eines Güterzugs einfach um. *Wie das?!*

Wir schlugen auf den Boden, mein Körper bremste Ogens Fall. Rippen brachen, mein Kopf wurde zurückgeschleudert, mein Schädel knackste. Mir wurde schwarz vor Augen, meine Soldaten erstarrten.

Wie war es ihm gelungen, sich dem Gift und dem Gewicht der Bäume zu widersetzen?

Mit letzter Kraft bohrte ich meine Klauen durch die zähe Haut seines Nackens und spritzte ihm Gift, bis meine Finger taub wurden.

Er legte eine Hand um meinen Hals und drückte immer fester zu. Warum wurde der Teufel nicht schwächer?

Verzweifelt stach ich immer wieder zu. Dann sah ich, wie der Tod mit einem Schwert zwischen den Zähnen aus der Falle kletterte.

Er hatte mich besiegt.

Nun war er es, der lachte. »Ogen ist einer von zwei Spielern, denen dein Gift nichts anhaben kann. Hast du dich nie gefragt, Herrscherin, warum sich wohl jemand wie ich mit einem Ungeheuer wie ihm verbündet?«

Unter Ogens festem Griff spürte ich in meinem Nacken etwas knacken. Meine Arme sackten schlaff herunter. Ich spürte sie nicht mehr. Meine Lider wurden schwer, und während ich langsam das Bewusstsein verlor, hörte ich noch, wie der Tod Ogen Worte in seiner fremden Sprache zuraunte.

Was sagte der Sensenmann …?

»Passend zu deinen Augen.«

Mein Blick ist auf das Geschenk geheftet, das der Tod mir offeriert: eine goldenes, mit Smaragden besetztes Collier. Mein Erzfeind macht mir den Hof, seine Absicht, mich in sein Bett zu holen, hat er bereits kundgetan.

Seit vier Tagen bin ich schon bei ihm und erhole mich von der Verletzung durch sein Schwert.

Er sitzt neben mir auf einer Pritsche in unserem gemeinsamen Zelt. »Gefällt es dir?«, fragt er mich und streicht mir die Haare aus der Stirn. Die Berührung lässt die bernsteinfarbene Iris seiner Augen aufleuchten.

Der Tod berührt mich bei jeder Gelegenheit, zittert vor Verlangen, wenn er mir nur mit dem Daumen über die Unterlippe streicht. Offenbar genießt er es, in meiner Gegenwart seine Hände zu entblößen. Sobald er unsere Unterkunft betritt, streift er sich die verhassten Handschuhe von den Fingern.

»Es ist wunderschön«, antworte ich ehrlich. Er muss das Schmuckstück auf dem Basar gekauft haben, an dem wir heute vorbeigekommen sind. Ich wünschte, ich könnte das Gold berühren, aber die Arme sind

mir auf den Rücken gefesselt. Der Tod begehrt mich, doch er vertraut mir noch nicht.

Obwohl ich schon fast genesen bin, habe ich mich noch nicht entschlossen, wie ich weiter vorgehen soll. Ich muss ihm entkommen, aber sein Verbündeter, der Teufel, ist zu uns gestoßen, und sobald der Tod das Zelt verlässt, werde ich von der Bestie bewacht.

»Das ist sehr aufmerksam von dir.«

»Das Geschenk ist keine Aufmerksamkeit.« Seine Lider werden schwer, als er mir mit den Fingern über die Wange streicht und dann weiter über das Schlüsselbein. »Du gehörst mir, Herrscherin. Schöne Dinge stehen dir zu.«

Ich bin sein. Gehöre dem Tod. Er will mich zu seinem Haus weit oben im eisigen Norden bringen, weit weg von den endlosen Feldern und Graslandschaften meiner Heimat. Doch sein Zuhause ist mir ebenso fremd wie diese Wüste.

»Du erlaubst?« Er hebt meine langen Haare und legt mir das Collier um den Hals. Nachdem er es geschlossen hat, drückt er mir einen langen Kuss in den Nacken.

Ich erzittere. Er stöhnt, seine Lippen auf meiner Haut. »Du magst es, wenn ich dich berühre.«

Die Götter stehen mir bei, aber das tue ich wirklich. Seine todbringenden Hände sind mehr als zärtlich.

Er rückt näher und sieht mich an. »Für dieses Zittern würde ich dich jeden Tag mit Schmuck überhäufen, mein Geschöpf.«

Wie neu und ungewohnt das alles für einen Jungen sein muss, der mit seiner Berührung bisher jeden getötet hat. Diese vielen neuen Erfahrungen, die er nur mit mir genießen kann. Ich ertappe mich bei der Vorstellung, wie es wäre, ihm ganz zu gehören.

Und dennoch – sobald ich genesen bin, werde ich zuschlagen.

Es kann nur einer gewinnen.

Hämmernde Schläge auf Metall und der Gestank nach nassen Hunden weckten mich wieder auf. Es war Nacht. Ich war erneut gefesselt und lag auf einem trockenen Schlafsack.

Von einem Albtraum in den nächsten.

Einer von Larks Wölfen lag dicht vor mir, die Schnauze nur Zentimeter von meinem Gesicht entfernt. Seine widernatürlich intelligenten Augen waren auf mich geheftet. Oder besser gesagt: sein *Auge*, Einzahl. Hallo, Zyklop. Er war mit Abstand der räudigste von den dreien.

Die anderen Arkana hatten ihr Lager unter einer Brücke aufgeschlagen und Feuer gemacht. Sie schienen einen Angriff geradezu herauszufordern.

Sie ließen mich nicht nur von einem Wolf bewachen, sondern hatten mir auch die Ellbogen so fest hinter dem Rücken zusammengebunden, dass ich das Seil mit meinen Klauen unmöglich erreichen konnte. Es fiel mir schwer, mich überhaupt zu bewegen, aber immerhin konnte ich meine Arme und Beine wieder spüren. Leider bedeutete das auch, dass ich jede Sekunde meiner Regenerierung miterlebte, das Wachsen und Heilen meiner Knochen und die Neubildung meiner Haut. Anstelle meines Daumens ragte ein fleischiger Klumpen aus meiner Hand.

Ich versuchte, meine Kräfte zu aktivieren – ich wollte zurückschlagen, wie die Herrscherin in meinem Traum –, aber sie waren aufgebraucht. Verdammter Regen! Selbst wenn es mir gelang, Sporen zu produzieren, wären sie nicht giftig genug, um das Trio auszuschalten.

Ich spähte an Zyklop vorbei und sah Ogen und den Tod an einem knisternden Feuer sitzen. Ganz in der Nähe ruhten die Pferde. Lark und die anderen Wölfe waren nirgends zu entdecken.

Ogen kauerte direkt neben dem Feuer. Im Schein der Flammen sahen seine Augen noch schrecklicher aus. Sie wirkten krank und entzündet, und um die diamantförmigen Pupillen wölbten sich gelblich-grüne Adern. Die zuvor ungleichen Hörner waren wieder gleich lang. Ich kniff die Augen zusammen. Über seinen Rücken zogen sich zwei dicke Narben, als hätte man ihm etwas herausgeschnitten.

Ohne zu zögern, griff er direkt in die Glut und rüttelte an den Holzscheiten. War er gegen Gift *und* Feuer immun? Hätte ich das gewusst …

Trotz meines kompletten Arsenals und eines durchtriebenen Plans hatte ich es nicht geschafft, sie zu besiegen.

Zu zweit waren sie unbezwingbar für mich, und der Tod musste das gewusst haben.

Es sei denn, ich brachte ihn dazu, die Rüstung auszuziehen.

Mittlerweile hatte er Helm und Brustpanzer abgelegt und schnitt nun mit der Schwertklinge einen Metallstreifen seitlich aus dem Panzer. Er reichte ihn Ogen, der das Metall mit bloßen Händen ins Feuer hielt und dann in die Glut blies, bis die Flammen aufloderten.

Warum hatte der Tod nicht zugelassen, dass Ogen mich tötete? Was hatte er mit mir vor? Ganz offensichtlich war es diesmal etwas anderes als in unserem früheren Leben.

Der Wasservorhang, der seitlich von der Brücke floss, teilte sich, und Lark erschien. Sie war bepackt mit nassem Feuerholz, ihre Wölfe hatten ebenfalls Äste zwischen den Zähnen und ließen sie Ogen vor die Füße fallen. »Der Falke kann noch ein paar Stunden spähen«, erklärte sie dem Tod, »dann muss er schlafen.«

Eine Schwäche. Ihre Tiere waren nicht rund um die Uhr einsatzbereit. Noch eine Arkana, die mit ihren Kräften haushalten musste.

»Na gut.« Den Tod schien das nicht weiter zu interessieren.

Lark zog sich die Kapuze ihres Regenumhangs vom Kopf, die Wölfe schüttelten ihr nasses Fell. »Bist du bald fertig?«, fragte sie den Tod.

Er ignorierte die Frage und bastelte weiter an seinem Brustpanzer herum. Seitlich mussten einige Schrauben festgezogen werden. Hatte ich etwa seine Rüstung beschädigt? Vielleicht reparierten die beiden sie nun.

Ogen nahm den rot glühenden Metallstreifen aus dem Feuer und legte ihn auf einen Stein. Dann hämmerte er ihn mit der bloßen Faust platt.

Der Tod ließ Ogen arbeiten, legte den Brustpanzer wieder an und lehnte sich gegen die Böschung. Sein Helm lag griffbereit neben ihm. Ich beobachtete ihn, wie er eines der Schwerter schliff. Immer wieder zog er den Wetzstein über die Klinge, die gleichförmige Bewegung schien ihn zu beruhigen.

Lark saß in meiner Nähe. Als sich unsere Blicke trafen, sah sie mich vorwurfsvoll an, als ob *ich sie* verraten hätte. Dann drehte sie sich beleidigt weg.

Ich stemmte mich hoch, bis ich saß, und beobachtete den Tod.

Er sah ganz anders aus als der Junge in meinem Traum. Er wirkte sechs oder sieben Jahre älter, sehr viel härter und noch skrupelloser.

Er hielt sein Schwert in die Höhe und inspizierte die Klinge im Feuerschein. »Was gibt es da zu sehen, Geschöpf?«

»Einen eiskalten Killer.«

»Müsste doch ein gewohnter Anblick für dich sein.« Er nahm sein zweites Schwert hoch, um es ebenfalls zu schleifen. »Sicher wirfst du ab und zu einen Blick in den Spiegel.«

»Wohin bringst du mich?«

»In meine Festung. Falls du die kommende Woche überlebst.«

»Wo liegt die?«

Er ließ sich nicht dazu herab, mir zu antworten.

Na gut, wenn sein Unterschlupf ungefähr eine Woche entfernt von dem des Hierophanten lag, kamen Virginia, West Virginia, Kentucky, North oder South Carolina infrage.

»Was hast du vor mit mir?« Und was hatte *ich* vor? Sollte mir die Flucht gelingen, würde ich wohl noch einmal versuchen, mich zu den Outer Banks durchzuschlagen. Mir genügend Zeit lassen, um meine schmerzlichen Verluste zu verarbeiten. Außerdem wollte ich das Versprechen einlösen, das ich meiner Mutter gegeben hatte. Ich hatte geschworen, meine Großmutter ausfindig zu machen und herauszufinden, was die Erde zerstört hatte und ob ich etwas daran ändern konnte.

Wenn meine Berechnungen stimmten, brachte der Tod mich in die richtige Richtung.

Aber wie sollte ich meine Mission ohne Jack und Matthew erfüllen? Dieser Gedanke war quälender als jeder körperliche Schmerz, den ich je hatte ertragen müssen.

Der Sensenmann legte seine Waffe in den Schoß und sah mir endlich ins Gesicht. »Ich werde dich leiden lassen, und zwar so lange, bis ich mich dazu entschließe, dir den Kopf abzuschlagen.«

Die Selbstsicherheit, mit der er diese Worte aussprach, war beängstigend. Aber dieses Vergnügen sollte ihm nicht vergönnt sein. Und meine Zeichen auch nicht. Lieber würde ich sie Joules überlassen. »Und wann wirst du diesen Entschluss treffen?«

»Jeden Morgen nach dem Aufwachen werde ich mich fragen: ›Ist heute der Tag, an dem ich dieses Geschöpf enthaupte?‹ Ist dein wertloses Leben am Ende des Tages dann noch immer nicht zu Ende, kennst du meine Antwort. Und so wird es von nun an jeden Tag sein.«

Meine Augen verengten sich zu Schlitzen. »Warum hasst du mich so sehr?« Lark, die vorgab, ihren Rucksack neu zu packen, folgte unserem Gespräch aufmerksam.

»Weil ich *weiß*, wie du bist.« Er umklammerte den Griff seines Schwerts, als fiele es ihm schwer, nicht auf mich loszugehen. »Andere konntest du zum Narren halten, aber ich kenne dich besser als du dich selbst.«

»Dann sag mir, wie ich bin.«

»Du bist selbstsüchtig, schwach, feige und treulos. Du beschuldigst Fauna der Doppelzüngigkeit, dabei bist du keinen Deut besser. Du bist eine Verführerin, die Männer in ihr Verderben lockt.«

Ich zerrte an meinen Fesseln. Hätte ich doch nur etwas mehr Kraft. »War ich schwach, als dich meine Ranken um ein Haar in einen höllischen Tod gezogen hätten? War es feige und treulos, als ich meine Freunde rächen wollte?«

»Deine Freunde? Oder den Sterblichen, den du angeblich liebst?«

»Sowohl als auch.«

Der Tod verzog den Mund. »Deveaux hätte dich nicht gewollt, hätte er gewusst, wie du in Wirklichkeit bist. Er hätte nie mit dir geschlafen und niemals sein Leben für dich geopfert. Noch einer, den du ins Verderben gestürzt hast.«

Ich werde in der Zeit, die mir noch bleibt, nur das tun, was ich wirklich will … Jacks Stimme, das Grinsen in seinem Gesicht …

Drei Tage, nachdem er das gesagt hatte, war er tot.

Und es war meine Schuld. Ich hätte ihn wegschicken müssen. Und weil ich das nicht getan hatte, musste ein starker, stolzer Mann sein Leben lassen.

Der Tod hatte recht. Ich *war* selbstsüchtig und schwach.

Ich drehte ihm den Rücken zu und legte mich wieder hin. Meine Gedanken wanderten zurück zu dem Moment, als ich Jack das letzte Mal gesehen hatte. Als wäre ich wieder in der Mine, konnte ich die ins Wasser stürzenden Felsen wie Schläge in den Magen spüren. Selbst bevor Ogen wie wild auf den Berg eingedroschen hatte, waren die Steinbrocken riesig gewesen.

Und dann hatte er den Berg niedergewalzt wie eine Sandburg.

Hatte es Jack mit Matthew überhaupt bis ans Ufer geschafft? Meine Unterlippe zitterte.

Vielleicht war Matthew nicht wieder aufgewacht, bevor er ertrank.

Mit Tränen in den Augen starrte ich auf den Vorhang aus Wasser, der von der Brücke strömte. Er erinnerte mich an den Eingang zu der Höhle, in der Jack und ich zusammen waren.

Alles war so perfekt gewesen.

Ich konnte die Tränen nicht länger zurückhalten. Verzweifelt versuchte ich, mein Schluchzen zu unterdrücken. Sosehr ich den Tod hasste, so sehr hasste ich es auch zu weinen.

»Ah, wie klingt das schön«, kicherte der Tod. Ich warf ihm einen bösen Blick zu.

»Du hattest recht, Fauna.« Grinsend verschränkte er die Hände hinter dem Kopf und lehnte sich zurück. Seine Augen glühten in der Nacht. »Das ist *viel* besser.«

22

Tag 264 n. d. Blitz
Irgendwo im Nirgendwo

»Ich merke sehr wohl, dass du auf meinen Hintern starrst, du Perverser«, blaffte ich den Tod an, der hinter mir ritt.

Wann immer er in den letzten sechs Tagen seinen Helm abgezogen hatte, war diese beunruhigende Gier in seinem Blick zu erkennen gewesen. Wie konnte er mich nur so abstoßend finden – und gleichzeitig so attraktiv?

Ich drehte mich um. Er saß bequem auf seinem Pferd, einem launischen Hengst namens Thanatos, flankiert von Lark, die ebenfalls zu Pferd war, und Ogen, der zu Fuß ging.

Und natürlich klebte sein schmachtender Blick an meinem Hinterteil, während ich barfuß und ohne Jacke durch die steinige Ebene trottete. Meine nackten Füße waren aufgeschürft. Die Pflanzen, die von meinem Blut kurzzeitig zum Leben erweckt wurden, verwelkten sofort wieder. Ich war immer noch völlig ausgepowert.

Die ständigen Misshandlungen sorgten dafür, dass mein Körper sich immer wieder neu regenerieren musste. Den Vormittag über war ich schon zwei Mal hingefallen, und der Tod hatte mir die Ellbogen wieder so fest auf den

Rücken gebunden, dass ich meine Stürze nicht abfangen konnte. Meine Schultern waren taub, und ich hatte das Gefühl, schon seit Tagen nicht mehr richtig durchatmen zu können.

Gänzlich ungerührt davon, dass ich ihn beim Gaffen ertappt hatte, zog der Tod die Augenbrauen nach oben. »Du bist zwar eine feige Dirne, verfügst aber zugegebenermaßen über gewisse körperliche Reize. Ich mag unsterblich sein, aber ich bin dennoch ein Mann aus Fleisch und Blut.«

Gewisse körperliche Reize? Ließ er mich deshalb am Leben? Jeden Morgen hatte ich ihn gefragt: »Wirst du mich heute töten?«

Und jedes Mal hatte er geantwortet: »Noch nicht, Geschöpf.« Abends am Feuer schnitt er mit der Schwertspitze kleine Widerhaken in den Metallstreifen aus seiner Rüstung. Ich hatte keine Ahnung, wozu er das tat, aber er schien sehr zufrieden mit sich und sah mich beim Arbeiten immer wieder an. Lag das daran, dass meine Anziehungskraft auf ihn stärker wurde …?

»Dirne? Hast du das Wort aus einer Folge von ›Fred Feuerstein‹?«

»Du bist ganz schön dreist, wenn man bedenkt, dass wir dich nach allen Regeln der Kunst besiegt haben und deine Leute für immer verloren sind.«

Ich biss die Zähne zusammen, um nicht zu schreien. Die Vorstellung, dass der Tod die Male meiner Freunde trug, brannte mir im Magen wie die Säure des Alchemisten. Da er stets Handschuhe trug, hatte ich die Zeichen noch nicht gesehen, aber er musste sie haben. Ogens und Larks Hände waren leer.

»Ich habe einen schlimmen Verlust erlitten«, sagte ich ihm. »Aber immerhin weiß ich, wie es ist, Freunde zu haben. Ich weiß, wie sich Vertrauen und Zuneigung anfühlen.« Und Liebe und Leidenschaft mit Jackson. Die Erinnerung an ihn würde mich den Rest meines Lebens begleiten, auch wenn es nun bald zu Ende sein mochte. »Und du? Du hast Ogen.«

Als Ogen seinen Namen hörte, trottete er näher an mich heran. Dass der Tod danach lechzte, mit mir zu schlafen, war nicht zu übersehen. Ogen hingegen konnte sich offensichtlich nicht entscheiden, ob er Sex wollte – oder mir doch lieber das Mark aus den Knochen saugen. Sein abstoßendes Äußeres wurde nur noch von seinem Gestank übertroffen.

»Glaubst du tatsächlich, sie haben dir vertraut?«, fragte der Tod spöttisch. »Arkana-Regel Nummer eins: Vertraue niemandem.«

Ich blieb stehen und sah ihn an, weil mir in diesem Moment etwas klar geworden war. »Kein Wunder, dass du so gut bist in diesem Spiel. Es ist alles, was du hast.«

»Du weißt gar nichts von mir. Nimm dich in Acht, dass du nicht meinen Zorn erregst.« Mit einem höhnischen Grinsen ritt er weiter.

Der Tod würde seine Entscheidung, mich noch zu verschonen, bald bereuen. In den letzten Monaten hatte ich ihn töten wollen, weil er so versessen darauf war, mich umzubringen. Nun wollte ich blutige Rache, eine Vergeltung, auf die die rote Hexe stolz wäre.

Ich hatte zwei Möglichkeiten, das Trio zu erledigen.

Entweder ich erwischte den Tod ohne seine Rüstung, was sehr unwahrscheinlich war.

Oder ich holte mir Hilfe. Dazu musste ich allerdings zunächst einmal fliehen. Eigentlich hätte ich mir Sorgen machen müssen, dass der Tod meine Gedanken lesen und dadurch jeden Fluchtversuch vereiteln könnte. Aber die Verbindung zwischen uns existierte nicht mehr. Sie war durch Matthews Tod unterbrochen worden. *Nicht weinen. Tu ihm den Gefallen nicht …*

Bisher hatte ich noch keine Möglichkeit gehabt, abzuhauen. Nie war ich allein. Morgens, wenn ich mich waschen ging, begleitete mich Lark, und ihre Wölfe liefen neben uns her wie die Aufseher einer Sträflingskolonne. Wenn ich mit ihr alleine war, hatte ich jedes Mal den Eindruck, sie wollte mir etwas sagen. Womöglich könnte ich ihr ein paar nützliche Informationen entlocken. Aber bisher hatte sich noch keine Gelegenheit ergeben, bei der ich meine Abneigung gegen sie hinunterschlucken und mich bei ihr einschmeicheln konnte.

»Zu Befehl, Boss«, sagte Lark und riss mich aus meinen Gedanken. Ihre Augen wurden rot, die Falken-Cam war online. »Vor uns liegt ein ziemlich breiter Fluss.«

Der Nebel wurde dichter und schon bald war das Rauschen des Wassers zu hören. Mit jedem Schritt, den wir uns dem unsichtbaren Fluss näherten, wurde Ogen nervöser. Mir war aufgefallen, dass der Teufel noch mehr Angst vor Wasser hatte als Matthew. Wahrscheinlich konnte das Ungeheuer nicht schwimmen.

Fünfzehn Minuten später erreichten wir das Ufer eines reißenden Stroms. Fassungslos starrten wir auf die unwirkliche Szenerie.

In der gewaltigen Strömung trieben Teile von Häusern, eine riesige Satellitenschüssel und sogar ein Auto. Der rote VW schoss an uns vorbei, und bei jedem Trümmerstück, das gegen seine Reifen schlug, drehte sich das Lenkrad.

Ich musterte Ogen und sagte: »Dann mal los. Ich bin für schwimmen.«

»Nicht schwimmen«, jammerte er. »NICHT SCHWIMMEN!«

Der Tod fuhr Ogen in der fremden Sprache scharf an, worauf er sofort den Mund hielt.

»Du bist aber ein braves Hündchen, Ogen«, sagte ich. »Wie schön du Platz machst und Pfötchen gibst, viel besser als Larks Wölfe.«

Er starrte mich an, völlig fassungslos, dass ich es gewagt hatte, ihn derart zu beleidigen. »Ich bin der SCHÄNDER! Ich sitze auf Luzifers Knie!«

»Na klar, Snoopy, da, wo ein Hündchen eben hingehört.«

Irritiert sagte der Tod: »Ihn zu verspotten, ist ziemlich gefährlich.«

»Was kann er mir schon antun? Mich umbringen?« Über die Schulter blaffte ich Ogen an: »Da musst du dich schon hinten anstellen, du Idiot.«

Der Tod beachtete uns nicht weiter und sagte: »Wir werden den Fluss dort oben überqueren.«

Ich folgte seinem Blick zu einer Hängebrücke, die sich, von Wolken nahezu verhüllt, hoch oben zwischen zwei Felswänden spannte. Sie sah verbrannt und brüchig aus, als ob die Stahlseile jeden Moment reißen könnten.

Lark nickte eifrig. »Gute Idee, Boss.«

»Schleimerin«, sagte ich, woraufhin sie mir ihre Fangzähne zeigte.

Der Tod und Lark ritten den schlammigen Pfad nach oben, ich dagegen musste klettern. Meine Füße versanken bis zu den Knöcheln im Matsch.

Oben könnte ich vielleicht von der Brücke springen. Einen auf *Der letzte Mohikaner* machen. Das hätten sie dann davon.

Wirklich ernst war es mir damit eigentlich nicht, aber dann ließ mich der Gedanke nicht mehr los. Ich war mir nicht sicher, ob ich wirklich den Mumm hätte, aus so einer Höhe hinunterzuspringen, aber strategisch gesehen wäre es gar nicht so dumm. Das Wasser würde mich sehr schnell fortreißen und mit den Pferden konnten sie mir in diesem Gelände unmöglich folgen. Dort oben würden mich die drei sicher nicht mehr so aufmerksam bewachen, da niemand, der bei Sinnen war, einen solchen Sprung wagen würde.

Ogen hätte viel zu viel Angst, um mir hinterherzuspringen, Lark war sowieso zu allem zu feige, und der Tod müsste erst die Rüstung ablegen.

Ich schürzte die Lippen. Und wenn er tatsächlich die Rüstung abwarf und mir hinterherkam? Ich konnte dabei nur gewinnen: Entweder mir gelang die Flucht, oder ich bekam eine Chance, ihn ohne seinen Schutzpanzer anzugreifen.

Was würde Jack in dieser Situation tun? Er hatte immer ganz pragmatisch gedacht – mal abgesehen davon, dass er bis zu seinem Tod bei mir geblieben war, obwohl er es eigentlich hätte besser wissen müssen. *Du darfst nicht daran denken!* Jetzt nicht, noch nicht …

Konnte ich einen solchen Sturz überleben? War das Wasser tief genug? Bei meinem Pech sprang ich wahrscheinlich genau auf ein vorbeitreibendes Auto.

Ich kletterte den Pfad hinauf und erinnerte mich an ein Gespräch vor langer Zeit mit meiner Großmutter. Sie hatte mir meine Schwächen erklärt, aber ich wollte nur mit meinen Puppen spielen. In Gedanken ganz woanders, hatte ich sie gefragt: »Dekapi… was?«

Meine Großmutter hatte mir mindestens eine weitere Art genannt, wie ich sterben konnte. Leider erinnerte ich mich nicht mehr genau daran, aber nun musste ich mein Leben darauf wetten, dass sie *nicht* gesagt hatte: »Du kannst ertrinken!«

An der Brücke angelangt, war ich völlig außer Atem. »Ich muss mich ausruhen.«

Lark zügelte ihr Pferd. »Ist nicht drin, Herrscherin. Mein Falke hat das gesamte Gebiet ausgespäht und wir sind von Zähnen umzingelt.«

Umso besser. Dann würde ich gemütlich an ihnen vorbeitreiben! »Ich kann nicht mehr. Mir fallen gleich die Füße ab!«

Der Tod sagte: »Geh weiter, oder ich zieh dich hinter meinem Pferd her.«

»Aber ich bin zu müde«, jammerte ich.

Misstrauisch musterte der Tod mein Gesicht. »Was hast du vor, Geschöpf?«

»Kannst du meine Gedanken nicht mehr lesen?«

»Vielleicht nicht. Aber ich sehe, wenn jemand simuliert.«

»Ach ja? Hast du Medizin studiert?« Der Nebel war so dicht, dass ich nicht einmal mehr bis zur Mitte der Brücke sehen konnte. Woher sollte ich wissen, von wo ich abspringen musste? Womöglich suchte ich mir versehentlich eine extrem flache Stelle aus und schlug unten im Flussbett auf. Nach allem, was in den Minen geschehen war, hatte ich eigentlich keine Lust mehr auf Wasser. Würde ich mich überhaupt überwinden können?

»Du gibst vor, erschöpft zu sein«, sagte der Tod, »aber dein Kampfeswille ist ungebrochen.« In seiner Stimme klang eine gewisse Anerkennung.

»Mag sein. Aber ich werde auf meine Art kämpfen, zu meiner Zeit.«

Seine Augen weiteten sich. Er ahnte, was ich vorhatte. »Begeh keine Dummheit ...«

Aber ich war schon losgerannt, sprintete, so weit ich es wagte, die Brücke entlang und wandte mich dann zur Brüstung. Der Tod gab seinem Pferd die Sporen, Ogen folgte ihm. Kurz bevor sie mich erreicht hatten, kletterte ich auf das Betongeländer. »Stopp! Nicht näher kommen.« Mit gefesselten Armen konnte ich schlecht balancieren und das Geländer war nicht breiter als ein Schwebebalken. Ich beruhigte mich damit, dass ich, wenn es sein musste, auf so einem Ding einen Flickflack springen konnte.

Ich warf einen Blick nach unten und schluckte. Das Wasser war nicht zu erkennen. Ich konnte bei meinem Sprung eventuellen Autos oder Häusertrümmern also nicht ausweichen, sondern musste mich blind in diese dichte Nebelbank stürzen.

Hinter mir stieg der Tod fluchend vom Pferd. »Tu das nicht.« Über die Schulter sah ich ihn näher kommen, genau wie in einer meiner Visionen. Es war wie ein Déjà-vu. Ich erinnerte mich daran, wie er am Rand eines Zuckerrohrfelds stand und den Arm nach mir ausstreckte. Heftig schüttelte ich den Kopf und fiel dabei um ein Haar von der Brüstung.

»Wenn du springst, stirbst du, Herrscherin.«

Das werden wir ja sehen.

»Ich bin dir am nächsten, also werde ich deine Zeichen bekommen. Nie hätte ich gedacht, dass du sie mir so leicht überlässt.« Er schnalzte mit der Zunge. »Unser Spiel bereitet mir kein Vergnügen, wenn du schwach bist.«

»Von wegen schwach.« Ich atmete tief durch, schloss die Augen und tat einen Schritt nach vorn.

Im Fallen hörte ich die Flüche, die er mir hinterherbrüllte. Wie der Schweif eines Kometen wehten meine Haare in der Luft über mir, der Magen sackte mir in die Kniekehlen. Ich fiel, und fiel, und fiel …

Wasser! Eiseskälte!

Beim Eintauchen presste es mir sämtliche Luft aus den Lungen, die Kälte lähmte meine Muskeln. Stromschnellen wirbelten mich umher, während ich verzweifelt versuchte, mich nur mit den Beinen strampelnd an der Oberfläche zu halten. Das nebelverhangene Ufer glitt rasend schnell an mir vorüber. Wie damals die Straße, als ich hinter Jack auf dem Motorrad saß.

Spuckend und japsend rang ich nach Luft, immer wieder prallte ich gegen Trümmerteile: Bretter mit Nägeln, Wellblechstücke. Ich erlitt Schläge, Schnitte, fühlte das Brennen der Wunden, die seltsame Wärme um mich her, die mein Blut im Wasser verströmte, aber keinen Schmerz. Ich war wie betäubt.

In dem Getöse um mich her wurde ein Brausen immer lauter. Wurde ich schneller? Trieb ich etwa auf einen Wasserfall zu? Ich konnte mir das Wasser nicht aus den Augen wischen, um besser zu sehen …

»*Ahhhh!*« Ich stürzte mehrere Meter in die Tiefe. Der Druck des Wasserfalls drückte mich weit nach unten, dann ploppte ich wie ein Korken wieder an die Oberfläche. Und ebenso schnell zog es mich wieder hinunter. Ein Strudel?

Doch dieses Mal trieb es mich nicht wieder hinauf. Etwas riss an meinen auf den Rücken gefesselten Armen. Das Seil hatte sich verfangen! Ich versuchte, im aufgewühlten Wasser irgendetwas zu erkennen.

Nur geheimnisvolle Schatten und gedämpfte Geräusche um mich her. Ein Grab unter Wasser. *Nein, noch nicht!*

Hinter mir ragten große Betonblöcke auf, aus denen verbogene Eisenstangen hervorstanden. An so einer Stange musste ich mich verfangen haben. Gelang es mir, noch ein Stück tiefer zu tauchen, könnte ich meine Arme vielleicht befreien. Aber das Wasser spülte mich mit der Wucht eines Geysirs nach oben.

Mit all meiner Kraft schwamm ich gegen die Aufwärtsströmung an, wurde aber immer schwächer.

Ich saß fest, kam nicht an den Betonklotz heran. Mit meinen Klauen schlug ich wahllos nach allem, was ich hinter mir erreichen konnte. Beton, Metall … mir ging die Luft aus … *Kämpf, Evie!*

Meine Lungen schrien nach Sauerstoff, meine Augen traten hervor. Gefangen. Mein Verstand arbeitete noch, mein Überlebenswille war noch nicht gebrochen – aber mein Körper … hatte aufgegeben.

Arme und Beine trieben leblos im Wasser.

Vielleicht sah ich bald meine Familie wieder, meine

Freunde. Jack. Vielleicht kamen Arkana aber auch gar nicht in den Himmel …

Obwohl ich mit aller Macht dagegen ankämpfte, atmete ich Wasser. Das war es nun. Meine Augenlider schlossen sich.

Ein Grab unter Wasser.

23

Ich saß auf einem Baumstamm am Fluss und beobachtete teilnahmslos, wie der Tod meine Leiche ans Ufer trug.

Eine außerkörperliche Erfahrung? Keine Ahnung. Es war, als ginge mich das Ganze nichts an, als würde ich mit einer Tüte Popcorn im Kino sitzen. So musste sich innerer Frieden anfühlen. Ob meine Mom sich auch so gefühlt hatte, als sie starb?

Warum war da kein helles Licht, das mich nach Hause führte? Ach ja, richtig: Arkana kamen nicht in den Himmel.

Der Tod legte meinen Körper in den Sand, und ich sah, dass ich in sehr schlechter Verfassung war. Meine bläulichen Lippen waren geöffnet, ich atmete nicht mehr. Meine Haut war schneeweiß, die zerzausten Haare hingen mir ins Gesicht und meine Arme waren noch immer auf den Rücken gefesselt. Ich verdrehte die Augen, als ich erkannte, dass mein todesmutiger Fluchtversuch mir nicht mehr als eine Nanosekunde Freiheit eingebracht hatte. Als wollte sie sich über mich lustig machen, schwebte die Brücke über uns. Ich hatte es nur ein paar Hundert Meter den Fluss runter geschafft.

Nur mit einer Hose bekleidet schritt der Tod am Flussufer auf und ab. Immer wieder blieb er stehen. Keine Rüstung, er war ungeschützt. Es wäre die perfekte Gelegenheit gewesen.

Moment mal, waren da Zeichen auf seiner Haut? Auf seine Brust waren merkwürdige schwarze Runen tätowiert, gezackte Muster, wie mit einer Klinge gezogen. Ich musste mir eingestehen, dass sie seinem makellosen Aussehen in keiner Weise schadeten. Sein Körper bot einen fantastischen Anblick.

Er fuhr sich mit der Hand über das nasse Gesicht und schaute auf mich herab, in seinen Augen ein finsteres Glühen. War er wütend, weil ich gesprungen war? Wie überaus gemein von mir. Aber dann erkannte ich noch etwas anderes in seinem Blick. Etwas … Unbestimmtes.

Hufschläge näherten sich. Lark sprang von ihrem galoppierenden Pferd und rannte zum Tod. »Du musst sie wiederbeleben!«

Er ignorierte sie und ging weiter auf und ab.

»Wenn du sie sterben lässt, wäre das wie Diebstahl – ihr Tod gehört dir! Es steht dir zu, sie zu töten. Sie kann sich nicht einfach so das Leben nehmen, wenn ihr danach ist.«

Ogen tauchte ebenfalls auf und heulte in den regenverhangenen Himmel. »Ein Festschmaus! Ein Festschmaus!«

Lark drängte weiter: »Du hast gesagt, du genießt es, sie leiden zu sehen, Boss. Dass es ein Vergnügen wäre. Willst du dir den Spaß von ihr verderben lassen?«

Dieses Biest, dachte ich, ohne mich wirklich zu ärgern. War ja nur Kino.

»Ein Festmahl! Ich will sie schänden …«

»Ruhe! Alle beide!«, brüllte der Tod. Hinter ihm grollte ein Donnern. Dann murmelte er etwas in seiner fremden

Sprache und ließ sich neben mir auf die Knie fallen. Sein breiter Rücken verstellte mir die Sicht. Ich konnte lediglich sehen, wie er tief Luft holte und sich vorbeugte, um mir seinen Atem einzuflößen …

Seine Lippen. Ich spürte sie auf meinen. Warme Luft aus seinen Lungen durchströmte mich. Er tat es noch einmal. Und noch einmal.

Plötzlich flog ich zurück zu meinem Körper und in ihn hinein. Auf einmal schmerzte jeder Muskel, so sehr verlangte es mich zu atmen. Mein schlaffer Körper wurde von Panik ergriffen.

Als der Tod sich zurücklehnte und erneut Atem holte, schlug ich die Augen auf. Unsere Blicke trafen sich …

Ich drehte mich auf die Seite und spuckte würgend Wasser.

Nachdem ich alles herausgehustet hatte, setzte ich mich mühsam auf. Er hatte sich auf die Fersen gehockt, seine Anspannung war verflogen.

»Du hast sie gerettet, Boss«, sagte Lark bewundernd. »Du … Du hast ihr wieder *Leben* eingehaucht.«

Bevor ich wieder ganz bei mir war, verspürte ich kurz den verrückten Impuls, mich bei ihm zu bedanken. Und so wie er den Kopf zur Seite neigte und die blonden Augenbrauen zusammenzog, hatte er das wahrscheinlich sogar erwartet.

Ich senkte den Blick und sah auf seine Hand. Seine nackte Hand. Er trug nur zwei Male: das Zeichen Calanthes und ein anderes, das ich nicht kannte.

Die Zeichen meiner Freunde waren nicht zu sehen. Das bedeutete, dass sie überlebt hatten. Und Jack wahrscheinlich auch. *Du hast den Tod überlistet, Jack.*

Ich warf dem Sensenmann einen triumphierenden Blick zu.

»Immerzu denkst du nur an sie. Ich hätte dich ertrinken lassen sollen.«

»Das wäre sicher besser für dich gewesen«, antwortete ich heiser.

Seine Hände schossen vor und schlossen sich um meinen Hals. »Glaubst du, ich kann diesen Fehler nicht rückgängig machen?«

– Augen zum Himmel, liebe Leute! –

– Ich beobachte dich wie ein Falke. –

– Gefangen in meiner Hand. –

»Arkana!« Ogen stolperte, bepackt mit der Rüstung und den Schwertern des Todes, auf uns zu. »Kampf!«

Kam da Joules mit seinen Verbündeten? »Na, Tod, keine Zeit mehr, die Rüstung anzulegen?« Ohne seinen Panzer war er nicht länger unbesiegbar.

Er stand auf und warf mir einen vernichtenden Blick zu. »Wegen deiner Dummheit wird nun jemand zu Tode kommen.«

Hielt der Turm tatsächlich das Versprechen, das er mir gegeben hatte?

Ein silberner Speer landete direkt neben mir und explodierte mit einem Blitzschlag.

24

Dieser Mistkerl! Er stand auf der Hängebrücke. Von dort oben waren wir für den Herrn der Blitze ein leichtes Ziel.

Ogens Körper schwoll an und nahm die furchterregende Gestalt eines Ogers an. Sein gehörnter Kopf drehte sich kurz zu Joules hoch, dann rannte er in Richtung Brücke, dass die Kieselsteine nur so wegspritzten.

So schnell ich konnte, rappelte ich mich hoch. Ich schaffte es gerade noch, dem nächsten Speer auszuweichen, und wäre dabei um ein Haar über Lark gefallen, die ebenfalls floh. Nebeneinander rannten wir in Richtung eines abgebrannten Wäldchens.

Immer wieder landeten Speere dicht hinter mir und trieben mich vorwärts. Ich wagte einen Blick zurück …

Und rannte direkt gegen einen Felsen. Wie ein gefoulter Stürmer segelte ich über den Gesteinsbrocken.

Ich beachtete die neu hinzugekommenen Verletzungen nicht und kauerte mich hinter den Fels. Wo blieben die Speere? Hatte er aufgehört? Ich sog die feuchte Luft ein und spähte durch den Regen um den Fels …

»Hey!«, brüllte Joules. »Bleib in Deckung, du dumme Nuss!«

Wollte mir der Turm helfen? Hatte er mich mit seinen Speeren nur vorwärtsgetrieben? Aber ja! Er hätte mich jederzeit treffen können – so wie damals in der Vision in

Haven, in der ich auch an einem Flussufer entlanggerannt war.

Ich musste hier weg. Musste ihm helfen, die Schwäche des Todes auszunutzen. Ich brauchte meine Hände! An das Seil, das meine Ellbogen fesselte, kam ich zwar nicht ran, aber ich konnte es über einen scharfen Gegenstand wetzen. Mit meinen Klauen schlug ich eine Scharte in den Felsbrocken und begann atemlos, das Seil an der Kante zu reiben.

Joules konzentrierte sich auf seinen wahren Feind: den Tod.

Der Sensenmann stand ohne seine Rüstung abwartend in der Nähe des Flusses, als wollte er Joules herausfordern. Seine Muskeln waren angespannt, er war bereit zurückzuschlagen. Es regnete Blitze. Die Schwerter des Todes blitzten auf und wehrten mit atemberaubender Geschwindigkeit jeden einzelnen ab.

Lark, die ganz in der Nähe unter einer Klippe kauerte, rief Joules zu: »Die Zähne sind auf dem Weg hierher, du Idiot!«

Joules schrie zurück: »Weiß ich, du hinterhältiges Miststück! Ich hab ihnen gesagt, sie sollen einfach den Explosionen folgen. In ein paar Minuten müssten sie dort oben über der Felswand auftauchen.«

Ohne Joules aus den Augen zu lassen, befahl der Tod Lark: »Ruf alle noch lebenden Kreaturen zusammen. Haltet diese Sterblichen auf, oder sie werden uns alle niedermetzeln.«

»Verstanden, Boss!« Sie rannte mit ihren Wölfen davon.

Joules benutzte die Kannibalen? Kluger Junge. Nur ich war hier in einer echt beschissenen Situation. Ich rieb das Seil noch schneller über die Felskante und hielt nebenher Ausschau nach Tess. Keine Spur von ihr. Gabriel, der nun wie eine Rakete von oben angeschossen kam, konnte ich zwar hören, wegen des dichten Nebels aber nicht sehen.

Das letzte Mal, als Gabriel den Tod angegriffen hatte, traf der Sensenmann ihn am Flügel und brachte ihn ins Trudeln. Sicher hatten sie sich dieses Mal etwas anderes ausgedacht. Während Joules immer aggressiver seine Blitze schleuderte, wurde das schrille Pfeifen immer lauter. Und es kam näher.

In Matthews Visionen hatte ich schon einmal eine Arkana-Schlacht erlebt, aber das hier war ein sinnbetäubendes Chaos aus Gebrüll, bebender Erde und blendenden Blitzen.

Über uns erklang ein rasselndes Geräusch. Dieses *Pfeifen* … Als der Tod seine Schwerter gen Himmel reckte, um Gabriel abzuwehren, fiel ein metallenes Netz auf ihn herab.

Sie hatten sich tatsächlich eine neue Taktik überlegt!

Das Netz musste unglaublich schwer sein, es zwang sogar den Tod in die Knie. Mit wütendem Gebrüll hieb er um sich, konnte das Metall aber nicht durchschlagen. Je wütender er kämpfte, umso mehr verhedderte er sich.

Joules brauchte nun nur noch einen einzigen Speer zu werfen, aber Ogen kam in großen Sprüngen über die Brücke auf ihn zu und zwang ihn zum Rückzug. Der Teufel jagte den Turm, genau wie im letzten Kampf. Konnte Joules ihm auch dieses Mal entkommen? Und wo war Tess, die Dritte im Bunde?

Durch Lücken im Nebel konnte ich Joules' Funken sprühende Haut erkennen. »Komm doch, du Bestie! Mehr hast du nicht drauf?«

Ogens Hufe polterten über die Brücke, dann war ein Knall wie von einer riesigen Peitsche zu hören. Und noch einer.

Die Brückenseile rissen!

Weder Joules noch Ogen schienen zu bemerken, dass sich die Brücke aufbäumte wie eine Welle. Joules warf dem Teufel weiter explodierende Speere vor die Füße und sprengte damit jedes Mal Betonstücke aus der Brücke. Die Blitze beeindruckten Ogen kaum, sie machten ihn nur zorniger.

Er trommelte sich mit den Fäusten gegen die Brust und stürzte sich auf Joules. Immer mehr Betonbrocken stürzten herab.

Und was war nun ihr Plan?

»Tess, erledige du den Tod!«, brüllte Joules über seine Schulter. »Mir klebt Ogen an den Fersen!«

Aus den Augenwinkeln nahm ich eine Bewegung wahr. Tess.

Sie stand ein paar Meter entfernt von mir zwischen

versengten Baumstämmen und fuchtelte mit einem Dolch herum. War das Plan B? Sollte sie den Tod erstechen? Ich konnte mir die Idee dahinter gut vorstellen: Wenn die Karte der Welt schon ihre Kräfte nicht unter Kontrolle hatte, sollte sie wenigstens in der Lage sein, jemandem ein Messer in den Leib zu rammen.

Aber das Mädchen schien völlig verängstigt, ihre tränennassen Augen waren weit aufgerissen. Das Messer in ihrer Hand zitterte und ihre Füße ... Sie schwebte über dem Boden, auch wenn sie sich dessen offensichtlich gar nicht bewusst war.

Der Tod rollte sich schwer atmend auf den Rücken und trat gegen die Netzkanten. Bis Tess bei ihm war, würde er sich befreit haben. Gerade rechtzeitig, um sie zu durchbohren.

»Töte ihn, Tess!«, brüllte Joules. Seine Stimme klang nun noch weiter entfernt.

Sie warf mir mit ihren großen braunen Augen einen entsetzten Blick zu. Warnend schüttelte ich den Kopf. »Dir bleibt keine Zeit. Schneide meine Fessel durch, dann helfe ich dir!« Ich kniff die Augen zusammen. Wurden ihre Klamotten tatsächlich größer und weiter?

»Es tut mir leid«, rief sie kläglich und floh in Joules' Richtung.

Der Turm hatte bemerkt, dass Tess seinem Befehl nicht gefolgt war, und schrie: »Erledige du den Sensenmann, Gabe!«

Irgendwo aus dem Nebel erklang Gabriels Stimme:

»Wird gemacht!« Ein schrilles Pfeifen ertönte, als er zum Sturzflug ansetzte.

Der Tod sah mich an, sein Blick schwor Rache.

Ich starrte genauso böse zurück. »Ich hab dir doch gesagt, du musst aufpassen, Sensenmann.«

Kurz bevor Gabriel zum Angriff ansetzte, ertönte eine weitere Explosion.

Dann: »NICHT SCHWIIIIMMEEEEEN!«

Ogen stürzte samt Brücke in den Fluss. Joules rutschte an einer Kante nach unten und suchte verzweifelt nach Halt. In letzter Sekunde erwischte er eines der Aufhängungsseile.

Wie lange würde er sich an diesem glatten Drahtseil festhalten können? Er regenerierte nicht, einen Sturz würde er nicht überleben.

Hilflos mit den Armen im Wasser rudernd schoss Ogen an mir vorbei. Das Gesicht nach oben gereckt, rief ich: »Gabriel, rette Joules!«

Das Pfeifen änderte sofort die Richtung.

Zu spät. Der Turm stürzte ab.

»Oh, Gott …«

Kurz bevor Joules auf die zerklüfteten Felsen aufschlug, fing Gabriel ihn auf und schoss wie eine Rakete zurück in die Wolken.

Aus der Ferne brüllte Joules: »Das lief nicht ganz nach Plan, Herrscherin! Die Zähne sind auf dem Weg hierher. Tut mir leid, dass du diesen Schlamassel mit ausbaden musst.«

Da tauchte, wie auf ein Stichwort hin, auch schon das erste Fahrzeug aus dem Konvoi der Zähne auf dem Hügel auf, dahinter das nächste – es waren mindestens zehn gepanzerte Fahrzeuge, die da heranrumpelten. Vom Geschützturm eines Hummer-Geländewagens brüllte ein Mann mit trüben Augen Befehle, woraufhin die übrigen Männer in Kampfgeschrei ausbrachen und das Feuer auf uns eröffneten.

Und das alles, um einen Mann zu rächen, der sie einer Gehirnwäsche unterzogen hatte. »Tötet den Abschaum!«

So langsam wurde es ein bisschen langweilig, so genannt zu werden. Was nicht heißen will, dass es die beiden anderen Male besonders witzig gewesen wäre …

Das Kampfgeschrei verklang, als Zyklop sich auf den Fahrer des Jeeps stürzte. Blut spritzte an die Windschutzscheibe und der Wagen raste ungebremst auf den Abgrund zu. Mit einem Sprung brachte sich der Wolf in Sicherheit, während der Jeep über den Rand der Schlucht raste und seine schreienden Insassen in den Tod riss.

Die beiden anderen Wölfe stürzten sich ebenfalls ins Getümmel und bissen jede Kehle durch, die ihnen zwischen die Fänge kam. Die Kugeln flogen ihnen um die Ohren und sogar bis ans andere Flussufer. *Rattattattattat*. Vor dem Netz, das den Tod gefangen hielt, spritzte der Kies in einer Linie vom Boden auf. Eine Kugel traf ihn, worauf er voll Zorn aufheulte. Dann noch eine.

Schließlich schaffte er es, sich zu befreien, und suchte sich Deckung. Obwohl er an der linken Schulter und der rechten Seite getroffen war und die Kugeln nur Zentimeter von seinen Füßen entfernt den Boden durchpflügten, lief er nicht schneller.

Ein paar Meter von mir entfernt ließ er sich hinter einen Felsbrocken fallen und streckte die langen Beine von sich. Er lehnte den Kopf gegen den Stein und sah mit zusammengekniffenen Augen zum Himmel.

Sein Anblick verwirrte mich. Ich erinnerte mich, wie er schon einmal so dagesessen hatte, das Gesicht der Sonne zugewandt. Mein Kopf lag in seinem Schoß, und er streichelte mein Haar …

Nun war er angeschossen und saß in der Falle. Ich spürte einen Anflug von Mitleid, schüttelte es aber gleich wieder von mir ab. So hatte ich es mir doch erhofft: Der Tod trug keine Rüstung und mehrere Arkana waren hinter ihm her.

Außerdem war mein Mitleid völlig unbegründet. Mit einem lauten Schrei stürzte der Tod aus seiner Deckung und schleuderte eines der Schwerter über seinen Kopf. Wie ein Wurfmesser flog es, Klinge voran, über den Fluss und durchbohrte den Hals des Kannibalenanführers.

Aber da waren noch viel mehr von ihnen, die nun noch größere Geschütze auffuhren. Ein anderer Mann übernahm das Kommando: »Tötet den Abschaum!«

Mit hasserfülltem Blick duckte sich der Tod wieder hinter den Fels und packte sein zweites Schwert.

Wir saßen beide in der Falle. Rannte ich einfach los, würden sie mich niederschießen, vorausgesetzt, der Tod erledigte mich nicht vor ihnen. Blieb ich sitzen, würden mich die Zähne gefangen nehmen und … noch Schlimmeres mit mir anstellen.

Grelle Silberblitze fuhren auf den Konvoi nieder. Der erste traf die Kühlerhaube des größten Fahrzeugs und katapultierte den Truck mit einer Explosion hoch in den Himmel. Wie ein Feuerrad wirbelte der Wagen wieder zu Boden und schleuderte mit jeder Umdrehung verkohlte Leichen in die Luft.

Herabfallende Tote. Wie auf Joules' Tarotkarte.

Es regnete immer mehr Speere, die die Fahrzeuge eines nach dem anderen zerstörten. Und die wenigen schreienden Überlebenden holten sich die Wölfe.

Am gegenüberliegenden Ufer tauchte der klatschnasse und vor Wut schäumende Ogen auf. Mit einem Brüllen, das einem die Haare zu Berge stehen ließ, stampfte er erneut davon, um sich Joules zu schnappen.

»Mach's gut, Herrscherin!«, rief Joules. »Wir können den Sensenmann nicht töten – das bleibt dir überlassen!« Gabriel, Tess und er verschwanden, und ihre Rufe wurden immer schwächer, bis Ogens wütendes Gebrüll sie schließlich ganz übertönte.

Mit gesenktem Kopf kam er schließlich zurück zum Tod. Ich konnte ein Grinsen nicht unterdrücken. *Du Armer, sind sie dir entwischt?* Auch meine anderen Verbündeten waren entkommen. Mir fiel wieder ein, dass keine neuen Zeichen auf seiner Hand prangten, und mein Grinsen wurde noch breiter.

»Du scheinst neue Hoffnung zu hegen, Geschöpf.« Langsam erhob sich der Tod, sein verzerrtes Gesicht verriet seine Schmerzen. »Du hast den Turm gehört – es bleibt dir überlassen. Warum kommst du nicht her und bereitest dem Ganzen ein Ende?«

»Findest du das fair, *Boss*? Meine Hände sind gefesselt. Mach mich los, dann werden die Karten neu gemischt.«

»Ah, da fällt mir etwas ein …« Er pfiff, und sein rotäugiges Ross kam angetrabt. Aus der Satteltasche nahm er das Metallband, das er aus einem Teil seiner Rüstung gefertigt hatte.

Es sah nun aus wie eine Armmanschette mit Widerhaken.

»Meine Strategie für dieses Spiel hat sich geändert.« Er kam mit bedrohlichem Gesicht auf mich zu. »Besser, du wehrst dich nicht dagegen.«

25

Der Tod hat mich außer Gefecht gesetzt.

Beim Reiten hatte er nun den Arm um meinen Hals gelegt und hielt mich fest. Ich konnte mich nicht mehr dagegen wehren.

Das Metallding, das er gebastelt hatte, hatte einen Namen: Es war ein Bußgürtel. In diesem Fall einer, den ich um den Arm trug und dessen Haken sich in meine Haut gruben. Da der Bußgürtel aus demselben Metall war wie seine Rüstung, neutralisierte er meine Kräfte. Der Tod schwächt die Lebenskraft – irgend so ein Schwachsinn.

Am Morgen hatte er zu mir gesagt: »Einmal abgesehen von deinem übernatürlichen Leuchten und der Fähigkeit, extrem schnell zu heilen, bist du nun ein ganz normales Mädchen. Die einzige Möglichkeit, die Armfessel loszuwerden, ist, dir den Bizeps herauszuschneiden, so wie du dir den Daumen abgetrennt hast. Aber du wirst nie lange genug alleine sein, um dich einer solchen Prozedur zu unterziehen.«

Dieser Mistkerl hatte jeden einzelnen Widerhaken fein säuberlich zurechtgeschnitten, wohl wissend, was er mir damit antun würde. Er hatte von Anfang an geplant, mir das Band über den Arm zu streifen und es dann von Ogen festdrücken zu lassen.

Ich hatte geschrien vor Schmerz. In den Stunden, die seither vergangen waren, war meine Haut unter den Haken zwar wieder verheilt, aber es tat noch immer höllisch weh. Ich war absolut hilflos, er musste mich nicht einmal mehr fesseln.

Tagesbilanz: Energieverbrauch? Alles leer. Versuche, den Tod umzubringen? Mehrere. Davon erfolgreich? Null Komma null. Die Arkana zerrissen sich das Maul:

– Der Angriff auf den Tod ist fehlgeschlagen! –

– Die Herrscherin ist noch immer seine Gefangene. –

– Bis er ihr den Hals aufschlitzt. –

In mir machte sich eine Verzweiflung breit, die ebenso beißend war wie die Kälte um mich her. Wir hatten versagt. Nie wieder würden wir eine solche Chance bekommen. Selbst die Freude darüber, dass der Tod die Zeichen meiner Freunde nicht auf der Hand trug, war verklungen. Wenn sie noch am Leben waren, warum nahm Matthew dann keinen Kontakt zu mir auf?

Waren sie noch immer in der Mine gefangen?

Ich versuchte, mich damit zu trösten, dass wir neue Spieler für unser Bündnis gewonnen hatten, aber die Sorge um meine Freunde war zu quälend. Solange es mir nicht gelang zu fliehen, würde ich ihnen nicht helfen können. Ich musste die Armfessel loswerden.

Dem Tod kündigte ich an: »Ich werde mich von diesem Ding befreien.«

»Ich würde dir durchaus zutrauen, dass du barbarisch genug bist, dir den eigenen Arm durchzubeißen. Dennoch stehen deine Chancen, den Bußgürtel loszuwerden, verdammt schlecht.«

Meine Zähne klapperten. Wie gewohnt verweigerte er mir meine Jacke und meine Stiefel, bestand aber darauf, dass ich mit ihm auf dem Pferd ritt, um Zeit aufzuholen. Wir mussten schon ganz in der Nähe seines Hauses sein. »Wenn du überzeugt bist, dass dieses Ding wirkt, warum lässt du mich dann frieren? Warum gibst du mir meine Jacke nicht zurück?«

»Denkst du etwa, wir wollen dich damit nur schwächen?«

»Wieso, wollt ihr das nicht?«

»Aber nein, es dient lediglich unserem Vergnügen.«

Arschloch!

»Du solltest froh sein um den Bußgürtel«, sagte er. »So muss ich deine Arme nicht fesseln.«

»Aber warum erst jetzt? Warum hast du mir dieses Folterteil nicht gleich angelegt?«

»Meine Rüstung leistet mir gute Dienste. Ich bevorzuge sie im Originalzustand. Zudem war ich nicht davon ausgegangen, dass ich dich so lange am Leben lasse.«

»An deiner Stelle wäre mir die Rüstung auch heilig. Bei deinem ersten Kampf ohne sie hast du ja gleich zwei Treffer von den Kannibalen kassiert. Du blutest bestimmt immer noch unter dem Metall. Was mich zugegebenermaßen sehr freut.«

»Auch diese Wunden werden heilen, so wie alle anderen.«

»Regenerierst du etwa auch?«, fragte ich erstaunt.

Er atmete tief durch. »Du scheinst dich tatsächlich nicht an meine Fähigkeiten zu erinnern.« Es klang fast, als ob ihn das bekümmerte.

Matthew hatte gesagt, er habe mir die Visionen vergangener Spiele zusammen mit einer Art Sicherheitsventil geschickt, damit ich nicht alles auf einmal sehen konnte. Sonst würde ich noch so verrückt werden wie er.

»Ich dachte, wir sollten uns gar nicht erinnern«, wich ich ihm aus. »Nur der Narr und der aktuelle Gewinner wissen etwas über vergangene Spiele.«

»Und ich dachte, unsere Kämpfe würden sich als unvergesslich erweisen.«

»Ich kann mich nur an die Bruchstücke erinnern, die Matthew mir gezeigt hat. Aber warum sollte ich ausgerechnet dir erzählen, welche das sind?«

»Und warum sollte ich dir sagen, ob ich schnell heile?«

Touché. »Na gut. Du zuerst.«

»Ich regeneriere schnell, aber nicht so schnell wie du. Und es bleiben Narben zurück, die mich an meine Siege erinnern.«

Dann besaß er also Kraft, Schnelligkeit, Geschick *und* ein beschleunigtes Heilungsvermögen? »Ich erinnere mich, wie du mich in einer Wüste mit dem Schwert durchbohrt hast«, gab ich zu. »Ich weiß noch, wie ich verzweifelt um mein Leben kämpfte und dass es dir egal war. Bis du bemerkt hast, dass du meine Haut berühren kannst. Dann hast du gesagt, du pflegst mich gesund.«

»Sonst hat dir der Narr nichts gezeigt?«

»Bevor du versucht hast, ihn zu töten? Nein.«

»Hätte ich gewollt, dass er stirbt, wäre er tot.«

»Na klar, *Boss*.«

»Wäre es mein Wille gewesen, hätte der Sterbliche den bewusstlosen Körper des Narren in die Tiefe sinken lassen. Sein einziges Ziel war, das Mädchen zu retten, mit dem er schläft. Ein paar Schnitte in deinen hübschen Körper oder ein Schlag gegen deinen gebrochenen Arm, schon hätte er den Narr fallen gelassen, um dir beizustehen. Ich hätte ihn abschlachten können, ohne dich dafür auch nur loszulassen.« Gedankenverloren fügte er hinzu: »Im Grunde bereue ich, dass ich es nicht getan habe.«

»Jack ist klüger, als du glaubst.«

»Er ist gerissen wie ein Tier, aber er steht in deinem Bann. Sonst hätte er niemals gedacht, es lohne sich, für das zu sterben, was du ihm in jener Nacht gegeben hast.«

»Du bist ekelhaft.«

»Ich sage nur, wie es ist.«

»Jack und mich verbindet viel mehr als nur eine einzige Nacht. Sie war nur das Sahnehäubchen unserer Beziehung.«

Der Griff des Todes wurde fester, als wäre er eifersüchtig. Aber das konnte nicht sein. Dass er mich anziehend fand, war irgendwie logisch – schließlich war ich das einzige Mädchen, das er berühren konnte –, aber dass er eifersüchtig war, ergab keinen Sinn. Dafür hasste er mich viel zu sehr.

»Alle halten dich für eine Art Mutter Erde«, sagte er. »Sie haben keine Ahnung, dass du eine Femme fatale bist, mehr Aphrodite als Demeter.«

Gran hatte Demeter auch erwähnt.

»Du hast den Sterblichen dazu benutzt, dich zu beschützen, solange du noch nicht in vollem Besitz deiner Kräfte warst. Nun ist er überflüssig.«

»Ich habe Jack nicht benutzt. Und wir *werden* wieder zusammenkommen. Es ist unser Schicksal …«

Die Umklammerung des Todes wurde noch härter. »Sprich du mir nicht von Schicksal.«

»Ich muss überhaupt nicht mit dir reden«, gab ich zurück und beschloss, von nun an den Mund zu halten.

Die Abenddämmerung kam, dann die Dunkelheit, und es regnete immer noch ununterbrochen. Wir ritten bis spät in die Nacht hinein.

Seit ich das letzte Mal auf meinem alten Gaul Allegra geritten war, hatte ich nicht mehr so lange auf einem Pferd gesessen. Als wir Haven kurz vor der Ankunft der Armee des Südostens niederbrannten, hatten Jack und ich Allegra laufen lassen. Ob die Soldaten sie wohl eingefangen und aufgegessen hatten? Ich nickte immer wieder ein und ertappte mich dabei, wie ich mit dem Kopf an der gepanzerten Brust des Todes eindöste. Jedes Mal kniff ich mir in die Arme und biss mir auf die Innenseite der Wangen, aber es hatte keinen Zweck. Irgendwann übermannte mich der Schlaf, ich weiß nicht, für wie lange.

Erst als es in meinen Ohren knackte, fuhr ich hoch.

Wieder lehnte ich an seiner Brust. Sofort setzte ich mich auf und rutschte so weit wie möglich im Sattel nach vorne.

Reflexartig umfasste mich der Arm des Todes fester, und die fast zehn Zentimeter langen Stacheln seines Handschuhs schwebten gefährlich nahe vor meinem Hals.

»Pass mit diesen Dingern auf, Sensenmann.«

»Die *Dinger* sind Panzerhandschuhe.« Er ließ mich los und kam dabei scheinbar versehentlich an meine neue Fessel. Ein stechender Schmerz schoss durch meinen Arm.

Ich sog zischend die Luft ein und Tränen traten mir in die Augen. Aber da ich wusste, wie gerne er mich leiden sah, ließ ich mir weiter nichts anmerken.

Wir ritten einen engen steinigen Pfad entlang. Ich versuchte mich zu orientieren, konnte aber durch den Regen und den Nebel kaum etwas erkennen. Mit Sicherheit konnte ich nur feststellen, dass wir uns oberhalb der Baumgrenze – oder dessen, was sie einmal gewesen war – befanden und weiter bergauf ritten. Hier oben war alles kahl. Wahrscheinlich war in dieser kargen Landschaft auch vor dem Blitz nichts gewachsen.

Je höher wir kamen, umso mehr entspannte sich der Tod. Mir wurde kälter und kälter. Ich kam gerade zu der Überzeugung, dass das wohl der höchste Berg war, den ich je erklommen hatte, da weitete sich der Pfad plötzlich zu einer geschotterten Auffahrt, die auf ein riesiges Tor zuführte. Über uns erhob sich eine Steinmauer.

»Wir sind angekommen.«

Seine Behausung befand sich auf einem Berggipfel? Ogen lief voraus und öffnete das Tor. Seine Hufe und die der Pferde klapperten über den gepflasterten Hof, und ein atemberaubendes Anwesen, fast schon ein Schloss, türmte sich vor uns auf. Durch den Nebel konnte ich mehrere Stockwerke und zwei ausladende Seitenflügel erkennen.

Der Tod hob mich aus dem Sattel und ließ mich auf die Erde plumpsen, dann stieg er ebenfalls ab. Lark tat es ihm gleich und Ogen führte die Pferde weg.

»Komm«, befahl der Tod, und mir blieb nichts anderes übrig, als ihm zu folgen.

Auf den ersten Blick war ich von der Festung sehr beeindruckt. Aber als wir näher kamen und immer mehr Einzelheiten sichtbar wurden, dachte ich: *Nein, Finn, der mit Abstand gruseligste Ort liegt hier vor mir.*

Das Herrenhaus vor uns war so unheimlich, wie ich es mir selbst in meinen schlimmsten Träumen nicht hätte vorstellen können. Die Heimat des Todes sah einfach nur … tot aus.

Gegen dieses aus grauem Stein errichtete Gebäude erschien Haven House geradezu winzig. Durch den Blitz waren die Mauern übersät mit schwarzen Ascheflecken. Auf dem Schieferdach thronten zahlreiche Giebel und Türmchen, wobei einer der Türme die anderen weit überragte.

Mehrere Schornsteine reckten sich in den Nachthimmel. Rostige Wetterfahnen knarrten im Wind. Irgendwo klapperte ein unsichtbares Gatter, als hämmerte ein Geist gegen einen Sargdeckel. Der Nebel schien sich hier zu verfangen: Er klebte an den Mauern und lag bleischwer auf dem Hof.

Im Näherkommen hörte ich die immer lauter werdenden Schreie von Tieren, offenbar auch exotischen. Das Brüllen eines Löwen ließ mich zusammenzucken. Ganz in der Nähe musste es von den unterschiedlichsten Kreaturen nur so wimmeln. Hatte Lark all diese Tiere erst einmal unter ihrer Kontrolle, wäre sie vermutlich nicht mehr aufzuhalten.

Wie weit war diese Menagerie wohl entfernt? *Der Nebel lügt.*

Als ich aufsah, ertappte ich den Tod dabei, wie er meine Reaktionen beobachtete. Interessierte es ihn überhaupt, was ich von seiner Festung hielt?

Lark bemerkte meinen entsetzten Blick. »Das Hotel des Grauens, Evie. Du kannst zwar auschecken, aber weg kommst du hier nicht mehr.«

»Sie hat recht«, sagte der Tod. »Lebend wirst du diesen Berg nicht mehr verlassen.«

Ohne darauf einzugehen, sagte ich: »Ich dachte, dein Versteck wäre rabenschwarz und aus alten Gemäuerresten zusammengeschustert.«

»Alten Gemäuerresten?«

»Na ja, irgendwie hatte ich den Eindruck, du bist so der Typ, der Zeug aus längst vergangenen Zeiten sammelt.«

Wir stiegen die Stufen zur kupferbeschlagenen Eingangstür hinauf.

»Dann hat dir der Narr tatsächlich Zugang zu meinen Gedanken gewährt. Ich frage mich, weshalb er das getan hat.«

»In deinem Kopf sieht es tatsächlich so aus?«, fragte ich entgeistert.

»Warum sollte es anders sein?«, schnaubte er verächtlich. »Hast du gedacht, der Tod träumt in Farbe?«

»Ich hätte nicht geglaubt, dass du überhaupt Träume hast.«

»Ach, dann würde es dich also erstaunen, wenn ich tatsächlich einmal welche gehabt hätte?«, fragte er mich mit einem seltsam vorwurfsvollen Unterton in der Stimme.

Bevor ich ihn danach fragen konnte, betraten wir durch die Eingangstür ein luxuriöses Foyer mit einem Kronleuchter an der Decke. Er drückte auf einen Wandschalter, und die Halle erstrahlte: Kristalle projizierten Prismen an die Wand und erhellten einen breiten Treppenaufgang. So abstoßend die äußere Fassade auch war, das Innere der Festung war das genaue Gegenteil.

Ich war in den Südstaaten in einem stattlichen Herrenhaus groß geworden. Während wir noch weiter ins Innere des palastähnlichen Gebäudes schritten, musste ich allerdings eingestehen, dass Haven im Vergleich hierzu recht bescheiden war. Wir schritten einen Korridor entlang, von dem ein Gang in einen anderen Flügel abzweigte. Dort bog Lark ab. »Bis Morgen, Boss. Nacht, Evie.«

Ich verabschiedete mich mit einem giftigen Blick. »Hoffentlich verreckst du, bevor es hell wird, Lark.«

Sie tat gekränkt. »Oh, wie gemein.« Dann trabte sie davon und ließ mich mit dem Tod allein zurück.

»Komm mit.« Der Korridor zog sich ewig, bis er endlich stehen blieb und eine schwere Eichentür aufschloss, hinter der sich eine Wendeltreppe befand.

Wir stiegen so viele Stufen hinauf, dass sie nur in den hohen Turm führen konnten. Die Wände waren kalt und dünsteten Feuchtigkeit aus. Wie meine Zelle wohl aussah?

»Trödel nicht, Geschöpf.«

»Ich habe einen Namen.«

»Wie in jedem Spiel.«

»Und wie heißt du?«, fragte ich. »Ogen und Lark haben richtige Namen – du nicht?«

»Für dich bin ich der Tod. Sonst nichts.«

Die Doppeldeutigkeit dieses Satzes entging mir nicht.

Oben an der Treppe befand sich ein steinerner Absatz mit einer einzelnen Tür. Er schloss auf und schob mich hinein.

Der Raum war … zauberhaft.

Die hohe Decke mit ihren spitz zulaufenden freien Balken war weiß gestrichen und auf dem breiten Bett lag ein kostbarer purpurfarbener Überwurf. Die großen Fenster wurden von Vorhängen aus demselben Material umrahmt. Der Wind pfiff um die Mauern des Turms, der Regen prasselte gegen die Scheiben, aber das großzügige

Zimmer war gemütlich warm und trocken. Ein weicher Teppich lag auf dem Steinfußboden, und in einem breiten offenen Kamin waren schon Holzscheite für ein Feuer aufgeschichtet.

Wieder beobachtete der Tod genau, wie ich reagierte. Ich ging zu einem Schrank aus Zedernholz, der jede Menge Kleider enthielt. Die meisten davon sahen aus, als könnten sie mir passen.

Das angrenzende Bad war modern ausgestattet und mit frischen Handtüchern und Toilettenartikeln bestückt. Ich konnte meine Neugier nicht zügeln und drehte den Heißwasserhahn der Dusche auf. Das Wasser fing fast sofort an zu dampfen.

Seit wir in Selenas Haus gewesen waren, hatte ich nicht mehr heiß geduscht. Aber die zaghafte Vorfreude, die in mir aufkeimte, verwandelte sich gleich wieder in Schuldgefühle. Wie konnte ich mich über eine heiße Dusche freuen, wenn meine Freunde womöglich noch in einer eiskalten Mine gefangen waren?

Außerdem traute ich dem Tod nicht über den Weg. Welche Absichten versteckten sich hinter dieser Großzügigkeit? »Warum auf einmal so liebenswürdig?«, fragte ich ihn.

»Um dich später leiden zu sehen. Du wirst dich nach diesen Annehmlichkeiten umso mehr sehnen, wenn ich sie dir wieder wegnehme.«

»Und wenn ich fliehe? Ich könnte springen.«

»Falls es dir gelingen sollte, die Außenmauern des Anwesens zu überwinden, und du dich in diesem Gebirge nicht verläufst, müsstest du dich ohne deine übernatürlichen Kräfte durchschlagen und wärst jedem ausgeliefert, der dir über den Weg läuft. Außerdem sind die Scheiben verstärkt, unzerstörbar für jemanden, der so wenig Kraft hat wie du. Selbst das Gericht hätte Schwierigkeiten, dich hier herauszuholen.«

»Rechnest du damit, dass Gabriel es versucht?«

»Das *hoffe* ich.«

Mich verließ der Mut, und dann verkündete er mir auch noch: »Außerdem bekommst du eine Wache.« Er spitzte die Lippen zu einem schrillen Pfiff. Riesige Pfoten kamen die Treppe heraufgetapst.

Du schon wieder, Zyklop? Einer von Joules' Speeren musste ihn getroffen haben; sein Fell war gelockt wie das eines Pudels.

»Versuchst du, von diesem Gelände zu fliehen, verspeist dich die Bestie zum Abendessen.« Die Augen des Todes funkelten, als hoffte er, ich würde es wagen.

Ich hatte genug. »Warum hasst du mich so sehr? In der Nacht, in der du Calanthe ermordet hast …«

»Ermordet? Wie vermessen! Sie haben uns auf offenem Feld aufgelauert. Es gab keine Möglichkeit, vor den Speeren oder einem geflügelten Kämpfer wie dem Gericht in Deckung zu gehen.«

»Wie auch immer«, fuhr ich fort, ohne darauf einzugehen, »als du Calanthe enthauptet hast, hast du müde ausgesehen, als ob es nur eine lästige Pflicht wäre.«

»Vielleicht war es das ja auch.«

»Das gilt aber nicht für mich.«

»Nein«, sagte er finster, »für dich gilt das nicht.«

Wie hatte es nur so weit kommen können? Einst wollte er mich in seinem Bett haben, und nun schürte er diesen erbarmungslosen Hass. »Wirst du mir je verraten, warum du mich so verabscheust?«

Er wandte sich zum Gehen. »Bevor ich mich dazu hinreißen lasse, wirst du sterben.« Die Tür fiel hinter ihm ins Schloss, ein Geräusch, das mich in Panik versetzte.

Kein Entkommen mehr. Ein goldener Käfig. Gefangen in einem gespenstischen Irrenhaus.

Monatelang hatte man mich in der Psychiatrie eingeschlossen, und nun wurde mir wieder meine Freiheit genommen. Im CLC hatte ich wenigstens eine Zimmergenossin und Besuch von meiner Mom gehabt. Und hier?

Einen Wolf, der meine Beine anstarrte, als würde er am liebsten daran nagen.

26

TAG 265 N. D. BLITZ
In der Festung des Todes

– Verrückt wie ein Fuchs. –

Ich schreckte von meinem Kissen hoch. Es war die erste Nacht, die ich im Haus des Todes verbrachte, und meine Augen brannten von den zurückgehaltenen Tränen. Jeder Muskel schmerzte. Ich sah mich langsam um und entdeckte neben mir Zyklop, dessen Gewicht schwer auf dem hölzernen Bettgestell lastete. Mit seinem einen Auge blinzelte er mich verschlafen an, als wollte er fragen: *Was hast du vor?*

Hatte ich nur geträumt, oder hatte ich Matthews Stimme gehört? Ich wagte kaum zu hoffen. *Matthew?*, rief ich zaghaft.

– Du klingst ängstlich, Herrscherin. –

Ich sprang auf. *Bist du das, Matthew?*

– Warum schreist du? Innere Stimme … –

Mir kullerten die Tränen aus den Augenwinkeln. *Warum hast du mir nicht geantwortet?*

– Habe mir den Kopf verletzt, wollte nur schlafen, schlafen und schlafen. –

Oh mein Gott, geht's dir wieder gut?

– Jack sagt, ich habe einen tête dure. *Einen harten Kopf. Sagt, der Stein hat mehr abbekommen als ich. –*

Mein Mund wurde trocken. *Geht es ihm gut?*

– Alle sind froh, dass ich wach bin. Und immer verzweifelt. Jack glaubt, ich bringe ihn zu dir. –

Erzähl mir, was passiert ist.

Auf seine wirre, gekünstelte Art berichtete Matthew, wie die Mine in sich zusammengebrochen war. Sie mussten unter herabstürzenden Balken durchschwimmen und Felsbrocken ausweichen. Bei dem Versuch, sich in Richtung Licht durchzugraben, war das Wasser immer höher gestiegen, sodass ihnen am Ende kaum noch Luft zum Atmen blieb. Immer wieder mussten sie sich dabei an das harte Gestein klammern, bis die Knochen unter den Fingerkuppen frei lagen. Ich war entsetzt, als ich hörte, was sie alles hatten durchmachen müssen, aber auch verdammt stolz. Sie hatten überlebt. *Wie geht es den anderen?*

– Finn. Sein Bein heilt, sein Herz ist gebrochen. Lark hat den Trickser ausgetrickst. Der Mond geht unter. Sie konnte dich nicht beschützen, ist es nicht gewohnt zu versagen … –

Matthew, wenn du das vorhergesehen hast, warum hast du es dann zugelassen?

– Nicht alles Schlechte ist schlecht. Das Endspiel. Endspiel. Wir leben. Der Hierophant stirbt. Du bist, wo du sein solltest … –

Dann müssen wir das alles durchstehen, damit wir am Ende unser Ziel erreichen? Dabei hatte ich eigentlich schon genug gelitten. *Und warum soll ich hier sein? Der Tod droht andauernd, mich umzubringen. Hör mal, meine Gedanken kann er nicht mehr lesen, oder?*

– Ich bin aus dem Glied getreten. Desertiert! Meine Augen sind frei von ihm. –

Was ist mit eurer alten Abmachung? Mit deinen Schulden?

– Jack brüllt mich an. Ich soll ihm sagen, wo du bist. Er flucht viel. Ich sehe auf meine Hand. –

Hast du ihm gesagt, dass es mir gut geht?

– Habe Jack gesagt, dass du lebst. Wie kann es dir gut gehen in der Festung des Todes? –

Ja, du hast recht. Aber kannst du nicht ein bisschen flunkern und ihm sagen, dass ich in Sicherheit bin, Süßer?

– Er will dich holen. –

Damit der Tod Jack »abschlachten« konnte? *Du musst dafür sorgen, dass er dem Sensenmann nicht über den Weg läuft. Du darfst Jack auf keinen Fall zeigen, wie man hierherkommt. Führe ihn irgendwohin, egal wo, aber halte ihn von diesem Mann fern. Es ist ganz allein meine Aufgabe, den Tod zu besiegen.*

– Das war es schon immer. –

Dann sag mir, wie ich es anstellen soll. Mit Gift?

– Leidenschaft. –

Oh nein, allein die Vorstellung ist grässlich! Finn würde sagen: zum Kotzen.

– Den Kampf gegen den Tod gewinnt man nicht durch Kraft. –

Na ja, aber genau darum geht es doch bei einem Kampf, oder? Er hat mir einen Büßergürtel um den Arm gelegt, Matthew. Ich kann meine Fähigkeiten nicht einsetzen.

– Wenn er deine Kräfte lähmt, wirken deine Kräfte schon. –

Das verstehe ich nicht.

– Er hat dir die Armfessel umgelegt, weil ein Teil von ihm möchte, dass du bei ihm bleibst. Du bist die Karte, die der Tod begehrt. –

Das Zimmer schien sich zu drehen. Das war es also,

was mich der neue Traum von der Herrscherin lehren sollte! Die alten Träume hatten mir beigebracht, wie ich mein Arsenal nutzen konnte; dieser hier zeigte mir, wie ich die einzige Schwäche des Todes gegen ihn verwenden konnte.

Meine Anziehungskraft.

Matthew hatte prophezeit, ich würde den Tod mit meinen besonderen Fähigkeiten besiegen, und ich war automatisch davon ausgegangen, dass ich ihn im Kampf bezwingen musste. Aber die Herrscherin konnte auch locken und verführen. *Du und die anderen Arkana, ihr erwartet von mir, dass ich ihn betöre?* Ich stieß ein bitteres Lachen aus. *Ich soll sein Vertrauen gewinnen. Haben ihn vergangene Herrscherinnen auf diese Weise dazu gebracht, seine Rüstung abzulegen?*

– Du kämpfst mit dem Arsenal, das dir zur Verfügung steht. –

Matthew ging davon aus, dass der Tod seine Pläne geändert hatte: Er wollte, dass seine Geisel sich in ihn verliebte, eine Art Stockholm-Syndrom sozusagen. Ein Wunsch, den ich mir nun zunutze machen musste.

Zumindest teilweise.

Wären da nicht zwei Probleme: Der Tod hasste mich noch immer. Und ich liebte einen anderen, selbst wenn ich meinen Widerwillen gegen ihn überwinden konnte. Wie sollte ich glaubhaft mit jemandem flirten, den ich umbringen wollte?

Falls ich ihn tatsächlich rumkriegen sollte, werde ich ihn als Erstes darum bitten, mir meine Armfessel abzunehmen. Sie tat immer noch höllisch weh, und sicher war das auch gewollt. *Der*

Tod verabscheut mich, Matthew. Was ist in unseren früheren Leben passiert?

– Ihr habt beide einen Wasserfall auf der Karte. –

Na und?! Du hast keine Ahnung, wie er mich behandelt. Er ist grausam und erbarmungslos.

– Der Sensenmann hat nur eins im Kopf: Er will dich berühren, immerzu. –

IGITT! Darüber rede ich nicht mit dir!

– Du kannst die Festung des Todes nicht verlassen, solange er dir nicht vertraut. Nähe. Verführung. Freiheit. Es liegt in deiner Natur. –

Matthew verschwand aus meinem Kopf und ließ mich verwirrter denn je zurück. Es lag in meiner Natur? Kein Wunder, dass mich der Tod eine Femme fatale genannt hatte. Genau das war ich ja gewesen! Hatte ich ihn einst aus seiner Rüstung gelockt und dann versucht, ihm die Klauen ins Fleisch zu bohren? Das wäre Grund genug, mich mehr zu hassen als jede andere Arkana.

Ich wusste nicht, was mich mehr beunruhigte: mein teuflisches Vorgehen in vergangenen Leben, oder dass ich tatsächlich darüber nachdachte, dasselbe wieder zu tun. Ich starrte aus dem Turmfenster in den schwarzen Himmel. Ich würde alles tun, um wieder bei meinen Freunden zu sein. Und bei Jack.

Ich würde sogar einen Ritter verführen, den man den Tod nennt.

Nun kannte ich meine Mission, und ein Versagen war ausgeschlossen.

27

»Wird das meine Henkersmahlzeit?«, fragte ich Lark, als wir die Turmtreppe hinabstiegen. Sie hatte mich und Zyklop aus unserem Gefängnis zum Frühstück abgeholt.

Lark strich ihr seidig schwarzes Haar zurück, und ich sah einen Gecko aus ihrem lila Rollkragenpullover hervorlinsen. »Falls ja, dann weiß ich nichts davon.« Lark sah mich eindringlich an. »Das alles scheint dir nicht besonders viel auszumachen.«

Nun, da ich wusste, dass meine Freunde am Leben waren, hatte ich mir gestattet, die Dusche und die frischen Kleider zu genießen. Oberteile, Jeans, Schuhe, Unterwäsche, Nachthemden – alles in meiner Größe. Ich hatte mir einen weißen Kaschmirpullover, warme Hosen und Stiefel aus butterweichem Leder angezogen und fühlte mich wieder halbwegs wie ein Mensch, obwohl ich nur wenige Stunden unruhigen Schlafs hinter mir hatte.

»Matthew hat sich gemeldet, stimmt's?«

Verwirrt sagte ich: »Und wenn? Warum sollte ich das ausgerechnet dir erzählen, Verräterin?«

Sie schüttelte nur den Kopf. »Keiner trägt ihre Zeichen, also leben sie noch.«

»Und woher willst du wissen, dass sie nicht noch immer dort unten eingeschlossen sind?«, fragte ich in der Hoffnung, ihr damit ein schlechtes Gewissen zu bereiten.

»Vielleicht sind sie während der letzten Woche qualvoll gestorben.«

War sie da etwa blass geworden?

Wir gelangten ins Erdgeschoss, Zyklop trabte nach wie vor brav neben uns her, und meine Aufmerksamkeit galt nicht mehr Lark, sondern meiner neuen luxuriösen Umgebung. Wir kamen an einer bis zur Decke mit Büchern gefüllten Bibliothek vorbei, an einem Medienraum mit Tausenden von DVDs, einem Billardzimmer und einem gut ausgestatteten Fitnessstudio. Ich musste mich zusammenreißen, um nicht allzu große Augen zu bekommen. Dann stieg uns ein Essensgeruch in die Nase, bei dem mir das Wasser im Munde zusammenlief. »Gebratener Speck?«

»Wenn du dich ein bisschen mit dieser Festung anfreunden kannst, wird es dir hier gefallen«, sagte Lark, während sie mich in den Speisesaal führte.

Der Tod saß am Kopfende einer langen Tafel, trank Kaffee und las in einer ausgeblichene Zeitung.

Keine Rüstung! Er war ganz in Schwarz gekleidet: Hemd, Lederhose und Stiefel. Auf seinem kinnlangen blonden Haar, das den perfekten Rahmen für seine ebenmäßigen Gesichtszüge bildete, saß kein Helm.

Bei seinem Aussehen konnte er sich sogar die Kombination Lederhose und lange Haare leisten. Er wirkte wie ein normaler, unglaublich attraktiver junger Mann, der sich inmitten dieses Reichtums sichtlich zu Hause fühlte. Wie der Erbe eines großen Vermögens, von adeliger Abstammung.

Dennoch war mein erster Impuls, ihn mit einem der Messer, die auf dem Tisch lagen, zu erstechen. Aber ich wusste, dass er mit Klingen sehr viel schneller war als ich.

Ohne aufzusehen, sagte er: »Zu Hause trage ich keine Rüstung, Geschöpf. Zumal mir hier keinerlei nennenswerte Gefahr droht.« Seine Arroganz machte mich rasend. Er war ein Kidnapper. Ein Gefängniswärter. Spielte den glorreichen Sieger über eine unterlegene Feindin.

Am liebsten hätte ich ihn geohrfeigt, meine Mission schien schwieriger denn je. Der Tod blätterte in seiner Zeitung und beachtete mich nicht weiter. Weshalb interessierte er sich für alte Nachrichten?

»Du liest eine veraltete Zeitung, Tod? Du bist ja genauso retro, wie man es von dir erwartet.«

Lark sagte: »Er liest einfach alles. Die ganzen Bücher hier kennt er schon auswendig …« Sie erntete einen finsteren Blick und verstummte.

Der unterkühlte Umgang zwischen den beiden war mir nicht entgangen, und nun war ich mir sicher, dass ich Lark wichtige Informationen entlocken konnte. Es wurde Zeit, meinen Widerwillen zu überwinden und mich bei ihr einzuschmeicheln.

Ich folgte ihr zu einer mit silbernen Warmhalteplatten bestückten Anrichte: Rührei, arme Ritter und tatsächlich … gebratener Speck! Ich griff nach dem Krug neben der Kaffeekanne. Frische Sahne. Gab es hier eine Milchkuh?

»Keine schlechte Auswahl.«

»Ja, wir leben ganz gut hier«, meldete sich der Tod hinter seiner Zeitung. »Wir genießen einen gewissen Luxus – und haben überdies auch die Mittel, diesen zu verteidigen.«

»Ist Ogen euer Koch?« Ich schnappte mir einen Teller. Feinstes Porzellan. Von allem nur das Beste.

Lark spießte sich einen armen Ritter auf die Serviergabel. »Nein, wir haben einen Diener. Ein Mensch. Man begegnet ihm nie, es sei denn, man sucht ihn.«

Ich drehte mich zum Tod um. »Und wo ist El Diabolo? Wenn er auf Luzifers Knie sitzt, sollte er dann nicht auch zur Rechten des Todes zu finden sein?«

»Er lebt im Wächterhaus«, murmelte Lark. »Das Herrenhaus darf er nicht betreten.«

Ich schenkte dem Tod ein mitfühlendes Lächeln. »Gar nicht so leicht, einen Oger stubenrein zu bekommen, nicht wahr?«

Endlich sah er auf und fixierte mich mit seinen bernsteinfarbenen Augen. »Aus deinem Gebaren schließe ich, der Narr hat Kontakt zu dir aufgenommen. Haben deine Verbündeten womöglich alle überlebt?«

»Jeder einzelne.«

Larks Teller zersplitterte am Boden. Mit einem Satz war Zyklop zur Stelle und verschlang ihr Frühstück samt Porzellanscherben. *Knirsch, knirsch.*

»Sorry, Boss«, sagte Lark. »Ich bin noch ein bisschen müde von unserem Ausflug.«

Das war interessant. »Finn hat überlebt«, erklärte ich

und achtete dabei genau auf Larks Gesicht. »Sein Bein heilt.«

Sie zuckte mit den Achseln, aber ich konnte sehen, wie erleichtert sie war. Dann war die Zuneigung also doch beidseitig gewesen. Aber warum hatte Lark Finn dann verraten? Hatte der Tod sie gezwungen?

Ich wandte mich wieder dem Essen zu. Auf der letzten Platte lag Obst: Melone, Ananas, Erdbeeren. Ich konnte die Energie und das Potenzial, das in den kleinen Samen steckte, regelrecht spüren. Ruckartig drehte ich mich zum Tod. »Das Obst ist frisch.«

»Wie gesagt, wir genießen hier einen gewissen Luxus. Mein Zuhause stellt alles andere in den Schatten.«

Mein Gott, er war so selbstgefällig! »Gasgeneratoren, um Strom zu erzeugen, und fließend Wasser. Na und? In Selenas Haus gab es so viel Elektrizität, dagegen ist Joules mit seinen Blitzen ein Witz – und sogar einen Swimmingpool. Das gibt es hier sicher nicht.«

Er winkte lässig ab. »Fauna wird ihn dir später zeigen.«

Verdammt, sie hatten sogar einen Pool. »Wie baut ihr euer Essen an? Wo ist der Garten? Draußen im Freien kann er nicht sein.« Ich kniff die Augen zusammen. »Benutzt ihr künstliches Sonnenlicht?« Eine UV-Lampe würde mir bestimmt genügend Kraft geben, um einen zweiten blutigen Befreiungsversuch durchzuziehen – immer noch besser, als diesen arroganten Typen zu verführen.

»Herrscherinnenblut benutzen wir jedenfalls nicht.«

»Zeig mir den Garten.«

Er sah mich ungläubig an. »Niemals. Es genügt, wenn du weißt, dass wir alles haben, um in dieser apokalyptischen Welt komfortabel zu leben.«

»Aber nur, bis du uns alle tötest.«

Er neigte den Kopf zur Seite. »So ist es. Wie jedes Mal.«

Ich warf Lark einen schnellen Blick zu. Ließ sie das alles kalt? Sie ging zum anderen Tischende und starrte wortlos auf ihren Teller.

Ich wollte Matthews Fluchtplan testen – Nähe, Verführung, Freiheit – und setzte mich direkt neben den Sensenmann. Mürrisch ließ er die Zeitung sinken.

Auf unserem Ritt hierher hatte er nach Regen und Stahl gerochen. Nun nahm ich zum ersten Mal seinen Eigengeruch wahr: maskulin, ein Hauch von Sandelholz und Pinie.

Göttlich für ein Mädchen wie mich.

»Was willst du?«

Seine Frage riss mich aus meinen Gedanken, und mir fiel wieder ein, warum ich neben ihm saß. Ich hasste diesen Mann. »Wessen Zeichen ist das?« Ich zeigte auf die kleinen Male auf seiner rechten Hand. Das Bild neben Calanthes sah aus wie eine winzige Waage. »Wen hast du noch getötet? Ich vermute mal, es war Spite?«

»Du erkennst das Mal nicht? Dann erinnerst du dich ja an noch weniger, als ich vermutet hätte.«

»Du weißt doch genau, woran ich mich erinnere. Du hast wochenlang meine Gedanken gelesen.«

»Wohl wahr, aber das bedeutet noch lange nicht, dass ich immerzu in deinem Kopf sein wollte. Ich hatte ein Spiel zu spielen. Deine banalen und öden Träumereien waren da zuweilen unerträglich.«

Keine Ahnung warum, aber diese Beleidigung verletzte mich mehr als alles andere. Wenn wir uns gegenseitig drohten, uns umzubringen, war das eine Sache, aber das hier …

Ein offensichtlich sehr intelligenter Unsterblicher war in meinem Kopf gewesen und hatte meine Gedanken unzulänglich gefunden.

Dann sagte ich mir, dass es mir eigentlich scheißegal sein konnte, was dieser Serienkiller von mir hielt. »Also, wie läuft das hier in deinem Hochsicherheitsbunker? Was habe ich als Inhaftierte zu beachten?«

»Tagsüber kannst du dich auf dem Gelände frei bewegen – unter Bewachung natürlich –, einige Bereiche des Herrenhauses sind dir jedoch verboten. Fauna wird dir zeigen, welche. Außerdem bitte ich dich, meine Privatsphäre zu achten.«

»Geht es dir tatsächlich um Privatsphäre? Oder vielleicht doch eher um Sicherheit? Deine Bitte hat nicht zufällig etwas damit zu tun, dass ich dein komplettes Bündnis unterwegs um ein Haar ausgeschaltet hätte?« Ich biss in ein knuspriges Stück Speck und konnte einen kleinen Seufzer nicht unterdrücken. Der Tod sah mich merkwürdig an.

Die Gabel Rührei, die ich mir danach in den Mund

schob, bestätigte, dass auch die Eier frisch waren. Es gab also nicht nur eine Kuh und Schweine, sondern auch Hühner?

»Mit der Armfessel bist du harmlos, die schwächste Arkana von allen«, sagte er. »Außerdem war das keine Bitte, sondern ein Befehl. Wenn du gehorchst, gestatte ich dir vielleicht, deinen Kopf noch eine Weile zu behalten.«

»Heißt das, ich bin heute noch nicht fällig?«

Er faltete seine Zeitung zusammen und sah mich an. »Noch nicht, Geschöpf.«

»Ich will mich ja nicht beschweren, aber worauf wartest du?«

»Im Moment bin ich mir über ein paar Dinge noch nicht ganz im Klaren.«

Das hatte meine Mom auch immer gesagt, wenn sie noch nicht bereit war, eine Entscheidung zu treffen. *Niemand kann dich zu etwas zwingen, zu dem du noch nicht bereit bist, Evie. Niemand.*

Vermutlich dachte der Tod noch darüber nach, ob er mich »behalten« sollte.

»Zudem genieße ich es«, fügte er hinzu, »dich mit deiner baldigen Exekution zu quälen.«

Na ja, vielleicht wollte er mich doch nicht behalten. »Und warum hörst du nicht einfach auf zu töten? Wenn du mich laufen lässt, nehme ich dich vielleicht in unserem Nichtangriffspakt auf.«

»Dazu müsste ich dir erst vertrauen. Versteh mich nicht falsch, Herrscherin, aber ich weiß, was dein Arkana-

Ruf bedeutet. Diese Worte sind nicht einfach so dahingesagt.«

»Dann kann ich dir auch nicht helfen.« Ich verschlang ein zweites Stück Speck.

»Glaubst du tatsächlich, dein Plan wird funktionieren? Du erstaunst mich. In keinem deiner anderen Leben hast du dich so hoffnungslos naiv gezeigt.«

»Mein Nichtangriffspakt hat sich schon bewährt. Joules und sein Team hätten mich töten können, stattdessen haben sie mich beschützt.«

Er lachte höhnisch. »Du und der Turm, ihr wollt Verbündete sein? Wusstest du, dass auf einer der ersten Turmkarten der Blitz nicht in einen Schlossturm, sondern in einen Baum einschlägt? Weshalb, glaubst du, ist das wohl so?«

Das hatte ich nicht gewusst. »Faszinierend. Mag sein, dass Joules und ich in der Vergangenheit Unstimmigkeiten hatten, aber das ist vorbei. Du behauptest ja, die Geschichte wiederholt sich, aber ich glaube nicht, dass das zwingend so sein muss.«

Wieder sah er mich verdutzt an. »Ach nein?«

»Nein. Und deshalb habe ich auch ein verlässliches Bündnis aus sieben Arkana, die dich alle töten wollen.«

Er atmete aus. »Dein ›verlässliches Bündnis‹ wird sich auflösen, sobald keine Notwendigkeit mehr besteht, zusammenzuhalten. Das ist immer so.«

»Ganz genau. Wir werden kein Bündnis mehr brauchen, weil ich dem Ganzen ein Ende bereiten werde. Ich war mit dem Spiel nie einverstanden, wollte nie Teil dieses Gemetzels sein.«

Wieder dieser durchbohrende Blick. »Bist du zu diesem Entschluss gekommen, nachdem oder bevor du den Alchemisten getötet hast? Oder nachdem du den verstümmelten Gefangenen bei den Kannibalen vergiftet hast? Als du dich bereit erklärt hast, ihn zu töten, wusstest du doch schon, dass du seine Leiche vergiften würdest.«

Wütend legte ich die Gabel weg und warf meine Serviette auf den Teller. »Er hieß Tad. Und nein, ich hatte nicht geplant, seine Leiche zu benutzen. Ich wollte lediglich seinem Leiden ein Ende bereiten.«

»Erzähl mir jetzt nicht, dass du dieses Mal Mitgefühl besitzt.« Er klang belustigt. »Glaubst du, die anderen Karten empfinden genauso? Glaubst du, die Liebenden würden sich an deinen Nichtangriffspakt halten?«

Zu den Fähigkeiten der Liebenden zählten unter anderem die Verführung und die Gedankenkontrolle. Was hatte meine Gran gesagt? *»Der Herzog und die Herzogin beherrschen jeden, der liebt, beeinflussen ihn und verderben ihn. Der Schmerz wird zum Genuss …«*

Okay, die Liebenden mussten wir wohl auch ausschalten.

»Ihre Armee ist die größte in der Geschichte des Spiels«, fügte der Tod hinzu. »Sie ist sehr viel größer als das Minenarbeiter-Heer des Hierophanten und bewegt sich von Süden direkt auf uns zu.«

»Ausgezeichnet. Dann sieht es ja ganz so aus, als ob du dieses Mal verlieren würdest. Gegen eine ganze Armee hast nicht einmal du eine Chance, oder?« Dann befiel mich ein unheilvolles Gefühl. »Welche Armee ist es denn?«

»Du kennst sie. Die Armee des Südostens.«

Mein Mund wurde trocken. Waren Vincent und Violet, die Zwillinge von General Milovníci, der Herzog und die Herzogin der Perversion?

»Die Zwillinge wirst du nicht so einfach bekehren können«, sagte der Tod. »Sie sind mit Tausenden von Männern zu deinem Haus marschiert, um dich gefangen zu nehmen.«

Die Armee wälzt sich voran, eine Windmühle dreht sich, hatte Matthew gesagt. Und nun verstand ich auch, was er damit gemeint hatte. Haven, das Marschziel der Armee, war mit Windmühlen ausgerüstet gewesen. Matthew hatte mich auf seine Weise vor den Liebenden gewarnt.

In einer überheblichen, schlossherrenartigen Geste presste der Tod die Fingerspitzen gegeneinander. »Vor der Enthauptung wollten sie dich mit ihren ... Apparaten foltern.« Trocken fügte er hinzu: »Mir ist zu Ohren gekommen, die Gefangenen der Liebenden erlitten ein weit schrecklicheres Schicksal als den Tod.«

Sie hatten Clotile, Jacks Schwester, gefoltert. Ich schluckte. Hatte sie unter ihren *Apparaten* leiden müssen? Oh Gott, das arme Mädchen. Jack durfte das nie erfahren!

»Diese beiden Arkana lechzen nach Schmerz.« Der Tod erhob sich und sah mich an. »Du glaubst doch nicht allen Ernstes, sie werden aus einem Spiel aussteigen, das voll davon ist?« Mit diesen Worten verließ er den Raum und seine Schritte hallten durch den Korridor.

28

»Was zum Teufel war das?«, fragte ich, nachdem ein ohrenbetäubendes Brüllen über das gesamte Gelände gedröhnt war.

Nach dem Frühstück hatten wir der Küche, dem Medienraum und dem tatsächlich existierenden Pool einen Besuch abgestattet, und nun führte mich Lark durch eine riesige Scheune, die bis unter die Dachbalken voll war mit frei laufendem Getier: einer wilden Mischung aus Raub- und Beutetieren, die die Nahrungskette ignorierten und alle brav ihren Befehlen folgten.

Lark duckte sich hinter eine stocksteife Löwin, als das Brüllen ertönte, und selbst Zyklop kauerte sich mit zitterndem Fell auf den Boden. Scheinbar ungerührt wackelte ein Komodowaran vorüber und ließ seine Zunge hervorschnellen.

»Sag mir, was hier los ist!«

»Ogen«, flüsterte Lark. »Er regt sich über irgendwas auf.«

»Aber das klingt doch tausendmal schrecklicher als sonst. Schlimmer als im Kampf.«

Lark zuckte mit den Achseln. »Wir verschieben die Führung wohl lieber auf ein andermal. Er hat einen Anfall.«

»Hat er das öfter?«

»Es gibt da jede Menge Tage, die ihm heilig sind, jährlich wiederkehrende Feiertage. Aber keine coolen Wicca-Feste oder so. Seine Feiertage sind finster. Ich versuche, mir die Tage zu merken, aber da ich noch kein ganzes Jahr mit ihm zusammenlebe, kenne ich sie nicht alle. Um es kurz zu machen: Bei diesen Gelegenheiten verlangt er manchmal nach einem … Opfer.«

»Wird er mir was tun?«, fragte ich.

»Der Tod hat ihm befohlen, niemanden anzurühren.«

»Und befolgt Ogen seine Befehle?«

»Es hat seinen Grund, dass die Hörner des Teufels immer kürzer werden«, sagte Lark leise. »Jedes Mal, wenn er nicht gehorcht, kappt der Tod sie um ein kleines Stück. Ist nichts mehr übrig, wird Ogen enthauptet. So lautet ihre Abmachung.«

Das war ja krank. »Warum hat sich Ogen auf so was eingelassen?«

»Der Tod hatte sein Schwert schon an Ogens Kehle und versprach, ihn noch eine Weile zu verschonen – unter gewissen Bedingungen natürlich.«

Ich hörte, wie das riesige Eingangstor sich knarrend öffnete und dann wieder zuschlug.

Aufatmend rückte Lark ihre Mütze zurecht und stand auf. »Er hat das Gelände verlassen.«

»Was hält dich nur an diesem Ort, mit Ogen? Nein, warte, ich glaub, ich weiß, was los ist. Der Tod hält die Tiere gefangen und zwingt dich so, für ihn zu arbeiten.«

»Nein, so ist er nicht, zumindest mir gegenüber. Wir haben uns zusammengetan, weil mein Dad seine Menagerie verwaltet hat, bis ihn auf der Suche nach neuen Tieren der Blitz erwischte.«

»Dann zieht bei dir also nicht der Tod die Fäden? Es war allein deine Idee, uns hereinzulegen?«

»Das habe ich nicht gesagt. Die meiste Zeit bestimmt schon der Tod.« Ein Pfau kam zu Lark stolziert und sie strich ihm mit den Fingerspitzen über die aufgestellten Schwanzfedern. »Nur um das mal klarzustellen: Nachdem ich euch getroffen hatte, habe ich ihm gesagt, ich würde seinen Plan nicht mit durchziehen, falls ihr dabei draufgehen solltet.«

Das überraschte mich und dämpfte meinen Hass auf sie ein wenig. »Lass mich raten: Er hat dir versprochen, uns nichts zu tun.«

Sie hob das Kinn. »Überleg doch mal. Wer hat den Tod denn dazu gebracht, dass er dich nach dem Kampf verschont und dann später auch noch vor dem Ertrinken rettet?«

»Hättest du uns nicht verraten, hätte ich gar keine Hilfe nötig gehabt! Ich kann immer noch nicht glauben, dass ich dich vor Selena in Schutz genommen habe. Sie hat von Anfang an gewusst, woran wir bei dir sind. Sie war nicht so dumm wie Finn und ich!« Je lauter meine Stimme wurde, umso mehr Tiere versammelten sich schützend um Lark.

»Du wirst es nicht schaffen, mir ein schlechtes Gewissen einzureden.«

»Finn hatte sich in dich verliebt, aber jetzt weiß er, was

du getan hast.« Sie war schon das zweite Mädchen, das seinen wahren Charakter vor ihm verborgen hatte. »Du hast ihm das Herz gebrochen, Lark. In dieser Welt gibt es nicht mehr viel Gutes, aber Finn war ein echter Lichtblick. Er hätte das alles überstehen können, und du hast ihn vernichtet.«

Kurz flackerten in ihrem Gesicht Gefühle auf, dann waren sie verschwunden. »Ein kleines Opfer für das Leben, das ich hier führe. Ich kann mir jeden Abend einen neuen Film ansehen, meine Wölfe dösen gemütlich vor dem Feuer, und wann immer mir danach ist, geh ich in die Küche runter, mach mir ein überbackenes Käsesandwich und trink ein Glas frische Milch dazu. Keine Kannibalen oder Widerlinge, die mich auffressen wollen, keine Miliz, die mich vergewaltigt, keine Sklavenhändler und keine Pest.« Sie deutete mit dem Kinn in Richtung Ogens Wächterhaus. »Da ist der Teufel doch das kleinere Übel, Süße.«

»Ich glaub's einfach nicht. Du bist ein solches Miststück!« Ich strich mir mit den Fingern über den Nasenrücken. »Die Vorteile, die das Leben hier hat, hast du mir ja aufgezählt, aber wie sieht's mit den Nachteilen aus? Du kannst weder tun, was du willst, noch hast du eine Zukunft. Früher oder später wird der Tod dich abschlachten.«

»Na und? Ich hab echt keine Lust, mit dir rumzustreiten und mir ein schlechtes Gewissen einreden zu lassen. Mir reicht's.« Sie bleckte ihre kleinen Fangzähne und kam auf mich zu, bis unsere Füße sich fast berührten.

»Wir wohnen ab jetzt zusammen, ob dir das gefällt oder nicht. Also gewöhn dich am besten daran.«

»Oder was?« Ich rückte noch dichter an sie heran und starrte ihr herausfordernd in die Augen. »Was kannst du mir schon tun? Genau, gar ni… Au!« Ein stechender Schmerz durchzuckte mein Bein. Als ich nach unten sah, entdecke ich zwei kleine Löcher in meiner Hose und eine Kobra, die sich davonschlängelte. »Iiiih! Das ist ja eklig!« Zitternd machte ich einen Schritt zur Seite. »Du hast ihr befohlen, mich zu beißen? Tut mir leid für dich, aber ich bin immun gegen Gift, das gilt wohl auch für Schlangengift … au!« Eine zweite Schlange biss in mein anderes Bein. »Verdammt, Lark, hör auf damit!«

Sie lachte. »Jetzt komm mal wieder runter, du Abschaum. Die Bisse waren trocken. Ungiftig.«

Ich starrte sie böse an. »Mach nur weiter so. Eines Tages bin ich diese Armfessel los, dann wirst du in Efeuranken eingewickelt und mumifiziert.«

»Ich werd's mir merken. Und jetzt komm, es gibt noch jede Menge zu besichtigen.« Sie öffnete die Tür und wir verließen die Scheune. »Gib's zu, Evie, das Anwesen ist total abgefahren. Ein Stahlbaron hat es in den Zwanzigerjahren für seine Frau bauen lassen, die dann aber unter mysteriösen Umständen gestorben ist. Wahrscheinlich spukt's hier sogar. Im Kalten Krieg hat man das gesamte Kellergeschoss in einen riesigen Bunker verwandelt.«

»Der Tod hat also schon vor dem Blitz hier gelebt und seine Vorbereitungen getroffen?« Muss ein gutes Gefühl gewesen sein, sich mit genügend Zeit vorzubereiten. »Wusste er, dass der Blitz kommt?«

»Nicht wirklich. Er wusste nur, dass zu Beginn jedes Spiels immer eine Katastrophe eintritt.« Stolz fügte sie hinzu: »Der Boss war steinreich und hat sein Geld dazu benutzt, sich auf jedes mögliche Weltuntergangsszenario vorzubereiten, vom Schneesturm bis zur Sintflut. Mein Dad und ich dachten, er wäre einfach nur ein exzentrischer Milliardär.«

»Dann ist der Garten also im Bunker?«

»Nein!«, antwortete Lark hastig.

Ich lächelte. »Ich finde ihn schon noch, alles nur eine Frage der Zeit. Aber wenn du schon so lange beim Sensenmann bist, warum warst du dann nicht dabei, als er gegen Joules, Gabriel und Calanthe gekämpft hat?«

»Der Tod und Ogen wollten eigentlich nur Vorräte besorgen, und ich musste mich um eine Stute kümmern, die ein Fohlen bekam. Die Zucht ist meine wichtigste Aufgabe. Der Tod benutzt die Tiere zwar nicht direkt, um mich zu kontrollieren, aber dumm bin ich auch nicht. Wo sollte ich sonst tonnenweise Heu herbekommen?«

An der Tür angekommen warf ich einen letzten Blick zurück in die Scheune. Das hier war wahrscheinlich die größte Ansammlung noch existierender Tierarten auf der ganzen Welt, und Lark beschützte und vermehrte sie. Gegen meinen Willen dämpfte das meinen Groll gegen sie ein bisschen.

Sie verschloss die Tür hinter uns und wir spazierten

über einen gepflasterten Weg an einem befestigten Hof vorbei. Mit nacktem Oberkörper trainierte der Tod dort im Regen mit seinen Schwertern. Seine Kraft und Schnelligkeit überwältigten mich jedes Mal aufs Neue. Auf seiner feuchten Haut spannten sich die seltsamen Tätowierungen über seinen gewölbten Brustmuskeln.

Was hatten die Zeichen zu bedeuten? Warum trug er diese Symbole auf seinem Körper? Obwohl er erst am Tag zuvor angeschossen worden war, gönnte er sich keine Auszeit und trainierte trotz der genähten Wunden, die offensichtlich wie bei mir ungewöhnlich schnell heilten.

»Hast du dich um seine Schussverletzungen gekümmert?«, fragte ich Lark.

Sie schüttelte den Kopf. »Der Diener, von dem ich dir erzählt habe, war vor dem Blitz Rettungssanitäter.«

Der Tod führte einen besonders kräftigen Hieb gegen einen der Trainingspfosten aus. »Findest du nicht auch, dass er einen faszinierenden Anblick bietet?«, seufzte Lark.

Ich wollte es nicht zugeben und sagte bitter: »Faszinierend? Na ja, so faszinierend wie ein Tornado vielleicht.« Und diesen Mann sollte ich verführen?

Wenn es um Jungs ging, hatte ich immer meine Freundin Mel um Rat gefragt. Und was sie mir in dieser Situation geraten hätte, konnte ich mir nur allzu gut vorstellen: Zuerst schöne Augen machen und ihn dann mit einem coolen Spruch für sich gewinnen.

Lark sagte: »Er wirkt so überlegen, so unschlagbar. Echt sexy, das musst du doch zugeben.«

»Ich finde es ganz und gar nicht sexy, dass er mir überlegen ist. Und im Gegensatz zu dir ist es für mich auch kein Genuss, ihm hier draußen dabei zuzusehen, wie er seine Fähigkeiten noch verbessert. Wie kannst du nur ignorieren, dass er dich töten wird?«

Sie rückte ihre Mütze zurecht. »Der Boss sagt, er wird mir ein halbes Jahrzehnt nichts tun. In der Zeitrechnung nach dem Blitz entspricht das einem Menschenleben.«

»Daran wird er sich niemals halten. Er will das Spiel gewinnen und es dann noch mal von vorne spielen, oder etwa nicht?« Lark sah mich irritiert an. »Solange wir spielen, altern wir, auch der Tod«, erklärte ich. »Dein halbes Jahrzehnt bedeutet für ihn, dass er beim nächsten Spiel schon fast dreißig wäre. Aber das Spiel ist nichts für ältere Männer.« Die Überzeugung, die in meiner Stimme schwang, schien sie zu beunruhigen. »Glaub mir, er wird uns so bald wie möglich von seiner Liste streichen.«

»Es sei denn, du unternimmst was dagegen, stimmt's?«

»Bingo. Aber wenn ich dir verzeihen soll, musst du dir das schon verdienen. Du wirst mich über den Tagesablauf des Todes informieren, mir einen Plan des Anwesens und eine Karte von diesem Berg verschaffen, und zwar gleich, nachdem du mir den Garten gezeigt hast.«

»Ach ja?« Sie grinste mich an, als wären wir kurz davor, uns in ein unbekanntes Abenteuer zu stürzen.

»Glaub mir, Lark. Du wirst es tun, noch heute …«

29

Tag 272 n. d. Blitz

Eine Woche war verstrichen und natürlich hatte mir Lark einen feuchten Dreck verschafft.

Jedes Mal, wenn ich sie um Antworten gebeten hatte, hatte sie nur gekichert und gesagt: »Träum weiter.« Immerhin schloss sie mich nicht mehr ein, aber es gelang mir trotzdem nicht eine Sekunde, meinen hartnäckigen Wächter abzuschütteln.

An diesem Morgen schnarchte Zyklop draußen vor der Tür und ich ging unruhig in meinem Turmzimmer auf und ab. Sieben vergeudete Tage, und ich war nicht einen Schritt weitergekommen, weder was meine Flucht anging, noch in meiner Mission, den Tod zu erledigen.

Matthew war auch keine große Hilfe gewesen. Er hatte sich jeden Tag gemeldet, aber nur erzählt, wie verzweifelt Jack mich suchte und wie sehr es ihn quälte, dass er mich nicht vor dem Tod hatte retten können. Seine Berichte weckten eine unerträgliche Sehnsucht nach Jack in mir und ich machte mir große Sorgen um meine Freunde da draußen.

Sollte meine einzige Chance gegen den Sensenmann tatsächlich darin bestehen, sein Vertrauen zu gewinnen, war ich inzwischen mehr als bereit, die Verführerin zu spielen – bis zu einem gewissen Punkt.

Dummerweise war ich fast nie in seiner Nähe. Die meiste Zeit war er entweder auf dem Hof und trainierte, oder er verschanzte sich in seinen »verbotenen« Räumen. Nur zum Frühstück erschien er regelmäßig, vertiefte sich aber für gewöhnlich in seine Zeitung.

Ich hatte versucht, mit ihm über das Wetter zu reden, über sein Haus, über das Spiel, hatte gefragt, was ihn ärgerte, welches sein Lieblingsessen war, einfach alles. Aber er schenkte mir nicht mehr Beachtung als einer lästigen Fliege.

Er schien sich nicht für mich zu interessieren, und doch spürte ich andauernd seine Blicke auf mir.

Bei meinen täglichen Erkundungsgängen über das Gelände entdeckte ich ihn manchmal hinter einem seiner gewölbten Fenster, wie er zu mir herunterstarrte. Auch an der Frühstücksanrichte hatte ich seinen durchdringenden Blick im Rücken gespürt und ihn dabei ertappt, wie er mit geballten Fäusten die Zeitung wieder vors Gesicht hob …

Ich hörte auf, im Zimmer auf und ab zu gehen, und setzte mich in die Nische meines Turmfensters. Von hier konnte ich das gesamte Anwesen überblicken, auch den Hof, auf dem der Tod jeden Tag trainierte. Er trug dabei nie eine Rüstung, meist nicht einmal ein T-Shirt. Vernünftig, wenn man bedachte, dass es immer schwieriger wurde, neue Kleider aufzutreiben.

Auch jetzt war der Tod dort unten und übte auf seinem Pferd Thanatos den Angriff auf ein bewegliches Ziel, ein Schild, das an einem schwenkbaren Pfosten hing und sich im Wind hin- und herbewegte. Selbst in vollem Galopp traf er jedes Mal.

Obwohl ihm der Wind durchs blonde Haar fegte, schien er die Kälte und den Regen kaum wahrzunehmen. Die Runen auf seiner nackten Brust waren schlammbespritzt, als käme er gerade aus einer Schlacht zurück. Trotz seiner neuen Narben bot er einen umwerfenden Anblick.

Die kontrollierte Wut, mit der er die präzisen Bewegungen seiner Übungen ausführte, lullte mich ein. Meine Lider wurden schwer, und mich überkam eine tiefe … Zufriedenheit. Als wäre ich zu Hause angekommen. Dieses Gefühl machte mich verrückt. Wie konnte ich mich nur in der Festung eines Killers wohlfühlen? Der mich töten wollte?

Es sei denn, ich brachte zuerst ihn um.

– Herrscherin? Bist du wach? –

Ich bin wach, Matthew. Hast du gute Neuigkeiten für mich?

– Es hat noch nicht geschneit. –

Na prima. *Geht es Jack besser?*

– Nein. –

Ich schloss die Augen. Der Gedanke daran, wie Jack litt, war unerträglich, trotzdem musste ich das hier erst zu Ende bringen, bevor wir wieder zusammen sein konnten. *Hast du ihn von meiner Spur abgelenkt?*

– *Du bist in meinen Augen.* – Matthew schickte mir eine Live-Vision von Jack im Inneren eines heruntergekommenen Hauses. Mein Gott, ich vermisste ihn so sehr!

Mit wildem Blick schlug er seine Faust durch eine Gipswand und wandte sich dann einem Stapel Karten auf einem Tisch zu. Selbst aus der Ferne spürte ich seinen verzweifelten Zorn und wünschte mir sehnlichst, ich könnte ihn beruhigen.

Er stürzte sich auf Matthew. »Du weißt, wo sie ist, *coo-yôn*!«, schrie er ihn an. »Erzähl mir doch keine Lügen. Du kannst sie finden, genau wie in Requiem.«

Matthew drehte den Kopf und zeigte mir Finn und Selena, die still dasaßen und warteten, bis sein Zorn verraucht war.

Offenbar waren sie es gewohnt.

Mir fiel auf, dass Jack entgegen seiner Gewohnheit nicht trank, was mich ebenso sehr beunruhigte wie alles andere, was ich beobachtete.

Er fuhr sich durchs Haar. »Warum hilfst du mir nicht, Junge? Ich hab meiner *fille* versprochen, dass ich sie hole.« Meinem Mädchen. Seine grauen Augen wurden feucht und mir brach fast das Herz. »Was zum Teufel macht er mit ihr?!«

Warum hast du ihm nicht gesagt, dass ich in Sicherheit bin, Matthew? Tu's jetzt!

– *Ich lüge nicht.* –

Noch etwas, um das ich mir Sorgen machen musste. Aber im Moment konnte ich nur an Jack denken.

Mit rauer Stimme fragte er Matthew: »Dieser Dreckskerl … quält er sie?«

Sag ihm, mir geht's gut, dass ich nur warte, bis das Schlimmste vorüber ist! Sag ihm, dass ich in ein paar Wochen zu euch stoße. Bitte! Bitte, lass ihn nicht leiden.

Jack machte den Eindruck, als würde er durchdrehen, wenn das noch lange so weiterging. Der Druck, den Tod endlich zu besiegen, wuchs.

Matthew, ich bitte dich, hilf Jack.

– Am liebsten würde er deinen Aufenthaltsort aus mir herausprügeln, aber er hat dir versprochen, auf mich aufzupassen. –

Ich dachte, du kannst Dee-vohs Gedanken nicht lesen.

– Man muss kein Narr sein, um das zu erkennen! Jack Deveaux ist ein Mann, der die Fäuste sprechen lässt. –

Das klingt ja fast bewundernd.

– Jack ist … nicht zu durchschauen. –

Nicht zu durchschauen? Na, wenn sogar ein Hellseher das sagte. Selbst ich wusste nicht, was Jack mit dem Rücken an der Wand tun würde. Und genau so fühlte er sich gerade. Und ich damit auch.

– Betöre den Sensenmann, Herrscherin. –

Er hasst mich. Ich schaffe es kaum, auch nur in seine Nähe zu kommen.

Vor ein paar Tagen war mir plötzlich alles zu viel geworden: die Gefangenschaft, die Sehnsucht nach Jack, nach Matthew, und selbst nach Finn und Selena. Ich hatte genug von diesem Ort. Ich konnte zwar jedweden Luxus genießen, aber nie hörte man jemanden lachen, niemand plauderte oder scherzte. Die Festung war wie ein riesiges Mausoleum.

Passend zum Tod.

Ungeachtet aller Drohungen des Todes und seiner Warnungen in Bezug auf das Verletzen seiner Privatsphäre war ich nach unten marschiert, um ihn auszuquetschen … oder ihn zu verführen. Was auch immer.

Aber noch bevor ich überhaupt in die Nähe seiner verbotenen Gemächer gekommen war, hatte Zyklop nach meinen Fersen geschnappt und mich immer wieder umgestoßen, bis ich schließlich aufgab.

»Pfeif endlich deinen Wolf zurück«, hatte ich Lark später angeschnauzt.

»Damit du ein Gemüsemesser schnappst und dir den Metallring vom Arm schneidest? Vergiss es. Außerdem ist der Wolf nicht nur zu deiner Bewachung da.«

»Soll er mich auch vor Ogen beschützen?« Mitte letzter Woche hatte er wieder einen seiner Anfälle gehabt.

»Du glaubst wohl, du brauchst keinen Schutz …?«

– *Der Tod will das Leben* –, sagte Matthew. – *Nähe, Verführung, Freiheit.* –

Vor dem Fenster sah ich, wie der Sensenmann sein Pferd in den Stall führte. Gleich würde er im Haus sein. *Tu, was ich dir gesagt habe, Matthew!* Zyklop im Schlepptau rannte ich die Treppe runter, den Korridor entlang und in das große Wohnzimmer.

Ich war immer noch außer Atem, als der Tod den Raum betrat, groß, breitschultrig, gut aussehend. Er trocknete sich mit einem Handtuch den Regen ab, wobei die Muskeln seines Oberkörpers ein faszinierendes Schauspiel boten.

Als er mich entdeckte, verfinsterte sich sein Blick, und er ging in Richtung seiner Gemächer.

Unbeirrt versuchte ich, mit ihm Schritt zu halten. »Ist heute der Tag, an dem du mich töten wirst?«

»Noch nicht, Geschöpf.«

»Nur dass du's weißt, die Langeweile jagt mich inzwischen auch schon mit ihrer Sense.«

War das ein Zucken in seinen Mundwinkeln? Wahrscheinlich das beste Lächeln, das der Tod zustande brachte.

»Um meine Entscheidung zu treffen, brauche ich noch mehr Informationen.«

»Und was soll ich den ganzen Tag machen?«

»Geh in die Bibliothek.« Er zog eine Augenbraue nach oben. »Erweitere deinen Horizont. Du könntest Medizin studieren.«

Seine geistreiche Antwort überraschte mich. Scherzte er mit mir? Der Tod?

Dann fiel mir wieder sein Kommentar zu meinen »banalen und öden« Gedanken ein. In Wirklichkeit fand er doch, dass es mir an Intelligenz mangelte. »In der Schule hatte ich mein Leben lang nur Einsen, nur, um das mal klarzustellen.« Na ja, zumindest bis Matthews Visionen mich geistig lahmgelegt hatten.

Der Tod stieß ein verächtliches Lachen aus. »Dein

ganzes Leben lang? Und wie alt bist du, Kleine? Fünfzehn?«

»Sechzehn«, zischte ich. Großer Gott, er wusste wirklich, wie er mich zur Weißglut bringen konnte. »Weshalb trainierst du andauernd? Das Töten brauchst du ja nicht mehr zu üben.«

Er blieb stehen und musterte mich. »Vielleicht lenkt es mich ja von anderen Dingen ab?«

Flirtete er mit mir? Diese Seite an ihm war mir neu. »Und warum willst du nicht an andere Dinge denken?«

»Aha. Nun beginnt die Verführung. Alles nach Plan. Du kannst einfach nicht aus deiner Haut.«

»Was soll das denn bedeuten?«

Er ging weiter. »Ich bin auf der Hut. Solltest du mir noch einmal zu nahe kommen, werde ich Gegenmaßnahmen ergreifen.«

»Warum gehst du mir aus dem Weg? Matthew hat gesagt, du denkst darüber nach, mich zu … behalten. Vielleicht hattest du das ja von Anfang an geplant. Als du dieses Anwesen umgebaut und das Turmzimmer eingerichtet hast, hast du dabei doch sicher an mich gedacht.«

»Du bist ganz sicher keine Anschaffung für die Ewigkeit, so viel kann ich dir versichern.«

Mich fröstelte. Dieser Mann konnte sich jederzeit in mein Schlafzimmer schleichen und mir den Kopf abschlagen. Bisher hatte meine Sorge hauptsächlich Jack und Matthew gegolten, aber nun fürchtete ich auch um mein eigenes Leben. »Warum lässt du mich dann überhaupt so lange am Leben? Warum machst du dir die Mühe?«

»Du verstehst mich nicht, Geschöpf. Ich höre niemals auf zu spielen. Es gehört zu meiner Strategie, dich am Leben zu lassen. Du bist sozusagen mein Joker. Solange die Herrscherin lebt, glauben die anderen Arkana, sie hätten eine Chance, mich zu besiegen, und werden mutiger.« Er warf mir einen seiner beunruhigenden Blicke zu. »Es gefällt mir, wenn meine Gegner mutig sind.«

»Und was macht das für einen Unterschied?«, fragte ich ihn. Wir kamen gerade am Fitnessraum vorbei und Lark steckte neugierig den Kopf aus der Tür.

»Nach deinem Tod, Herrscherin, würden die meisten Arkana in alle Richtungen fliehen, da sie zu Recht annähmen, gegen mich chancenlos zu sein. Meine Aufgabe würde dadurch sehr viel schwieriger. Ich genieße die Annehmlichkeiten meines Hauses und möchte mich nicht zu weit davon entfernen. Genauso wenig steht mir der Sinn danach, dieses Spiel länger als nötig hinauszuziehen. Mit etwas Glück werden einige Arkana sogar hierherkommen, um die Giftprinzessin, angeblich meine einzige Schwäche, aus ihrem Turm zu befreien.«

Hüte dich vor der Verlockung. Nun war ich selbst eine. »Deine *angebliche* Schwäche?«

»Ich habe keine Schwächen. Du kannst gewiss sein, dass ich dich, genau wie alle anderen, töten werde, sobald du deinen Zweck erfüllt hast.«

Wieder fröstelte mich. »Wenn ich dich richtig verstanden habe, wirst du mich also so lange am Leben lassen, wie noch andere Karten im Spiel sind?«

»Solange du es dir hier nicht allzu gemütlich machst. Wie schon erwähnt, ich genieße die Annehmlichkeiten, die ich hier habe. Das Haus ist mein Zufluchtsort. Solltest du ihn mir auf irgendeine Weise vergällen, wirst du ohne Umschweife sterben. Eins muss ich wissen: Wirst du dich in deiner Zeit hier gut benehmen?«

»Gut benehmen?«, fragte ich erstaunt.

»Meine Privatsphäre respektieren«, fügte er scharf hinzu.

Wir hielten vor der Tür seines Arbeitszimmers an. War ich ihm bis zu seinen Gemächern gefolgt?

Nun würde sich der Tod bis zum nächsten Morgen hier verkriechen, ein weiterer verlorener Tag. Ich dachte an Jacks Verzweiflung und griff nach dem Arm des Todes. »Wenn ich keine Schwäche von dir bin, warum gehst du mir dann ständig aus dem Weg?«

Drohend packte er mein Handgelenk, blickte dann aber mit dem Gesichtsausdruck eines Süchtigen, der sich einen schnellen Schuss setzt, auf die Stelle, wo ich ihn berührt hatte. Seine bernsteinfarbenen Augen erstrahlten in Gold. »Ich habe dich gewarnt, Herrscherin«, sagte er mit heiserer Stimme, dann gab er sich einen Ruck und ließ mich los.

»Alle haben Angst vor der Berührung des Todes«, murmelte ich. »Aber du scheinst Angst vor meiner zu haben.«

Er warf mir einen vernichtenden Blick zu: »Wenn es

nicht unbedingt sein muss, fasse ich keine Giftschlangen an.«

Wie ich ihn hasse! »Dann bewunderst du sie also nur von Weitem? Und sorgst dafür, dass sie harmlos sind?« Ich deutete auf meine Armfessel.

Er stritt es nicht ab. »Nur so kann ich sie durch mein Haus kriechen lassen …«

30

Tag 274 n. d. Blitz

Ogen ist im Herrenhaus.

Um Mitternacht hatte mich der Hunger aus dem Bett getrieben und wie immer war mir Zyklop wie ein Schatten gefolgt. Matthew hatte sich seit zwei Tagen nicht mehr gemeldet und vor lauter Sorge war mir der Appetit vergangen. Aber nun war mir klar geworden, dass ich bei Kräften bleiben musste, zumal meine Fähigkeiten gerade stark eingeschränkt waren.

Ich hatte mir einen Morgenmantel übers Nachthemd gezogen und mich die Treppe runter in den schwach erleuchteten Korridor geschlichen. Als ich am Ende des Ostflügels schmutzige Spuren an einer Außentür entdeckte, fuhr ich erschrocken zusammen. Sie führten ins Innere des Herrenhauses.

Gigantische Hufabdrücke.

Ogen konnte überall sein, konnte hinter jeder Tür lauern. Ich verfluchte meine Armfessel und sah mich vorsichtig um. Sollte ich zurück in mein Zimmer laufen und mich darauf verlassen, dass der Riesenwolf mich vor einem Oger beschützte?

Nein, ich hatte eine bessere Idee.

»Such Ogen, Wolf«, zischte ich meinem Wächter zu

und bedeutete ihm mit einem Wink, loszulaufen. »Geh schon.« Zyklop kniff die gelben Augen zusammen und sah mich aufmerksam an. »Ich mein's ernst. Such Ogen!« Ein letzter säuerlicher Blick, dann nahm er schnüffelnd die Spur auf.

Nachdem ich ihm etwas Vorsprung gelassen hatte, rannte ich in die entgegengesetzte Richtung zu den verbotenen Gemächern des Todes. Noch bevor Zyklop mich wieder eingeholt hatte, hämmerte ich gegen die Tür.

Gegen die Tür des Todes. Hätte ich nicht so panische Angst gehabt, wäre ich sicher zurückgezuckt.

Als der Sensenmann öffnete, klammerte ich mich wie ein Idiot am Türrahmen fest, während Zyklop mit den Zähnen an meinem Morgenmantel zerrte. Eine Szene wie aus einer Slapstick-Komödie.

Die atemberaubende Erscheinung des Todes ließ mich meinen eigenen lächerlichen Auftritt jedoch sofort vergessen.

Sein blondes Haar war sexy verstrubbelt, er trug verwaschene Jeans und ein offenes Hemd. Mein Blick richtete sich unwillkürlich auf seine tätowierte Brust.

Wieder schlug mir der Duft aus Sandelholz und Pinie entgegen und vernebelte mir die Sinne.

Wie angewurzelt blieb er auf der Türschwelle stehen. »Ich hatte dir gesagt, dass dieser Bereich verboten ist.«

Innerlich zitternd rang ich um die richtigen Worte. »Du musst mir helfen«, sagte ich und versuchte dabei, den Wolf abzuschütteln. Nach einem Hieb auf die Schnauze ließ er mich endlich los. »Ogen ist im Herrenhaus.«

»Ach ja?«, fragte der Tod und betrachtete meinen Körper ebenso leidenschaftlich wie ich den seinen. Wieder erschien dieses faszinierende Leuchten in seinen Augen.

Unter seinen Blicken fühlte ich mich völlig nackt, obwohl mein Nachthemd und der seidene Morgenmantel alles verhüllten.

»Nun hör mir doch zu.« Ich schnippte mit den Fingern. »Ogen ist hier.«

Nur langsam hob der Tod den Blick und sah mir wieder in die Augen. »Es amüsiert mich, dass die Angst vor Ogen dich ausgerechnet dem Arkana in die Arme treibt, den du noch viel mehr zu fürchten hast.«

»Bitte!«, sagte ich und linste an ihm vorbei in seine privaten Räume. Dort befand sich ein Arbeitszimmer mit Regalen voll antik aussehender Bücher und Kuriositäten.

Mit einem schnellen Griff zog er seitlich ein Schwert hervor. Wo kam das denn her? Aus einem Schirmständer? Oder hatte er es schon bereitgelegt – für den Kampf gegen mich?

»Hast du immer ein Schwert zur Hand?«

Er trat in den Korridor und schloss die Tür hinter sich. »Ja, immer.« Dann raunte er dem Wolf in seiner fremden Sprache ein paar Worte zu und ging. »Du bleibst hier«, befahl er mir mit einem Blick zurück über die Schulter.

Leider befolgte ich Befehle nicht so brav wie Ogen.

Ich musste unbedingt ins Arbeitszimmer und mir einen besseren Einblick in das Leben dieses geheimnisvollen Ritters verschaffen. Doch sobald ich die Hand auf den Türknauf legte, fing Zyklop an zu knurren. Und als ich ihn ein kleines Stück drehte, hatte er seine Zähne um mein Fußgelenk. Die Ansage war klar. »Ist ja schon gut! Du gehst mir wirklich so was von auf die Nerven, Wolf!« Ich ließ den Türknauf wieder los und Zyklop gab mein Bein frei.

Zum Warten verdammt, verschränkte ich die Arme vor der Brust und lehnte mich gegen die Tür. Überall an den Wänden hingen kostbare, jahrhundertealte Gemälde. Ich kannte mich ein bisschen aus in Kunstgeschichte und schätzte, dass sie von italienischen Malern stammten.

Die meisten Bilder zeigten Schlachtszenen, in denen die Gesichter der kämpfenden Soldaten überschattet waren. Die Künstler hatten splitternde Lanzen und Kavalleriepferde im Sprung gemalt, dennoch wirkten die Bilder statisch, wie eingefroren.

Genau wie die Festung.

Wahrscheinlich hatte mir der Wolf einigen Ärger erspart, denn der Tod kam schon nach kurzer Zeit zurück. »Ogen hatte offenbar große Lust auf Schinken«, sagte er trocken. »So große Lust, dass er es gewagt hat, sich meinen Befehlen zu widersetzen. Er ist jetzt weg. Du kannst in dein Zimmer zurückkehren.«

»Hast du ihm die Hörner gestutzt?«

Er blieb vor der Tür stehen. »Dann hat Fauna also geredet? Ja, ich habe ihn bestraft. In diesem Spiel war ich bislang etwas zu milde, er wollte wohl seine Grenzen testen. Von nun an wird er gehorchen.«

»Das nennst du milde?« Ich dachte daran, wie er am Ausgang der Mine aufgetaucht war, eine noch furchterregendere Erscheinung als der Sensenmann auf seinem Tableau. »Was hätte Ogen mit mir gemacht, wenn ich ihm über den Weg gelaufen wäre?«

Anstatt mir zu antworten, gab der Tod zurück: »Ogen wird das Herrenhaus nicht mehr betreten.«

Er öffnete die Tür, bat mich aber nicht herein, obwohl ich wie eine Klette an ihm klebte. »Du hast viele Bücher.« *Brillante Anmache, Evie.* »Darf ich kurz reinkommen?«

Etwas widerwillig drehte er sich um und ging hinein. Die Geste als Zustimmung deutend schlug ich Zyklop die Tür vor der Nase zu und folgte ihm.

Der Tod setzte sich hinter einen riesigen Schreibtisch, der mit verblichenen Schriftrollen bedeckt war. Offenbar war er in irgendwelche Studien vertieft gewesen, bevor ich ihn unterbrochen hatte. Neben den Schriftrollen standen eine Flasche und ein Schnapsglas.

Wie Jack trank er harte Alkoholika, nur bevorzugte er offenbar Wodka.

Ohne ein Wort breitete er seine Schriftrollen aus, und da er mich nicht aufforderte, mich zu setzen, sah ich mich ein wenig um. Er besaß zwei Wände voll mit Bücherregalen, die vom Boden bis unter die Decke reichten. Ich strich mit den Fingern über eine Reihe von Buchrücken und bemerkte, wie alt sie waren. Zweifellos nur wertvolle Sammlerstücke. Die meisten Werke waren in alten Sprachen geschrieben, Griechisch oder Latein, manche auch in Französisch.

An einer dritten Wand hingen zahlreiche Schwerter, und hinter seinem Schreibtisch wölbten sich die hohen gotischen Fenster, durch die er mich beobachtet hatte.

Neben den Fenstern befanden sich Vitrinen mit Raritäten. In einer waren vier Königszepter ausgestellt, in einer anderen ebenso viele Kronen.

Der gesamte Raum strahlte Reichtum und guten Geschmack aus, aber sämtliche Besitztümer des Todes stammten aus der Vergangenheit. Es gab kein Anzeichen von Leben. Die Kronen wurden längst nicht mehr getragen, mit den Schwertern wurde nicht mehr gekämpft, und es war lange her, dass diese Bücher neu, ungelesen und voller Geheimnisse waren.

Sah so der Zufluchtsort aus, den er suchte? Das Leben, das er sich wünschte? Ich stellte mir vor, wie er mutterseelenallein in diesem Raum saß und seine verstaubte Sammlung betrachtete. Wie damals am Fluss überkam mich ein irritierender Anflug von Mitleid. »Dann sammelst du also Bücher, Schwerter und … Kronen?«

»Unter anderem«, gab er abweisend zurück.

»Kein elektrisches Licht?« Der Raum wurde von Kerzen erhellt. »Wie kannst du hier lesen?«

»Ich lese schon seit Äonen bei Kerzenschein«, gab er

widerwillig zurück. »Das Licht der Flammen erweckt die Worte zum Leben, wenn du es genau wissen willst.«

»Dann wünscht sich also ausgerechnet der Tod lebendige Worte? Es scheint was dran zu sein, dass Gegensätze sich anziehen.« Aber was er gesagt hatte, ließ mich den Raum dennoch mit anderen Augen sehen. Vielleicht hatte er sich diese gefühllose, einsame Existenz ja gar nicht ausgesucht und war hier gefangen.

Vielleicht wünschte er sich nichts sehnlicher, als in Farbe zu träumen.

Er sah mich finster an. »Was willst du von mir?«

»Mich mit dir unterhalten.« Bevor er mich rauswerfen konnte, ließ ich mich in einen der Plüschsessel vor seinem Schreibtisch fallen. Ich spielte mit dem Feuer, versuchte ihn zu reizen, aber sobald sein Blick an mir hinabglitt, zog ich mir dann doch instinktiv den Morgenmantel eng um den Hals. Was für eine Femme fatale ich doch war.

Selbst der Tod runzelte die Stirn über meinen inkonsequenten Auftritt. »Ich habe dir schon gesagt, dass du von mir nichts zu befürchten hast. Auf diese Weise werde ich dich nicht anrühren.«

»Und auf andere Weise? Ich muss es jetzt wissen: Wirst du mich heute Nacht töten?«

Er seufzte: »Noch nicht, Geschöpf.«

Etwas mutiger fragte ich: »Was sind das für Schriftrollen?«

»Chroniken aus einem vergangenen Spiel. Detaillierte Informationen über … bestimmte Spieler.«

»Darf man fragen, welche?« Er verzog ärgerlich das Gesicht, und ich fuhr schnell fort: »Du hast uns anderen gegenüber sehr viele Vorteile: eine Festung, Vorräte, eine gute Kenntnis des Spiels und ausgewählte Verbündete, denen es scheinbar egal ist, dass du sie töten wirst.«

»Absolut korrekt.« Er kippte seinen Schnaps runter und schenkte nach.

Noch hatte er mich nicht rausgeworfen. Vielleicht verspürte er tief in sich doch das Bedürfnis, mit jemandem zu reden. »Wie schmeckt Wodka eigentlich? Hab ich noch nie probiert.« Der Tod sah mich ungläubig an. »Ich bin erst sechzehn«, erinnerte ich ihn, »und komme aus einer Gegend, in der nur Bourbon und Bier getrunken wird.«

Als ob ihm nichts anderes übrig bliebe, stand er auf, holte von einem Beistelltisch ein zweites Glas und goss mir Wodka ein.

Ich betrachtete die klare Flüssigkeit, die er vor mich stellte. Meine Mission war es, ihn zu verführen, und Alkohol baut Hemmungen ab, richtig? Vorsichtig nippte ich an meinem Glas, doch er schüttelte missbilligend den Kopf. Dann demonstrierte er, wie ich das Zeug zu trinken hatte: Kopf in den Nacken und runter damit. Und sofort nachschenken.

Mit einem verzerrten Lächeln kippte ich den Wodka runter. Er brannte höllisch und ich musste husten.

»Und?« Er schenkte wieder nach.

Mein Hals brannte wie Feuer. »Wie konnte ich nur ohne Wodka leben?«, röchelte ich. »Du hast das Zeug wahrscheinlich flaschenweise in deinem Bunker unterm Haus.«

Ein versteinerter Blick.

Völlig unbeirrt redete ich weiter: »Woher wusstest du, wann der Blitz kommt?«

Er ließ sich wieder zurück in seinen Ledersessel sinken. »Die Male auf meiner Hand verblassten, und ich habe Arkana-Rufe gehört. Das sind sichere Anzeichen dafür, dass eine Katastrophe kurz bevorsteht.«

»Gibt es wirklich vor jedem Spiel eine Katastrophe?«

»Ja, und die Katastrophen passen zu den Arkana-Karten. Der Schwarze Tod war beispielsweise eine Hommage an mich, während dem Herrscher ein verheerender Vulkanausbruch gewidmet wurde.«

»Das passt zu ihm.« Ich erinnerte mich an die Fähigkeiten dieser Karte. Der Herrscher konnte Berge, Vulkane und Erdbeben entstehen lassen, und seine Härte und Unnachgiebigkeit bildeten das Gegenstück zur angeblichen Anziehungskraft und Weichheit der Herrscherin.

»Es ist wirklich bedauerlich, dass du dich nicht mehr an die Hungersnot erinnern kannst, die dir zu Ehren eingetreten ist.«

In einer meiner ersten Visionen hatten Dorfbewohner tatsächlich der roten Hexe die Schuld an ihrem Hunger gegeben. Hatten sie sie zu Recht beschuldigt? »Gab es auch zu Ehren dieser einen Karte – ich meine die, die ebenfalls gegen mein Gift immun ist –, gab es für sie auch schon eine Katastrophe?«, fragte ich so unschuldig wie möglich. Beim besten Willen konnte ich mich nicht daran erinnern, welche Karte das war. Vielleicht würde es mir der Tod ja verraten …

Er schenkte mir ein schwaches Lächeln. »Das wird wohl mein Geheimnis bleiben.«

»Ich wette, in diesem Spiel war die Sonne an der Reihe.«

Er nickte. »Ereignisse dieser Art führen die Arkana zusammen und lenken die Menschen von uns ab. Wenn ringsum Leichen verrotten, hebt niemand den Blick zum Himmel und entdeckt dort fliegende Teenager.«

»Wir brauchen ein Schlachtfeld.« Matthew hatte davon gesprochen. »Aber bisher waren es keine apokalyptischen Tragödien. Warum jetzt?«

Mit hochgezogenen Augenbrauen sah er auf mein unberührtes Glas. *Na gut, das war der Deal.* Ich kippte den Wodka runter und japste nach Luft. Sofort goss er wieder nach.

»Ich bin davon überzeugt, die Erde – ich spreche vom Planeten, nicht von der Karte – war schon so zerstört, dass die Sonne zu stark für sie war. Vielleicht hätten die Götter noch einmal alles zum Guten wenden können, aber die sind längst verschwunden.«

»Wir sind die Spielfiguren verschiedener Gottheiten, richtig? Und du spielst für einen Todesgott.« Ein kurzes Nicken. Die Vorstellung jagte mir einen Schauer über den Rücken. »Und was ist mit mir? Du hast gesagt, ich wäre eher eine Aphrodite als eine Demeter. War das wörtlich gemeint?«

»Die Götter haben zahllose Namen. Wie sie heißen,

ist unwichtig. Das Einzige, das zählt, sind die Kräfte, die sie dir geschenkt haben.«

»Dass sie dir die Fähigkeit zugedacht haben, mit den Händen zu töten, ist ja nicht gerade fair. Sind eigentlich nur deine Hände tödlich oder auch deine Haut?«

Mit stechendem Blick, jede Silbe einzeln betonend, sagte er: »An mir ist jeder Millimeter tödlich.«

Mir war nicht klar, ob das eine Anspielung sein sollte oder eine Drohung. »Wie lautet dein Ruf?«, fragte ich weiter. »Warum habe ich ihn noch nie gehört?«

»Vielleicht habe ich ja keinen nötig«, gab er ausweichend zurück.

»Hast du schon alle Arkana-Rufe gehört?« Er war schließlich der König der Übertragungswellen. »Auch die weit entfernten?« Ich selbst konnte im Moment nur Stimmen hören, die über den baldigen und grausamen Tod der Herrscherin tuschelten.

»Ja. Bis auf den Ruf der Arkana, die noch darauf wartet, aktiviert zu werden.«

Ich durchforstete mein Gedächtnis. Richtig, es gab eine Karte, die so lange schlummerte, bis er oder sie eine andere Arkana getötet hatte.

»Du bist dieses Mal ziemlich neugierig. In den letzten paar Tagen hast du mir mehr Fragen gestellt als in all deinen vorherigen Leben zusammen.«

Dann war ich früher, einmal abgesehen von meinen anderen charakterlichen Schwächen, auch noch ein Konversationsmuffel gewesen?

»Du erstaunst mich«, gab der Tod zu. »Du scheinst dich tatsächlich verändert zu haben, zumindest oberflächlich. Ich würde gerne wissen, warum.«

»Ich habe keine Ahnung, warum ich anders bin. Ich kann mich kaum an meine früheren Leben erinnern.«

»In Anbetracht deiner Vergangenheit muss man eigentlich davon ausgehen, dass das alles nur Theater ist.«

»Ist es aber nicht. Ich habe inzwischen zwar auch den Verdacht, dass ich in früheren Spielen nicht gerade die Freundlichkeit in Person war, aber in diesem bin ich ziemlich offen.«

»Dann wirst du mir also jede meiner Fragen ehrlich beantworten?«

Wahrscheinlich wollte er mich testen und nur Fragen stellen, deren Antworten er schon kannte. »Frag!«

»Du und der Narr, führt ihr irgendetwas gegen mich im Schilde?«

Treffer. »Ja, kann sein.«

»Würdest du mich hier an Ort und Stelle töten, wenn du die Gelegenheit dazu hättest?«

Was sollte ich darauf antworten? »Nicht, wenn du dich auf einen Nichtangriffspakt einlässt.«

»Leider weiß ich, dass das sinnlos ist. Glaubst du, die Arkana hätten so etwas noch nie versucht? Man lässt ein paar Karten am Leben und schließt mit ihnen ein Friedensabkommen. Eine Zeit lang funktioniert das, doch dann wird die Versuchung der Unsterblichkeit zu groß, und das Töten beginnt von Neuem. Das Schicksal findet immer einen Weg, dich zum Kämpfen zu bringen.«

Natürlich war ich nicht davon ausgegangen, dass ich die Erste war, die auf eine solche Idee gekommen ist. Aber es war dennoch demoralisierend zu erfahren, dass die vorherigen Versuche eines Nichtangriffspakts alle gescheitert waren. Sofern der Tod die Wahrheit sagte.

»Selbst die stärksten Arkana konnten einen solchen Pakt nicht aufrechterhalten«, fügte er hinzu. »Und sicher interessiert es dich zu hören, dass du schon einmal Verbündete hattest und dann die Erste warst, die das Bündnis gebrochen hat.«

»Warum? Was habe ich getan?«

Wieder ein auffordernder Blick auf mein Glas.

Nachdem ich getrunken hatte, stürzte auch er seinen Wodka runter und füllte erneut die Gläser. Noch einen? Inzwischen war ich leicht angetrunken.

»Du musst dich schon selbst erinnern, wenn du das wissen willst, Geschöpf.«

»Und wenn ich mich nicht erinnern kann?«

»Dann wirst du es *nie* erfahren. Ich hüte jedes Geheimnis wie ein Grab, wusstest du das nicht?«

Wollte er mich wieder necken? »Was immer ich getan habe, es ist schon lange her. Ich bin nicht mehr dieselbe Person, und mir ist schleierhaft, wie ich jemals so böse sein konnte.« Ich, die Rekordhalterin.

»Deine Familie hat das Spiel immer sehr ernst genommen und dich zu einer bösartigen Mörderin herangezogen.«

Entsetzt erinnerte ich mich an die Worte meiner Großmutter: *Evie, du hast etwas Böses in dir, das ich fördern muss.* In ihren Augen lag ein liebevolles Funkeln, als sie sagte: *Du wirst sie alle töten.*

Damals war ich acht.

Was wohl aus mir geworden wäre, wenn meine Mutter sie nicht weggeschickt hätte? Was hätte mir Gran alles beigebracht, hätte sie noch acht weitere Jahre Zeit gehabt? Ich schluckte. Und was würde sie mir heute beibringen?

Wohl kaum, wie ich das Spiel beenden konnte. Nichtangriffspakte hatten in der Vergangenheit ohnehin nicht funktioniert.

Ich hatte immer krampfhaft an der Hoffnung festgehalten, meine Großmutter könnte mir helfen. Aber nach allem, was ich inzwischen erfahren und woran ich mich erinnert hatte, war das fast lachhaft. Vielleicht hatte ich ja nur so fest an einen Ausweg geglaubt, weil die einzige Alternative darin bestünde, Leute umzubringen, die ich sehr mochte …

Zum ersten Mal wurde ich unsicher, ob ich Gran tatsächlich unbedingt finden wollte.

»An was denkst du? Warum machst du so ein trauriges Gesicht?«, fragte mich der Tod.

»Eigentlich ist es kein Wunder, dass ich dieses Mal anders bin.« Mit den Fingern fuhr ich den Rand meines

Glases entlang. »Ich hatte keinen Unterricht. Anstatt zu lernen, wie man tötet, war ich einfach nur ein ganz normales Mädchen.« Als ich aufsah, bemerkte ich, wie er der Bewegung meiner Finger folgte.

Er deutete auf meine Zeichen. »Dafür warst du gar nicht schlecht.«

Ich zog die Hand weg. »Nachdem meine Großmutter weggegangen war« – *in ein Irrenhaus eingewiesen wurde* –, »hat mir niemand mehr etwas beigebracht. Ich bin in einer Kleinstadt zur Schule gegangen und dort mit meinen Freunden um die Häuser gezogen. Ich war stinklangweilig und hing meinen banalen und öden Träumereien nach.«

»Das hat dich richtig getroffen, stimmt's?«

Ich zuckte mit den Schultern. »Warum haben dich meine Gedanken überhaupt interessiert?«

»Man muss seine Feinde kennen, um sie zu besiegen.«

»Könntest du meine Gedanken jetzt lesen, wüsstest du, dass ich nicht deine Feindin sein möchte.«

Mit gewohnter Arroganz presste er die Fingerspitzen gegeneinander. Obwohl seine Berührung tödlich war, waren seine Hände so feingliedrig wie die eines Chirurgen.

»Was für ein Zufall! Als ich deine Gedanken noch lesen konnte, hast du geschworen, mich zu töten, und Verbündete gesucht, um diesen Plan durchzuführen. Und jetzt, wo ich das nicht mehr kann, behauptest du, du möchtest Frieden schließen.«

»Falls ich Matthew dazu bringen könnte, unsere mentale Verbindung wiederherzustellen, würdest du mir dann die Armfessel abnehmen?«

»Nicht bevor ich dich aus dem Spiel genommen habe«, antwortete er nüchtern und zeigte mir damit mal wieder, wer hier die Oberhand hatte.

Nun, ich war auch nicht hier, um Freundschaft zu schließen. »Welche Abmachung mit dir hat Matthew überhaupt gebrochen, dass er dir Zugang zu meinem Kopf gewähren musste?«

»Das geht dich nichts an. Er hat sich nicht daran gehalten und dadurch seine Ehre verletzt. In zukünftigen Spielen wird er dafür bezahlen müssen.«

So wie ich in diesem Spiel für vergangene Vergehen leiden musste. »Du hast unsere Abmachung aber auch nicht eingehalten. In der Mine bin ich mit dir gegangen, und trotzdem hast du Ogen nicht daran gehindert, weiter auf den Berg einzuprügeln.«

»Ich hatte lediglich zugesagt, deine Freunde nicht zu töten. Sie leben. *Ich* habe nicht gelogen, Herrscherin.«

»Was soll das denn nun wieder bedeuten? Wer hat dann gelogen?«

Wieder nur ein eisiger Blick.

Ich tat das Ganze als einen weiteren Versuch ab, mich aus der Fassung zu bringen, und wechselte das Thema. »Wie ist das Leben als Unsterblicher so?«

»Lang.«

»Ah.«

Ein unangenehmes Schweigen.

Ich überlegte krampfhaft, was ich noch sagen könnte, und fragte schließlich: »Stammen die Bilder im Flur aus der italienischen Renaissance?«

Die Frage schien ihn zu überraschen. »Ja. Kennst du dich aus mit Kunst?«

»Ich habe gemalt vor dem Blitz.« Als solche Hobbys noch möglich waren. Mittlerweile hatte der tägliche Kampf ums Überleben, die verzweifelte Suche nach Nahrung und Unterschlupf, alles, was mir früher Spaß gemacht hatte – Tanzen, Kunst, Literatur – zu einer blassen Erinnerung verschwimmen lassen. »Die italienischen Maler haben mich immer sehr fasziniert.«

In der Schule hatte ich an einer Kunstgeschichte-AG teilgenommen und das entsprechende Kapitel immer wieder gelesen. Ich hatte mir vorgestellt, wie aufregend diese Epoche gewesen sein musste, die ausgelassenen Feste, die Leidenschaft. Mein Lieblingsbild war *Triumph der Venus* von Francesco del Cossa, ich bezweifelte jedoch, dass der Tod sich ebenfalls dafür begeistern konnte.

»Es war eine sehr fortschrittliche Epoche«, sagte er fast stolz.

Ich staunte: »Bist du etwa dabei gewesen?« Er senkte den Blick. »Warst du damals in Florenz? Oder in Venedig?« Beim Gedanken daran, wie wunderbar diese Städte gewesen sein mussten, entfuhr mir ein Seufzen.

»Ich bevorzugte ländlichere Regionen«, sagte er und wandte den Blick ab.

Natürlich, er hatte Angst davor, andere zu berühren, und mied deshalb dicht bevölkerte Gebiete. Ausgelassene Feste oder gar Leidenschaft waren ihm versagt, da er weder Freunde noch Liebhaberinnen hatte. Er musste immerzu auf der Hut sein. »Manchmal vergesse ich, dass du niemanden berühren kannst. Außer mir natürlich.«

Sein angespannter Oberarm verriet, dass seine Hand sich unter dem Schreibtisch zur Faust ballte. »*Ich* vergesse das nie.«

Wenn Jack sauer oder wütend war, zuckte immer einer seiner Kiefermuskeln. Zeigte der Tod mit der geballten Faust seine Gefühle? »Dann hast du also auf dem Land gelebt, weit weg von all dem Trubel?«

»Es hat mir an nichts gefehlt.«

Ich stellte mir vor, wie er einsam und zurückgezogen in einer leeren Villa zwischen den hallenden Wänden seine Bücher las. »Hattest du Freunde?«

»Menschen sterben schnell. Ich bin stets bemüht, mich nicht zu sehr an jemanden zu binden. Ich halte auch keine Haustiere.«

»Nur dein Pferd. Woher bekommt man ein Pferd mit roten Augen? Ist es auch unsterblich?«

Der Tod schüttelte den Kopf. »Jedes Ross, das ich mein eigen nenne, bekommt rote Augen.«

»Hast du ihm den Namen Thanatos gegeben? Klingt echt beeindruckend.«

»Es ist der Name eines Totengottes. Du kannst gerne die Bibliothek nutzen und deinen Horizont erweitern.«

Am liebsten hätte ich erwidert, dass Lernen doch sinnlos war, wenn er mich ohnehin bald umbringen würde, stattdessen sagte ich zähneknirschend: »Gute Idee.« Ich stand auf und ging zu seinen Bücherregalen. »Am besten fang ich mit deinem Lieblingsbuch an.« Das würde ich ihm hier zurückgeben müssen.

»Ich hatte die andere Bibliothek im Sinn.«

Über die Schulter sagte ich: »Mich interessiert aber, was dir gefällt.«

»Du hast eine riesige Bibliothek zur Verfügung und möchtest ausgerechnet ein Exemplar aus meiner persönlichen Sammlung? Hast du eine Vorstellung, wie wertvoll diese Bücher sind? Wie schwierig es war, sie all die Jahre in diesem tadellosen Zustand zu erhalten?«

Ich drehte mich zu ihm um. »Sind das Erstausgaben?«

»Es sind einfach *meine* Bücher. Ich habe ein Vermögen ausgegeben, um sie in meinen verschiedenen Unterkünften und während meiner Wanderschaften sicher zu verwahren. Ich habe sie stets beschützt, durch Kriege und Katastrophen.«

Ich stöhnte. »Du sprichst von den Büchern, als wären es deine Kinder.«

Er hob sein Glas. »Andere werde ich nie haben.« Er sagte das völlig ungerührt, aber es machte mich traurig.

In all der Zeit hatte er nie eine Familie gründen können, und das würde immer so bleiben. Er hatte niemanden. Ich hatte mich an den beiden Tagen, die ich alleine nach Requiem unterwegs gewesen war, furchtbar einsam gefühlt. Und das waren nur zwei Tage gewesen.

Der Tod fühlte sich schon seit mehr als *siebenhunderttausend* Tagen so.

Die Vorstellung, dass auch er sich einsam fühlte, machte ihn in gewisser Weise menschlicher. Er hätte auch ein ganz normaler junger Mann Anfang zwanzig sein können, ein Collegeabsolvent vielleicht, der einfach nur versuchte, über die Runden zu kommen.

Aber er war kein Collegestudent. Er war der Herr der Ewigkeit, ein unsterblicher Killer. Wahrscheinlich genoss er es, allein zu sein, und hatte im Gegensatz zu mir keinerlei Bedürfnis nach Gesellschaft.

»Komm schon, ein einziges Buch kannst du doch rausrücken«, sagte ich. »Hast du Angst, ich könnte etwas über deinen Charakter erfahren, wenn ich dasselbe lese wie du?«

Er gab nach und kam zu mir, aber nicht zu nah. Dann reckte er sich, zog ein dünnes Bändchen aus dem Regal und reichte es mir.

Der Fürst?

»Es ist auf Englisch, aber fast genauso alt wie das italienische Original.« Schon ein klein wenig begeisterter fügte er hinzu: »Die Übersetzung ist gar nicht so schlecht.«

»Worum geht's denn? Ist es ein Abenteuerroman? Oder eine Liebesgeschichte?«

»Eine politische Abhandlung oder Satire ...« Dann fiel ihm wieder ein, wen er da vor sich hatte, und er verstummte. Mit verschlossener Miene ging er zurück zu seinem Sessel. Offensichtlich fühlte er sich mit dem Schreibtisch zwischen uns wohler.

Hatte er Angst vor mir? Oder davor, mir etwas anzutun?

»Kannst du Italienisch?«

»Ich spreche viele Sprachen. Ein großer Vorteil der Unsterblichkeit. Ich habe viel Zeit zu lernen.« Er deutete auf die Schriftrollen. »Und ich würde meine Studien gerne fortsetzen. Jetzt.«

Mit diesen Worten verabschiedete er mich in meinen einsamen Turm. Beim Gedanken daran, wieder alleine zu sein, machten sich die drei Gläser Wodka in meinem Magen bemerkbar. Hier beim Tod war es wenigstens nicht so langweilig. »Ich könnte doch schon mal hier anfangen zu lesen, solange du arbeitest. Wir könnten zusammen lesen.«

Er schien tatsächlich darüber nachzudenken.

»Ich bin auch mucksmäuschenstill.«

»Glaubst du, ich weiß nicht, was du hier treibst?«, fragte er barsch. »Ich durchschaue dich sehr wohl. Geh jetzt, Geschöpf, und komm nicht wieder hierher.«

Das Buch kokett schwenkend antwortete ich: »Aber ich muss es dir doch zurückgeben, wenn ich damit fertig bin. Das gehört sich so.«

In einem Ton, der keinen Zweifel daran ließ, dass ich nun gehen sollte, sagte er: »Du kannst es als ein verfrühtes Abschiedsgeschenk betrachten.«

31

Tag 279 n. d. Blitz

– Jagen und angreifen. –

Ich rieb mir die Augen. *Bist du das, Matthew?* Verärgert stellte ich fest, dass Zyklop schon wieder neben mir im Bett lag. Er leckte sich die kräftigen Hinterbeine und döste weiter. *Wie spät ist es?*

– Keine Ahnung. Es ist immer dunkel. –

Gestern hatte sich die Sonne nur ungefähr eine Stunde gezeigt. Brach über das Anwesen des Herrn der Ewigkeit bald die ewige Nacht herein? Ich verscheuchte den Gedanken. Sollte der ganze Planet untergehen, war mein Plan, das Spiel zu vereiteln, hinfällig. *Wo warst du? Du hast dich seit fünf Tagen nicht mehr gemeldet.*

– War beschäftigt. –

Jack geht es hoffentlich besser? Wir waren nun schon seit drei Wochen getrennt und ich machte mir zunehmend Sorgen um ihn. Es fiel mir schwer, an etwas anderes als meine Flucht zu denken. Ich wollte weg, zu ihm.

Oder zumindest meinen Job hier zu Ende bringen.

Gerne hätte ich Matthew etwas Neues berichtet, aber mein Leben schien in einer Sackgasse zu stecken. Ein Tag war wie der andere und ich war dem arroganten Sensenmann kein Stück näher gekommen. Nur an den Bußgürtel hatte ich mich inzwischen gewöhnt, aber das war keine gute Entwicklung. Im Gegenteil, eigentlich hatte ich das Ding loswerden wollen, bevor es so weit kam.

– Ob besser, weiß ich nicht, auf jeden Fall anders. Wir gehen auf die Jagd und greifen an! –

Matthew klang wie ein begeisterter Sechzehnjähriger, der sein erstes Auto bekommen hat.

Was soll das heißen?

Er zeigte mir eine Vision von Jack. Hoch konzentriert und völlig emotionslos reinigte er ein Gewehr, keine Spur von der Raserei, die ihn vor ein paar Tagen noch umgetrieben hatte. Er trank nach wie vor nicht.

Was ist passiert?

– Andere wissen, wo du bist. Hüte dich vor der Verlockung. –

Davon hatte der Tod auch schon gesprochen. *Ja und?*

– Ich habe Jack nicht gesagt, wie er dich finden kann. Also will er von anderen erfahren, wo du bist. –

Meine Gedanken überschlugen sich.

– Wir jagen Arkana. Planen einen neuen Angriff! –, fügte Matthew hinzu.

Seid ihr wahnsinnig?? Noch nie war ich so wütend auf Matthew. *Jack hat keine übernatürlichen Fähigkeiten!*

– Selena und Finn machen auch mit. – Er klang selbstsicher.

Du musst sie weit weg von jeder Gefahr führen, Matthew! Versprich mir das!

– Nähe, Verführung, Freiheit. Jagen! Und angreifen! –

Dann war er weg. Einfach aufgelegt. Verzweifelter denn je wollte ich zu ihnen zurück.

Aber wie? Durch Nähe? Der Tod hatte eine unübersehbare Abneigung gegen mich. Ich hatte ihm schon zwei Mal aufgelauert, war meinem Ziel aber nicht näher gekommen, im Gegenteil. Mein nächster Plan, mit dem ich mich wahrscheinlich noch mehr zum Deppen machen würde, sah vor, ihm im Regen beim Trainieren zuzusehen.

Woher sollte ich wissen, wie man jemanden verführt? Ich war sechzehn, okay, fast siebzehn, und hatte erst ein Mal mit einem Mann geschlafen. Früher hatte ich in diesen Dingen immer Tipps von der erfahrenen Mel bekommen.

Sie hätte sicher gewusst, wie ich die Sache angehen muss. Mit unserem Cheerleaderteam hatten wir einmal eine Autowaschaktion zum Spendensammeln organisiert, zu der sie in einem hauchdünnen weißen T-Shirt mit einem schwarzen BH darunter aufgetaucht war. Bei ihr hatten die Autos um das ganze Schulgebäude herum Schlange gestanden.

Doch hier gab es keine Autos, die man waschen könnte. Wie sollte ich mich da in einem nassen T-Shirt präsentieren können?

Mein Blick fiel auf Zyklop und mir kam eine Idee. »Junge, du stinkst vielleicht.«

Alles, was ich dazu brauchte, war vorhanden: Nieselregen, Wolf, ein dünnes weißes T-Shirt und ein schwarzer BH.

Für den Tod gut sichtbar stand ich mit zwei Eimern warmem Wasser und meinem Wolf im Hof.

Er würdigte uns zwar keines Blickes, aber als ich ihn sah, setzte mein Verstand für einen kurzen Moment aus. Sein Kettenhemd war wie ein aus Metall gestricktes Langarmshirt geschnitten und ließ der Fantasie kaum Spielraum. Die Maschen schmiegten sich weich an die Wölbungen seiner kräftigen Muskeln und ließen die tätowierten Runen auf seiner Haut erahnen.

Konzentration jetzt! Ich schnappte mir das Geschirrspülmittel, das ich aus der Küche stibitzt hatte, und verteilte eine ganze Ladung auf Zyklops Pelz. Sicher war in den Vorräten des Todes noch genug davon vorhanden.

Zuvor hatte ich Lark im Fitnessraum besucht und ihr angekündigt, dass ich Zyklop baden wollte.

»Da kannst du dich gleich beerdigen lassen«, war das Einzige, was sie dazu gesagt hatte.

Erstaunlicherweise ließ der Wolf es klaglos über sich ergehen, als ich ihm die Seife in sein verfilztes Fell rieb. Mit seinem einen Auge sah er mich verblüfft an, und mir dämmerte, dass Lark ihn noch nie gewaschen hatte. »Da musst du jetzt durch«, murmelte ich und rubbelte ihn gründlich ab.

Es war, als würde man einen vernarbten, räudigen Wookiee waschen.

Die Seifenlauge floss aus seinem Fell über den Hof und sammelte sich dort, wo der Tod trainierte, zu einer Pfütze. Jedes Mal, wenn er hineintrat, stiegen neben seinen Stiefeln Seifenblasen auf. Obwohl er das bemerkt haben musste, hielt er nur kurz inne und setzte seine Übungen dann umso entschlossener fort.

Ah, er wollte mich ignorieren. Das kam überhaupt nicht infrage.

Ich schüttete die komplette Flasche Spüli über Zyklop aus und seifte ihn gründlich ein, bis sein Pelz sich in einen Schaumteppich verwandelt hatte. »Na, alter Junge? Bist du der Wolf im Schafspelz?«

Die Seifenlauge, die über den Hof rann, schwoll zu einem Bach an. *Ignorierst du uns jetzt immer noch, Gevatter Tod?*

Inzwischen klebten die Seifenblasen sogar an seinen Hosenbeinen, aber er sah immer noch nicht zu uns rüber, sondern drosch vehement weiter auf seine bewegliche Zielscheibe ein.

Verdammt, dabei hatte ich gedacht, der Plan sei echt gut. Ich sah meinen Wolf an. »Na ja, dann machen wir dich eben mal richtig sauber.« Die Aussicht, dass es in meinem Turmzimmer bald deutlich besser riechen würde, ließ mich meine neue Aufgabe entschlossen in Angriff nehmen.

Es tat mir gut, mich um das Tier zu kümmern, und als ich merkte, dass Zyklop es ebenfalls genoss, musste ich lächeln.

Ohne Vorwarnung schüttelte er sein Fell und bespritzte mich mit Schaum. Kreischend machte ich einen Satz rückwärts, aber er tapste mir nach und verlangte nach mehr Streicheleinheiten. »Du bist ja eine richtige Schmusekatze!«

Ich hockte mich neben ihn und entwirrte ein paar Zotteln in seinem Nacken. Dabei schnüffelte er an mir. An seiner Schnauze bildeten sich Seifenblasen, die über den Hof schwebten. Ich musste lachen. Das tat so gut. Seit jener Nacht in der Hütte mit Jack hatte ich nicht mehr richtig gelacht …

Mit einem Gesicht, als würde er jeden Moment jemanden umbringen, kam der Tod zu uns. »Wie kannst du es wagen, mein Training zu stören?«

»Was?« *Das wird niemals funktionieren*. Ich stand auf.

Sofort wanderte sein Blick nach unten und blieb auf meinem Busen hängen. Es war alles zu sehen, inklusive Brustwarzen. Ups. »Ich wollte nur meinen Mitbewohner waschen. Ist der Hof für mich auch verbotene Zone?«

Der Tod zog die blonden Augenbrauen zusammen und fuhr sich mit dem Panzerhandschuh über den Mund.

»Ist das der einzige Grund, weshalb du dich dem Regen aussetzt?« fragte er abwesend, die Augen immer noch auf meinen Körper gerichtet. »Einem eiskalten Regen?« Hatte sich der leichte Akzent, mit dem er sprach, verstärkt? Bei Jack war das immer ein Zeichen dafür, dass er erregt war.

Ich ging um Zyklop herum und stellte mich direkt vor den Tod. »Der Wolf hat sich angewöhnt, in meinem Bett zu schlafen. Da ist es mir lieber, er riecht nach Zitrone und nicht nach nassem Hund.« Der Tod hob vorsichtig die Hand, als wollte er mich berühren. Dann ließ er den Arm mit geballter Faust wieder sinken.

Da war sie wieder, die geballte Faust. War sie ein Hinweis auf seine ewige Sehnsucht nach Berührung? Ein Zeichen der Erkenntnis, dass seine Berührung tödlich war?

Die Vorstellung, dass dieser Unsterbliche nur mit einer einzigen Frau auf der ganzen Welt Sex haben konnte, und dass er immerzu daran dachte, mich zu berühren, war unheimlich. Beherrschte ich seine nächtlichen Fantasien?

Der Gedanke daran ließ mich zittern. Er stieß einen unverständlichen Fluch aus.

Denk an deine Mission! »Danke übrigens, dass du mir *Der Fürst* ausgeliehen hast.« Es war ein ziemlich merkwürdiges Buch, in dem es nur um skrupellose Machtpolitik und Kriege ging. Intrigen, Verschwörungen und Rücksichtslosigkeit wurden darin für gut befunden. »Ich lese es nachher fertig und bringe es dir dann heute Abend zurück.«

Seine Augen klebten immer noch an meinem Busen. Er musste sich räuspern, bevor er etwas erwidern konnte.

»Du möchtest mich heute Abend in meinen Gemächern aufsuchen?« Er sah mir ins Gesicht, offensichtlich entschlossen, den Blick nicht mehr nach unten gleiten zu lassen.

»Ja. Ich fände es schön, wenn wir uns über das Buch unterhalten könnten. Wenn man darüber spricht, sieht man eine Lektüre oft in einem ganz neuen Licht.« Ich lächelte ihn an. Seine bernsteinfarbenen Augen, die nun an meinen Lippen klebten, funkelten. Stellte er sich vor, wie es wäre, mich zu küssen? Ich verabscheute ihn so sehr, dass mir eigentlich allein bei dem Gedanken schon übel werden müsste. Doch die Vorstellung, dass unsere Lippen sich berührten, stieß mich nicht ab.

Schuldgefühle stiegen in mir auf. Ich liebte doch Jack, wie konnte ich da daran denken, diesen Mann zu küssen?

Hitze stieg mir in die Wangen, was er sicherlich bemerkte.

Erneut machte ich mir bewusst, dass der Sensenmann zwar äußerst attraktiv, aber grausam, arrogant und unbarmherzig war. Und er wollte mich töten. Mit diesem Gedanken zwang ich mich, weiterzuflirten. »Sollte mir *Der Fürst* zeigen, wie das Spiel gespielt werden muss, Boss?«

Das Strahlen in seinen Augen erlosch. »Nein, ich habe es ausgewählt, um dir vor Augen zu führen, wie *du* es spielst.«

Oh. Der Zauber war gebrochen.

»Ich weiß genau, was du vorhast, Geschöpf. Du versuchst, dir mein Vertrauen zu erschleichen, damit ich dir den Bußgürtel abnehme. Und sobald du wieder im Besitz deiner Fähigkeiten bist, schlägst du bei der nächstbesten Gelegenheit zu.«

»Warte, Tod.« Ich ging einen Schritt auf ihn zu.

Er wich zurück. »Dabei willst du die ganze Zeit nur zu *ihm* zurück. Mich würde interessieren, was dein geliebter Sterblicher wohl zu diesem Auftritt hier sagen würde.« Seine Fäuste waren geballt.

Eifersucht.

Er konnte es nicht länger verbergen. Da war mehr als nur Gegensätze, die sich anziehen, oder sein Verlangen nach Berührung. Mir fiel wieder ein, wie er reagiert hatte, als ich die Nacht mit Jack verbrachte, der Zorn in seiner Stimme. Nein, seine Gefühle gingen tiefer.

Was war in meinen früheren Leben zwischen uns geschehen? Ich musste die Wahrheit erfahren und sagte: »Ich habe geträumt, dass du mich vor langer Zeit in dein Bett holen wolltest. Warst du erfolgreich?«

»Du musst dich schon selbst erinnern, wenn du das wissen willst«, sagte er barsch. »Es wird dir nicht gelingen, mich zu verführen. Gib auf, Herrscherin.« Dann ging er davon.

Es war mir egal. Ich würde ihn heute Abend trotzdem in seinem Arbeitszimmer aufsuchen.

32

Am Abend kam auf mein Klopfen an die Tür des Todes keine Antwort. Er war nicht da.

Ich suchte nach Lark und fand sie im Wohnzimmer, wo sie sich einen Film ansah. »Wo ist er?«

Sie drückte auf Pause. »Er hat was zu erledigen. Wollte in zwei Tagen zum Abendessen wieder da sein.«

»Wird er jemanden töten?«

»Eher nicht. Er ist oft unterwegs, um verschiedene Dinge für uns aufzutreiben.« Sie stopfte sich eine Handvoll Popcorn in den Mund und kaute schmatzend. »Verdammte Scheiße, Evie, wahrscheinlich ist er abgehauen – vor dir. Die Aktion mit dem nassen T-Shirt war ja wohl der Hammer. So durch den Wind war er noch nie.«

Es schmeichelte mir ein wenig, dass es mir gelungen war, einen steinalten Unsterblichen aus der Fassung zu bringen. Aber mein Stolz verpuffte schnell. Der Tod würde zwei Tage wegbleiben, und das hieß, ich würde noch länger von Jack und meinen Freunden getrennt sein.

Getrennt von Jack, der da draußen auf der Jagd nach Arkana womöglich gerade sein Leben riskierte.

Wie lange konnte ich noch durchhalten? Obwohl ich mehr freie Zeit hatte als je zuvor in meinem Leben, schienen die Tage nur so dahinzufliegen.

Ich war gefangen im Schloss der verlorenen Zeit.

Der Drang zu fliehen wurde immer stärker. »Wo ist der Garten?«, fragte ich Lark. Ich wusste, dass sie dem Tod die Treue hielt, aber wie weit würde ihre Loyalität gehen? Ich musste es riskieren. »Wenn du mir hilfst, meine Macht zurückzugewinnen, könnten wir den Tod und Ogen von diesem gespenstischen Anwesen vertreiben. Deine Tiere wären in Sicherheit und du könntest mit allen Annehmlichkeiten noch viele Jahre hier leben.«

Es war ihr nicht anzusehen, ob sie meinen Vorschlag verlockend fand.

»Ich könnte meine Freunde holen, damit sie uns helfen. Du würdest Finn wiedersehen. Wir wären wieder Verbündete.«

»Nein danke, mir geht's gut hier.«

Die Finger gegen die Schläfen gepresst ließ ich mich ihr gegenüber aufs Sofa sinken. »Warum bist du dem Tod so treu ergeben?«

Sie stellte die Popcornschüssel zur Seite. »Er ist nicht so, wie du denkst.«

»Dann ist er also kein eiskalter Killer?«

Zögernd gab sie zu: »Doch, schon. Aber nicht wie die Liebenden oder der Hierophant.«

»Sind diese Monster jetzt der Maßstab aller Dinge?«

Sie zuckte die Achseln. »Du musst dich mal in seine Lage versetzen. Das einzige Mädchen auf der Welt, das er berühren kann, hat geschworen, ihn umzubringen.«

Fast hätte ich geschrien: *Aber er hat doch angefangen!* Schon vor dem Blitz hatte er mich ständig bedroht. »Ich wollte einfach nur in Ruhe auf meiner Farm leben. Er war es, der mir das Leben zur Hölle gemacht und damit gedroht hat, mein Blut von seinem Schwert zu lecken und dergleichen. Was hätte ich denn tun sollen?«

»Hast du dich mal gefragt, warum er das macht?«

»Klar hab ich das. Matthew habe ich auch gefragt. Und sogar den Tod selbst! Weißt du es denn?«

»Wenn ich es wüsste, würde ich es dir sicher nicht sagen.«

»Kein Wunder, dass die Welt der Tiere dein Zuhause ist, Fauna. Du bist echt stur wie ein Esel. Du hältst starrköpfig an einer Entscheidung fest, obwohl es die denkbar schlechteste Lösung für dich ist.«

»Darüber lässt sich streiten. Auch ich hab die Vorratskammer der Kannibalen von innen gesehen, schon vergessen?«

»Hat der Tod mit dir besprochen, wie er dich töten wird? Sagt er dir Bescheid, wenn du nur noch ein Jahr zu leben hast? Oder eine Woche? Das ist doch krank, was er da mit dir macht, Lark. Wie kannst du dir das gefallen lassen?«

Wieder zuckte sie die Achseln und spielte an der Fernbedienung herum.

»Ich frage mich, was wohl mit deinen Tieren geschieht, wenn du unter der Erde bist. Aber vielleicht darf sich Ogen ja auch an deinen Knochen laben.« Ich verlor die

Geduld und stand auf. »Du wirst dich noch an diesen Abend erinnern, wenn du das Schwert des Todes im Nacken spürst. Du hättest dein Schicksal wenden können.« Der Berg zitterte und ich verstummte. Ein Erdbeben? In Haven hatten wir das auch manchmal, aber damals war die Air Force dafür verantwortlich gewesen.

Draußen in der verregneten Nacht war Ogens ohrenbetäubendes Brüllen zu hören.

Lark sah mich erschrocken an. Plötzlich wirkte sie sehr jung. »Das ist der Teufel.«

Ich war fertig mit ihr und ging in mein Zimmer. Bei jedem Schritt spürte ich meine Erschöpfung. Diese ereignislosen, gleichförmigen Tage waren anstrengend.

Oben angekommen, ließ ich mich aufs Bett fallen und schlief sofort ein.

Mitten in der Nacht schreckte ich mit einem unterdrückten Schrei aus dem Schlaf.

Wieder hatte ich vom Tod geträumt, nur dass es dieses Mal keine Erinnerung war, sondern ein übler Streich meines Unterbewusstseins. Ich hatte geträumt, dass er mich im Regen in den Armen hielt und küsste. Und es hatte mir gefallen, sehr sogar. In der eiskalten Regenflut spürte ich seine Lippen umso heißer auf meinen. Es war wie damals am Fluss, als er mir Luft in die Lungen blies und mich ins Leben zurückholte.

Immer wieder suchte er meine Lippen, sein Griff wurde härter und härter. Ich schrie fast vor Lust.

Der Tod war weggeritten, vermutlich um einen ahnungslosen Teenager zu töten, und ausgerechnet in dieser Nacht hatte ich den erotischsten Traum meines Lebens – von ihm!

Großer Gott, was war nur los mit mir?

33

Tag 281 n. d. Blitz

Am Abend sollte der Tod zurückkehren, und ich wollte ihn unter dem Vorwand, ihm sein Buch zurückzugeben, unbedingt in seinem Arbeitszimmer aufsuchen. Dass es sich angeblich um mein »Abschiedsgeschenk« handelte, würde ich einfach ignorieren.

Meinen Traum hatte ich erfolgreich verdrängt und bereitete mich nun auf unser Treffen vor. Nach langem Hin und Her fiel meine Wahl auf einen rehbraunen Rock und eine dunkelblaue Bluse mit rundem Ausschnitt. Seit dem Blitz hatte ich kein so tiefes Dekolleté mehr getragen. Die Haare ließ ich offen.

Ich hatte mir einen genauen Plan zurechtgelegt, was umso wichtiger war, nachdem Matthew sich in der Nacht wieder gemeldet hatte: – *Wir sind entkommen. Alle haben überlebt.* – Es hatte sich angehört, als würde er von anderen Rufen übertönt. Aus irgendeinem Grund waren die Arkana sehr aufgeregt. Ich meinte, etwas wie »obskure Lenkerin« verstanden zu haben.

Meine Freunde waren da draußen den schlimmsten Gefahren ausgesetzt, und ich konnte nicht bei ihnen sein.

Ich verließ das Badezimmer und ging zu Zyklop, der sich auf dem Bett breitgemacht hatte. »Wie sehe ich …?«

Vor Entsetzen blieb mir der Rest des Satzes im Halse stecken. Ich konnte nicht einmal mehr schreien.

Zwischen den Zähnen des Wolfs ragten noch ein paar Seiten des geliehenen Buches hervor, der Rest lag in schleimigen Fetzen über das Bett verstreut. Es sah aus wie die Tatortszene in einem Krimi. Mit einem feuchten Rülpser brachte Zyklop die Freude über sein neues, vierhundert Jahre altes Beißspielzeug zum Ausdruck.

»Großer Gott.« Ich würde dem Tod beichten müssen, dass eines seiner wertvollen Bücher, sein Lieblingsbuch, völlig zerstört war. Ausgerechnet in meiner Obhut war eines seiner »Kinder« verschlungen worden.

Das Klappern von Thanatos' Hufen über den Hof kündigte die Rückkehr des Todes an. Mit bleiernen Beinen schlich ich die Treppe hinunter.

Kurze Zeit später trat der Tod durch die Eingangstür und nahm den Helm ab. Er wirkte erschöpft. Sein Blick war trüb, blonde Stoppeln bedeckten seine ebenmäßigen Gesichtszüge. Seine Rüstung war über und über mit Schlamm bespritzt.

Ich hätte schwören können, dass sich seine Miene bei meinem Anblick ein wenig aufhellte. Meine Aufmachung schien ihm zu gefallen.

Dann verfinsterte sich sein Gesicht wieder. »Ah, Mylady erwartet die Rückkehr ihres Ritters«, sagte er verächtlich. »Für deine Intrigen bin ich heute viel zu müde, Herrscherin.«

Er sah so abgekämpft aus, dass er mir fast leidtat. Aber

wie konnte ich nur Mitleid mit jemandem haben, der mir nach dem Leben trachtete?

Wahrscheinlich war es der falsche Zeitpunkt, um ihm von dem Buch zu erzählen, trotzdem versuchte ich, irgendwie an ihn ranzukommen. »Wo bist du gewesen? Lark meint, du hättest uns Vorräte beschafft.« Keine Antwort. Ich spielte an meiner Bluse herum. »Sprichst du nicht mehr mit mir?«

»Lass mich in Frieden, Geschöpf. Ich bin nicht in der Stimmung.«

»Es könnte auch anders zwischen uns sein.«

»Sagt das Mädchen, das mich tot sehen will.«

»Ich wollte dich nur töten, weil du mich die ganze Zeit terrorisiert hast«, schnaubte ich enttäuscht. »Du hättest weitergemacht, bis einer von uns tot ist.«

Mit einem bitteren Lachen zog er sich die Panzerhandschuhe aus. »Und du glaubst, das hat sich geändert?«

»Ich glaube, es könnte sich ändern. Hättest du mich nicht lieber zur Freundin als zur Feindin? Vielleicht hast du ja vergessen, wie es ist, Freunde zu haben. Oder du hast es nie gewusst.«

Sein Gesicht verriet, dass ich den Nagel auf den Kopf getroffen hatte.

Wie furchtbar. »Du könntest jetzt Freunde haben«, sagte ich leise.

»Dein Leben liegt in meinen Händen, und du wagst es, mich zu bemitleiden? Warum sollte ich mir Freunde wünschen? Womöglich noch solche, wie du sie hast?« Spöttisch fügte er hinzu: »Dann bräuchte ich keine Feinde mehr.«

»Was meinst du damit?« Auf seiner rechten Hand entdeckte ich ein neues Zeichen und vergaß die Frage sofort wieder. Ein schlichter weißer Stern. »Du hast jemanden getötet.«

Er grinste mich höhnisch an. »Der Stern war äußerst kühn.«

Daher also die Aufregung. Der Stern, die Obskure Lenkerin, war tot.

Ich fühlte mich elend und drehte mich weg. Ob der Tod tatsächlich leidenschaftlich gern tötete? So wie Ogen, der nach Blutopfern lechzte?

Die Arkana hatten erzählt, in früheren Spielen habe der Tod am liebsten durch seine Berührung getötet. Vielleicht verspürte er wie Finn einen inneren Zwang, seine Fähigkeit zu nutzen.

Der Tod packte mich am Arm und riss mich herum. »Ausgerechnet du tust so angewidert? Du hast fast genauso viele Male wie ich!« Er ließ mich los und spreizte die Finger, als hätte er eine lebendige Handgranate gehalten.

»Bei mir war es Selbstverteidigung.«

»Woher willst du wissen, dass es das bei mir nicht auch war? Der Stern hat mich aufgespürt. Er ist meinem Zufluchtsort viel zu nahe gekommen.« Der Tod fuhr sich mit der Hand übers Gesicht. »Ich werde mein Haus und alle, die darin leben, beschützen. Selbst dich.«

Mit schwacher Stimme fragte ich: »Wie hast du sie getötet?«

»Es fiel mir nicht so leicht wie gewöhnlich. Die langen Nächte hatten den Stern stark gemacht. Die Bedingungen waren ideal für ihre Fähigkeiten.«

»Und welche sind das?« Ich konnte mich nicht entsinnen.

»Echoortung, eine gesteigerte Sinneswahrnehmung und die Gabe, von ihrer Haut Lichtwellen auszusenden, die einer Supernova gleichkommen. In dunkelster Nacht hat sie eine Lichtexplosion ausgelöst, die meine Sinne und meinen Körper vollständig gelähmt hat.« War das die Erschütterung, die wir gespürt hatten? Das Beben, das Ogen aufbrüllen ließ? »Und dann hat sie mich mithilfe ihrer Nachtsicht angegriffen.«

»Und wie hast du sie letztendlich besiegt?«

Der Tod kam ganz nah an mich heran und sah mir so tief in die Augen, dass ich anfing zu zittern. Er war Furcht einflößend in seiner Rüstung. Dann hielt er mir einen Handschuh vors Gesicht. »Diese Stacheln«, sachte streifte er damit über meine Wange, »durchdrangen ihre Schläfe.«

Der Tod hatte ein Mädchen mit der eisernen Faust seiner Rüstung erschlagen.

Ich ahnte, dass das ein Versuch von ihm war, meinen Hass gegen ihn noch anzufachen, und riss den Kopf weg. »Wirst du das mit mir auch machen, bevor du mich enthauptest? Und Lark, wird sie auch so sterben?«

»Das Spiel geht weiter«, sagte er knapp. »Töten oder getötet werden.«

Dieses Spiel macht uns alle zu Mördern. Ich konnte das nicht akzeptieren.

»Wir müssen da nicht mitmachen! Und wenn ich bei der Seele meiner Mutter schwöre, dass ich dich nicht angreife?«

»Wie leicht doch diese zarten Lippen lügen. Du hast deine Versprechen noch nie gehalten, Herrscherin.«

Das hatte man mir schon öfter erzählt. »Diesen Schwur würde ich niemals brechen.«

Er atmete hörbar aus. Offenbar bereute er es, zu viel von sich preisgegeben zu haben. »Es ist spät, und ich bin erschöpft. Ich werde mich nun zurückziehen.« Er wandte sich zum Gehen.

Schon wieder ein vergeudeter Tag im Schloss der verlorenen Zeit? Ich musste unbedingt versuchen, in seiner Nähe zu bleiben. Erhobenen Hauptes folgte ich ihm zu seinem Arbeitszimmer. »Ich weiß jetzt, weshalb du mir aus dem Weg gehst. Je besser du mich kennenlernst, umso schwerer fällt es dir, mich zu töten.«

»Du wagst es hierherzukommen?« Er legte Helm und Handschuhe auf den Schreibtisch. »Trotz meiner Warnung provozierst du mich?« Seine Stimme zitterte vor Wut. »Aber du würdest ja alles riskieren, um wieder bei deinem Sterblichen zu sein und wieder in seinen Armen zu liegen. Dazu machst du dich sogar an den Mann heran, den du mehr als jeden anderen hasst.«

»Jetzt warte doch mal …«

»Bestreitest du etwa, dass du gerade jetzt am liebsten bei ihm wärst?«

Ich schaffte es nicht, zu leugnen. Der Tod hatte recht. Ich würde alles tun, um wieder bei Jack zu sein.

Ich blieb ihm die Antwort schuldig, und da schien etwas in ihm zu brechen. Seine eiserne Selbstkontrolle war dahin. »Warum willst du ausgerechnet ihn? Für den Sterblichen sind deine Fähigkeiten ein Fluch, ein echtes Problem. Du bist eine Göttin unter den Menschen, aber er ist zu blind, um das zu erkennen!«

»Für mich sind sie auch ein Fluch und ein Problem. Wäre ich nicht die Herrscherin, gäbe es die Feindschaft zwischen uns gar nicht. Und ich müsste nicht ständig fürchten, dass dein Schwert meine Kehle durchtrennt.«

»*Liebst* du diesen Deveaux?« fragte er zornig.

Eine ehrliche Antwort auf diese Frage war wohl keine so gute Idee, schließlich wollte ich ihn ja verführen.

Zähneknirschend sagte er: »Es steht dir in dein hübsches Gesicht geschrieben. Aber würdest du ihn wirklich kennen, wäre das vorbei. Deine Gefühle für ihn würden welken und sterben.«

»Wovon redest du?«

Er ging zu seiner Wodkaflasche und goss nur sich selbst ein Glas ein. »Er hat dich wiederholt angelogen.« Er kippte den Wodka hinunter, fuhr sich mit seinem zeichengeschmückten Handrücken über den Mund und schenkte sofort nach.

Ich verschränkte die Arme vor der Brust. »Aha, und das soll ich dir glauben?«

»Nicht mir, das hat der Narr gesagt. Er war sehr besorgt um dich, solange du in Deveauxs Obhut warst.«

Matthew sollte das gesagt haben? Unmöglich. Der Tod wollte mich nur reizen, aus der Fassung bringen, so wie ich ihn. »Ich werde das überprüfen.«

»Davon gehe ich aus.«

Ich schluckte. »Und warum habt ihr beide euch überhaupt um mein Wohlergehen gesorgt?«

»Wir hatten ein gemeinsames Interesse.«

»Ach ja, richtig!« Ich schnippte mit den Fingern. »Du wolltest mich ja als Joker benutzen, als Lockvogel für die anderen, bevor du mich eigenhändig tötest. Nun begreife ich, weshalb du damals beim Hierophanten dazwischengefunkt hast. Und warum du die anderen Arkana davor gewarnt hast, mir zu nahe zu kommen.«

»Im Gegensatz zu Deveaux habe ich aus meinen Absichten nie einen Hehl gemacht. Hast du dich nie gefragt, weshalb er von Anfang an so vernarrt in dich war?«

»Vielleicht hat er ja eine Schwäche für Cheerleader?« Jack hatte mir gesagt, er hätte mich von dem Moment an gewollt, als er mich das erste Mal sah. Nie würde ich diesen Morgen vergessen. Ich fuhr mit Brand in seinem Porsche und wollte ihn gerade küssen, als plötzlich ein Motorrad neben uns herfuhr. Jack.

Der Tod schüttelte den Kopf. »Du täuschst dich. Jack

hatte es schon auf dich abgesehen, bevor ihr euch begegnet seid.«

»So ein Schwachsinn.«

»Du hast jemandem gehört, den er hasste.« Er kippte einen zweiten Wodka.

»Es war kein Geheimnis, dass Jack Brand nicht leiden konnte.«

»Hast du dich nie gefragt, warum eigentlich?«

»Brand war reich und alles schien ihm zuzufliegen.«

»Das hatte sicher auch damit zu tun.« Noch nie hatten die Augen des Todes so ausdruckslos und finster ausgesehen. »Aber Jack hasste Brandon Radcliffe deshalb so sehr, weil sie denselben Vater hatten. Einen Vater, der den einen Sohn verhätschelte und den anderen verschmähte.«

Mir wurde schwindelig. »Heißt das, Brand und Jackson waren Halbbrüder?«

So furchtbar die Vorstellung auch war, es war durchaus möglich. Was hatte Jack mir noch gleich über seinen biologischen Vater erzählt? *Er war zu sehr damit beschäftigt, seinen ehelichen Sohn zu verwöhnen, um Zeit mit mir zu verbringen – oder meiner* mère *auch nur einen Cent zu schicken.*

Jack hatte gesagt, sein Vater habe die Vaterschaft nicht anerkannt. Diese Formulierung klang ganz nach einem Anwalt, und Mr. Radcliffe war Anwalt. Ich stellte mir die beiden Jungs vor, groß und muskulös, und da war tatsächlich eine gewisse Ähnlichkeit, die mir zuvor nie aufgefallen war. Brand, der sonst bei allen sehr beliebt war, war erstaunt gewesen, dass sich der Cajun ihm gegenüber so aggressiv verhielt.

Nur einer der beiden Söhne hatte gewusst, dass sie Brüder waren.

War Jackson deshalb meinem Blick ausgewichen, als ich ihn nach seinen Geheimnissen fragte? Ich verschränkte die Hände hinter dem Rücken, sie zitterten.

Der Tod genoss die Wirkung seiner Worte sichtlich. »Deveaux wollte alles haben, was sein Bruder hatte: seine Bilderbuchfamilie, sein Haus, sein Auto. Und sein Mädchen. Fast alles davon war unerreichbar für ihn, nur du nicht. Und er hat sich geholt, was er wollte.«

»Du lügst.« *Du kannst mir vertrauen, Evie.* »Matthew hätte es mir gesagt.«

Der Tod schüttelte ungläubig den Kopf. »Woher dieses bedingungslose Vertrauen in den Narren? Was glaubst du, woher ich wusste, dass das Metall meiner Rüstung deine Kräfte neutralisiert?«

Ich schwankte. »Nein, das würde er mir nie antun!«

»Du darfst das nicht persönlich nehmen, hier geht es um Strategien und vorausschauendes Handeln.«

Und ich hatte Matthew mit seinen großen Augen für einen unschuldigen Jungen gehalten.

»Der Narr wusste, ich würde dich töten, wenn ich dich nicht irgendwie kontrollieren konnte. Im Grunde genommen hat er dir das Leben gerettet. Bislang zumindest.«

Nicht alles Schlechte ist schlecht, hatte Matthew gesagt. *Das*

Endspiel. Endspiel. Diese verwirrenden Informationen musste ich erst einmal verdauen.

»Deveaux mochte dich nicht«, fuhr der Tod fort, »aber er war hinter dir her.«

»Du hast ja keine Ahnung!«, schrie ich ihn an, obwohl ich noch Jacks Worte im Ohr hatte: *Sogar als ich dich hasste, habe ich dich begehrt.*

»Die Unsterblichkeit hat viele Vorteile. Unter anderem weiß ich sehr gut über menschliche Verhaltensmuster Bescheid. Der Sterbliche muss sich sehr überlegen vorgekommen sein, nachdem er dich seinem toten Bruder ausgespannt hatte.«

Obwohl alles sehr schmerzte, was der Tod gesagt hatte, wollte ich nicht zulassen, dass er meine Liebe zu Jack zerstörte. »Mag sein, dass er anfangs nicht wirklich in mich verliebt war, aber dann hat er seine Gefühle für mich entdeckt. Da musst du schon mit schlimmeren Geheimnissen aufwarten.«

»Noch schlimmere Geheimnisse? Die kannst du haben, Geschöpf.« Böse grinste er mich an und sagte: »Deveaux hat deine Mutter getötet.«

34

MATTHEW! Melde dich! Sofort!

Nach den Enthüllungen des Todes war ich zurück in meinen Turm gerannt, kurz davor, ohnmächtig zu werden.

Mit offenem Spott hatte mir der Sensenmann erklärt, Jack habe meine Mutter umgebracht, damit ich mit ihm davonlaufe, und Matthew, mein angeblich bester Freund und Verbündeter, habe alles gewusst, mir aber nichts davon gesagt.

Ich hatte ihn als Lügner und Schlimmeres beschimpft und war aus dem Zimmer gestürmt. Tief im Inneren befürchtete ich jedoch, dieser Mistkerl könnte die Wahrheit sagen.

– Herrscherin? –

Der Tod hat mir etwas über meine Mutter erzählt. Und über Jack. Hat er gelogen?

– Nein. –

Ich schloss die Augen. *Warum hast du mir das nicht erzählt, Matthew? Warum hast du zugelassen, dass ich mit Jack zusammen war?* Vor meinem inneren Auge ließ ich den Tag, an dem meine Mutter gestorben war, noch einmal vorüberziehen. Jack war erschüttert gewesen, wie gelähmt. Und obwohl die Armee des Südostens im Anmarsch war, hatte er alles drangesetzt, meine Mutter in Würde zu beerdigen. Ich hatte geglaubt, er würde es ihr zuliebe tun oder sogar für mich. Aber nun wurde mir klar, dass ihn womöglich Schuldgefühle dazu getrieben hatten.

Ich hatte mit diesem Jungen geschlafen, ihm mein Herz geschenkt. Und die ganze Zeit hatte er gewusst, was er getan hatte. Hatte mich sogar beschuldigt, *ihm* etwas zu verschweigen. Mir tief in die Auge gesehen und gesagt: »Ich habe keine Geheimnisse, *peekôn*.«

Außer natürlich, dass er meine Mutter um die Ecke gebracht hatte. Er war schlimmer als der Tod!

Damals hatte ich Jack erklärt, dass es für mich nichts Wichtigeres gab als Vertrauen, und er hatte mir versichert, dass ich mich absolut auf ihn verlassen konnte. Kein Wunder, dass Matthew mich immer wieder indirekt vor ihm gewarnt hatte.

Hättest du mir nicht ein Zeichen geben können, dass ich mich nicht in ihn verlieben darf?

– Wenn er hilft, schadet er. –

Wie oft hatte Matthew mir das schon gesagt?

– Deine Mutter wollte, dass du weg bist, bevor die Armee kommt. Ihr Ende war nah. –

Nein, ich hätte Hilfe holen können! Es war ihr sehr schlecht gegangen, das war schon richtig, aber es hätte sicher auch eine andere Lösung gegeben. *Dann hat Jack ihr geholfen, sich umzubringen, während ich im Bett lag und schlief? Und nur, damit ich mit ihm komme?*

Stille.

Dabei war er bloß scharf auf mich, weil ich die Freundin seines

Bruders war! Wie hat er's getan? Hat er sie mit einem Kissen erstickt? Ich schluchzte. *Oder ihr eine Überdosis verpasst?*

– Ich hab nicht hingesehen. –

Wut brandete in mir auf. Trotz der Armfessel wurden meine Haare rot und meine Klauen wollten sprießen. *Du hast weggesehen, als sie starb?* Es war, als hätte er sie ihm Stich gelassen. *Du Mistkerl! Warum hast du nicht vorhergesehen, was passieren würde, bevor sie verletzt wurde? Ich hätte sie daran hindern können, aus dem Haus zu gehen.*

– Matthew weiß, was das Beste für dich ist. –

Es klang unheimlich, wie er das sagte. Es waren die Worte seiner Mutter gewesen, bevor sie ihn ertränken wollte: »Mom weiß, was das Beste für dich ist.« *Das werde ich dir nie verzeihen! Was hast du mir noch alles verschwiegen? Ich habe dir vertraut!*

– Die Herrscherin ist meine Freundin. –

Jetzt nicht mehr! Melde dich nie wieder bei mir!

– Ich will nicht so schreien. –

Seine Stimme verschwand aus meinem Kopf.

Noch nie hatte ich mich so verraten und einsam gefühlt.

Seit dem Tod meiner Mutter waren Jack und Matthew mein einziger Halt in all diesem Horror und Elend gewesen. Und nun hatte ich auch diese beiden Anker verloren.

Ich war mutterseelenallein, gefangen im Schloss der verlorenen Zeit.

Tränen traten mir in die Augen und ich ließ ihnen freien Lauf.

35

Tag 307 n. d. Blitz

Seit dieser Nacht der Offenbarungen war schon fast ein Monat vergangen und ich war immer noch am Boden zerstört.

Mit wirrem Haar und aufgedunsenem Gesicht saß ich im Nachthemd auf meinem Bett und starrte durch das Turmfenster hinaus in die Dunkelheit. Gedankenverloren streichelte ich Zyklop, der es sich neben mir bequem gemacht hatte, und brütete über die verrinnenden Tage.

In der ersten Woche hatte ich noch versucht, alles zu verdrängen. Aber in der Woche darauf dachte ich dann unablässig über Jacks Verhalten nach, und dabei rissen mich die schrecklichen Überlegungen, wie er es wohl getan hatte, in ein immer tieferes seelisches Loch.

Wie im Nebel war ich durch die Räume des Herrenhauses geschlichen und hatte auf meinen Streifzügen über das Anwesen den strömenden Regen kaum wahrgenommen. Zyklop wich mir dabei keine Sekunde von der Seite. Geweint hatte ich nicht mehr, aber nur, weil mich der Tod ständig beobachtete oder Lark durch die Augen ihres Wolfs.

Die wenigen Male, bei denen ich den Tod draußen antraf, war er damit beschäftigt, mit gleichmäßigen Bewegungen seine Schwerter zu schleifen. Die Tätigkeit schien ihn zu beruhigen. Aber warum zum Teufel musste *er* sich beruhigen? Ich war doch diejenige, die völlig aufgewühlt war. Und er war schuld daran.

Damals im College war ich definitiv kein Fall für den Psychiater gewesen. Jetzt vermutlich schon. Die Trauer über den Tod meiner Mutter war mit voller Wucht zurückgekehrt. Nachdem sie gestorben war, hatte ich um mein Leben laufen müssen, durch Chaos und Zerstörung. Ich hatte kaum Gelegenheit gehabt, sie zu vermissen.

Nun hatte ich alle Zeit der Welt und wäre am liebsten gestorben.

Nachts träumte ich von unserem gemeinsamen Leben in Haven, von Zuckerrohrernten und Ausritten, oder davon, wie wir gemeinsam Pekannüsse für einen Kuchen knackten und am Fluss Blaubeeren pflückten. Bevor Matthews verstörende Visionen mich heimsuchten, waren Mom und ich glücklich gewesen.

Ich erinnerte mich daran, wie bleich ihr Gesicht an jenem letzten Morgen war, und an ihren reglosen Körper. Sie hielt ein Foto von mir, sich und Gran in den Händen, aus einer Zeit, als unser Leben noch wundervoll war.

Die ganze Woche über hatte ich mich in meinem Turmzimmer verkrochen und war nicht ein einziges Mal nach unten gegangen. Lark stellte mir immer wieder etwas zu essen vor die Tür, aber ich rührte es kaum an und verfütterte die Leckerbissen an den Wolf.

Wenn Matthew sich bei mir meldete, ließ ich ihn abblitzen. – *Die Armee wälzt sich voran, eine Windmühle dreht sich.* –

Erzähl das deinen Verbündeten. Ich vertrau dir nicht mehr. Obwohl ich gerne gewusst hätte, wie Jack Mom getötet hatte, wollte ich ihn nicht danach fragen. Womöglich hätte es mich endgültig in den Wahnsinn getrieben.

Man hätte meinen sollen, die Gespräche mit Matthew würden mir fehlen, aber ich empfand es als Erleichterung, seine wirren Reden nicht mehr entschlüsseln zu müssen.

Plötzlich öffnete sich die Tür.

Der Tod. Er trug schwarze Jeans und einen schwarzen Kaschmirpullover mit V-Ausschnitt, unter dem sich seine muskulöse Brust abzeichnete. Er sah makellos aus wie immer, doch seine Augen blickten trüb.

»Schon mal was von Anklopfen gehört?«

Er lehnte sich gegen den Türrahmen. Als er Zyklop auf meinem Bett entdeckte, zog er eine Augenbraue in die Höhe.

Der Wolf war so ziemlich das einzige Lebewesen, das ich nicht am liebsten erwürgt hätte. Ich hatte mich daran gewöhnt, dass er immer bei mir war, und es tröstete mich, sein struppiges Fell zu streicheln.

Der Tod musterte mein Gesicht.

»Und, zufrieden?«, fragte ich. »Genau das wolltest du doch, oder? Ich weiß noch, wie du Lark gesagt hast, du genießt es, mich leiden zu sehen.«

»Wenn du hier oben verkümmern willst, kann ich dich auch gleich töten.«

»Was hast du denn geglaubt, wie ich auf diese Neuigkeiten reagiere?«

»Na, so wie in früheren Leben auch: mit einem Racheakt, der die Welt erbeben lässt. Damals hättest du deine Klauen gewetzt und nach dem Blut des Sterblichen gelechzt.«

»Nach Blut gelechzt? Was muss ich denn noch alles tun, um dir zu beweisen, dass ich so nicht mehr bin?« fragte ich, während sich die zarte Stimme meines Gewissens meldete: *Als du ihn, Lark und Ogen angegriffen hast, hast du sehr wohl nach seinem Blut gelechzt.*

»Nichts«, sagte er entschieden. »Du kannst gar nichts tun, um mir das zu beweisen.«

»Warum bist du hier?«

»Ich will nur sehen, ob du vorhast zu verhungern. Das Spiel bereitet mir kein Vergnügen, wenn du schwach bist.«

»Ob ich vorhabe zu verhungern?« Ich hatte gar nichts vor.

»Bevor ich aus deinen Gedanken ausgeschlossen wurde, kannte ich deine Pläne: Du wolltest mich töten und deine Großmutter finden.«

Ja, aber welchen Sinn machte das noch? Natürlich sehnte ich mich nach meiner letzten lebenden Verwandten und hatte ja auch meiner Mutter versprochen, sie zu finden. Aber je besser ich mich an Gran erinnerte, umso klarer wurde mir, dass sie nicht nur von mir erwartete zu spielen. Sie würde wollen, dass ich gewinne.

Würde es mich endgültig verwandeln, wenn ich sie

traf? Ich hatte große Angst, für immer zur Herrscherin zu werden und nie wieder Evie sein zu können.

»Selbst wenn dir die Flucht gelänge, was absolut unmöglich ist«, sagte der Tod, »würdest du es niemals schaffen, zu ihr zu gelangen. In den Pestgebieten können dir deine Selbstheilungskräfte helfen, aber da draußen gibt es noch jede Menge Kannibalen, auch solche, die nicht zu der Gruppe des Hierophanten gehören. Außerdem machen Milizen, Widerlinge und Sklavenhändler die Gegend unsicher. Ich weiß, wovon ich rede; ich reite oft durch die umliegenden Gebiete. Deine Großmutter würde sicher nicht wollen, dass du dich solchen Risiken aussetzt, oder?«

Ich sah den Tod herausfordernd an. »Dann soll ich brav hier warten, bis du mich zusammen mit deinen anderen Lakaien umbringst?«

Diese Worte laut auszusprechen, veränderte plötzlich alles. Es war, als hätte ich eine Grenze überschritten. Auf diese Frage konnte es nur eine Antwort geben: *Niemals*.

Nach allem, was meine Mutter für mich getan hatte, würde ich auf gar keinen Fall klein beigeben. Ich war es ihr schuldig, zu kämpfen.

Meine neue Mission lautete: Selbsterhalt. Ich musste diese Armfessel loswerden, damit ich mich gegen den Tod zur Wehr setzen konnte. Früher oder später würde es ihn langweilen, mich hier als seine Prinzessin im Turm gefangen zu halten.

Und dann musste ich bereit sein.

»Ah, da ist es ja wieder, das boshafte Glitzern, das ich in den Augen meiner Herrscherin gewohnt bin.« Er schien erleichtert, als wäre seine Welt nun wieder in Ordnung. »Du hast Armeen vernichtet, da wird doch ein einziger Sterblicher nicht dein Untergang sein.«

»Warum hast du mir das von Jack nicht schon früher gesagt? Und von Matthew? Warum hast du mir diesen Schlag nicht gleich versetzt?« Jack war für mich zum Inbegriff für Schmerz geworden. Ich konnte kaum an ihn denken, ohne dass ich mich am liebsten irgendwo verkrochen hätte.

»Ich habe meine Gründe. Aber ich hatte dich gewarnt, Deveaux deine Unschuld zu schenken.«

Bei seiner altmodischen Ausdrucksweise verdrehte ich die Augen. »Ach ja, Gevatter Tod? Und was geht dich das überhaupt an?«

Er ließ sich nicht dazu herab, mir eine Antwort zu geben.

»Sag mir wenigstens, weshalb du mich so abgrundtief hasst. Früher wolltest du mich unbedingt ins Bett kriegen, jetzt willst du mich unbedingt enthaupten. Was ist in der Zwischenzeit passiert?« Hatte der Tod mit mir geschlafen? Ich musste es wissen! »Was habe ich dir getan?«

»Wenn du das wissen willst, musst du dich erinnern.« Ich dachte, mit diesen Worten würde er gehen, aber er blieb. Er machte Anstalten, etwas zu sagen, blieb dann aber stumm. Suchte er nach einem neuen Gesprächsthema? Nach einem Grund zu bleiben?

Nachdem ich mich nun schon einen Monat mutterseelenallein auf dieser Welt fühlte, ohne Freunde und Familie, wusste ich einiges über das Gefühlsleben des Todes.

Er führte ein Einsiedlerleben und traute niemandem. Aber gefiel ihm dieses Leben wirklich?

Mein eigenes Elend hatte mich für seine Empfindungen empfänglicher gemacht und inzwischen kannte ich die Antwort.

Nein, dieses Leben gefiel ihm ganz und gar nicht.

Bei meinen Spaziergängen durch die langen Korridore mit ihren leblosen Kunstwerken war mir bewusst geworden, dass Lark recht hatte: In diesem Haus spukte es. Es war die Einsamkeit des Todes, die hier durch die Gänge schlich.

Der Tod hatte sich diese umfangreiche Antiquitätensammlung zugelegt, weil er sonst nichts hatte. Einmal hatte ich ihm an den Kopf geworfen, das Spiel sei sein einziger Lebensinhalt, und nun konnte ich an jedem seiner Räume sehen, wie recht ich damit hatte.

Ich legte den Kopf schief. »Du bist lieber hier oben bei mir und streitest mit mir herum, als allein in deinem Arbeitszimmer zu sitzen, stimmt's?«

Er erstarrte. Bingo.

Als ich klein war, hatte Gran mich oft dabei ertappt, wie ich die Tarotkarte des Todes betrachtete. Sie fragte mich, ob die Karte mir Angst einjage oder mich zornig mache. Entschieden hatte ich den Kopf geschüttelt und ihr gesagt, sie mache mich traurig.

Ich hatte Mitleid mit ihm.

Gran hatte geschimpft: »Wie kannst du nur so empfinden, Evie? Er ist ein Bösewicht!«

Worauf ich sagte: »Sein Pferd sieht krank aus und er hat keine Freunde.« Damit hatte ich als Achtjährige wohl ausdrücken wollen, dass sein Leben die Hölle sein musste.

Er überspielte diese unendliche Einsamkeit gekonnt mit Arroganz, aber vor mir konnte er sie nun nicht mehr verbergen. »Bestimmt hoffst du, ich würde mich wieder bei dir einschmeicheln, weil ich dir dann beim Frühstück wenigstens ein paar Fragen stelle. Du bist sicher seit über zehn Jahren nichts mehr gefragt worden.«

War er blass geworden?

»Du glaubst mich zu kennen, dabei hast du wie immer keine Ahnung«, sagte er ruhig, aber mit verkrampften Schultern. Ohne ein weiteres Wort drehte er sich um und ging.

In diesem Moment tauchte Lark in der Tür auf und stieß beinahe mit ihm zusammen.

»Pass doch auf, Fauna«, knurrte er und rieb sich mit dem Daumen über die Fingerspitzen. »Es gibt kein schmerzhafteres Schicksal, als mich zu berühren.«

Das galt für alle, nur nicht für mich.

Lark wich mit weit aufgerissenen Augen zurück. »Sorry, Boss. Hab nicht dran gedacht.«

»Mal sehen, ob sich der steile Aufstieg für dich lohnen wird. Mein Besuch bei der Herrscherin war eher ermüdend.« Damit verschwand er.

»Du scheinst dich mit meinem Wolf ja bestens zu verstehen«, schnaubte Lark. »Ihn mochte ich von den dreien immer am wenigsten. Keine Tiefenwahrnehmung.«

Ich grub meine Finger in Zyklops pelzigen Nacken. *Sie hat's nicht so gemeint, Junge.* »Hat dir der Tod alles erzählt?«, fragte ich Lark.

»Er hat nur gesagt, dass du wohl einsehen musstest, dass deine Verbündeten eher deine Feinde sind. Und bei deinem Herzschmerz geh ich mal davon aus, dass er den Cajun meint.«

Und Matthew.

Lark zog eine Schachtel hinter ihrem Rücken hervor und warf sie aufs Bett.

»Was ist da drin?«

»Ein neuer Liebhaber ist es jedenfalls nicht.«

»Sehr witzig.«

Sie grinste. »Mach schon auf, Miststück.«

Mit düsterer Miene öffnete ich das Päckchen. »Sportklamotten?« Leggings, Shorts, Sport-BH, sogar ein Tennisröckchen.

»Ich bin jeden Mittag im Fitnessraum«, sagte Lark. »Komm nachher mal runter. Du warst doch Cheerleader, oder? Sogar Tänzerin.«

Ich nickte. Im Turnen war ich besser gewesen, aber Ballett hatte mir mehr Spaß gemacht. In der zehnten Klasse hatte ich sogar Unterricht genommen.

»Du könntest mir ein paar Übungen zeigen.«

Ich legte die Klamotten zur Seite. »Habe ich das deiner großen Herzensgüte zu verdanken?«

»Nein, das mach ich nur, weil ich vor dem Blitz nicht oft genug die Chance hatte, mich über Cheerleader lustig zu machen. Ich dachte, das könnte ich bei dir nachholen.«

»Wie bitte?« Mir war nicht klar, was sie mit dieser Aktion bezweckte.

»Warte.« Ihre Augen leuchteten rot auf. Überprüfte sie mithilfe ihrer Tiere, ob die Luft rein war?

Mit gesenkter Stimme sagte sie: »Wenn du tanzt, wird er sich nicht länger von dir fernhalten können.«

»Und warum sollte mich das kümmern?«

»Stell dich nicht so dumm. Es ist deine Art zu spielen, die einzige Möglichkeit, wie du überleben kannst. Hör mal, sowohl dein als auch mein Verfallsdatum ist bald abgelaufen, und wir müssen beide ein Endspiel bestreiten. Warum sollten wir uns da nicht gelegentlich zusammentun?«

Richtig, Larks Karte stand einst für Zielstrebigkeit. Hatte sie von Anfang an nur auf ihr Endspiel hingearbeitet?

Mein momentanes Ziel war zu überleben, aber konnte ich ihr trauen? Sie spürte meine Unentschlossenheit und sagte: »So böse bin ich nun auch wieder nicht.«

Ich dachte daran, was Matthew über Lark gesagt hatte, als wir sie zum ersten Mal trafen: *Gut. Böse. Gut …* Seine übliche kryptische Ausdrucksweise. Sie war für kurze Zeit meine Verbündete gewesen, dann meine Feindin. War sie nun wieder eine Verbündete?

Sie ging zur Tür. »Dann bis später.«

Wieder allein dachte ich daran zurück, wie vor dem Blitz einmal eine Einladung für meine Mutter zu einem Treffen der ortsansässigen Farmer angeblich in der Post verloren gegangen war. Mom, die einzige weibliche Farmerin in der Gegend, war stinksauer gewesen. Ich wollte sie damit trösten, dass die Typen doch nicht so wichtig wären und schon sehen würden, was sie davon hätten. Doch sie hob nur die Hand und sagte: »Manchmal muss man sauer sein, Evie, oder traurig. Manchmal muss man es einfach zulassen. Aber dann muss man es auch wieder beiseiteschieben und lächeln.«

Konnte ich mich aus diesem Seelentief auch wieder hochrappeln und lächeln? Oder es zumindest versuchen?

Als Erstes musste ich die quälenden Gedanken vertreiben. Ich würde mich einfach weigern, an etwas Schmerzliches zu denken, und alles, was mit Jack zu tun hatte, aus meinem Kopf verbannen. Jack war Vergangenheit und sollte es auch bleiben. Matthew ebenso.

Die beiden waren der Inbegriff von Kummer.

Am Nachmittag zog ich den roten Sport-BH und den Tennisrock an und band meine Haare zu einem Pferdeschwanz zusammen. Ich schnappte mir ein Handtuch, öffnete die Tür für Zyklop und ging runter.

Lark war mit den anderen Wölfen im großen Fitnessraum und hatte Musik an. Sie trainierte vor dem Spiegel und schlug auf Sandsäcke ein. »Hey, sieh mal einer an, wer wieder unter den Lebenden weilt«, begrüßte sie mich.

»Sagt die Todgeweihte.«

Zyklop trottete zu seinen Kameraden und schnüffelte zur Begrüßung an deren Hinterteilen.

»Fangen wir an?«, fragte sie mich in gekünstelt lebhaftem Ton. »Auf die Plätze, fertig, los, Mädels!«

»Yeah!« Ich warf mein Handtuch von mir. »Wie früher bei den Cheerleadern!«

»Komm, zeig mir ein paar von den Übungen.«

Der Boden war relativ weich, daher schlug ich eine schnelle Radwende und dann noch eine. Ich steigerte das Ganze zu einem Handstandüberschlag rückwärts, und als ich danach noch ein paar völlig übertriebene Pirouetten drehte, fing Lark an zu lachen. Wie hatte ich das vermisst! Ich konnte kaum glauben, dass ich meine Muskeln mal wieder zu etwas anderem als Fliehen und Kämpfen gebrauchte.

Die Armfessel bohrte sich bei jeder Bewegung in meinen Bizeps, aber ich hatte mich schon an den Schmerz gewöhnt und ließ mir den Spaß nicht verderben.

Beim Tanzen wurde mir klar, dass ich aus diesem Tal der Verzweiflung tatsächlich wieder herauskommen konnte. Ich durfte nur nicht an den Verbündeten denken, der mich betrogen hatte. Und auch nicht an den Jungen, der mir das Herz gebrochen hatte.

Ich begann zu schwitzen und stellte erleichtert fest, dass ich kaum etwas von meiner Beweglichkeit eingebüßt hatte. Zum Test streckte ich ein Bein nach hinten senkrecht zur Decke und umfasste dabei meinen Fußknöchel am Boden: ein stehender Spagat.

In diesem Moment schlenderte der Tod vorbei. Er

starrte mich mit offenem Mund an und ging weiter. Dann kam er zurück und lehnte sich mit einem unverhohlen lüsternen Blick an den Türrahmen.

Obwohl ich BH und Rock trug, fühlte ich mich nackt. So entblößt war ich mir nicht einmal bei Jack vorgekommen, der mich tatsächlich ohne Kleider gesehen hatte. *Denk nicht an ihn!*

Ich ließ mir den Spaß vom Tod nicht verderben und machte weiter meine Dehnübungen. »Noch nie ein Mädchen beim Aufwärmen gesehen?«

»Keines, das meine Berührung überleben würde«, sagte er heiser.

»Ach, wo du gerade davon sprichst: Wirst du mich heute töten?«

»Noch nicht, Geschöpf.« Seine sternenhellen Augen glühten, und ich keuchte leise, als mein Körper auf ihn reagierte. Allein durch seinen Blick erwachten meine Hieroglyphen zum Leben.

Der Tod fuhr sich mit zitternder Hand über den Mund.

»Großer Gott!« Lark fächelte sich theatralisch Luft zu. »Hier knistert's aber gewaltig. Sucht euch mal 'ne ruhige Ecke, Leute.«

Der Tod bedachte sie mit einem wütenden Blick und ging davon.

»Was hab ich dir gesagt, Evie?«, flüsterte Lark mir zu. »Du bist eine ganz heiße Kandidatin für die nächste Mrs Tod. Falls du das Spiel beenden willst, wäre das sicher eine Möglichkeit.«

Ich wollte die Augen verdrehen, konnte sie jedoch nicht vom Türrahmen lösen.

»Keine Sorge, der kommt wieder«, fügte Lark aufgeregt hinzu. »Und dann verschwinde ich und lass der Natur ihren Lauf …«

Spät in der Nacht schreckte ich völlig außer Atem hoch. Meine Hieroglyphen erhellten den Raum. Wieder hatte ich einen sinnlichen Traum vom Tod gehabt und mein Körper verzehrte sich nach ihm.

Fast konnte ich seinen Kuss, seine Haut unter meinen Lippen spüren. Ich verstand mich selbst nicht mehr. Er wollte mich töten, hasste mich zutiefst.

Wie konnte ich nur davon träumen, ihn zu küssen, wenn er davon träumte, mich zu enthaupten?

36

Tag 314 n. d. Blitz

»Ich mag unsterblich sein, aber ich bin dennoch ein Mann aus Fleisch und Blut«, hatte der Tod gesagt, als er mich in seine Festung brachte. Und in der letzten Woche hatte er das auch täglich unter Beweis gestellt.

An den ersten beiden Tagen war er, sobald ich im Fitnessraum war, wie zufällig dort vorbeigekommen und hatte den Kopf hereingestreckt, um mir eine Weile zuzusehen. Am dritten Tag kam er dann ganz herein, setzte sich auf eine Bank und tat, als würde er Zeitung lesen. Inzwischen war er jeden Tag da und Lark blieb wie versprochen unsichtbar.

Er benahm sich so zurückhaltend und mürrisch, als würde er gezwungen, sich im selben Raum mit mir aufzuhalten. Aber seine lüsternen Blicke verfolgten jede meiner Bewegungen und er wirkte äußerst angespannt.

Lark hatte recht. Die Anziehungskraft zwischen uns schlug regelrecht Funken.

Doch während meine Emotionen sich ein wenig eingependelt hatten, schienen sich seine zu einem besorgniserregenden Fieber zu steigern. Das Training im Hof war deutlich intensiver und brutaler geworden. Seine Aggression wirkte weniger kontrolliert, die Präzision seiner Bewegungen hatte nachgelassen, und das merkwürdige Gefühl der Zufriedenheit, das mich immer beschlichen hatte, wenn ich ihm zusah, stellte sich nicht mehr ein.

Er kämpfte wie ein Berserker.

Es war ein Spiel mit dem Feuer. Es gelang mir zwar, den Tod zu verführen, und ich kam meinem Ziel, die Armfessel loszuwerden, immer näher, aber zu welchem Preis?

Als er an diesem Tag durch die Tür trat, wusste ich sofort, dass etwas anders war. Während ich mich aufwärmte, ließ er sich auf eine Couch sinken, die am Tag zuvor noch nicht da gestanden hatte, und gab gar nicht erst vor, zu lesen. Stattdessen sah er mich herausfordernd an, als wollte er sagen: *Zum Teufel damit, ich werde nicht länger dagegen ankämpfen.*

»Heute keine Zeitung, Tod?«

»Nein, ich bin nur als Zuschauer hier.« Ein höchst begeisterter Zuschauer, wie mir schien. Die Ellbogen auf die Knie gestützt, lehnte er sich nach vorn und beobachtete mich aufmerksam beim Dehnen.

»Ich hab dir auch zugesehen«, sagte ich. »Dein Training ist ziemlich … energiegeladen.«

»Ich trainiere immer härter, wenn meine Gedanken …«

»In Aufruhr sind?«, schlug ich vor und dehnte meine hintere Oberschenkelmuskulatur.

»Abschweifen«, sagte er, und neigte den Kopf zur Seite, um meinen Hintern nicht aus dem Blick zu verlieren.

Jedes Mal, wenn seine Augen meinen Körper auf diese Art streiften, spürte ich zugegebenermaßen eine erregende

Hitze in mir. Doch als ich mich räusperte, sah er mich ungerührt an.

»Und, Tod? Ist heute der Tag, an dem du mich töten wirst?«

Zum ersten Mal war seine Antwort eine andere: »Dazu habe ich noch alle Zeit der Welt, oder etwa nicht? Heute sehe ich dir beim Tanzen zu.«

Das schien mir der richtige Moment, einen Versuch zu starten. Ich ging zu ihm rüber. »Du kannst mir die Armfessel ruhig abnehmen.« Ich stellte mich vor ihn hin und sah in sein makelloses Gesicht. »Ich werde dich nicht angreifen.«

»Ohne die Fessel könnte ich dich niemals frei in meinem Haus herumlaufen lassen.«

Ich war ihm so nah, dass mir sein Sandelholzduft in die Nase stieg. »Ich bin nicht mehr wie früher. Das musst du doch spüren.« Vorsichtig schob ich meine Beine zwischen seine Knie.

Sofort wurden seine Augen heller. »Ich traue niemandem in diesem Spiel. Bleib auf Abstand!« Seine Stimme klang so schroff, dass ich zurückwich.

Ich kannte ihn immer noch nicht gut genug, um dieses manchmal bedrohliche Auftreten richtig einzuschätzen. Scheinbar ungerührt zuckte ich die Achseln. Dann begann ich zu tanzen und verlor mich dabei in meinen Gedanken.

Mir fiel der Traum von letzter Nacht wieder ein, in dem der Mann, der vor mir saß, die Hauptrolle gespielt hatte. Er war doch mein Arkana-Feind, warum hatte ich noch immer seinen Geschmack auf den Lippen?

Ich bog und wiegte mich, bis ich ins Schwitzen kam, und ließ dabei jede Sekunde meines Traums an mir vorüberziehen. Meine Lippen und meine Zunge waren über die Runen auf seinem Körper geglitten, hatten ihre Konturen nachgespürt bis hinunter …

Ich ertappte ihn dabei, wie er auf meine Brüste starrte, auf die kleinen Spitzen, die sich unter meinem schweißnassen BH abzeichneten. Meine Hieroglyphen regten sich, keine Chance, sie vor ihm zu verbergen.

»Woran denkst du, Geschöpf?« Seine Stimme klang heiser.

Ich stelle mir vor, wie ich deine Runen lecke? Gott sei Dank konnte er meine Gedanken nicht mehr lesen. Mit gerötetem Gesicht rang ich um Worte. »Ich wette, du hast dir für dieses Spiel eine größere Herrscherin gewünscht?« Was für eine dämliche Antwort.

»An deinem Aussehen ist absolut nichts auszusetzen.«

Unsere Augen trafen sich im Spiegel, sein brennender Blick ließ eine weitere Hitzewelle durch meinen Körper schießen.

Mit tödlicher Eleganz erhob er sich und kam auf mich zu. Ich schluckte. Würde er versuchen, mich zu küssen? Und was würde ich dann tun?

In kurzem Abstand blieb er vor mir stehen. »Komm heute Abend in mein Arbeitszimmer.«

»Wow, ist das eine offizielle Einladung?«

»Es gibt da ein uraltes Spiel. Spiel eine Partie mit mir. Gewinnst du, werde ich dir eine Gunst erweisen, gewinne ich, musst du es tun.«

Eine Gunst? Vielleicht konnte ich ihn so dazu bringen, etwas aus unserer Vergangenheit zu erzählen. »Ich werde da sein. Was ist das für ein Spiel?«

»Du wirst schon sehen …«

Voller Neugier stellte ich mich unter die Dusche und warf anschließend einen Blick in den Kleiderschrank. Was sollte ich nur anziehen? Mein Blick wanderte zu den roten Kleidern, meiner Lieblingsfarbe.

Ich entschied mich für Jeans und ein mohnfarbenes, ärmelloses Kaschmirtop mit einem passenden Pulli. Auf einer Skala von nuttig bis gediegen war dieses Twinset sicher am hinteren Ende anzusiedeln, aber ich konnte immerhin den Pulli ausziehen und meine nackten Arme zur Schau stellen.

Meine langen Haare schienen ihm zu gefallen, also trug ich sie offen.

Es war, als würde ich mich für ein Date zurechtmachen. Und in gewisser Weise war es ja auch so. Ein Date mit dem Tod? Mir schauderte.

Sämtliche Gedanken an einen gewissen anderen Jungen blockte ich gnadenlos ab.

Tatsächlich war ich, während ich die Treppe hinunterstieg, zum ersten Mal seit Ewigkeiten ein bisschen aufgeregt. Der Tod würde mir heute Abend einiges verraten, da war ich mir sicher. Und ich musste nicht Stunden allein in meinem Turm zubringen.

Beim Arbeitszimmer des Sensenmanns angekommen, klopfte ich, und Zyklop machte es sich derweil auf dem Gang bequem. Statt »Herein!« zu rufen, öffnete mir der Tod persönlich die Tür. Seine Augen leuchteten, als er mich sah, und ich lächelte ihn an. Der Abend fing also schon mal gut an.

Er bat mich herein und geleitete mich zu einem Stuhl. Seine Manieren waren tadellos. Offenbar wollte er sich, wenn er mich schon hierher eingeladen hatte, auch als echter Gentleman erweisen. In jedem Fall hatte er sich sorgfältiger zurechtgemacht als sonst: elegante Hosen und ein teuer aussehendes Hemd. Sein Gürtel und seine Schuhe sahen aus, als wären sie mehr wert als eine komplette Zuckerrohrernte.

Draußen regnete es in Strömen, aber sein Zimmer war warm und nur von Kerzen und einem Kaminfeuer erhellt. Ich setzte mich und zog meinen Pullover aus.

Mein Blick fiel auf ein dünnes Buch auf seinem Schreibtisch, und mir fiel wieder ein, dass mein Wachwolf ja eines seiner Kinder aufgefressen hatte. *Den Fürsten*.

»Was ist los, Herrscherin? Du bist ganz blass geworden.«

Sehr aufmerksam. »Ähm, ich muss dir noch etwas beichten. Das Buch, das du mir geliehen hast … hat einen Totalschaden erlitten.«

Er stellte ein Glas Wodka vor mich hin. »Wie bitte?«

»Es ist kaputt.« Ich fuhr mir mit der Hand über den Nacken. Es war, als würden mich seine anderen Bücher vorwurfsvoll anstarren.

»Wie konnte das passieren?«, fragte er und ging zu seinem Stuhl zurück. Er wirkte gelassen, schwer zu sagen, ob er verärgert war.

»Tut mir furchtbar leid, aber ich kann es dir nicht zurückgeben.«

Er presste die Fingerspitzen gegeneinander. Zuvor war mir diese Geste immer arrogant erschienen, aber nun wirkte sie eher nachdenklich. »Es erstaunt mich, dass du niemand anderem die Schuld gibst.«

»Du weißt schon, was passiert ist, stimmt's?«

»Du hättest dem Wolf oder sogar Lark die Schuld in die Schuhe schieben können.«

»Ich mag die beiden inzwischen ganz gern.« Ich konnte kaum glauben, was ich da gesagt hatte, aber manchmal erinnerte mich Lark tatsächlich ein bisschen an meine Freundin Mel. »Aber du kannst mir glauben, dass ich ein furchtbar schlechtes Gewissen deswegen habe.«

»Warum?«

Ich legte die Stirn in Falten. »Nun ja, weil ich für etwas verantwortlich war, das dir gehörte und wertvoll für dich war, und dann ist es in meiner Obhut kaputtgegangen.« Als ich daran dachte, wie viel Mühe es ihn gekostet hatte, all diese Bücher zu bewahren, stieg mir die Röte ins Gesicht. »Und dann war es auch noch dein Lieblingsbuch«, presste ich hervor.

»Dafür hätte ich das Buch auch freiwillig geopfert.«

Wie bitte? »Nur um zu sehen, wie peinlich mir das ist?«

»Nein, für den Beweis deines Mitgefühls. Und deiner Aufrichtigkeit.« Er neigte den Kopf, als habe er soeben eine neue Seite an mir entdeckt.

»Ist das dein Ernst?«

»Du hast Glück gehabt, mein Lieblingsbuch ist die *italienische* Ausgabe.«

Wollte er mich aufziehen? Ich musste lächeln und entspannte mich wieder. »Also, was spielen wir?«

»Tarocchi.« Aus seiner Schublade zog er ein altmodisches Kartenspiel, dessen Karten etwas länger waren als die eines gewöhnlichen Decks, und reichte es mir. Es waren ... Tarotkarten. »Was soll das? Willst du mir die Zukunft voraussagen? Das wäre ziemlich unfair, wo meine Zukunft sowieso schon in deinen Händen liegt.«

Er sah mich erstaunt an. »Man benutzt die Karten nicht nur dazu, die Zukunft vorherzusagen, sondern spielt auch damit. Tarocchi ist ein Stichspiel.«

»Wie Bridge?«

»Ein wenig unbarmherziger.«

»Ja, das dachte ich mir.«

Ich machte mich mit den Spielkarten vertraut, während der Tod mir die Regeln erklärte. Die zweiundzwanzig Großen Arkana waren durchnummerierte Trumpfkarten, die die sechsundfünfzig Kleinen Arkana ausstachen. Diese waren in vier Farben aufgeteilt: Stäbe, Schwerter, Münzen und Kelche.

»Gibt es die Kleinen Arkana auch in echt? So wie uns?«

Manche Bilder der Kleinen Arkana waren nicht minder Furcht einflößend als die der Großen. Die Zehn der Schwerter zeigte beispielsweise einen Toten, der von zehn Klingen durchbohrt wurde.

»In manchen Spielen sehe ich überall Hinweise auf sie; in anderen sehe ich sie gar nicht.«

Interessant. »Hey, wieso ist meine Karte weniger wert als deine?«

»Eine kluge Entscheidung der Spielerfinder.« Er erklärte mir weiter die Regeln: das Ansagen, das Ablegen und wie man die Punkte zählte. »Und so wie du im wahren Leben mein Joker bist, ist *il Matto*, der Narr, der Joker im Kartenspiel«, beendete er seine Ausführungen.

Matto. Matthew. Ich wollte nicht an ihn denken.

»Bis du den Bogen raushast, werde ich dir bei deinen Ansagen helfen.«

Es war eine Unmenge an Regeln, aber ich versuchte, sie kurz zusammenzufassen: »Niedrig ausspielen, Farbe bekennen, und die Trümpfe nur dann legen, wenn es nötig ist.« Ich gab ihm das Deck zurück.

»Ja, das müsste fürs Erste genügen.« Gekonnt mischte der Tod mit seinen feingliedrigen, todbringenden Händen die Karten. Er teilte aus und gab mir ein Zeichen auszuspielen. Ich legte die Zwei der Kelche, er eine Vier. Und so weiter, bis ich am Ende den ersten Stich machte und die Karten auf meinen Stapel legte. »Anfängerglück?«

»So ist es.«

Sobald ich das Gefühl hatte, die Regeln so gut zu beherrschen, dass ich mich nebenher unterhalten konnte, fragte ich: »Und was machst du so in der Nebensaison? In den Jahrhunderten zwischen den Spielen?«

Er sah mich misstrauisch an. »Warum interessiert dich das?«

»Weil ich neugierig bin. Du tust gerade so, als hätte dir noch nie jemand solche Fragen gestellt.«

Er kippte seinen Wodka hinunter und bedeutete mir, es ihm gleichzutun. *Und sofort wieder nachschenken.* »Natürlich hat man mir Fragen gestellt. Aber nur um meine Schwächen herauszufinden.«

»Schwächen? Mir würde schon dein Name genügen. Oder dein Herkunftsland. Lass mich raten: Du bist Russe, stimmt's?«

»Bist du endlich fertig?«

»Deiner Strategie wird es wohl kaum schaden, wenn ich das weiß, oder?«, bohrte ich nach. Dabei konnte ich gut verstehen, dass er mir auswich. Nach allem, was ich bisher gehört und in Visionen gesehen hatte, war die Herrscherin in vergangenen Spielen nicht besonders vertrauenswürdig gewesen.

Aber war sie es jetzt?

»Entweder wir wechseln das Thema«, sagte er schroff, »oder ich spreche gar nicht mehr mit dir.«

»Na schön, dann lass uns über dein Anwesen reden. Wie lange lebst du schon hier? Und warum hast du dir einen so einsamen Ort ausgesucht, ausgerechnet hier in … Virginia?« Okay, ein bisschen was wollte ich schon aus ihm herausquetschen.

»Ach, dann sind wir hier also in Virginia? Nun denn, ich lebe hier seit dreißig Jahren und habe diesen Ort ausgewählt, weil er allen meinen strategischen Anforderungen entspricht: ein abgeschiedener, leicht zu verteidigender Steinbau in Höhenlage.« Mit einem vielsagenden Blick in meine Richtung fügte er hinzu: »Und mit spärlicher Vegetation.« Das genaue Gegenteil von Haven.

Wie traurig, sich jahrzehntelang nur auf eine mysteriöse zukünftige Katastrophe vorzubereiten. Was war denn das für ein Leben, in dem man immer nur darüber nachdachte, was alles passieren könnte?

Fest entschlossen, heikle Themen wie das Spiel, seine Vergangenheit, seine Nationalität oder mein altes Team zu vermeiden, fragte ich: »Kannst du Auto fahren?« Oder hatte er wie diese anachronistischen Ritter in Hollywoodfilmen Angst vor technischen Neuerungen?

Einer seiner Mundwinkel zuckte, das typische Tod-Lächeln. »Ich kann fahren, Geschöpf. Ich besitze sogar mehrere Autos.«

Schon halb betrunken vom Wodka, entspannte ich mich langsam. »Ach ja richtig, vor dem Blitz warst du ja stinkreich. Wie bist du denn an das ganze Geld gekommen?«

»Ich bin schon früh ins Berufsleben eingestiegen.« Ich sah ihn fragend an. »Auftragsmörder. Mit meiner tödlichen Gabe war ich für den Job ausgezeichnet qualifiziert.

Ein Handschlag von mir genügte, um eine ganze Monarchie dem Untergang zu weihen. So habe ich über die Jahrhunderte einen gewissen Reichtum angehäuft.«

Seine Stimme war völlig ausdruckslos. Schwer zu sagen, wie er zu seinen vergangenen Missetaten stand.

»Daher also die Kronen.« Ich versuchte, das Ganze etwas aufzulockern. »Gib's zu, wenn dich keiner sieht, setzt du dir eine davon auf den Kopf und spielst mit einem Zepter Luftgitarre.«

»Nein, Herrscherin, das tue ich nicht.«

»Darf ich? Bitte, bitte.«

Fast lächelnd sagte er: »Nein, Herrscherin, darfst du nicht.«

Das Eis war gebrochen. Wir unterhielten uns zwanglos. Ich fragte ihn, welche seiner vielen Sprachen am schwierigsten zu erlernen war (»Arabisch. Vielleicht auch Ungarisch«) und ob er gerne fernsah (»Nur, wenn es unbedingt sein muss«).

Auch er machte einen Bogen um die heiklen Themen. Er wollte wissen, wie alt ich war, als ich mit dem Tanzen angefangen hatte. (»Drei – und selbst du hättest mich in meinem Tutu damals süß gefunden«) und womit ich am liebsten malte (»Ölfarbe, für Wandgemälde«).

Unser Spiel war recht ausgeglichen, einmal machte ich einen Stich, dann wieder er. Wir wechselten uns ab wie Ebbe und Flut. Alles schien irgendwie vertraut.

Und das verwirrte mich. Ich hatte mit diesem Mann offenbar mehr Gemeinsamkeiten als mit Jack.

Der Cajun und ich hatten nie solche Gespräche geführt. Weil wir keine Gelegenheit dazu hatten? Oder weil wir nicht auf derselben Wellenlänge waren? Einmal hatte Jack sogar gesagt: »Wir verstehen uns am besten, wenn wir nicht reden.« *Nicht an ihn denken!*

Am Ende einer besonders punktereichen Runde meinte der Tod: »Ein knapper Spielstand.« Unsere Kartenstapel waren ungefähr gleich hoch, aber ich wusste nicht, wie viele Punkte wir jeweils hatten.

Er spielte die Karte der Herrscherin. »Diese Schönheit war in meiner Obhut«, sagte er heiser.

Die Doppeldeutigkeit dieses Satzes jagte mir einen Schauer über den Rücken. Um nicht zu verlieren, spielte auch ich meine letzte Trumpfkarte aus: den Tod. »Und ich habe an ihm hier festgehalten, bis zuletzt«, gab ich aufreizend zurück und strich dabei mit dem Finger über die Karte.

Ihm blieb der Mund offen stehen. Eins zu null für Evie.

Ich griff nach meinem Stapel und sah mir sein Bild an. »Warum trägst du eigentlich die Sense bei dir? Du benutzt sie doch nie.«

Trocken gab er zurück: »Ich lege nun mal großen Wert auf Traditionen.«

Ich musste lachen. Führte ich hier wirklich ein Gespräch mit dem Tod? Ich kicherte immer heftiger, bis mir Tränen in die Augen traten.

Beide Mundwinkel des Todes zuckten. Es glich schon fast einem richtigen Lächeln.

Mein Lachen erstarb. Ich war wie geblendet. »Du solltest öfter lächeln.« Ich sah ihm offen ins Gesicht, auf eine Weise, die ich mir zuvor nie zugestanden hatte.

Natürlich wusste ich, dass der Tod ein gut aussehender, gebildeter und kultivierter Ritter war, der im Luxus schwelgte. Er war ein Arkana, genau wie ich.

Aber manchmal blitzte hinter diesem makellosen Ritter auch ein nicht ganz so perfekter Mann durch. So wie in diesem Moment, als er sich unter meinem prüfenden Blick offensichtlich etwas unbehaglich fühlte. Auf seinen wie aus Stein gemeißelten Wangenknochen breitete sich eine schwache Röte aus und er zupfte nervös an seinem Kragen. Ich musste lächeln.

Endlich konnte ich mir eingestehen, wie unglaublich anziehend diese Momente der Verlegenheit auf mich wirkten. Würde sich diese Anziehungskraft noch steigern, nachdem meine Gefühle für Jack durch all die Lügen und den Verrat abgestumpft waren? Zumal der Tod auch nicht mehr andauernd drohte, mich umzubringen?

Matthew hatte mich vor einer Berührung mit dem Tod gewarnt, aber da der Kontakt mit seiner Haut mir nichts anhaben konnte, hatte er womöglich etwas Tiefergehendes gemeint. Vielleicht war es ja gefährlich, mich auf den Tod als Mann näher einzulassen. Gab ihm meine aufkeimende Schwärmerei mehr Macht über mich?

Er räusperte sich und legte die erste Karte der neuen Runde auf den Tisch. Ich spielte inzwischen so routiniert, dass ich ihm deutlich mehr Aufmerksamkeit widmen konnte. Die Ellbogen auf den Tisch gestützt, das Kinn in der Hand, entdeckte ich immer mehr faszinierende Details.

Die blonden Spitzen seiner Wimpern. Die Zacke einer Rune, die aus seinem offenen Kragen lugte. Eine schwache Linie, die sich in der Mitte seiner vollen Unterlippe abzeichnete.

Vielleicht lag es ja an meinem kleinen Schwips, aber noch nie war mir der Tod so attraktiv erschienen wie in diesem Moment. Meine Hieroglyphen begannen, sich meinen Arm entlangzuschlängeln.

Am Ende der Runde sammelte er die restlichen Karten ein und sah seinen Stapel durch. »Diesen Abend habe ich wohl gewonnen.« Er warf einen wissenden Blick auf meine Hieroglyphen. »Solange du dich so leicht ablenken lässt, wird es dir nie gelingen, eine andere Arkana zu besiegen, Herrscherin.«

Schon wieder diese Doppeldeutigkeit. »Vielleicht lässt sich die Herrscherin ja lieber ablenken, anstatt zu spielen.«

Er neigte den Kopf. *Touché*.

Aber es war mir ernst. Ich hatte kein Interesse an diesem Arkana-Wettstreit und glaubte weiterhin, die Lösung für mein Problem sei es, möglichst viele Verbündete zu finden. Warum nur wollte der Tod nicht mit mir zusammenarbeiten?

Um meine Mission, den Ritter unschädlich zu machen, zu erfüllen, musste ich nicht unbedingt töten. Was wäre, wenn er mein Verbündeter wäre, mein Freund, mein …?

»Woran denkst du, Geschöpf?«

»Hmmm? Ach, ich hab nur überlegt, welche Gunst du wohl von mir verlangst.«

Sein Blick heftete sich auf meine Lippen, seine Augen leuchteten. »Es gibt da etwas …«

Ich hielt den Atem an.

Dann stand er abrupt auf und seine Miene verfinsterte sich wieder. Das Leuchten verschwand. »Es ist spät. Ich werde es mir für eine andere Gelegenheit aufheben.«

»Spät? Ist das dein Ernst?« Wir lebten im Zeitalter nach dem Blitz, welche Rolle spielte da, wie spät es war? An diesem Tag war die Sonne nur für wenige Minuten aufgegangen, ein kurzes Aufblitzen am Horizont. »Musst du dir morgen früh einen Weg durch die Asche zur Uni bahnen? Eine Vorlesung in Katastrophenmanagement?«

Er öffnete die Tür des Arbeitszimmers. Warf er mich raus?

Ich erhob mich und band mir den Pulli um die Hüfte. Wie sollte ich mich verabschieden? *War echt nett, Sensi? Das nächste Mal dann bei mir?*

Draußen stellte ich enttäuscht fest, dass Zyklop weg war.

Der Tod trat zu mir auf den Flur. »Ich begleite dich.«

»Ich kenne den Weg.«

»Gewähre mir die Freude.«

»Bei dir ist Ritterlichkeit immer noch schwer angesagt, was?«, neckte ich ihn.

»Ich bin nun mal ein Ritter«, gab er zurück. Ich musste grinsen.

Auf dem Weg nach oben hielt ich mich dicht neben

ihm. Falls er befürchtete, mir auf der engen Treppe zu nahe zu kommen, ließ er es sich nicht anmerken. Der Ärmel seines Hemds streifte meinen nackten Arm. Dann noch einmal …

Mir stockte der Atem, als seine Haut die meine berührte. Hatte der Tod seinen Ärmel heimlich nach oben geschoben? War das ein Hemdknopf, der da die Treppe runterhüpfte?

Mit jeder Berührung schienen seine Lider schwerer zu werden und in seinen Augen funkelten die Sterne.

Nun, da ich um seine Einsamkeit wusste, hatte ich das überwältigende Bedürfnis, sie zu lindern. Mal ehrlich, welcher Frau wäre es nicht so gegangen?

An der Tür zu meinem Zimmer blieben wir verlegen stehen. Es war, als setzte er mich nach einem Date vor den Toren Havens ab.

Der eigentlich recht breite Treppenabsatz kam mir auf einmal sehr eng vor. »Kann ich morgen eine Revanche bekommen?«

Er lehnte sich mit der Schulter gegen die Wand. »Vielleicht.«

»Hätte ich heute gewonnen, hätte ich dich nach unserer Vergangenheit gefragt.«

»Du hättest mich nicht gebeten, dich länger am Leben zu lassen?«

Ich schüttelte den Kopf. »Du wirst mir nichts tun.«

Im gedämpften Licht des Treppenabsatzes leuchteten seine Augen. »Ach ja?«

»Ich weiß, dass du den Abend genossen hast. Warum mich also loswerden?«

Irritiert wandte er sich zum Gehen, aber ich meinte, ihn noch murmeln zu hören: »Ja, warum eigentlich?«

Keine Ahnung, ob das Sarkasmus war oder ob er sich die Frage tatsächlich stellte.

Nachdem er weg war, schwebte ich angenehm betrunken in mein Zimmer, erstaunt, wie vergnüglich der Abend gewesen war. Zyklop lag schon auf meinem Bett. Gerade streifte ich mein Nachthemd über, als Matthew zaghaft nach mir rief. *– Herrscherin? –*

Meine gute Laune gab mir das Gefühl, unverletzbar zu sein. Ich antwortete ihm. *Was gibt's?*

– Die Herrscherin ist meine Freundin. Evie fehlt mir. –

Der Schmerz, der mir durch die Brust fuhr, war wie ein Schock. Er fehlte mir auch, trotz allem. Was aber nicht hieß, dass ich ihm verzieh.

– Nicht böse sein. –

Du hast mir sehr wehgetan, Matthew. Und ich weiß nicht mal, ob es dir leidtut. Vielleicht führte er ja in diesem Moment schon wieder etwas gegen mich im Schilde.

– Wir brauchen dich. Wir gehen kaputt. –

Ich gehe kaputt. *J'tombe en botte.* Das hatte Jack in Finns Haus zu mir gesagt, als er mir sein Herz ausgeschüttet hatte.

Oder mir zumindest ausgewählte und beschönigte Teile seines Gefühlslebens offenbarte.

Jack und Matthew konnten mir inzwischen egal sein.

Sie hatten mir nichts als Kummer bereitet. Dennoch konnte ich es mir nicht verkneifen, Matthew zu fragen: *Hast du Jack erzählt, dass ich es erfahren habe?* War ihm klar, dass ich wusste, dass er meiner Mutter bei ihrem Selbstmord geholfen und mich dann mehrfach angelogen hatte?

Nun, wo es mir wieder besser ging, sah ich die Sache ein wenig klarer und konnte mir eingestehen, dass Jack meiner Mutter sicher nie aus eigenem Antrieb etwas getan hätte. Vielleicht waren seine Gründe ja nicht ganz uneigennützig gewesen, aber meine Mom war eine gestandene Frau und konnte sehr überzeugend sein.

Falls sie beschlossen hatte, ihr Selbstmord sei der einzige Weg, um mir das Leben zu retten, dann hatte Jack keine Chance gehabt. In dieser Nacht hatte sie ihm unglaublich viel abverlangt, ausgerechnet ihm, der Gewalt gegen Frauen doch so verabscheute.

Angesichts der Mühe, die er auf die Zubereitung unseres letzten Abendessens in Haven verwandt hatte, mussten die beiden gewusst haben, dass es ein Abschiedsessen war. Was allerdings auch bestätigte, dass Jack äußerst durchtrieben war. Nichts an seinem Verhalten hatte mich erahnen lassen, was er vorhatte.

Er hätte keine Geheimnisse, hatte er gesagt. Wieder eine Lüge. Und ich wurde das Gefühl nicht los, dass bisher nur ein Bruchteil seiner Unwahrheiten ans Licht gekommen war. Der Tod war wenigstens ehrlich und sagte mir direkt ins Gesicht, er würde mich töten.

– Ich habe es Jack gesagt. –

Und?

Matthew seufzte. – *Und.* –

Was soll das heißen?

– *Du bist in meinen Augen.* –

Eine verschwommene Vision von Jack erschien. Er tobte, raufte sich die Haare und schrie …

NEIN, Matthew! Ich schüttelte heftig den Kopf. *Nein, ich will das nicht sehen!* Gerade erst hatte ich meine Gefühle wieder einigermaßen unter Kontrolle bekommen; so stabil war ich nun auch wieder nicht.

Die Vision verblasste. – *Herrscherin?* –

Ich will ihn nicht sehen. Ich kann nicht. Noch so einen depressiven Anfall würde ich nicht überstehen.

– *Ich fühle dein Herz. Es schmerzt.* – Das hatte er in jener Nacht, als Jack mir seine Liebe gestand, auch gesagt.

Du musst ihn rausbringen aus diesem Spiel, Matthew, weit weg. Es ist nicht sein Krieg. Seine Hoffnungen werden sich ohnehin niemals erfüllen. Ich könnte nie mit jemandem zusammen sein, der mich an alte Wunden erinnerte und zu dem ich kein Vertrauen hatte. *Du musst dafür sorgen, dass er geht.* Es wäre für alle das Beste.

In den letzten Wochen war mir klar geworden, dass ich unmöglich mit einem Nicht-Arkana zusammen sein konnte. Matthew hatte mir das immer wieder gesagt. Trotz allem, was er getan hatte, hatte Jack ein langes Leben verdient. Aber wenn er sich weiterhin in unserem mörderischen Spiel herumtrieb, würde ihm das sicher nicht vergönnt sein.

Es wäre das Beste …

– Du bist noch nicht bereit, Herrscherin. Ohne den Tod bleiben die Maschinen nicht stehen. –

Schon wieder so ein kryptischer Satz. Mein Kopf schmerzte bei dem Versuch, ihn zu entschlüsseln. *Ich traue mich kaum zu fragen.*

– Wochenlang treibst du in der Flaute, dann der Sturm. Das Spiel beginnt im Ernst. Du musst zum Angriff bereit sein …

37

Tag 318 n. d. Blitz

»Ich möchte dir etwas zeigen«, sagte der Tod, während er mich zurück in meinen Turm begleitete. Es war schon das dritte Mal in dieser Woche, dass wir abends Karten gespielt hatten. Und es hätte sogar das vierte Mal sein können, wäre er nicht zwischendurch zu einem seiner Ausritte aufgebrochen.

Bei seiner Rückkehr am darauffolgenden Abend hatte er mich dann dabei ertappt, wie ich seine Hand inspizierte. »Keine Sorge«, hatte er gesagt, »ich bin dir immer noch nur ein Zeichen voraus.«

Nun fragte ich ihn: »Was willst du mir zeigen?«

Er schob mich in Richtung Fitnessraum. »Eine Überraschung.«

Ahnte er, dass ich eine Aufmunterung bitter nötig hatte? Heute war die Sonne überhaupt nicht aufgegangen. Es herrschte die ewige Nacht.

Würde ich nun noch schwächer werden? Den ganzen Tag über war ich unruhig gewesen, genau wie Lark. Selbst ihre Tiere schienen verängstigt. Und Ogen hatte geheult wie ein Irrer ...

Der Tod machte das Licht im Fitnessraum an, und ich entdeckte eine unglaubliche Neuerung. In einer Ecke vor der Spiegelwand war eine Ballettstange angebracht worden, an der ein Paar Ballettschuhe hing.

Mir entfuhr ein Freudenschrei.

Der Tod hatte tatsächlich eine Barre und Spitzenschuhe aufgetrieben. Für mich. War er deshalb weg gewesen?

»Die Schuhe müssten dir passen.«

Ich starrte die Ballettschuhe an und stellte mir vor, wie er mit seinen feingliedrigen Fingern die Bänder zusammenknüpfte. Es war ein so sinnliches Bild, dass ich erschauderte.

Im Verführen war er sehr viel besser als ich. Ich sah ihn an. »Wo hast du das her?«

»Dinge zu beschaffen ist ein besonderes Talent von mir.«

Ich musste zugeben, er strahlte tatsächlich diese unschlagbare Überlegenheit aus, von der Lark gesprochen hatte. Und das war wirklich sexy.

»Du scheinst ja viele Talente zu haben.« Gab es überhaupt irgendetwas, das er nicht konnte?

Nun ja, abgesehen davon, mir zu trauen. Jedes Mal, wenn es so ausgesehen hatte, als wären wir einen Schritt weitergekommen und das Eis zwischen uns wäre ein wenig geschmolzen, hatte er sich wieder zurückgezogen.

»Gefällt es dir?«, fragte er mich.

Gefallen? Ich war begeistert. Ballett! Und das nach der Apokalypse.

Ich hatte geglaubt, auch dieser Teil meines alten Lebens wäre mit allem anderen niedergebrannt, und nun hatte ich ein Tanzstudio, Spitzenschuhe und alle Zeit der Welt, sie zu nutzen. Da ich gut aß und in einem weichen, warmen Bett schlief, hatte ich trotz des Regens noch genügend Energie zum Tanzen.

Und alles hatte ich dem Mann hier vor mir zu verdanken.

Mir schwindelte vor Glück. Ohne groß darüber nachzudenken, stellte ich mich auf die Zehenspitzen und drückte ihm einen Kuss auf die Wange.

Mit übernatürlicher Schnelligkeit sprang er zurück. »Hey, Geschöpf!«

»Warum bist du so abweisend? Du weißt doch, dass ich nichts mehr gegen dich im Schilde führe.«

Seine Fäuste waren so fest geballt, dass ich befürchtete, seine Fingerknochen könnten brechen. Aber er war nicht wütend. Vielmehr schien ihn das Bedürfnis, mich zu berühren, fast umzubringen. »Welche Pläne hast du dann?«

»Ich will wieder glücklich sein, sonst nichts«, sagte ich und erklärte ihm, was meine Mom dazu gesagt hatte.

»Und dazu musst du mich küssen?«

Mit sanfter Stimme erklärte ich: »Ja. Es war schön, diese Woche mit dir zusammen zu sein. Wir verstehen uns gut. Und außerdem stimmt es, dass du mich noch nie belogen hast. Das bedeutet mir sehr viel.« Da war aber auch noch etwas anderes.

Nachdem ich nun schon mehrere Monate hier war, konnte ich endlich zugeben, dass ich den Tod … begehrte.

Es war nicht nur eine gewisse Anziehungskraft, sondern echtes körperliches Verlangen.

Er schüttelte energisch den Kopf. »Da ist immer noch das Spiel, und die Unsterblichkeit, die es zu gewinnen gilt.«

Ich sah ihn finster an: »Ich will nicht unsterblich sein.«

»Nein? Du willst alt werden, krank, und sterben?«

»Eins weiß ich genau: Das Alleinsein ist nichts für mich. Außerdem müsste ich dich angreifen, um zu gewinnen. Und das habe ich nicht vor.«

»Dann stört dich der Bußgürtel also gar nicht? Wenn du die Wahrheit sagst, wirst du mich wohl nie mehr bitten, ihn dir abzunehmen.«

Ich nagte an meiner Unterlippe. »Ich mache mir Sorgen wegen Ogen. Und es tut weh, wenn ich den Arm zu viel benutze.«

Der Tod atmete hörbar aus. »Selbst wenn ich mir wünschte, dass alles anders wäre, wir können nicht zurück.«

»Du hast dir geschworen, mich nie wieder in deine Nähe zu lassen, richtig? Was ich dir in der Vergangenheit angetan habe, muss schrecklich gewesen sein.«

Er zuckte unverbindlich mit den Achseln, aber ich konnte spüren, wie es in ihm rumorte.

Ich beschloss, ihn nicht weiter zu bedrängen, und holte mir die Ballettschuhe von der Stange. Sie waren viel zu wertvoll, um sie auch nur eine Sekunde aus den Augen zu lassen. Ich knotete die Bänder auf. Bei dem Gedanken an seine Finger, wie sie über die Seide strichen, erzitterte ich wieder. »Danke …« Ich verstummte. Wenn ich doch nur seinen richtigen Namen kennen würde.

Meine Dankbarkeit schien ihm unangenehm zu sein. »Ich habe das nicht für dich getan. Falls du es noch nicht bemerkt hast: Es gefällt mir, dir beim Tanzen zuzusehen.«

Ich zog eine Augenbraue hoch. »*Zusehen* ist wohl eine etwas schwache Vokabel für das, was du tust, oder?«

Seine muskulösen Schultern zuckten. »Es ist spät. Gehen wir zu deinem Zimmer.«

Auf dem Treppenabsatz fiel mir auf, dass er Abstand hielt. Mit einem Seufzer fragte ich: »Ich bin doch die schwächste Arkana überhaupt, warum bist du so vorsichtig?«

»Vielleicht, weil du auch die verführerischste Arkana bist.«

Ich lächelte. »Ich werde dich schon noch weich kriegen.«

Mit dunklen, ausdruckslosen Augen sagte er: »Das wird dir nicht gelingen.«

Wir werden sehen. Der Tod ahnte nicht, wie sehr ich diese kleinen Machtkämpfe genoss.

Allein in meinem Zimmer legte ich mich aufs Bett und strich liebevoll über die Bänder meiner Ballettschuhe. Ich konnte nicht aufhören zu lächeln, was wirklich erstaunlich war. Je mehr Zeit ich mit dem Tod verbrachte, umso mehr mochte ich ihn.

Die letzten elf Monate hatte ich ihn gefürchtet, und nun konnte ich es morgens nicht erwarten, ihn wiederzusehen.

In dieser Nacht schlief ich mit einem Lächeln im Gesicht ein, die Schuhbänder um die Finger gewickelt.

Und als der Tod in meinen Träumen auftauchte, hieß ich ihn willkommen.

38

Tag 325 n. d. Blitz

Heute habe ich fast eine ganze Stunde lang nicht an Jack gedacht.

39

Tag 355 n. d. Blitz

»Tanz den Tanz von gestern noch einmal«, befahl mir der Tod mit der Autorität eines Mannes, dem nie ein Wunsch abgeschlagen wurde. Er hatte den Arm über die Rückenlehne der Couch gelegt und schien mit sich und der Welt zufrieden.

»Dachte ich mir, dass dir der gefällt.« Das Stück war eine echte Herausforderung. Ich hatte hart trainiert während der letzten Wochen und war nun wieder fast so gut wie früher. Der Tod war beinahe täglich da gewesen, um mir zuzusehen, und hatte dabei jede einzelne meiner Schweißperlen bewundert.

Ich begann zu tanzen und dachte dabei über mein neues Leben nach. Im Vergleich zur Welt da draußen war die Festung des Todes das Paradies. Hier konnte ich tanzen, lesen und nun sogar auch malen.

Dank dieses Mannes hatte ich das Material, um auch diesem Hobby nachzugehen, und ich hatte damit angefangen, die Wände meines Turmzimmers neu zu gestalten. Was für ein Privileg es doch war, überhaupt ein Zimmer zu haben, jede Nacht einen geschützten und warmen Platz zum Schlafen.

Langsam hatten an den Wänden Zuckerrohrfelder und

saftig grüne Wälder Gestalt angenommen. Die Szenen glichen den Wandgemälden in Haven, nur dass ich damals, in den sonnigen Tagen vor dem Blitz, dunkle Wolken über den Feldern gemalt hatte, während ich in der Finsternis der Apokalypse sonnenüberflutete Landschaften zeichnete.

Wie Lark gesagt hatte, es war gar nicht so übel. Ich konnte jederzeit in die Küche gehen und fand dort etwas Leckeres zu essen: apokalyptische Delikatessen wie frisches Brot und Butter.

An den Nachmittagen – falls man sie überhaupt so nennen konnte, denn es war immer noch dunkel – sah ich mir mit Lark vor einem knisternden Feuer und mit einer Schüssel dampfendem Popcorn auf dem Schoß Filme an, während die Wölfe neben uns dösten. Manchmal gingen wir auch »Shoppen« und durchkämmten den Speicher nach alten Klamotten.

Lark brachte mich oft zum Lachen. Heute hatte sie mich darauf aufmerksam gemacht, wie viel Zeit ich inzwischen mit dem Tod alleine verbrachte, und dann gemeint: »Ich komme mir schon vor wie die alte singende Teekanne in *Die Schöne und das Biest*«.

Vielleicht hatte ich mich ja nur mit ihr zusammengetan, weil sie mich an Mel erinnerte, die wie eine Schwester für mich war. Oder weil sie das einzige Mädchen in der Festung war.

Aber vielleicht hatte ich auch einfach langsam begriffen, dass es im Leben nicht nur Schwarz oder Weiß gab.

Die Guten und die Bösen begannen sich in meinem Kopf zu vermischen. Wir alle waren Spielfiguren, die das Spiel zu Mördern machte; und ausgerechnet der Mann, der für mich einmal der Inbegriff des Bösen war, hatte nun Ballettschuhe für mich organisiert.

Das Unterste hatte sich zuoberst gekehrt.

Draußen wüteten die Spätsommerstürme und ich traf mich jeden Abend mit dem Tod in seinem gemütlichen Arbeitszimmer. Wir redeten bis spät in die Nacht oder saßen still nebeneinander auf dem Sofa vor dem Kaminfeuer und lasen Bücher aus seiner Sammlung.

Ich hatte die *Odyssee* angefangen und war gerade an der Stelle angelangt, an der Odysseus und seine Männer auf der Insel der Lotosesser landen. Den Männern, die vom Lotos essen, wird die Abgeschiedenheit der Insel plötzlich gleichgültig, und sie wollen ihre Reise nicht mehr fortsetzen.

Der Tod hatte die Geschichte natürlich im Original auf Griechisch gelesen.

Er und ich schienen immer mehr aufeinander angewiesen zu sein. Für ihn gab es außer mir niemanden auf der Welt, den er berühren konnte, und ich konnte nur mit ihm über Geschichte, Literatur und Kunst diskutieren.

Wir waren fast gezwungen, zusammen zu sein, aber auf eine gute Art.

Der Tod schätzte meine schnelle Auffassungsgabe, und es schien ihm Vergnügen zu bereiten, mir immer mehr beizubringen. So wie Jack meine Begierde, hatte der Tod meinen Intellekt geweckt. Er zog mich auf eine Weise an, die ich so noch nicht gekannt hatte.

Ich wusste, dass er genauso gerne Zeit mit mir verbrachte wie ich mit ihm. Wenn ich von meinem Buch aufsah, ertappte ich ihn oft dabei, wie er mich mit einem zufriedenen Leuchten in den Augen ansah.

So wie jetzt beim Tanzen.

Nachts besuchte er mich in meinen Träumen und wir drangen in immer erotischere Bereiche vor. Letzte Nacht hatte ich geträumt, wie er mich aus meinen Sportsachen schälte, auf die Ballettstange setzte und dann über meine schweißnasse Haut leckte. Seine Hüften hatten sich zwischen meine Schenkel gedrängt …

Dennoch wurde er jedes Mal abweisend, wenn ich erwähnte, wie gerne ich mit ihm zusammen war. Und wenn er mal kurz davor war zu lachen, zog er sich sofort wieder in sich zurück.

Es war ein ewiges Auf und Ab der Gefühle.

In regelmäßigen Abständen verließ er das Anwesen. Ich ging davon aus, dass er sich auf Arkana-Jagd begab, zumindest manchmal. Doch bisher war er noch nicht mit einem neuen Mal zurückgekehrt, und auch das Arkana-Radio hatte nichts Neues gemeldet. Auf Larks laminierter Liste – das kleine Biest hatte sie tatsächlich an die Kühlschranktür geheftet – hatte sich seit dem Stern ebenfalls nichts mehr verändert.

Einmal abgesehen davon, dass sie bei mir »Unsere

Dornenkönigin« durchgestrichen und »Abschaum« darübergeschrieben hatte. Sehr witzig.

Jedes Mal, wenn der Tod unterwegs war, hatte ich schlechte Laune. Vermisste ich ihn? Dass ich ihn begehrte, hatte ich mir zwar schon eingestanden, aber konnte ich für einen Mann wie ihn auch tiefere Gefühle hegen?

Ich musste so häufig an ihn denken, dass wenig Zeit blieb, etwas zu bereuen oder darüber nachzugrübeln, was gewesen wäre wenn. Mit Matthew hatte ich wieder spärlichen Kontakt aufgenommen, fühlte mich aber immer noch hintergangen, weil er damals weggesehen hatte.

Und auch von Jack fühlte ich mich nach wie vor betrogen.

Jedes Mal, wenn Matthew in meinem Kopf auftauchte, sagte er mir noch mehr Kummer und neues Elend vorher. Zumindest interpretierte ich es so, denn was er meldete, ergab immer weniger Sinn. Einmal hatte er gesagt: *Der Blitz verbirgt das Monster.* Und ein anderes Mal: *Ist der Altar leer, musst du dich aufschlitzen.*

Auf die Frage nach meiner Vergangenheit mit dem Tod hatte er geantwortet: *Denk lieber an die Zukunft. Der Teufel steckt im Detail.* Keine weiteren Erklärungen.

Immer wieder hatte ich Matthew gebeten, Jack in Sicherheit zu bringen, aber zurück kam nur das übliche Geschwafel. Obwohl ich mich bemühte, genau zuzuhören, war ich zunehmend genervt und mein Kopf dröhnte …

Die Tage waren wie im Flug vergangen. Der Sommer,

der eigentlich gar keiner war, ging dahin, und wir näherten uns meinem siebzehnten Geburtstag. Der einzige Nachteil an diesem paradiesischen Zufluchtsort war Ogen. Ich bekam ihn zwar nur selten zu Gesicht, wenn er über das Gelände streifte, aber ich hätte schwören können, eines seiner Hörner war noch kürzer geworden.

Trotz des Unbehagens, das Ogens gelegentliche Anfälle mit sich brachten, hatte ich das Gefühl, diese finstere Festung wurde …

»Was geht in deinem hübschen Köpfchen vor?«, fragte mich der Tod leise.

Ohne lange zu überlegen, sagte ich: »Ich glaube, dein Zuhause wird langsam auch meins.«

Als hätte ich ihm ins Gesicht geschlagen, stand er auf und ging zur Tür.

Über die Schulter gab er barsch zurück: »Du weckst gefährliche Gedanken in mir, Geschöpf.«

Seine Reaktion war mir ein Rätsel. Was für gefährliche Gedanken? Machte ihn meine Bemerkung wütend oder weckte sie Sehnsüchte in ihm? Würde er nun wieder hinaus ins Gewitter stürmen und seinem Zorn beim Trainieren Luft machen?

Wie lange konnten wir noch so weiterleben, bevor sich irgendetwas veränderte?

40

Tag 365 n. d. Blitz
Vorabend zum Jahr 2

»Warum hast du heute nicht getanzt?«, fragte der Tod.

Ich saß auf dem Sofa in seinem Arbeitszimmer und hatte die Füße unter den Hintern gezogen. »Ich habe nicht besonders gut geschlafen.« Es war zwar nichts Ungewöhnliches mehr, dass ich von ihm träumte, aber letzte Nacht waren die Szenen so lebensecht gewesen, dass ich mich beim Aufwachen verstört gefragt hatte, weshalb ich alleine war.

Er setzte sich neben mich, nicht zu nah, und ich musste schlucken. Was würde er wohl tun, wenn ich ihn küsste?

Er musterte mein Gesicht. Konnte er sehen, wie mir die Hitze in die Wangen schoss?

»Du wirkst ein wenig erhitzt. Bist du krank? Der Sterbliche, der hier lebt, hat vor dem Blitz im medizinischen Bereich gearbeitet.«

»Mir geht es gut.«

Er schien nicht überzeugt. »Nun denn, ich wollte dir mitteilen, dass ich heute Abend zu einem Ausritt aufbreche.«

Mich verließ der Mut. »Wie lange wirst du weg sein?«

»Zwei oder drei Tage. Wirst du mich vermissen, Herrscherin?«

Keine ausgedehnten nächtlichen Gespräche? »Ja«, gab ich zu. »Und ich werde mir Sorgen um dich machen. Mir wäre es lieber, wenn du nicht gehst.«

Diese Antwort schien ihn mehr aus der Fassung zu bringen als mein nasses T-Shirt damals. Er setzte sich hinter den Schreibtisch und räusperte sich. »Fauna hat mir erzählt, ihr beiden fürchtet euch vor Ogen, wenn ich fort bin.«

»Du musstest seine Hörner wieder kappen, stimmt's?«

Ein kurzes Nicken.

»Ohne die Armfessel hätte ich keine Angst vor ihm.«

Er sah mich finster an. »Du weißt, dass ich sie dir nicht abnehmen kann. Würdest du dich besser fühlen, wenn ich ihn aus dem Gelände aussperre?«

Mehr war wohl nicht zu erwarten. »Ja, danke.«

Wieder schien es ihm unangenehm zu sein, dass ich mich bei ihm bedankte, und er wechselte schnell das Thema. »Fauna sagt, du hast heute Geburtstag.«

»Für dich ist das sicher keine große Sache, wo du doch schon Tausende erlebt hast.«

»Wenn du mich um eine Gunst bittest, werde ich sie dir vielleicht gewähren.«

Aufgeregt erhob ich mich. »Als Geburtstagsgeschenk?« Ich schlenderte zu ihm hinter den Schreibtisch und durchbrach damit die unsichtbare Grenze, die er gezogen hatte. Mit einem Hüpfer setzte ich mich direkt neben seinem Stuhl auf die Tischplatte, sodass meine Schenkel nur Zentimeter von seiner Hand entfernt waren.

Sie ballte sich zur Faust. »Ich warne dich, du kannst mich nicht verführen.«

Mit sanfter Stimme fragte ich: »Könnte ich dich denn verführen, wenn wir keine Gegner wären? Warum willst du dieses Spiel unbedingt spielen?«

»Wir sind dazu geboren, es zu spielen.«

Eine unverbindliche Antwort. »Du scheinst mir eigentlich nicht der Typ zu sein, der blind den Befehlen irgendwelcher alten Götter folgt.«

»Das Spiel ist ein Teil meiner selbst. Ich wüsste nicht, wie ich mich davon befreien sollte.«

»Von mir sagst du, ich sei hoffnungslos naiv, aber du selbst hältst starrköpfig an der Vergangenheit fest und weigerst dich, dir eine neue Zukunft überhaupt nur vorzustellen.« Langsam platzte mir der Kragen.

Ihm aber auch. »Ich spiele, weil ich keine Wahl habe! Glaubst du, ich hätte nicht schon längst versucht, diesem Spiel ein Ende zu bereiten?«

»Du? Du hast schon versucht, einen Nichtangriffspakt zu schließen?« Meine Überraschung schien ihn wütend zu machen.

Er sprang auf und ging im Zimmer auf und ab. »Es ist ein Frevel, davon zu sprechen, das Spiel zu beenden – und ich habe schon zwei Mal gefrevelt.«

»Aber das Spiel ist doch, nun ja, dein Leben?«

Mit einer wilden Geste fuhr er sich durchs blonde Haar. »Ich wollte mein Schicksal schon so verzweifelt ändern, dass meine blutige Tarotkarte bis heute für Wandel steht.« Seine Stimme wurde immer lauter. »Dieses Spiel ist die Hölle, und wir alle sind verdammt. Wir werden in den Wahnsinn getrieben. Der intelligenteste Arkana im Spiel ist der Narr. Den, der am wenigsten bereit ist zu töten, nennt man den Tod. Und du, Herrscherin, herrschst über nichts und niemanden.«

»Heißt das, du *musst* gar nicht töten?«

Er nahm sich ein Glas Wodka und trank. »Müssen. Wollen. Was macht das schon für einen Unterschied? Ich *bin* tödlich.« Beim Nachschenken schlug die Flasche gegen sein Glas. »Wenn die anderen Arkana wüssten, was den Gewinner erwartet, wären sie nicht so versessen darauf, mich zu besiegen. Sie wären dankbar, dass ich ihnen ein solches Leben erspare.«

»Ich hatte keine Ahnung, dass du vom Töten genug hast.« Eine Untertreibung. Offenbar hatte er nicht nur genug davon, er hasste es regelrecht.

Wieder kippte er einen Wodka hinunter. »Du kennst mich nicht im Mindesten.«

»Das stimmt. Und wo du das gerade sagst, ich weiß jetzt, welche Gunst ich mir von dir wünsche. Ich möchte dir Fragen zu deinem Leben und deiner Vergangenheit stellen, die du mir ehrlich beantworten sollst.«

Noch immer auf seinem Schreibtisch sitzend nahm ich ihm die Flasche aus der Hand und schenkte nach.

»Dann sitze ich also in der Falle?« Er atmete langsam aus und ließ sich wieder zurück in seinen Sessel sinken. »Also gut, frag.«

»Was bedeuten die Runen auf deiner Haut?« Diese Runen, die durch meine Träume geisterten ...

»Ich bin erstaunt, dass du sie nicht längst entziffert hast, so oft, wie du mir beim Trainieren zusiehst.«

Ich zuckte hilflos mit den Achseln.

»Sie erzählen eine Geschichte, die ich niemals vergessen möchte – auch dann nicht, wenn ich dieses Spiel verlieren sollte. Jeden Morgen sehe ich sie mir im Spiegel an, um mich zu erinnern. Dir werde ich ihre Bedeutung allerdings nie enthüllen. Du kannst dir die Mühe also sparen, noch einmal danach zu fragen.«

Ich spitzte die Lippen. »Verrätst du mir, was du zwischen den Spielen machst? Bitte.«

Er beugte sich nach vorn. »Ich wandere über den Planeten und sehe der Menschheit beim Altern zu.« Er klang aggressiv. »Außerdem lese ich alles, was mir in die Hände fällt, jedes Buch, jede Zeitung. Und ich beobachte die Sterne. Während meines ungewöhnlich langen Lebens kann ich sie am Himmel verblassen oder hell aufleuchten sehen. Manchmal schlafe ich aber auch eine Woche am Stück und jage den Drachen.«

Ich sah ihn fragend an. »Opium«, erklärte er.

Opium wurde aus Mohn hergestellt, einem Symbol der Herrscherin. Die roten Blüten zierten meine Karte.

»Ich nehme es auf jedwede Weise zu mir.« Das klang,

als wollte er mich herausfordern, etwas dazu zu sagen, doch das würde ich niemals tun.

Kaum vorstellbar, wie grauenhaft sein Leben sein musste. Ich dankte Gott – oder den Göttern –, dass es nicht mein Schicksal war. Hatte ich deshalb schon als Kind Mitleid mit ihm gehabt? Schon damals, als ich noch fasziniert seine Karte betrachtet hatte, musste ich etwas für diesen Mann empfunden haben. *Sein Pferd sieht krank aus, und er hat keine Freunde.*

»Vor jedem neuen Spiel«, fügte er hinzu, »brennt die Vorfreude in mir wie Feuer. Ich setze alles daran, andere Karten ausfindig zu machen, damit ich sie entweder schützen oder schnellstmöglich eliminieren kann. Und ich bereite mich auf jede mögliche Katastrophe vor. Nun weißt du, was ich schon seit Jahrtausenden mache.«

»Verstehe. Aber ich will mir kein Urteil bilden«, sagte ich, »sondern nur mehr über dich erfahren. Verrätst du mir etwas über deine Kindheit?«

Vielleicht hatte er ja so wie ich Erinnerungen an glückliche Tage. »Wo bist du geboren?«

Er sah mich vorwurfsvoll an. »Warum sollte ich dir das erzählen? Du erinnerst dich beim nächsten Mal ohnehin nicht mehr daran.«

»Du scheinst es mir echt übel zu nehmen, dass ich mich an die früheren Spiel nicht mehr erinnern kann.«

Anstelle einer Antwort stand er auf, ging zu einem Wandsafe und holte etwas Glitzerndes heraus. Er reichte mir ein Schmuckstück und strich dabei mit dem Zeigefinger kurz über mein Handgelenk. »Vielleicht hilft dir das ja auf die Sprünge.«

Mit zusammengekniffenen Augen betrachtete ich das hinreißende Smaragdcollier. »Das hast du mir einmal geschenkt.« Er musste es mir wieder abgenommen haben, nachdem er mich getötet hatte. »Hätte nie gedacht, dass du das Blut wieder abbekommst.«

Mürrisch drehte er sich zum Fenster. In der Ferne zuckte ein Blitz am Himmel.

»Warum zeigst du es mir?« Ich wollte das Collier nicht länger berühren und legte es auf den Schreibtisch. Dass er es so lange aufbewahrt hatte, schmeichelte mir, aber es erinnerte mich auch an einen grausamen und blutigen Tod. »Warum sagst du mir nicht einfach, an was ich mich erinnern soll?«

»Dir zu erzählen, was in der Vergangenheit geschehen ist, wäre nicht dasselbe. Du würdest mir nicht glauben.«

»Vielleicht hast du recht. Aber du könntest mir in der Zwischenzeit ja noch etwas über dich erzählen. Du bist vor drei Spielen auf die Welt gekommen, richtig? Wie warst du als kleiner Junge? Und willst du mir nicht endlich deinen Namen verraten?«

»Meinen Namen?« Er starrte hinaus in die Nacht. Dann murmelte er: »Sie haben mich Aric getauft. Es bedeutet *Der alleinige Herrscher*.« Er lachte bitter. »Wie prophetisch von meinen Eltern.«

Aric. Nun hatte er mir seinen Namen doch verraten.

Als ich hierherkam, hatte er gesagt: »Für dich bin ich der Tod. Sonst nichts.«

Das galt nun nicht mehr. »Erzähl weiter.«

»Als Junge war ich mit Reichtum gesegnet. Mein Vater war ein Kriegsherr, der über eine befestigte Siedlung herrschte, ein wichtiges Handelszentrum, im heutigen Lettland.«

Daher also sein Akzent.

Er setzte sich wieder. »Wir waren die reichste Familie in der Region und meine Eltern liebten sich innig. Da ich mir eine solche Liebe auch wünschte, stimmte ich bereitwillig zu, als mein Vater mich drängte, zu heiraten. Ich war gerade sechzehn geworden, und es war an der Zeit, meine eigene Familie zu gründen.«

Der Tod, oder besser Aric, war verheiratet gewesen? Wie war das möglich? Ein unerwarteter Anflug von Eifersucht regte sich in mir. »Aber deine Berührung …«

»Dieser Fluch ist nicht angeboren.« Er kippte einen Wodka und schenkte sich nach. »Mein Vater gab einen Tanz für mich, bei dem ich mir eine Frau auswählen sollte. Ich tanzte mit sehr vielen Frauen, und am nächsten Tag waren sie alle krank, nur weil sie meine Hand gehalten hatten. Zunächst hatte niemand Anlass zu glauben, dass ich der Grund dafür war. Aber als der Fluch dann immer stärker wurde und meine Berührung schließlich in Sekundenschnelle tötete, wusste ich, dass ich auch dafür verantwortlich gewesen war. Meine letzten ungewollten Opfer waren meine Eltern.«

Selbst nach so langer Zeit schienen ihn die Schuldgefühle immer noch zu quälen.

»Vom Kummer zerfressen ging ich von zu Hause fort und stolperte blindlings in dieses Spiel. Mit der Zeit begriff ich, wer ich war, und dass ich zum Siegen verdammt war – zur Unsterblichkeit und zur ewigen Einsamkeit.« Erschöpft atmete er aus. »Und dann traf ich dich.«

Würde er mir nun endlich sagen, was zwischen uns geschehen war?

»Damals hatte ich schon seit über einem Jahr niemanden mehr berührt. Das klingt nicht besonders lange, aber stellt man sich diesen Zeitraum ohne die Umarmung eines Familienmitglieds vor, ohne einen einzigen Handschlag und selbst ohne die leichte Berührung, wenn eine Münze den Besitzer wechselt, dann ist es eine Ewigkeit.«

Sogar als Gefangene in dieser Festung hatte ich Körperkontakt: Balgereien mit Lark, flüchtige Berührungen mit dem Tod. Sein Leben musste ein Albtraum gewesen sein.

»Als ich dir übers Gesicht streichelte, hatte ich die Absicht, dich zu töten. Aber du bist nicht einmal krank geworden. Ich weiß noch, wie erschreckend weich deine Haut sich anfühlte, wie warm.« Er verlor sich in seiner Erinnerung. Heiser fügte er hinzu: »Mir schauderte, als ich deine Haut auf meiner spürte.« Abrupt sah er auf und räusperte sich. »Du warst ebenso überrascht wie ich.«

»Haben wir …?«

Ein kurzes Kopfschütteln und seine Augen begannen zu glühen, diesmal vor Zorn.

Unbeeindruckt drängte ich weiter: »Wenn wir nicht miteinander geschlafen haben, hast du es dann überhaupt schon einmal getan?« Ich war keine Jungfrau mehr, aber er vielleicht.

Das Wodkaglas zersplitterte in seiner Faust.

»Ähm, also vermutlich nicht. Aber mit mir wolltest du es tun?« *In mein Bett, Herrscherin.*

»Bis du mich hintergangen hast.«

»Wie habe ich dich hintergangen?« Er warf einen kurzen Blick auf das Collier. »Vielleicht kann ich mich ja nie erinnern. Ich muss das wissen!«

»Du hast dein Versprechen als Erste gebrochen, Geschöpf. Das habe ich schon gesagt.«

»Hatten wir beide einen Nichtangriffspakt?«

Missmutig erhob er sich, aber sein Ärger schien nicht mir zu gelten. Er war mit sich selbst unzufrieden, als ob dieses Treffen irgendwie schiefgelaufen wäre.

»Ich werde jetzt losreiten«, sagte er abweisend und ging durch eine Nebentür.

Ich sprang auf und huschte ihm hinterher. Er fluchte leise.

Mir blieb der Mund offen stehen, als ich sein vom Feuer erhelltes Schlafzimmer betrat. Decke und Wände waren tiefschwarz, der Boden mit geädertem schwarzem Marmor gefliest. Seine rabenschwarze Rüstung hing auf einem Ständer, man hatte den Eindruck, ein zweiter Mann stünde im Raum. Das einzige Möbelstück war ein geschnitztes Schlittenbett mit zerwühlten Laken.

Hatte er auch heiße Träume?

Grimmig ging er auf und ab, offensichtlich verärgert, dass ich in seine Privatsphäre eingedrungen war.

»Weißt du, was ich glaube, Tod?« Ich ließ mich auf seiner Bettkante nieder. Er holte tief Luft und drehte sich weg. »Du hast mich vermisst, als ich heute nicht im Fitnessraum war.«

Mit zusammengebissenen Zähnen stapfte er zu seiner Rüstung.

»Und wenn du jetzt gehst, wirst du mich auch vermissen. Denn jedes Mal, wenn du da draußen alleine bist, kommt diese quälende Einsamkeit zurück, oder etwa nicht?«

Er erstarrte.

»Du hasst dieses Leben. Und ich glaube, heimlich hoffst du, du könntest mit mir ein anderes führen.«

»Worauf ich hoffe, ist gleichgültig. Ich kann dir nicht vertrauen.«

»Und wenn du es könntest? Würdest du dann mehr von mir wollen? Würdest du mit mir leben wollen?«

»Das hier war ein Fehler. Du musst jetzt gehen.« Mit hastigen Bewegungen schnallte er sich eine Metallplatte ans rechte Bein, dann die zweite ans linke. »Der Zutritt zu diesem Teil des Hauses ist dir von nun an verboten.«

Ich schnappte nach Luft. »Du *willst* mit mir zusammen sein.« Während ich das sagte, wurde mir bewusst, dass ich mir ebenfalls vorstellen konnte, mein Leben mit ihm zu verbringen. »Bitte geh noch nicht. Rede mit mir, Aric.«

Beim Klang seines Namens verkrampfte er sich, als hätte ich ihn geschlagen. »Geh jetzt. Wenn ich an deinen Verrat zurückdenke, bringe ich dich womöglich noch um. Und so oft, wie du mich auch in diesem Leben schon hintergangen hast …«

Ich sprang auf. »Was habe ich dir denn getan?« Er war es doch gewesen, der mich gefangen und eingesperrt hatte. Mein Angriff auf ihn und seine Verbündeten war reine Selbstverteidigung gewesen.

»Ich warne dich … Geh!« Er drehte sich von mir weg und riss sich das Hemd vom Leib, um den Brustpanzer anzulegen. Trotz unseres Streits bewunderte ich sehnsüchtig seine kräftigen Rückenmuskeln.

Er streifte die Panzerhandschuhe über und drehte sich wieder um, offensichtlich überrascht, dass ich noch immer da war. Wagte es sonst nie jemand, sich ihm zu widersetzen?

»Jede Frau mit ein bisschen Verstand hätte meine Warnung ernst genommen.« Er schnallte sich seinen Schwertgurt um.

Natürlich hatte er mich gewarnt, aber ich hatte gerade mehr über ihn erfahren als je zuvor und hatte das Gefühl, dass er kurz davor war, mir sogar noch mehr anzuvertrauen. Nun ja, oder mich umzubringen. Ich zog die Schultern zurück und sagte: »Ich bleibe.«

Aric klemmte sich seinen Helm unter den Arm und kam auf mich zu. Ein Furcht einflößender Anblick. In diesem Moment hatte ich keinen Zweifel mehr, dass ein Todesgott diesen Mann zu seinem Ritter geschlagen hatte. Er stand nun so dicht vor mir, dass ich zu ihm aufsehen musste.

Unzählige Emotionen huschten über sein Gesicht; unmöglich, auch nur eine davon festzuhalten. »Ich gehe jetzt.« Er stampfte um mich herum und verließ das Zimmer.

Durch die Gänge folgte ich ihm bis zur Eingangstür. »Verdammt noch mal, Aric, kann dein Ausflug nicht warten?«

Ohne ein weiteres Wort trat er hinaus in das tosende Gewitter. Mit dem Gefühl, die einzige Gelegenheit für etwas sehr Wichtiges verpasst zu haben, blieb ich in der Tür stehen und sah ihm nach.

Doch plötzlich wurde mein Wunsch, ihn am Weggehen zu hindern, übermächtig.

Als er in mörderischem Galopp aus dem Stall geritten kam, rannte ich hinaus in den Regen, um ihn aufzuhalten. Mit wilden roten Augen bäumte sich sein Ross auf, die scharfen Hufe scharrten in der Luft.

»Hast du den Verstand verloren?« Er riss sich den Helm vom Kopf und sah mich mit zornglühenden Augen an. »Was soll das?«

Schnell stellte ich mich neben das Pferd und schrie durch den strömenden Regen: »Wie habe ich dich in diesem Leben hintergangen?« Ich legte die Hand auf sein gepanzertes Bein, er zuckte zurück. »Ich muss es wissen!«

Bedächtig, fast bedrohlich stieg er vom Pferd. Mit rasendem Herzen machte ich ein paar Schritte rückwärts. War ich zu weit gegangen?

Er kam auf mich zu und ich wäre am liebsten weggelaufen. Es war zu nah, zu viel, zu intensiv. Aber ich musste es wissen ...

Er streckte die Hand aus und packte mich fest im Nacken. Zwischen den Zähnen presste er hervor: »Du warst nicht für ihn bestimmt.« Der Regen tropfte von seinen Wimpern. »Es macht mich wahnsinnig, dass du dich dem Sterblichen hingegeben hast. Du hast ihm alles gegeben.«

»Du verabscheust mich schon seit zweitausend Jahren. Da kann es dir doch egal sein, mit wem ich schlafe?«

»Ist es aber nicht.«

»Warum nicht?«

Die sanfte Berührung seiner tödlichen Handschuhe, mit denen er zärtlich meine Wangen hielt, stand im krassen Gegensatz zu seinem Gesicht, in dem sich Lust, Begierde und unzählige andere Emotionen spiegelten, die ich nicht deuten konnte.

Meine Gefühle für ihn waren erst ein paar Wochen alt, aber bei ihm stauten sich die Emotionen seit Jahrhunderten an.

Und dann spürte ich im eiskalten Regen seine glühend heißen Lippen auf den meinen. Sie vereinnahmten mich, forderten mich heraus. Seine Zunge drang vor und verlangte nach mehr, immer mehr. Für jemanden, der schon so lange aus der Übung war, küsste er perfekt, wild, als wäre es der letzte Kuss seines Lebens. Ich gab mich ihm hin und schlang die Arme um seinen Hals. Es war wie in meinem Traum.

Nur besser.

Heißer.

Durch den prasselnden Regen hörte ich mich seufzen. Er stöhnte, schlang seinen freien Arm um meinen Oberkörper und drückte mich fest gegen seine Rüstung. Es war ein schönes Gefühl.

Wieder und wieder suchten seine Lippen die meinen. Nur verschwommen nahm ich wahr, dass meine Füße den Boden nicht mehr berührten. Die Finger in seinen Haaren klammerte ich mich an ihn, als ginge es um mein Leben.

Ich wünschte, dieser Kuss würde nie enden.

Dann wich er plötzlich zurück und ließ mich benommen und atemlos stehen. »Aric?« Meine Lippen fühlten sich wund und kalt an ohne die seinen.

Zwischen tiefen Atemzügen keuchte er: »Es ist mir deshalb nicht egal, weil … weil du meine Frau warst. Und es noch immer bist.«

Meine Knie drohten nachzugeben.

»Du hast mir die ewige Treue geschworen und dann in der Hochzeitsnacht versucht, mich umzubringen.« Seine Stimme wurde rau. »Du hast mich gezwungen, meine

Braut zu töten.« Seine strahlenden Augen waren voller Schmerz.

Er ließ mich los und stieg auf sein Ross. Mit einem letzten versengenden Blick galoppierte er davon und ich sank auf die Knie.

41

TAG 367 N. D. BLITZ

Ich lag im Bett des Todes und starrte an die schwarze Decke. Meine Finger hielten das Collier umklammert, das er mir einst geschenkt hatte.

Seit zwei Tagen ging ich Lark aus dem Weg und schlich mich abends in dieses Zimmer, um hier die Nacht zu verbringen, während mein Wolf vor der Tür Wache hielt.

Seit Aric weggeritten war, hatte ich weder geschlafen noch gegessen. Sosehr ich mir wünschte, von ihm zu träumen, so sehr fürchtete ich mich auch davor, denn ich ahnte, dass ich im Schlaf die Vergangenheit noch einmal durchleben würde.

Alles, was Aric gesagt hatte, fühlte sich wahr an. Ich war mit dem Tod verheiratet gewesen, und das erklärte auch dieses merkwürdige innere Band zwischen uns. Es war der Grund, warum ich mich schon immer zu ihm hingezogen gefühlt und als kleines Mädchen seine Karte wie das Foto eines geliebten Menschen angestarrt hatte.

Sich in Jack zu verlieben, war heiß und erregend gewesen. Ein flammendes Inferno. Meine Gefühle für Aric dagegen waren wie Wellen, die für alle Ewigkeit ans Ufer schlugen. Schon seit zweitausend Jahren, viele Menschenleben lang, verzehrte ihn die Sehnsucht, und nun würde ich dieser Brandung für immer ausgesetzt sein.

Ich würde nie mehr dieselbe sein. Meine Beziehung zu Jackson war schicksalhaft gewesen. Aber was ich mit Aric teilte, war … für die Ewigkeit.

Warum war er noch nicht zurückgekommen? Was, wenn er nie wiederkam?

Wie ich so auf seinem Bett lag, umgeben von seinem verführerischen Duft, ergriff mich eine große Sehnsucht nach ihm. Ich sehnte mich danach, den Schmerz, den ich ihm zugefügt hatte, zu lindern.

Aber was immer ich ihm auch angetan hatte, er hatte es überlebt. Dann würde ich es mir auch ansehen können. Ich gab auf, gegen den Schlaf zu kämpfen …

»Nun, da wir verheiratet sind, möchtest du mich vielleicht bei meinem richtigen Namen nennen«, sagt der Tod und geleitet mich zu unseren luxuriösen Gemächern. Wie immer nur das Beste für den edlen Ritter.

Sobald wir über die Schwelle treten, lässt er mich los und reißt sich die verhassten Handschuhe von den Händen.

»Für mich wirst du immer der Tod sein, Liebster«, gebe ich mit zärtlicher Stimme zurück.

Wie zuvorkommend er mich in den letzten Wochen auch behandelt haben mag, den bedrohlichen Hass in seinen Augen, als er mir das Schwert in den Leib rammte, werde ich nie vergessen. Und die Arroganz, davon auszugehen, dass ich ihn heiraten würde, nur weil er mich verschont hatte, verzeihe ich ihm auch nie.

Er hat nie um meine Hand angehalten, mir lediglich mitgeteilt, dass wir heiraten und aus dem Spiel aussteigen werden. Er ist der Tod, und ich bin das Leben, folglich gehören wir zusammen – denkt er.

Während der Vorbereitungen zur Zeremonie habe ich meine eigentlichen Absichten gut vor ihm versteckt. Für ihn ist das Spiel vielleicht beendet, aber ich spiele noch. Ich weiß, dass ich keine Chance gegen ihn habe, solange er mir nicht vertraut. Aber nun, da er mein Mann ist, wird er mir vertrauen.

Und heute Nacht wird es ihm zum Verhängnis werden, dass ich seine Frau geworden bin.

»›Liebster‹ soll mir für heute genügen«, sagt er mit einem vertrauensvollen Lächeln. In freudiger Erwartung unserer Berührung streckt er die Hand nach mir aus. »Dieses Kleid ist zwar bezaubernd, aber ich kann es kaum erwarten, dich ohne seine Pracht zu sehen.«

Das Brautkleid aus exquisiter smaragdgrüner Seide war sein Geschenk gewesen, und als ich das Prachtstück zum ersten Mal sah, hatte mich ein mädchenhaftes Entzücken überkommen. Dann hatte ich mich jedoch wieder daran erinnert, dass ich die Herrscherin war, eine Mörderin der ersten Ordnung.

»Natürlich, Liebster, wenn du mir hilfst, wirst du bald haben, wonach du dich sehnst.«

Was du verdienst. Ich drehe ihm den Rücken zu.

Er beginnt, mir das Mieder aufzuschnüren. Meine Muskeln verkrampfen sich, aber ich bemühe mich sehr, es nicht zu zeigen. Er streift mir die Seide über die Schultern und haucht leidenschaftliche Küsse auf meine Haut.

Darauf hat er lange gewartet, unsere erste Nacht als Mann und Frau. Doch so wird mich der Tod nie kennenlernen.

Schon als Kind hat man mir beigebracht, dass er mein Feind ist *und dass sich sein zwanghaftes Verlangen nach der Herrscherin als eine meiner Stärken, aber auch als meine Schwäche erweisen würde.*

Eine schwache Herrscherin würde es auch nach ihm verlangen.

Die Frau in mir fühlt sich zu ihm hingezogen. Er kann charmant sein, wenn er will, und ist fantastisch gebaut. Noch nie habe ich einen so attraktiven Mann gesehen. Ich muss zugeben, dass mir der Atem stockte, als ich ihn vorhin im Tempel erblickte. Er sah umwerfend aus in seinem makellosen Anzug.

Dennoch ist dieser Bund zum Scheitern verurteil. Die Herrscherin in mir sieht in ihm lediglich eine Karte, die getötet werden muss. Sie ist ein Raubtier auf der Jagd.

Er ahnt nichts, glaubt, ich bin die seine. »Nun gehörst du mir. Für immer«, hat er mir ins Ohr geflüstert, als wir uns zur Besiegelung unseres Eheschwurs zugeprostet haben.

Mein Kleid gleitet zu Boden und schmiegt sich um meine Füße. Er dreht mich zu mir, um seine neue Errungenschaft besser begutachten zu können.

Das besitzergreifende Leuchten in seinen Augen lässt mich schaudern. Diese kaum verhohlene Gier. Sein Verlangen ist so stark, dass ich ihn bis hierher kaum zurückhalten konnte. Er ist zu leidenschaftlich, zu sinnlich, zu fordernd.

Der Mann, den man Tod nennt, ist so … voller Leben.

Er legt mich auf unser Bett und entkleidet sich. Ja, er ist fantastisch gebaut, alles an ihm. Mein Körper reagiert, ich bin machtlos dagegen. Aber ich kann mein Verlangen kontrollieren.

Er legt sich zu mir aufs Bett, nimmt meine Hand und küsst die Handfläche. »Ich werde dich glücklich machen, Herrscherin, bis ans Ende unserer Tage.«

Unserer gezählten Tage. Wir werden altern, wenn wir das Spiel verlassen. Dabei lockt doch die Unsterblichkeit.

Seine Hand ist mit Malen übersät, ich muss sie mir nur holen. Ich versuche, meine Gier zu verbergen, während ich sie zähle.

Stolz dreht er den neuen Ring an meinem Finger. Ist er ein Zeichen seines Eigentums? Anders kann ich den Ring nicht deuten. Da, wo der Tod herkommt, tragen Männer keine Ringe, so wie Rinder nicht ihre Besitzer brandmarken.

Für mich ist der Ring wie ein Hundehalsband. Ich kann ihn kaum ertragen! Mir kommt die Galle hoch, und ich weiß, was ich zu tun habe. Mein Verlangen nach seinen Zeichen ist größer als das nach seinem atemberaubenden Körper.

Er beugt sich über mich, um meinen Hals zu küssen. »Bringst du mir etwas Wein zur Beruhigung, Liebster?« Ich setze ein neckisches Lächeln auf. »Was das hier angeht, bin ich Anfängerin und sehr nervös.«

Er holt tief Luft, unterdrückt seine übermächtige Begierde, seine männlichen Bedürfnisse, seine Lust. »Wie du möchtest.«

Er dreht der Herrscherin den Rücken zu. Wie vertrauensvoll. Wie dumm. Die Hitze des Gefechts erwacht und nimmt von mir Besitz. Ohne das kleinste Zögern gleite ich lautlos vom Bett, und noch bevor er reagieren kann, schlage ich meine giftigen Klauen in seinen Rücken.

»Bis dass der Tod uns scheidet«, zische ich in sein Ohr.

Mit tränenüberströmtem Gesicht wachte ich auf.

Mein Mann. Er war mein Ehemann, und ich hatte ihn hintergangen.

Irgendwie musste er mein Gift überlebt, mich überwältigt und dann getötet haben.

»Du hast mich gezwungen, meine Braut zu töten«, hatte er gesagt, die strahlenden Augen voller Schmerz. Natürlich hasste er mich. Es war sein gutes Recht! Wie hatte ich nur so bösartig sein können?

Offen gegen einen Feind zu kämpfen, um ihn zu besiegen, war eine Sache; jemandem das Eheversprechen zu geben, in der Absicht, ihn in der Hochzeitsnacht zu töten, war etwas ganz anderes.

Kein Wunder, dass es mir nicht gelungen war, ihn zu verführen. *Ich fasse keine Giftschlangen an*. Er hatte schon früh gelernt, niemandem zu vertrauen.

Seine Härte und Unbarmherzigkeit hatte ich mir selbst zuzuschreiben.

Die damalige Herrscherin hatte nur seine Begierde gesehen, die Zärtlichkeit und Wärme, mit der er sie ansah, hatte sie ignoriert. Dabei wollte er sie glücklich machen.

Er wollte *mich* glücklich machen.

Aber obwohl diese Frau nicht erkannt hatte, was er ihr bot, war sie ihm dennoch verfallen. Sie konnte ihre Gefühle nur nicht zulassen.

Konnte ich es?

Plötzlich schrie alles in mir nach ihm. Es fühlte sich an, als würde mein Herz brechen. Ich war seine Frau und wollte ihm unbedingt sagen, dass ich ihn nie wieder hintergehen würde. Aber er blieb verschwunden und ich lag allein auf seinem Bett.

Komm zu mir zurück, Aric.

Es war still. Zu still. Ich wollte jetzt nicht alleine sein. Ich fuhr mir mit dem Ärmel übers Gesicht und rannte aus dem Zimmer. Zyklop sprang auf und gemeinsam gingen wir eine Treppe höher zu Lark.

Zaghaft klopfte ich an. Ich hatte keine Ahnung, wie spät es war.

Lark öffnete die Tür und rieb sich die Augen. »Was ist los, Süße?« Sie trug ein Footballtrikot und Leggings. Ein Eichhörnchenjunges streckte verschlafen den Kopf aus ihrer wuscheligen schwarzen Mähne.

»K…kann ich reinkommen?«

Sie öffnete die Tür und ich trat ein. Die ganze Zeit über war ich nicht ein Mal in ihrem Zimmer gewesen. Es sah genauso aus, wie ich es mir vorgestellt hatte: Die Wände waren mit Tierpostern gepflastert und in den Regalen standen Käfige und Aquarien. Ihr Falke hockte wie ein lebendiger Wecker auf einer Holzstange direkt neben ihrem Bett. Sie hatte eine Tierlampe, Känguru-Bettwäsche und unter der hohen Decke wimmelte es von lebendigen Schmetterlingen.

Nur Monarchfalter konnten keine dabei sein. Schon vor Monaten hatte Matthew mir erzählt, dass die beiden letzten Exemplare Tausende von Kilometern voneinander entfernt waren und in entgegengesetzte Richtungen flogen. Wieder war ich dankbar, dass Lark sich um diese wertvollen Schätze kümmerte. Doch ich durfte mir nicht anmerken lassen, dass ich mittlerweile nicht mehr ganz so wütend auf sie war. »Känguru-Bettwäsche, Lark?«

»Kann dir doch egal sein!«, sagte sie, ohne wirklich sauer zu sein.

Meine Anwesenheit hatte einen Teil der Tiere in Aufregung versetzt, aber ein Wink ihrer Hand genügte, und das Quaken und Krächzen verstummte. »Du willst reden?« Sie kletterte zurück ins Bett und schubste einen schnarchenden Igel von ihrem Kissen.

Wollte ich reden? Wo sollte ich überhaupt anfangen? Ich ging hinüber zu ihrem Erkerfenster, sah hinaus in die stürmische Nacht und versuchte, meine Gedanken zu ordnen. Irgendwo da draußen streiften Aric und Jack durch die Welt. Jack hatte mir das Herz gebrochen, und ich hatte Aric das Herz gebrochen. »Wusstest du, dass der Tod und ich in einem früheren Spiel zusammen waren? Verheiratet?«

»Na ja, ein paar Karten hatten so was läuten lassen.«

»Ich hab gerade von ihm geträumt, wie er früher war.«

»Ich hab dir ja gesagt, dass er gar nicht so übel ist«, sagte Lark. »Soviel ich mitbekommen habe, hast du ihn früher in Sachen Boshaftigkeit ja ziemlich in den Schatten gestellt. Zehn von zehn Punkten.«

»Ja, das hab ich wohl. Etwas Schlimmeres hätte ich kaum tun können«, murmelte ich betreten.

»Der kommt schon wieder. Und dann könnt ihr beide das Ganze wieder geradebiegen. Da bin ich mir sicher. Du hast doch mitgekriegt, wie er dich beim Tanzen ansieht, oder? Na, du solltest erst mal sehen, wie er dich anstarrt, wenn er sich unbeobachtet fühlt. Der frisst dir immer noch aus der Hand.«

Ich seufzte. Davon war ich nicht wirklich überzeugt. Es gab so viel in unserer Vergangenheit, das wir bewältigen mussten. Am Horizont zuckte ein Blitz auf. Ich drehte mich um und sagte: »Jedes Mal, wenn ich einen Blitz sehe, muss ich an Joules denken.«

»Schon klar. Er will dich wenigstens nicht aus dem Weg haben.«

»Bis jetzt.« Ich wandte mich wieder dem Fenster zu, als ein zweiter Blitz einschlug.

Grelle Lichtzacken zerteilten den tiefschwarzen Himmel. Grünlich-gelbe Adern vor einem roten ...?

Ich erstarrte. Ein Paar schwarzer Schlitzaugen starrte mich durch das Fenster an.

Ogen.

42

»FESTMAHL! OPFER!«

»Lark!«, schrie ich. »Lauf!«

»FEIERTAG!« Ogens riesige Faust brach durch das Fenster und traf meinen Oberkörper. Glassplitter bohrten sich in meine Haut.

Ich krachte in die gegenüberliegende Wand, Lark kreischte, Knochen knackten. Schädel? Rippen? Schulterblatt? Aus meinem Körper ragten Scherben hervor. Unfähig aufzustehen musste ich zusehen, wie Ogen nach Lark griff. Die Wölfe hatten sich in seinen Armen verbissen und zerrten an ihm, doch auf dieser Seite des Zimmers waren Lark und ich außer Reichweite.

Ich hatte damit gerechnet, dass sie sich der fliehenden Meute anschließen würde, die sich nun trampelnd und flatternd in Sicherheit brachte, doch stattdessen kam sie zu mir gerannt und half mir auf die Beine. Auch sie war von Schnitten übersät.

Ogen zwängte seinen massigen Körper durchs Fenster. »ALTAR LEER!« dröhnte er. »FRISCHE EINGEWEIDE.«

Trotz meiner Panik fiel mir ein, dass Matthew mich auf seine spezielle Art genau hiervor gewarnt hatte. *Der Blitz verbirgt das Monster.* Ich hatte Ogen im Blitzlicht entdeckt. Und der Narr hatte mir eine Anweisung gegeben:

Ist der Altar leer, musst du dich aufschlitzen. Ogens Altar war leer. Es wurde Zeit, dass ich meine Armfessel loswurde.

»B…bring mich in den Keller«, flüsterte ich Lark zu. »Zu den UV-Lampen.«

»Scheiße, Mann! Der Boss bringt mich um«, fluchte sie. Aber sie pfiff nach ihren Wölfen und taumelte in Richtung Tür. Vorher brüllte sie Ogen noch zu: »Wir sehen uns in der Küche, Fettsack!«

»FLEISCH!« grölte er und verschwand so abrupt aus dem Fenster, dass das ganze Haus wackelte.

Ich legte den Arm über Larks Schulter, dann humpelten wir davon, in die entgegengesetzte Richtung zur Küche. Das Wolfstrio folgte uns dicht auf den Fersen. »Was ist los?« keuchte ich, als wir eine Treppe hochhasteten.

»Muss irgendein heiliger Tag sein, den ich noch nicht kenne«, schnaufte Lark. »Offenbar ein ziemlich hoher Feiertag.«

Wir quälten uns noch mehr Stufen hinauf. Diese Treppe war mir zuvor nie aufgefallen.

»So riesig hab ich ihn noch nie gesehen, Evie. Ich hab Verstärkung aus der Scheune angefordert. Es kann aber eine Weile dauern, bis sie das Schloss aufbekommen.« Wir rannten einen Korridor entlang, bis Lark vor einer Wand stehen blieb. Nachdem sie mit der Hand gegen die Täfelung gedrückt hatte, öffnete sich eine der Holztafeln. Kurz bevor sich die Öffnung wieder knarrend hinter unserem kleinen Trupp schloss, hörten wir den spitzen Schrei ihres Falken, der ebenfalls hereingesegelt kam.

Es war stockdunkel, und ich musste mich mal wieder auf Larks Nachtsicht verlassen, als wir eine Treppe nach der anderen in die Tiefe stiegen. Hatten wir die andere Treppe nur erklommen, um nun wieder hinunter in den Bauch des Gebäudes zu gelangen?

Um uns wurde es immer stiller, die Luftfeuchtigkeit stieg. Ich konnte den Regen nicht mehr hören, nur noch das Tapsen von Pfoten hinter uns, das Schlagen von Flügeln und das Knirschen meiner Knochen, die sich langsam wieder zusammenfügten.

Ich rief nach Aric. *Wir sind in großen Schwierigkeiten. Du musst zurückkommen!* Keine Antwort. Ich rief sogar nach Matthew. Nichts.

»Warte, Evie, wir sind da.« Sie lehnte mich gegen eine Wand.

Ich hörte, wie sich ein Schlüssel im Schloss drehte, das leise Knacken eines Rads, wie bei einem Banksafe. Ein Klicken, dann öffnete sich ächzend eine Tür. Auf den Treppenabsatz, wo wir standen, fiel Licht.

Warmes Licht.

Ich war wie vor den Kopf geschlagen. Vor mir breitete sich ein riesiger Raum aus, der angefüllt war mit Tischen voller Pflanzen. Die hohe Decke war mit UV-Lampen zugehängt, die meine ausgehungerte Haut mit ihrem warmen Licht überfluteten.

Lark verriegelte hinter uns und ihren Tieren die Tür. »So, wie Ogen drauf ist, wird ihn das wahrscheinlich nicht lange aufhalten.« Sie lehnte sich gegen die Tür und zog sich eine Scherbe aus der Hüfte. Ihre Schnitte bluteten fast so schlimm wie meine. »Ich lass den Falken hier. Er kann lauschen, wann er kommt. Gehen wir nach hinten.«

Mit den Wölfen im Schlepptau durchquerten Lark und ich den Bunker, und während ich das Licht in mich aufsog, spürte ich, wie mein Gehirn langsam wieder in die Gänge kam. Auch meine Heilung beschleunigte sich und ich konnte mir einen Glassplitter nach dem anderen aus der Haut ziehen.

Wir kamen an unendlich langen Pflanzenreihen vorbei, ordentlich aufgestellt wie Kampfbataillone. Es gab Kletterpflanzen in Töpfen und sogar Baumsetzlinge. Sie waren zwar nicht so stark wie ausgewachsene Eichen oder so heimtückisch wie meine Lieblingswaffen – Rosen –, aber falls ich meine Fähigkeiten wiedererlangen konnte, würden sie eine ganz annehmbare Armee abgeben.

Früher oder später würde Ogen uns hier unten finden. Hoffentlich blieb uns noch genügend Zeit, ihm eine Falle zu stellen. »Ich brauche ein richtig scharfes Messer, Lark. Oder vielleicht eine Axt?« Falls die Zeit doch knapp würde. *Wächst ja wieder.*

»Mist, jetzt hab ich Messer und Axt in der Hektik doch glatt liegen lassen.« Sie sah sich im Garten um. »Ich kann dir einen Spaten besorgen. Oder eine Schaufel.«

Ich warf einen ängstlichen Blick auf ihre Krallen. Es gab keine andere Möglichkeit. »Du hast mit deinen Krallen doch sicher auch schon Haut aufgeschnitten, oder?«

»Großer Gott, nein! Vergiss es, Evie!«

»Weißt du was Besseres? Dann raus damit.«

»Der Boss wollte heute zurückkommen. Vielleicht ist er ja rechtzeitig da.«

»Willst du dein Leben darauf setzen?« Ich griff nach ihrer Hand. »Entweder du hilfst mir, diese Armfessel abzubekommen, oder wir sterben.«

Sie sah mich ehrfurchtsvoll an. »Du bist echt knallhart.«

»Nein, bin ich nicht. Trotzdem werde ich dich dazu bringen, mir dieses Teil wegzuschneiden.«

Bis wir in der hintersten Ecke angelangt waren, hatte ich sie überzeugt.

»Also dann.« Sie fuhr ihre Krallen aus. »Wie hätten Sie's denn gern?«

Ich erklärte ihr, dass sie die Haut ober- und unterhalb der Fessel an den Kanten aufschlitzen musste, so als würde sie an einem umgedrehten Glas entlang einen Kreis zeichnen. Die Widerhaken steckten zu tief in meinem Arm, um die Fessel einfach abzustreifen, deshalb mussten wir die Haut mit ablösen. Halb so wild. Oh, und das Ganze funktionierte natürlich nur, wenn wir den Bizeps herausschnitten. Rechts und links des Muskels also auch noch ein, zwei kleine Schnitte, bitte.

Ich zog mir den Pulli aus und drehte den Ärmel zusammen, damit ich etwas hatte, in das ich hineinbeißen konnte. Das hatte ich mal in einem Film gesehen.

Nachdem ich mir den Stoff in den Mund gestopft

hatte, hob Lark die messerscharfe Kralle ihres Zeigefingers. »Das ist so was von krass.« Mit Pupillen so groß wie Untertassen schnitt sie in die Haut entlang der Fessel.

Mir traten die Tränen in die Augen, aber ich nickte ihr zu, weiterzumachen.

Nachdem sie alle Schnitte gezogen hatte, floss das Blut in Strömen. Alles war ganz schmierig. Ich war so weggetreten, dass ich meinte, ein zufriedenes Flackern in ihren Augen zu erkennen. *Rot von Zahn und Klaue.*

Bei näherem Hinsehen war ihr Gesicht jedoch nur grünlich blass.

Ich nahm den Pulli aus dem Mund. »Du m… musst dich beeilen«, presste ich hervor. »Mit so viel Licht und Grün wird das sofort verheilen. Ich zieh jetzt die Fessel nach oben. Du fährst mit den Krallen drunter und«, meine Stimme zitterte, »und ziehst den Muskel raus. Los.« Ich stopfte mir den Pulli zurück zwischen die Zähne.

Mit einem unsicheren Nicken versuchte sie, den glitschigen Muskel mit ihren Krallen in einen Zangengriff zu bekommen, und erledigte ihre grausige Aufgabe.

Mit tränenüberströmtem Gesicht starrte ich zur Decke. Ziehen, Schmerz, Ziehen, *Schmerz!* Ich schrie in meinen Pullover. Als hätte er diesen gedämpften Schrei gehört, brüllte irgendwo über uns Ogen, der durch das Herrenhaus stampfte.

»So, das hätten wir schon mal.« Warum schwankte Lark? Oder war ich das? Delirium. *Nur nicht ohnmächtig wer-*

den! Nicht ohnmächtig werden! Sie fing an, die Armfessel nach unten zu ziehen.

Großer Gott, die Widerhaken! Ich musste würgen, aber ich beherrschte mich. Ich versuchte, Lark zu unterstützen, indem ich mich ihr entgegenstemmte. Meine Knie zitterten.

Die Fessel war schon fast am Ellbogen, fast …

In einer Welle aus Blut löste sich das Metall und fiel klirrend zu Boden. Geschafft! Zitternd spuckte ich den Pullover aus und stützte mich mit meinem gesunden Arm auf ein Blumenregal. Mit zusammengekniffenen Augen beugte ich mich nach vorn und betrachtete die scheußliche Armfessel. Die Widerhaken sahen aus wie Wurzeln, die in meiner Haut verankert waren.

Lark riss ein Stück vom Saum ihres Trikots ab und verband mir damit den verstümmelten, lahmen Arm.

Gut so. Ich wollte das nicht sehen.

»Ich fass es nicht, was wir da gemacht haben! Aber jetzt mumifizier mich bloß nicht mit deinen Schlingpflanzen, okay?«

Endlich befreit, befahl ich den Pflanzen zu wachsen. Trotz meiner Verletzungen strotzte ich nur so vor Kraft.

Mich schonen? Das hatte ich monatelang getan.

Meine Armee kam meinem Befehl sofort nach, ich konnte ihr rasantes Wachstum sogar hören. Stiele, Zweige und Blätter erwachten zum Leben. Lark sah sich erschrocken um. »Das ist echt beängstigend.«

»Das sind deine Kobras auch.«

»Wie lautet jetzt der Schlachtplan?«, fragte sie.

»Wir müssen Ogen enthaupten, richtig?« Sie nickte, und ich fuhr fort: »Wenn er uns hier hinten schnappen will, wird er sich zuerst durch einen Dschungel kämpfen müssen und dabei immer schwächer werden. Ich halte ihn mit den Pflanzen fest und deine Wölfe gehen auf seinen empfindlichen Bauch los. Wenn wir ihn zu Boden gerungen haben, können ihm die Wölfe mit ihren Reißzähnen den Kopf abtrennen.«

»Alles klar. Sie wissen, was zu tun ist.«

Über uns war ein Brüllen zu hören. »Ich rieche hübsches FLEISCH!«

»Er kommt. Nimm von meinem Blut, Lark, und schmier es auf die Blätter. Das macht sie stärker. Ich versuche solange, noch eine letzte Verteidigungsmauer für uns zu errichten.«

Sie kniete sich auf den Boden und patschte mit den Handflächen in die Blutpfütze an meinen Füßen. *Backe, backe Kuchen* … Echt krank.

»Sieh dir das an! Unser Blut mischt sich.« Sie stand auf und bespritzte mit ihren Fingern die Blätter. Dunkelrot auf Grün. »Wir sind jetzt Blutsschwestern. Meinst du, das verschafft mir ein Extraleben in diesem Kampf?«

»Keine Ahnung.« Während meine Schutzhecke wuchs, entdeckte ich entlang der Rückwand noch etwas anderes …

Ein Rosenstrauch! Ein Lächeln breitete sich auf meinem Gesicht aus. *Das wäre doch nicht nötig gewesen, Aric.*

Lark stellte ihre Wölfe in einer Reihe vor der Hecke auf, und ich ließ den Rosenstrauch wachsen, bis seine Dornen so groß wie Messerklingen und seine Stiele wie Eisenketten waren. Die Taktik eines anderen Arkana fiel mir wieder ein und ich bereitete mit den Stielen eine Falle für Ogen vor. Eine letzte Absicherung.

Fertig. Zu Lark sagte ich: »Du kannst die Wölfe hierlassen und dich verstecken.« Als sie zögerte, fügte ich hinzu: »Komischerweise ist es mir nicht egal, ob du stirbst. Und wenn ich Ogen ausschalten soll, werde ich hier viel zu beschäftigt sein, um dir nebenher auch noch deinen knochigen Hintern zu retten. Gegen ihn kannst du mir nicht helfen.«

»Aber ich kann dich doch nicht alleine lassen …«

Keine fünfzehn Meter von uns entfernt krachten Steinbrocken und Schutt von der Decke. Ogen schlug sich mit den Fäusten einen Weg durch den Boden des Herrenhauses!

Er streckte den Kopf durch das neu geschlagene Loch und wetzte seine Hörner an den scharfen Kanten. »Ich rieche BLUT!« Er ließ sich in den Bunker herunterfallen, unter uns bebte der Boden.

Lark wurde noch blasser. »Oh Scheiße.«

Ogen hatte sich den Dschungel gespart und war alles andere als geschwächt.

Die Wölfe kauerten sich in Angriffsposition, ihr lautes Knurren holte mich aus meiner Schockstarre. Auf meinen Wink schossen die Ranken wie Lassos hervor und fesselten Ogen an Händen, Füßen und Hörnern.

Sobald er sich nicht mehr bewegen konnte, gingen die Wölfe gemeinsam auf seinen Bauch los und rissen ihm große Stücke aus der behaarten Haut. Er brüllte vor Schmerz. Aus seinen Wunden triefte grünlich-gelber Schleim.

Der Falke stürzte sich nun ebenfalls ins Gefecht. Er umkreiste Ogens Kopf, pickte dabei unablässig nach seinen Augen und attackierte ihn mit den Krallen.

»Es klappt!«, schrie Lark.

Ich nickte begeistert, doch da begann Ogen, wie wild um sich zu schlagen. Er riss sich von meinen Ranken los und warf dabei den Kopf so heftig hin und her, dass er dem Falken ein Horn in die Brust stieß. Ein blutiges Federbündel trudelte zu Boden.

Entsetzt schleuderte ich alles nach ihm, was ich hatte – Unmengen von Ranken. Die Wölfe schnappten abwechselnd nach jedem Körperteil, das ihnen zwischen die Zähne kam.

Trotz unseres Sturmangriffs schleppte er sich weiter durch mein pflanzliches Minenfeld auf uns zu. Sobald es mir gelungen war, seinen einen Arm zu fesseln, streifte er sich die Ranken mit dem anderen einfach wieder ab. Und wenn ich eines seiner Beine umschlang, zog er es einfach so lange hinter sich her, bis er wieder freikam.

Woher hatte er nur diese Kraft? Wurde er immer größer?

»KEIN Boss«, grinste er sabbernd. »FESTSCHMAUS!«

Er erreichte die Schutzhecke und die Wölfe griffen noch aggressiver an.

Ogen schnappte sich den erstbesten und wrang ihn aus, wie einen blutgetränkten Lappen. Ich schrie, als er sich Zyklop als Nächsten holte und ihm mit dem Knie das Rückgrat zertrümmerte. Dann zertrampelte er den dritten Wolf mit einem seiner Hufe.

Bei jedem dieser Angriffe zuckte Lark zusammen und rang nach Luft. Mit feuchten Augen stotterte sie: »U…und was machen wir jetzt?«

Wir saßen in der hintersten Ecke fest, nur die Hecke trennte uns noch von Ogen.

Sabbernd und grinsend ballte er die rechte Hand zur Faust. Ich wusste, was nun kommen würde, und spannte jeden einzelnen meiner Muskeln an. Er durchschlug die Schutzhecke und sofort durchfuhr mich ein quälender Schmerz. Verzweifelt versuchte ich, den Riss zu schließen, aber er stand schon mit einem Bein in der Hecke.

Ein ohrenbetäubendes Brüllen: »ALTAR!«, dann hatte er die Hecke vollständig durchbrochen. Lark versuchte noch zu entwischen, aber Ogen war schneller und fegte sie mit dem Handrücken gegen die Wand. Sie sank reglos zu Boden.

Meine Angst verwandelte sich in Kampfeslust. Die Hitze des Gefechts. »Dafür wirst du sterben.« Ich musste ihn an die richtige Stelle locken und näherte mich meiner Falle. »Komm, Teufel. Berühre mich.« Bei der Arkana-

Schlacht am Fluss hatte Gabriel den Tod mit einem Netz überrascht, nun wartete mein Netz auf Ogen.

Er wollte mich gerade packen, da senkte sich ein Geflecht aus Rosenstielen auf ihn herab, mit Dornen spitzer als Stacheldraht.

»Aber du wirst einen Preis dafür bezahlen.«

Er brüllte laut auf. Die Stiele legten sich um seinen Körper, die messerscharfen Dornen rasierten ihm das Fell. Enger und enger zog ich mein Netz zusammen, und die Dornen durchbohrten ihn bis zu den Knochen. »Hast du vergessen, was der Tod dir befohlen hat, Ogen? Bleib stehen ...« Meine Worte verhallten ungehört.

Ogen verwandelte sich wieder. Entsetzt sah ich zu, wie er immer weiter wuchs, bis er fast die hohe Decke berührte.

Dieses durchtriebene Ungetüm hatte seine wahre Gestalt und seine immensen Kräfte die ganze Zeit vor uns versteckt. Ob das der Tod gewusst hatte?

Ogens Hörner zerschlugen die UV-Lampen, es regnete Glassplitter. Ich konnte ihn nicht mehr aufhalten. Wie von Sinnen schlug er um sich. Die Fesseln lösten sich und mich durchfuhr ein heftiger Schmerz. Der Riese war frei.

Geduckt stampfte er auf mich zu. Ich wich zurück, schleuderte Ranken zwischen uns.

Ich spürte die Wand in meinem Rücken. Es gab kein Entkommen mehr. Mit seiner riesigen Hand packte er mich und hielt mich dicht vor sein Gesicht. »Hübsches Fleisch!«

Ich schlug mit meinen Klauen nach ihm, aber er schien es kaum zu spüren.

Er schnüffelte an mir und seine geschlitzten Pupillen weiteten sich. Fauliger Atem schlug mir ins Gesicht. »Fleisch des TODES.« Er schleuderte mich zu Boden, bei dem Aufprall entfuhr mir ein Schrei.

Wie schon einmal begann er, mich zu würgen, nur dass er mir den Hals dieses Mal nur mit Daumen und Zeigefinger zudrückte, ganz langsam und genussvoll.

Der Druck war entsetzlich. Wollte er mir wie einer Puppe den Kopf abplatzen lassen?

War ich mit meinen Kräften am Ende?

Mir schwanden die Sinne. Ich meinte, Aric zu hören, der mir zurief durchzuhalten. Delirium. Ich würde ihn nie wiedersehen, keine Gelegenheit mehr haben, ihm zu beweisen, wie anders ich nun war. Musste er weitere sieben unglückliche Jahrhunderte überstehen?

Ogens Sabber tropfte mir auf die Wange. War das das Letzte, was ich in diesem Leben sehen würde?

Endlich senkten sich meine Lider, es war wie eine Erlösung. Traumhafte Szenen breiteten sich in meinem Kopf aus. Ich erkannte Jacks Gesicht, das zu mir herabsah, wie damals, als die Zeit für uns stehen geblieben war. Ich sah und hörte ihn ganz deutlich: *Das ist es, Evangeline. Hier gehöre ich hin.* Würde Matthew ihm sagen, dass ich tot war? Dass er niemanden mehr jagen, mich nicht mehr suchen musste?

Verschwommen nahm ich einen Schrei wahr. Aric? Mit

letzter Kraft gelang es mir, die Augen zu öffnen, und ich sah, wie er auf uns zustürmte. Seine Augen glühten furchterregend hinter dem Visier. Nie hätte ich gedacht, dass es einmal ein erfreulicher Anblick für mich wäre, den Tod mit zwei gezückten Schwertern auf mich zustürzen zu sehen.

»Du widersetzt dich mir, Teufel? Ich hatte dir befohlen, sie nie wieder anzurühren.« Hatte er das wirklich?

Ogen ließ mich los und sprang auf. »Nicht mein Boss. Ich sitze auf Luzifers Knie!«

Ich holte tief Luft und versuchte aufzustehen. Es war noch nicht vorbei. Die Schlacht ging weiter.

Ogen raste auf Aric zu, der mit rechts antäuschte, dann aber mit dem linken Schwert zuschlug. Ein Beidhänder. Die Klinge bohrte sich tief in Ogens Seite.

Brüllend vor Wut zertrümmerte er noch mehr Lampen. Dann trommelte er mit den Fäusten auf den Boden und griff erneut an.

Aric sprang über einen Tisch, doch Ogen holte mit seinem monströsen Arm aus und schleuderte ihn nicht weit von Lark gegen die Wand. Der harte Aufprall riss ihm den Helm vom Kopf.

»Aric! Nein!«, schrie ich und schleuderte ein weiteres Knäuel Ranken in Richtung Teufel. Dank der vielen Pflanzen und dem Licht regenerierte ich sehr schnell. Trotzdem konnte ich Aric nur ein klein wenig mehr Zeit verschaffen.

Irgendwie war er wieder an seine Schwerter gekommen und hatte sich in die Hocke hochgekämpft. Er schüttelte kurz den Kopf, um wieder klar zu werden. Dann sagte er: »Nur Muskeln, aber kein Gehirn, Ogen. Weder Talent noch Stil. Du solltest eigentlich wissen, dass Qualität am Ende immer über Quantität siegt.«

Ogen brüllte so laut, dass es mir in den Ohren schmerzte, und griff erneut an.

In letzter Sekunde rollte sich Aric zur Seite und wich seiner Ambossfaust aus. Dann rammte er dem Teufel ein Schwert in den Bauch. Ranziger Schleim trat aus.

»B...Boss?«, winselte Ogen. Er begann zu schrumpfen, als verlöre er Luft.

Aric drehte das Schwert und stieß mit dem zweiten ebenfalls zu.

Ogen schrumpfte in sich zusammen, bis er nicht mehr viel größer war als Aric. Dann erst zog Aric die Schwerter aus Ogens Körper und legte sie ihm wie eine Schere an den Hals.

Stumm und auf wackligen Hufen stand er da. »Dann bis zum nächsten Mal, Teufel«, sagte Aric. Schnitt.

Die Karte des Teufels war aus dem Spiel ...

Mit einem erschöpften Achselzucken sah Aric auf den noch immer schrumpfenden Körper seines ehemaligen Verbündeten hinab.

Der Kampf war zu Ende.

Der Tod hatte mir den Rücken zugewandt. Ich trug keine Armfessel, er keinen Helm. Sein Nacken lag bloß und ich spürte unwillkürlich einen Impuls. War es die Hitze des Gefechts? *Nein, stärker als das.*

»Ich habe dich rufen hören, Herrscherin«, sagte er, während er sich zu mir umdrehte.

Doch ich war schon auf den Füßen und schlug zu: Fünf Klauen bohrten sich in den Nacken des Todes.

43

Seine Muskeln verkrampften, aber er verteidigte sich nicht. Mit hängendem Kopf ließ er sich durchbohren. Er hatte aufgegeben und ließ mir alle Zeit der Welt, mein Gift in seinen Körper zu spritzen.

Als ich von ihm abließ, sah er mich mit gequältem Blick an. »Gut gespielt, Geschöpf.« Er ließ ein Schwert fallen, umfasste mit der freien Hand die Klinge des zweiten Schwerts und streckte es mir entgegen. »Töte mich. Ich werde mich nicht zur Wehr setzen.«

Völlig verwirrt nahm ich das Schwert, schlug aber nicht zu. Ich wollte ihm erklären, warum ich es getan hatte, aber der Schmerz in seinen Augen raubte mir den Atem.

»D…du willst sterben?«

Er lachte bitter. »Warum sollte ich noch jahrhundertelang weiterleben, wenn ich mich jede Sekunde selbst hassen würde?«

»Dich selbst hassen?«

»Ja, dafür, dass ich dich wieder begehrt habe. Immer wieder werde ich schwach. Beim ersten Mal konnte ich nicht glauben, dass du es warst, die mich angriff, und ich verteidigte mich. Es gelang mir, dich zu töten, bevor du mir die volle Dosis Gift einspritzen konntest. Im darauffolgenden Spiel haben sie dich getötet, bevor ich dich gefunden hatte. Und im dritten Spiel habe ich dich dann beobachtet und abgewartet.«

Ja, ich erinnerte mich an eine Vision, in der die rote Hexe Schiffe zerstört hatte. Der Tod hatte am Ufer gestanden und sie dabei beobachtet. Die Hexe hatte gesagt, dass ihn die Talente der Herrscherin schon immer fasziniert hätten.

»Schließlich habe ich dir dann offenbart, dass wir verheiratet waren, und dir erzählt, was du mir angetan hast«, erklärte er weiter. »Du warst so entsetzt, dass ich überzeugt war, du würdest so etwas nie wieder tun. Eines Nachts hast du gesagt, du wolltest nun ganz mir gehören. Endlich, glaubte ich, würde auch ich den Körper einer Frau besitzen, *meiner* Frau. Stattdessen hast du mir den Todeskuss gegeben.«

Der unerträgliche Schmerz und die Hoffnungslosigkeit in seinen Augen raubten mir den Atem.

Er wollte sterben, um zu vergessen. Wollte neu beginnen.

»Deine Lippen waren so süß, dass ich nicht von ihnen lassen konnte, selbst als ich begriffen hatte, was du im Schilde führst. Erst in letzter Sekunde habe ich es geschafft, mich loszureißen. Es hat Monate gedauert, bis ich mich davon erholt hatte.« Er griff nach seinem Nacken. »Und jetzt das.«

»Warte, Aric.«

»Ich habe lange genug gewartet.« Er riss sich den Brustpanzer von der tätowierten Brust und bot mir seinen ungeschützten Körper dar. »Zwei Mal auf denselben Trick hereinzufallen, ist schon Schande genug. Aber drei Mal? Du hast den Sieg verdient.« Er hielt sich die Klinge des Schwerts, das ich in meiner Hand hielt, herausfordernd vor die Brust. »Du wolltest wissen, was die Runen auf meiner Brust bedeuten? Es ist unsere Geschichte, Herrscherin. Sie sollen mich daran erinnern, dir nie wieder zu vertrauen und dir vor allem nie mein Herz zu schenken. Und doch habe ich es dieses Mal getan.« Mit einem Glitzern in den Augen sagte er heiser: »Begehrt habe ich dich immer, aber nie geliebt – bis zu diesem Spiel.«

Bei diesen Worten schlug mein Herz schneller als vorhin im Kampf. Er liebte mich!

»Nur zu, versetze mir den letzten Stoß. Ich bin fünf Zeichen wert.« Er hob die rechte Hand und zeigte mir seine Male. Nun war auch Ogens Zeichen dabei: ein Paar Hörner.

Noch bevor ich etwas dagegen tun konnte, hatte Aric die Schwertspitze direkt auf sein Herz gesetzt und lehnte sich dagegen. Aus einer der Runen tropfte Blut, als würde sie weinen. »Kannst du mir nicht wenigstens die Qual deines Gifts ersparen? Oder mir einen letzten Kuss geben? Nun, da ich schon gebissen wurde, kann die Schlange mir nichts mehr anhaben.«

Ich ließ den Schwertgriff los, die Waffe fiel zwischen uns zu Boden.

»Wo wir gerade von Giftschlangen sprechen, mein

Biss war trocken.« Er sah mich verwirrt an. »Ich habe kein Gift verwendet«, erklärte ich, »obwohl ich es hätte tun können. Die Wunden meiner Klauen werden morgen verheilt sein. Vielleicht glaubst du mir ja jetzt, dass ich nie wieder versuchen werde, dich zu töten.«

Sein Gesichtsausdruck verriet, dass er nicht wagte, das zu glauben.

»Während du weg warst, habe ich von unserer Hochzeitsnacht geträumt, und dieses Mal bin ich wirklich entsetzt, was ich dir angetan habe. Ich werde dir nie wieder wehtun, Aric.«

Sein Kiefer klappte nach unten, seine Augenbrauen zogen sich zusammen. »*Sievā*.«

So hatte er mich schon einmal genannt. »Was bedeutet dieses Wort?«

»Frau.« Er streckte die Hand nach mir aus. »Es bedeutet Ehefrau. Noch heute Nacht werde ich dich zu meiner Frau machen.«

Ich wollte gerade zu ihm humpeln, als Lark plötzlich benommen murmelte: »Was ist passiert?«

Ruckartig drehte ich den Kopf. »Lark! Oh mein Gott!« Sie sah wirklich schlimm aus.

Ihre verletzten Wölfe waren zu ihr gekrochen und hatten mit ihrem Fell breite Blutspuren auf dem Boden hinterlassen. *Oh, Zyklop.* Obwohl sie selbst aussahen wie von einem Laster überfahren, hatten sich die Tiere neben sie gelegt, um sie zu beschützen. Selbst der Falke war zu ihr gehumpelt.

Wurde Lark wieder gesund, würden auch ihre Tiere heilen. »Alles okay?«, fragte ich. Aric hatte gesagt, auf dem Anwesen wäre ein Sanitäter. Ich hoffte sehr, dass Ogen ihn nicht gefressen hatte. »Kannst du aufstehen?«

»Ist der Teufel tot?«, fragte Lark mit großer Mühe.

Ich warf Aric einen Blick zu und gab zurück: »Hier unten ist heute Nacht so einiges gestorben.«

Die Arkana funkten wild durcheinander.

– Der Tod hat sich gegen seinen Verbündeten gewandt. –

– Der Teufel ist tot! –

– Die Herrscherin wird die Nächste sein. –

Ich saß in meinem dämmrigen Zimmer, das nur vom Feuerschein erhellt wurde. Aric würde heute Nacht zu mir kommen, und wieder fragte ich mich, was ich wohl tun würde.

Lark und ihre Tiere hatte ich in der Obhut Arics und des Sanitäters gelassen. Er war ein unscheinbarer Mensch, der sich vor Ogen im Kohlenkeller versteckt hatte.

Mich hatte der junge Mann eigentlich auch verbinden wollen, aber bis er seine anderen Patienten versorgt hatte, war ich schon verschwunden, um mir das Blut selbst abzuwaschen.

Aric hatte nichts weiter zu mir gesagt, aber sobald ich in seine Nähe kam, konnte ich seine Anspannung regelrecht spüren …

Nachdem ich heiß geduscht hatte, war mein Arm schon fast wieder hergestellt. Er sah zwar noch ein bisschen dürr aus, aber er heilte. Wenn das mit meiner Psyche doch nur auch so gut funktionieren würde. Ich war furchtbar nervös. Im Grunde genommen war es ja meine Hochzeitsnacht.

Ich hatte mir die Haare geflochten und sie wieder aufgemacht, und mir das Hirn zermartert, was ich anziehen sollte. Schließlich hatte ich mich für ein königsblaues Nachthemd und den Morgenmantel entschieden.

Warum machte mich die Vorstellung, mit ihm zu schlafen, so nervös? Immerhin war ich mit diesem Mann verheiratet, und es würde auch nicht mein erstes Mal sein.

Der Erste war Jack gewesen. Damals. *Den ersten Pfarrer, den wir treffen, werde ich bitten, uns zu verheiraten, peekôn.*

Es schien, als wären gemeinsam mit meinem Entschluss, mit Aric zu schlafen, auch die Gefühle für Jack wieder in den Vordergrund gerückt. Die Erinnerungen an ihn ergriffen Besitz von meinen Gedanken: *Evangeline, ich muss dich bei jedem meiner Schritte bei mir spüren. Oder ich werde verrückt.*

Als ich dachte, ich müsste sterben, hatte ich ganz klar Jacks Gesicht gesehen. Warum? Dann fiel mir wieder ein, dass er kein Arkana war. Außerdem hatte er mich furchtbar belogen. Darüber konnte ich nicht einfach hinwegsehen.

Die Tür wurde aufgerissen und ich sprang auf.

Aric stand mit glühenden Augen da und schien den ganzen Raum auszufüllen. »Ich habe so lange darauf gewartet«, seine Stimme wurde leise, »dass du so sein würdest.« Noch nie hatte er mit so starkem Akzent gesprochen.

Mit hypnotisierendem Blick kam er auf mich zu und ich blieb wie angewurzelt stehen. Dann nahm er mein Gesicht in beide Hände und legte seine Lippen auf die meinen. Ich war noch immer wie gelähmt. Die Gelegenheit nutzend, küsste er mich immer heftiger und begann, leise dabei zu stöhnen. Auch der Druck seiner Hände auf meinen Wangen wurde stärker und sein sexy Stöhnen jagte mir ein solches Kribbeln durch den Bauch, dass ich keinen klaren Gedanken mehr fassen konnte.

Obwohl er seit Jahrhunderten keine Frau mehr ausgezogen hatte, waren meine Kleider, bevor ich mich versah, an mir hinabgeglitten, und auch seine Stiefel und sein Hemd hatten sich in Luft aufgelöst. Er unterbrach unseren Kuss, um mich hochzuheben und zum Bett zu tragen.

Wie Jack. *Nicht an ihn denken!*

Ich lag völlig entkleidet in Arics Armen. »Großer Gott!«, hauchte er, als er auf mich herabsah. Dann legte er mich aufs Bett und kroch neben mich. Obwohl er selbst seine Hose noch anhatte, machte es mich merkwürdigerweise nicht schüchtern, als er jede einzelne meiner Kurven erforschte.

Vielleicht weil ich mich unter seinen Blicken schon seit Monaten nackt fühlte.

Sein unbändiges Verlangen war offensichtlich, doch als er sich über meinen Körper beugte, küsste er … meinen heilenden Arm. »Meine tapfere Herrscherin. Ich bin so stolz auf dich.« Er lächelte mich an. Kein höhnisches Grinsen, kein verkrampftes Halblächeln.

Das Lächeln eines Siegers.

Seine Lippen waren perfekt geschwungen, seine Zähne weiß und ebenmäßig. Trotz des Funkelns konnte ich die goldene Farbe seiner Augen erkennen, die voller Wärme waren. Voller … Liebe.

Er war nicht nur atemberaubend, er war unwiderstehlich. Meine Hieroglyphen reagierten und zogen seinen Blick auf sich. »Diese Zeichen haben mich immer verwirrt. Ich finde sie wunderschön, aber jedes Mal, wenn sie auftauchten, warst du kurz davor zuzuschlagen.«

Jack hatte sie auch schön gefunden.

Schluss damit! Ich war Arics Frau. Ich hatte ihm in der Vergangenheit unrecht getan und ihn für Jahrhunderte, nein Jahrtausende, ins Unglück gestürzt. Ich musste das wiedergutmachen. Ich war es ihm schuldig.

Er strich mir mit dem Daumen über die Unterlippe, seine Hand zitterte. Ich konnte spüren, wie er langsam die Selbstkontrolle verlor und sein Verlangen immer größer wurde. »Du bist so bezaubernd.« Er sah mich an, als wollte er mich verschlingen. Mir wurde heiß und kalt zugleich. »Ich bin ein geduldiger Mann, *Sievā*, aber heute Nacht …«

Seine Worte wirkten fast bedrohlich. Ein ungutes Gefühl machte sich in mir breit. *Es geht zu schnell.*

Dann beugte er sich wieder über mich und verjagte mit seinem Kuss alle Bedenken. Mit den Lippen spürte er der

Linie meines Halses nach und ließ dabei die Zunge über meine Haut gleiten. Sein Mund war so heiß, dass mir schwindelig wurde.

Seine geschliffenen Manieren und das kultivierte Auftreten waren einer rohen Gier gewichen, die mir den Atem verschlug. Zwischen Küssen murmelte er etwas auf Lettisch.

»Was hast du gesagt?«

Er legte mir die Finger unters Kinn und sah mich an. »Dass du nach Leben schmeckst. Du bist Leben, *mein* Leben.«

Seine Worte klangen unumstößlich. In ferner Vergangenheit war er besitzergreifend gewesen, doch nun schien er eher machtlos.

Er war mir völlig ergeben.

Gerade wollte ich ihn fragen, ob wir es nicht etwas langsamer angehen könnten, da neigte er den Kopf und küsste meine Brüste. Es war ein so sinnliches Gefühl, dass all meine Zweifel verflogen und ich nur noch seinen Namen seufzte.

Mit durchgebogenem Rücken reckte ich mich ihm entgegen, und seine Lippen umspielten stöhnend zuerst die eine Brustwarze, dann die andere. In kurzen, schnellen Bewegungen liebkoste er sie mit seiner begnadeten Zunge. Konnte man so eine Schuld begleichen?

»Das ist besser als jede Fantasie der letzten tausend Jahre«, hauchte er gegen meine feuchte Haut. Ich begann, mich vor Verlangen zu winden. Er hob den Kopf, seine Augen glühten. »In meinen Träumen habe ich auch noch andere Dinge getan.«

Seine Lippen glitten über meine Brüste, sein warmer Atem streifte über meine Haut bis hinunter zum Bauch. Er liebkoste meinen Bauchnabel, dann setzte er seinen Weg fort, immer tiefer. Und tiefer.

»Oh, Aric.«

Mit einem hingebungsvollen Stöhnen küsste mich der Tod …

44

Arme und Beine von mir gestreckt, noch ganz benommen von der Befriedigung, die er mir gerade geschenkt hatte, starrte ich an die Decke. »Ich … du … wer hat dir das beigebracht?« Gab es eigentlich irgendetwas, das er nicht konnte?

Noch immer zitternd vor Begierde lachte er bitter auf. Seine Augen leuchteten heller als je zuvor. »Hast du dich nie gefragt, woran ich denke, wenn du für mich tanzt? Ich habe nur so getan, als ob mich deine Reize und die Aufforderungen, dich zu berühren und zu küssen, kalt ließen. Tatsächlich habe ich mir tausend Dinge vorgestellt, die ich mit deinem hübschen kleinen Körper anstellen wollte.«

Er zog sich die Hose aus, und sein Mund streifte wieder über meine Brüste. Ich erhaschte einen kurzen Blick auf seinen nackten Körper und wurde schwach vor Verlangen.

Dann legte er sich auf mich, presste sich zwischen meine Schenkel und stöhnte nur zwei Worte: »Endlich, *Sievā*.«

Stopp, es fühlte sich nicht richtig an … irgendetwas fehlte. Meine Augen weiteten sich. »Hast du, ähm, was zur Verhütung?«

Er erstarrte. »Du bittest mich allen Ernstes, ausgerechnet jetzt etwas für dich zu holen? Möchtest du vielleicht ein Glas Wein?«

»Nein, das habe ich nicht gemeint. Ich könnte schwanger werden.« Jack war so viel umsichtiger gewesen. *Hör auf damit, Evie.* Es ist besser so …

»Womöglich ist es mir gar nicht gegeben, neues Leben zu zeugen«, sagte Aric. »Und was hätten wir schon zu verlieren? Wenn du das Spiel wirklich beenden willst, wäre es ein Versuch, den noch keiner unternommen hat. Wir könnten uns niemals gegenseitig töten, wenn wir eine gemeinsame Dynastie gründen würden.«

»Ich bin noch zu jung, Aric!«

Er legte seine Stirn auf meine. »Nein, das bist du nicht. Nun, da wir zusammen sind, wird sich das Spiel in die Länge ziehen. Und solange mehr als ein Arkana lebt, werden wir älter. Siebzehn deiner kurzen sterblichen Jahre sind schon verstrichen, dreiundzwanzig sind es bei mir.«

Er wollte eine Familie gründen? Obwohl man noch nicht einmal sicher sein konnte, ob die Sonne je wieder aufgehen würde? Das alles war zu viel für mich. *Er* war zu viel.

Zu leidenschaftlich, zu fordernd. Seine männliche Begierde zu ungebremst.

Nein, denk nicht an die Hexe! »Ich kann das heute nicht.«

»Das meinst du nicht ernst.«

»Es geht viel zu schnell.« Alles drehte sich, flog an mir vorüber wie meine Tage in dieser Festung. Vielleicht musste ich zuerst wieder hinaus in die Welt, musste aufhören, so wie Odysseus' Männer Lotos zu essen, um dann frei und ungebunden mit diesem Mann eine Existenz gründen zu können.

Er stützte sich auf die Arme und sah mich eindringlich an. »Dein Zögern hat andere Gründe, nicht wahr?«

Hatte es das? Zwischen mir und Jack gab es tiefgreifende Probleme, das war nicht zu leugnen, aber er hatte auch gesagt, gemeinsam könnten wir jedes Hindernis überwinden. Und damals hatte ich ihm geglaubt. Er hatte mich gebeten, ihm einfach nur eine Chance zu geben.

Wenn ich heute Nacht mit dem Tod schlief, würde ich Jack damit seine Chance verwehren. Musste ich ihm nicht wenigstens die Möglichkeit geben, mir seine Sicht der Dinge zu erklären?

Ich wusste, dass das naiv, ja nahezu lächerlich war. Mit uns beiden konnte es einfach nicht funktionieren. Nicht nach allem, was er getan hatte. Verdammt noch mal, wahrscheinlich waren meine Gefühle für Aric ohnehin schon viel zu stark.

Dann fiel es mir wie Schuppen von den Augen: Mit Aric zu schlafen, war eine Entscheidung fürs Leben – aber um diese Entscheidung zu treffen, wusste ich zu wenig.

Niemand konnte mich zwingen, eine Entscheidung zu treffen, wenn ich noch nicht bereit dazu war.

Niemand.

»Es ist wegen ihm.« Aric drehte sich weg und setzte sich auf die Bettkante. Er presste die Finger so fest gegen die Stirn, dass die Muskeln an seinen Oberarmen hervortraten.

Ich setzte mich ebenfalls auf und berührte seine Schulter, aber er zog sie weg. »Bitte, Aric. Können wir es nicht einfach ein bisschen langsamer angehen?«

»Streitest du es etwa ab?« Wellen der Eifersucht schlugen mir entgegen.

»Ich habe nicht gesagt, dass ich nicht mit dir zusammen sein möchte. Aber ich habe ihm ein Versprechen gegeben. Du selbst hast gesagt, ich hätte in der Vergangenheit meine Versprechen nicht gehalten. Jetzt halte ich sie. Und bevor ich mit dir den nächsten Schritt tun kann, schulde ich ihm zumindest ein Gespräch über das, was passiert ist.«

»Du weißt, wie sehr er dich hintergangen hat, und willst ihn immer noch?«

»Dasselbe könnte ich dich auch fragen.«

Mit einem ärgerlichen Schnauben stand er auf und begann sich anzuziehen. »Ich dachte, es wäre vorbei. Dachte, du wärst über ihn hinweg.«

Das hatte ich auch gedacht. Aber als mein Leben an meinem inneren Auge vorübergeflogen war, hatte sich irgendetwas Bahn gebrochen. »Möchtest du denn, dass ich für den Rest meiner Tage an ihn denke? Willst du nicht auch, dass wir unser gemeinsames Leben unbelastet beginnen?«

Er zog sich die Hosen hoch. »Am Ende wirst du mich wählen, Herrscherin! Du *musst*. Er kann ein neues Leben beginnen, ich nicht!«

Ich dachte daran, wie Jack sich aufgeführt hatte, und war mir absolut nicht sicher, ob er wieder neu anfangen konnte. *À moi, Evangeline!*

Aric ging im Zimmer auf und ab. »Nie zuvor hast du mir dein Herz geschenkt. Ich war sogar überzeugt davon, dass du gar keins besitzt.«

Ich zog mir das Laken über die Brust. »Natürlich habe ich ein Herz! Und im Moment droht es, in zwei Teile zu zerbrechen.«

»Wie kommt es, dass du ausgerechnet dieses Mal, wo ich mir geschworen hatte, Vergeltung zu üben, so mitfühlend und ehrlich bist? Das erste Mal bist du perfekt – aber du liebst einen anderen Mann!«

»Es tut mir leid«, flüsterte ich.

»Wenn ich es gewesen wäre, der nach dem Blitz nach Haven gekommen wäre, um dich und deine Mutter zu beschützen, hättest du dich dann in mich verliebt?«

Bevor ich mit Jack unterwegs war? Bevor ich begriffen hatte, wie kompliziert er war? Und bevor er mir das Leben gerettet hatte? Ich gab ihm eine ehrliche Antwort.

»Ja.«

Aric heulte auf vor Zorn und schlug mit der Faust gegen die Steinmauer, dass der Turm wackelte. Schwer atmend und heiser sagte er: »Ich hätte zu dir gehen sollen! Hätte meinen Hass überwinden und dich beschützen müssen.«

Anstatt dich zu quälen. Das sagte er zwar nicht, aber wir dachten es beide.

»Daran lässt sich nun nichts mehr ändern.«

»Nein. Dabei hatte ich immer so viel Geduld mit dir. Aber selbst meine *unendliche* Geduld ist dieses Mal an ihre Grenzen gestoßen. Wir müssen den Sterblichen aus dem Spiel nehmen.«

Das hatte Matthew auch gesagt. »Wenn du Jack etwas antust«, sagte ich mit eisiger Stimme, »ist es aus zwischen uns. Möchtest du, dass wir wieder Feinde sind?«

Meine Klauen begannen sich zu regen.

Er bemerkte es. »Nein«, gab er finster zurück.

»Du solltest ihm dankbar sein. Wäre er nicht gewesen, hätten mich die Liebenden gefangen und zu Tode gefoltert.« Als ich diese Worte laut aussprach, stand mein Entschluss fest: Ich würde zu ihm gehen. Er hatte mir das Leben gerettet, also war ich ihm eine Aussprache schuldig.

»Du musst deine Gefühle für ihn bekämpfen«, befahl mir Aric. »Wenn du zu ihm gehst, weckst du sie nur aufs Neue. Verstehst du das nicht? Er kann eine andere Frau finden, ich nicht. Entscheidest du dich für ihn, verdammst du mich wieder zu Höllenqualen. So wie du es schon immer getan hast. Nein, es wird sogar noch schlimmer sein, denn dieses Mal hast du mir noch mehr gegeben, das ich vermissen werde.«

»Ich will nur mit ihm reden«, gab ich mit fester Stimme zurück. »Dieses Wochenende gehe ich.«

»Nein, das wirst du nicht«, sagte er mit seiner gewohnten Überheblichkeit. »Du musst wissen, dass ich die Frau, die für mich geboren wurde, niemals einem anderen überlasse. Keinem Menschen und auch sonst niemandem.«

»Du kannst mich hier nicht länger gegen meinen Willen festhalten. Oder willst du mir die Armfessel wieder anlegen?«

»Ich bedaure das aufrichtig, aber …«

Ich hob die Hand. »Ich verstehe, warum du es getan hat«, unterbrach ich ihn, »aber ich bin nicht mehr deine Gefangene.«

Er hob sein Hemd auf und schlüpfte in die Ärmel. »Hattest du nicht geschworen, deine Versprechen von nun an zu halten? Vor den Göttern hast du geschworen, meine Frau zu sein. Also musst du diesen Schwur zuerst einlösen, bevor du ihm seine versprochene Chance geben kannst.«

»Du kannst mich nicht aufhalten. Meine Kräfte sind zurück. Ich habe sie mir zurückerobert.«

Sein Mund verzog sich zu einem fiesen Grinsen. »Hast du nicht geschworen, mich nicht mehr anzugreifen, Herrscherin? Bevor ich dich gehen lasse, wirst du mich töten müssen.«

Er ging in Richtung Tür. »Und du wirst mir den Bußgürtel wieder anlegen müssen, wenn du mich hier gefangen halten willst«, rief ich ihm hinterher.

Wieder allein, rief ich nach Matthew.

– Die Herrscherin hat den Tag überlebt. –

Hattest du Zweifel?

– Eine Schlacht voller Möglichkeiten. So viele Verzweigungen. Wirbel. –

Das war wohl seine Art auszudrücken, dass auch er nicht immer wusste, welchen Weg das Schicksal nehmen würde. *Du klingst immer noch aufgebracht, Matthew.* Oder verwirrt. Sehr verwirrt. *Ich muss mit Jack sprechen. Kannst du mich zu euch führen, wenn ich es schaffe, hier rauszukommen?*

– Der Narr zeigt dir den Weg … –

45

Tag 369 n. d. Blitz

Lark sah so jung aus, wie sie da in ihrem neuen Zimmer inmitten von kuscheligen Tieren schlummerte.

Vor zwei Tagen hatte der Sanitäter ihren gebrochenen Unterarm und ihr Fußgelenk geschient, ihr zertrümmertes Schlüsselbein mit einer Schlinge fixiert und dann strikte Bettruhe verordnet.

Die Wölfe, die es sich vor dem Kaminfeuer bequem gemacht hatten, erholten sich mit ihr. Da es Zyklop noch nicht die Treppe hoch schaffte, blieb er einstweilen hier unten bei seiner Meute. Larks Falke, der ebenfalls auf dem Weg der Besserung war, hatte sein Krankennest in einem Wäschekorb.

Es würde mir schwerfallen, Lark hier zurückzulassen. Irgendwie war mir das kleine Biest ans Herz gewachsen.

Gut. Böse. Gut.

Waren wir das nicht alle? Jack, ich, Aric?

Der Tod ging mir aus dem Weg, als könne er es nicht ertragen, mich zu sehen. Nicht einmal zu den Mahlzeiten ließ er sich blicken. Obwohl ich dringend mit Jack sprechen wollte, hatte ich Sehnsucht nach ihm.

Tags zuvor kam ich von einem Besuch bei Lark und lief ihm zufällig in die Arme.

»Wie geht es Fauna?«

»Sie erholt sich langsam.«

Er nickte und drehte sich zum Gehen.

»War's das schon?«, rief ich ihm hinterher. »Wie lange soll das noch so weitergehen? Wir müssen reden.«

Mit einem bitteren Lachen drehte er sich wieder um. »Es ist doch ganz einfach. Ich will dich, du willst einen anderen, ich habe keine Frau mehr.« Er versuchte, seine Fassung zurückzuerlangen. Dann sagte er schroff: »Wäre es umgekehrt, würdest du mich niemals gehen lassen.«

Da konnte ich nicht wiedersprechen. Stumm sah ich ihm hinterher, wie er davonging.

Die Anspannung, die im Herrenhaus herrschte, war fast schlimmer als damals, als Ogen noch hier herumgegeistert war und nach Opfern gelechzt hatte. Arics aggressives Training konnte nur bedeuten, dass die Gedanken in seinem Kopf schlimmer wüteten als je zuvor. Das letzte Mal, als ich ihm zugesehen hatte, trainierte er noch wie ein Berserker. Nun erschien er mir wie eine tickende Zeitbombe.

– *Herrscherin!* – Matthew rief nach mir.

Ja, ich höre dich. Ich zog Lark die Decke bis zum Kinn hoch und ging zum Kamin, um für sie und ihre Tiere einen Holzscheit nachzulegen. Die Temperaturen waren in den letzten Tagen immer weiter gefallen und ums Haus fegte der Wind. Manchmal blies er so stark, dass mein Turm schwankte.

Gerade ist es nicht so günstig, Matthew. Ich muss über vieles nach-

denken. Über zu vieles, und das meiste hatte mit Aric zu tun.

– Bitte, Herrscherin! BITTE! –

Die Panik in seiner Stimme ließ mich innehalten. *Was ist los?*

– Sie haben ihn. Haben eine Falle gestellt. Ich kann seine Zukunft nicht sehen. Wusste es nicht. Sie haben ihn. –

Jetzt mal langsam. Wer hat wen?

– Der Herzog und die Herzogin der Perversion. JACK. –

Mir blieb das Herz stehen. Die Liebenden hatten Jack? Das war schlimmer als der Tod.

– Der Cajun hat der Armee Fallen gestellt. Vincent war auf der Suche nach einem Lagerplatz, hat ihn überrascht. Violet ist auf dem Weg zu ihrem Bruder. Sind die Liebenden vereint, wird Jack … gequält. –

Wie viel Zeit habe ich noch?

– Bevor sie ihn töten oder bevor sie ihn unwiederbringlich brechen? –

Ich hatte den Geschmack von Erbrochenem im Mund. *Kann ich noch rechtzeitig bei ihm sein?*

– Ihr Lager liegt nur ein paar Tage von der Festung des Todes entfernt. –

Da war so vieles, das mich aufhalten konnte: Stürme, die Miliz, Wiedergänger. *Was ist mit Selena? Können wir nicht sie losschicken?*

– Sie hat ihr Leben für ihn riskiert. Ist wohl tot. Finn auch … –

Schick einen anderen Arkana, um ihn zu retten! Du kannst versprechen, was du willst. Ich werde ALLES tun!

– Der Turm hat der Herrscherin Treue geschworen. Er rettet deinen Sterblichen, wenn du ihm dafür den Kopf des Todes lieferst. –

Wie bitte? Joules will eine Gegenleistung, um Jack zu retten?

– Der Turm ist ein Söldner. –

Diesen Preis werde ich nicht bezahlen. Versuch, was anderes auszuhandeln. Egal was, nur das nicht! Ich melde mich, wenn ich weiß, was ich tue.

– Beeil dich, Herrscherin! –

Ich musste mit kühlem Kopf und ganz pragmatisch über alles nachdenken. Aber die Angst um Jack wühlte mich völlig auf.

Ich stolperte die Treppe hinunter zu Arics Gemächern. Mir blieben nur zwei Alternativen: Aric um Hilfe bitten oder … Nein, das war unmöglich.

Aber warum sollte der Tod ausgerechnet den Jungen retten, der mit seiner Frau geschlafen hatte? Ich hatte wenig Hoffnung, dass er mir helfen würde, aber ich musste es versuchen.

Ohne anzuklopfen, schlich ich in sein Arbeitszimmer. Er lag auf dem Sofa – nackter Oberkörper, tief sitzende Lederhose – und starrte gedankenverloren an die Decke. Eine Hand hatte er hinter den Kopf gelegt, mit den Fingern der anderen strich er sich über die Brust und fuhr die Konturen einzelner Runen nach. Er wusste blind, wo sie sich befanden.

Worüber dachte er wohl nach, wenn er diese Zeichen berührte?

»Aric, ich muss mit dir sprechen.«

Übernatürlich schnell sprang er auf und kam auf mich zu. »Was ist passiert?« Er fasste mich am Kinn und drehte meinen Kopf hin und her. »Warum bist du so blass?«

Ich versuchte, das Zittern in meiner Stimme zu unterdrücken. »Die Liebenden haben Jack.«

Er ließ die Hand sinken. »Nun, dann wünscht er sich jetzt sicher, ich hätte ihn in der Mine getötet.«

Ich kämpfte mit den Tränen. »Du musst mir helfen, ihn zu befreien.«

»Du willst, dass ich es für ihn mit einer ganzen Armee aufnehme? Warum sollte ich das tun? Noch nie habe ich jemanden so gehasst wie ihn. Selbst dich nicht.« Er ging direkt zu seinem Wodka und schenkte sein Glas voll, trank aber nicht. »Dein Sterblicher ist dem Tod geweiht. Besser, du akzeptierst das.«

»Aric, bitte! Ich flehe dich an!«

Wütend wandte er sich um. »Du hast dich geweigert, um dein eigenes Leben zu flehen – zwei Mal –, bettelst aber um seins?«

»Ja«, flüsterte ich.

Etwas Berechnendes flackerte in seinen Augen auf, als er sagte: »Was du von mir verlangst, ist nicht unmöglich. Ich könnte alte Schulden einfordern, frühere Verbündete herbeirufen. Sie könnten in wenigen Stunden hier sein. Wir könnten zusammen losreiten.«

»Wirklich?«

»Unter einer Bedingung: Du musst meine Frau werden, meine Frau in jedweder Hinsicht. Noch heute Nacht.

Kommst du meinem Wunsch nach, nehme ich es für dich mit einer ganzen Armee auf.«

Ich war schockiert. »Wie kannst du mir das antun?«

»Du wirst Deveaux verlieren, so oder so. Entweder die Liebenden schlachten ihn ab, oder er wird durch dein Opfer gerettet – was dich aber zu *meiner* Frau macht.« Er hielt mir die Hand hin. »Komm mit, fangen wir an.«

»Tu das nicht, Aric! Du zerstörst alles, was ich für dich empfinde.«

Er griff nach meiner Hand und zog mich an sich. »Ich nehme, was ich bekommen kann.«

Gegen meinen Willen ließen mich die Berührung und seine raue Stimme erschaudern.

Sein Griff war fest und besitzergreifend. Er ging davon aus, dass ich nun bald ihm gehören würde. *In meinem Kopf flüsterte die rote Hexe: Der Tod glaubt, du bist ihm ausgeliefert. Doch niemand legt die rote Hexe an die Leine oder steckt sie in einen Käfig. Niemand kann sie beherrschen! Hol dir seinen Kopf und bezahle den Turm.*

Halt den Mund! »Bitte, Aric. Ich werde dich hassen, für das, was du mir antust. Ich will dich nicht hassen. Nie mehr. Bitte zwing mich nicht.«

»Dich zwingen?« Völlig ungerührt zog er mich in sein Schlafzimmer. »Ich kann dich zu gar nichts zwingen. So wie du mich nicht zwingen kannst, deinem Liebhaber das Leben zu retten. Wir müssen beide Opfer bringen, um das zu bekommen, was wir uns wünschen.«

Mit klopfendem Herzen schritt ich über die Schwelle

in sein finsteres Reich. Schwarze Wände, schwarze Decke, schwarze Nacht hinter den Scheiben. Und doch meinte ich, vor dem Fenster eine weiße Schneeflocke vorbeischweben zu sehen.

Es war wie ein Zeichen.

»Komm, *Sievā*, ich warte nicht mehr länger.«

Während der Tod mich leidenschaftlich in Richtung Bett zog, spürte ich das Verlangen in mir aufwallen – und die Hitze des Gefechts.

Danksagung

Herzlichen Dank, Ralph Miller, für die große Hilfe bei den Recherchearbeiten zu diesem Buch und für deine Freundschaft. Danke, Jonah T., dein Cajun-Expertenwissen hat mich mal wieder gerettet.

Und *tusen tack* nach Schweden für die Ermutigung, hier noch einmal alles zu geben …

Cate Tiernan

Das Buch der Schatten

*Ich bin Morgan. Ich bin kein normales sechzehnjähriges Mädchen.
Ich bin eine Hexe, Erbin eines uralten Vermächtnis.
Meine Macht wächst täglich. Selbst Cal hätte nie gedacht, dass so viel
Magie in mir verborgen ist. Dabei hat er sie zum Leben erweckt ...*

Verwandlung
256 Seiten
ISBN 978-3-570-38003-1

Magische Glut
256 Seiten
ISBN 978-3-570-38004-8

Bluthexe
256 Seiten
ISBN 978-3-570-38005-5

Flammende Gefahr
256 Seiten
ISBN 978-3-570-38006-2

Dunkle Zeichen
256 Seiten
ISBN 978-3-570-38007-9

Böse Mächte
256 Seiten
ISBN 978-3-570-38008-6

Schwarze Seelen
256 Seiten
ISBN 978-3-570-38009-3

cbt

30020

www.cbt-jugendbuch.de
www.cbt-darkmoon.de

Cate Tiernan

Clio Martin und Thais Allard sind wie Tag und Nacht. Und doch fließt das gleiche Blut in ihren Adern: Hexenblut. Gemeinsam können die Zwillinge alles erreichen. Wäre da nicht der Mann, der zwischen ihnen steht. Und ein tödlicher Gegner, der sie vernichten will ...

Ein Kelch voll Wind
Ca. 288 Seiten, ISBN 978-3-570-38033-8

Ring aus Asche
Ca. 288 Seiten, ISBN 978-3-570-38034-5

Eine Feder aus Stein
Ca. 288 Seiten, ISBN 978-3-570-38035-2

Ein Band aus Wasser
Ca. 288 Seiten, ISBN 978-3-570-38036-9

30071

cbt

www.cbt-jugendbuch.de
www.cbt-darkmoon.de